Lucinda Riley

Delitti a Fleat House

Traduzione di
Leonardo Taiuti

GIUNTI

Titolo originale:
The Murders at Fleat House

www.giunti.it

Via Bolognese 165 – 50139 Firenze – Italia
Via G. B. Pirelli 30 – 20124 Milano – Italia

Prima edizione: maggio 2022
Quinta ristampa: aprile 2023

Prefazione

Care lettrici,

spero che siate emozionate quanto me nel tenere in mano un nuovo romanzo di Lucinda Riley. Forse siete appassionate della saga delle *Sette Sorelle* e non vedete l'ora che Lucinda vi trasporti in un altro mondo. Oppure di lei non avete ancora letto nulla e avete deciso di cominciare da questo intrigante poliziesco. Se così fosse, sono costretto purtroppo a cominciare dalla fine per contestualizzare le pagine che state per leggere.

Per chi non lo sapesse Lucinda – mia madre – è venuta a mancare l'11 giugno 2021 per un cancro all'esofago che le era stato diagnosticato nel 2017. Io sono il suo primogenito, nonché uno dei suoi coautori (non di questo romanzo, ci tengo a precisare). Insieme abbiamo dato vita a *My Angels*, una saga per bambini, e mi sono fatto carico dell'onore e onere di proseguire nella sua opera letteraria, concludendo l'ottavo e ultimo romanzo della saga delle *Sette Sorelle*.

Ecco perché vorrei raccontarvi come è nato *Delitti a Fleat House*. Il libro è stato scritto nell'ormai lontano 2006, e da allora non aveva mai visto la luce. Quando mio fratello minore – il più piccolo tra noi – è cresciuto abbastanza da andare a scuola, mia madre ha scritto ben tre romanzi rimasti inizialmente inediti. Di questi solo due sono stati pubblicati in seguito, riscuotendo un grande successo (*Il segreto di Helena* e *La stanza delle farfalle*). Lucinda ha sempre pensato di dare alle stampe anche questo terzo lavoro, il libro che avete in mano, una volta conclusa la saga delle *Sette Sorelle*.

Per *Il segreto di Helena* e *La stanza delle farfalle* Lucinda ha eseguito un'attenta opera di riscrittura, com'è naturale per qualsiasi autrice che si trovi a riprendere in mano un progetto dopo una decina d'anni. Ma nel caso di *Delitti a Fleat House*, non ha avuto purtroppo la stessa opportunità. Di conseguenza, nel momento in cui abbiamo deciso di pubblicarlo, mi sono posto una domanda: era mio dovere revisionarlo, adattarlo e ammodernarlo come avrebbe voluto mia madre? Dopo lunghe riflessioni ho concluso che preservare la voce di Lucinda aveva la precedenza su tutto: ecco perché su questo testo ho fatto un lavoro di editing davvero leggerissimo.

Le parole che leggerete, dunque, sono le stesse scritte da Lucinda nel 2006.

La mamma andava estremamente fiera di questo progetto. È l'unico poliziesco che abbia mai scritto, ma le lettrici fedeli riconosceranno all'istante la sua impareggiabile abilità nel catturare l'atmosfera di un luogo. Sono certo che vi farà piacere sapere che, nel periodo in cui lei scriveva questo romanzo, la mia famiglia abitava proprio in mezzo al paesaggio sterminato e misterioso in cui è ambientata la storia. Inoltre, la scuola del Norfolk in cui si dipana la trama è ispirata a quella che abbiamo frequentato noi, i figli di Lucinda. Per fortuna posso confermarvi che niente di così drammatico si è mai verificato nei corridoi del nostro istituto.

Anche in questo libro, come forse immaginerete, i segreti nascosti del passato tornano a influenzare profondamente gli eventi del presente, e conoscerete personaggi straordinari, come la detective ispettrice Jazz Hunter, che, sono sicuro concorderete con me, meriterebbe una serie tutta sua.

E forse la avrà. Un giorno, in un'altra vita.

Harry Whittaker, 2021

Delitti a Fleat House

Questo romanzo è dedicato a tutti coloro che sognano.
E che, come Lucinda, non si arrendono mai.

La famiglia Riley

Prologo

St. Stephen's School, Norfolk
Gennaio 2005

La misteriosa figura salì le scale fino al corridoio del piano riservato agli studenti del primo anno, su cui si apriva un labirinto di studioli grandi come scatole da scarpe, uno per ciascun ragazzo. Gli unici rumori che si udivano erano i tonfi e i ronzii provenienti dai vetusti radiatori, inefficaci sentinelle di ferro battuto che da cinquant'anni tentavano invano di scaldare Fleat House e i suoi occupanti.

Fleat House, la più antica delle otto pensioni in cui alloggiavano gli alunni della St. Stephen's School, doveva il proprio nome al preside che l'aveva costruita oltre centocinquant'anni prima. Noto come il "Sacco di pulci" tra gli studenti che lo abitavano, l'orrendo edificio vittoriano di mattoni rossi era stato convertito in alloggi studenteschi subito dopo la guerra.

Per fortuna avevano previsto dei lavori di ristrutturazione. Nel giro di sei mesi i corridoi, le scale, i dormitori e le sale comuni sarebbero stati spogliati del logoro linoleum nero che copriva i pavimenti, le pareti ingiallite ritappezzate con una carta da parati nuova e adorna di fiori di magnolia, e nella zona docce, ormai fatiscente, avrebbero sostituito le piastrelle e gli accessori. Il tutto per placare gli animi dei genitori esigenti, che insistevano da tempo perché i figli abitassero e studiassero in un luogo confortevole, più simile a un albergo che a una catapecchia.

Di fronte alla camera numero sette la figura si fermò un istante e rimase in ascolto. Era venerdì, e probabilmente gli otto ragazzi che abitavano in quel piano se n'erano già andati al pub nella vicina cittadina di Foltesham, ma tanto valeva accertarsene. Non si udiva nessun rumore, quindi la figura ruotò il pomello ed entrò nella stanza.

Dopo aver chiuso piano la porta e acceso la luce, la sagoma fu aggredita all'istante dall'odore muschiato dell'adolescenza: un misto di calzini sporchi, sudore e ormoni impazziti che dopo tanti anni permeava ogni angolo e fessura di Fleat House.

Il fetore gli diede un brivido, riportandogli alla mente ricordi dolorosi, e per poco non lo fece inciampare su un mucchio di mutande gettate con noncuranza sul pavimento. Recuperato l'equilibrio, la figura misteriosa si ficcò in tasca le due pasticche bianche che ogni sera venivano appoggiate sul comodino del ragazzo che occupava la stanza e le sostituì con altre identiche, dopodiché girò sui tacchi, spense la luce e uscì.

Su una rampa di scale poco distante, una figura minuta avvolta nel pigiama si immobilizzò di colpo nell'udire i passi in avvicinamento. In preda al panico si nascose nella piccola nicchia sotto la scalinata, sul pianerottolo più in basso, dove si confuse con le ombre. Se l'avessero sorpreso fuori dalla sua stanza alle ventidue l'avrebbero punito, e per quella sera di punizioni ne aveva avuto abbastanza.

Rigido nell'oscurità col cuore che batteva forte, tenendo gli occhi serrati come se in qualche modo questo servisse a nasconderlo, il ragazzino rimase in ascolto, trattenendo il fiato, mentre i passi salivano su per le scale a pochi centimetri dalla sua testa, lo superavano e, con suo grande sollievo, si perdevano in lontananza. Rabbrividendo per lo scampato pericolo scivolò fuori dal suo nascondiglio e si affrettò a tornare nel dormitorio. Si infilò a letto e controllò la sveglia, consapevole che mancava ancora un'ora prima che fosse consentito di dormire. Si tirò le coperte sulla testa e, finalmente, si abbandonò alle lacrime.

Più o meno un'ora più tardi Charlie Cavendish entrò nella stanza numero sette e si lasciò cadere sul letto.

Era incredibile che a diciott'anni lo rinchiudessero ancora in camera alle undici di sera come un bambino, in quella conigliera schifosa.

E come se non bastasse l'indomani mattina doveva alzarsi presto per essere alle sette in cappella. Quel semestre aveva già saltato la funzione due volte, e non poteva permettersi di mancare ancora. Anche perché si era già ritrovato nell'ufficio di Jones per quella stupidaggine con Millar. Avevano minacciato addirittura di espellerlo se non si fosse comportato bene, ma a Charlie dava un gran fastidio che gli venisse detto cosa fare. Suo padre era stato chiaro: non gli avrebbe dato un centesimo per il suo anno sabbatico, se non avesse portato a casa una pagella decente e buoni voti in condotta.

Il solo pensiero lo inquietava terribilmente.

L'idea che Charlie si prendesse un anno sabbatico era indigesta per suo padre. Per lui l'edonismo era una maledizione, e la prospettiva che suo figlio sprecasse il proprio tempo a gozzovigliare su una spiaggia in Tailandia, quasi sicuramente strafatto di chissà cosa, non gli andava granché a genio, specialmente perché sarebbe stato lui a finanziare quegli stravizi.

Poco prima che iniziasse il semestre avevano avuto una lite furiosa riguardo al futuro di Charlie. Suo padre, William Cavendish, era un avvocato di grido a Londra e aveva sempre dato per scontato che il figlio seguisse le sue orme. A Charlie però non era mai passato neanche per l'anticamera del cervello. Solo verso la fine dell'adolescenza gli era balenato per la mente che di sicuro i suoi genitori si aspettavano certe cose da lui e a quanto pareva senza il minimo riguardo per i suoi desideri.

Charlie era un intrigante, un trafficante di adrenalina – era così che si definiva. Gli piaceva vivere pericolosamente, e il pensiero di un'esistenza passata nel contesto gerarchico e soffocante dell'Inner Temple gli faceva rimescolare lo stomaco.

E comunque l'idea di "mettersi in luce" che aveva suo padre era ormai obsoleta. Ora le cose erano diverse, e ognuno poteva fare quello che voleva. Tutte quelle sciocchezze sulla rispettabilità appartenevano alla generazione dei suoi genitori.

Charlie voleva fare il DJ a Ibiza e guardare donne mezze nude che ballavano in pista. Sì, ecco, già meglio. E... si guadagnava *un casino* a fare il DJ.

Non che il denaro fosse un problema, intendiamoci. A meno che suo zio, un cinquantasettenne scapolo, decidesse all'improvviso di fare un figlio, Charlie avrebbe ereditato la tenuta di famiglia e migliaia di ettari di colture.

Aveva dei progetti anche da quel punto di vista. Non doveva fare altro che vendere qualche ettaro edificabile a un imprenditore per intascare una fortuna.

No, il problema non erano le sue finanze *future*. Il problema era che quel tirchio di suo padre non era disposto a scucire per lui neanche un centesimo, *adesso*.

Era giovane. Voleva solo divertirsi un po'.

Erano quelli i pensieri che si affastellavano nella mente di Charlie Cavendish mentre, con noncuranza, prendeva in mano le due pillole che assumeva ogni sera da quando aveva cinque anni e afferrava il bicchiere d'acqua che la direttrice gli aveva lasciato sul comodino.

Si mise le pasticche sulla lingua e le inghiottì accompagnandole con un generoso sorso, poi riappoggiò il bicchiere sul comodino.

Per un minuto intero non accadde niente e Charlie, sospirando, continuò a rimuginare su quanto fosse ingiusta la sua situazione. Poi però, senza preavviso, si accorse che il suo corpo cominciava a tremare.

«Ma che cazzo...?»

Il tremore si intensificò fino a diventare incontrollabile, e di colpo Charlie si sentì stringere la gola. In preda al panico, confuso e col fiato corto, riuscì a barcollare fino alla porta. Afferrò il pomello ma, sempre più terrorizzato ogni secondo che passava, non riuscì a ruotarlo e cadde di schianto sul pavimento, ormai quasi incosciente, con una mano alla gola e la schiuma alla bocca. In carenza di ossigeno e con tossine letali che gli scorrevano nel corpo, i suoi organi vitali smisero gradualmente di funzionare. Poi le viscere gli si allentarono e piano piano il giovane che un tempo rispondeva al nome di Charlie Cavendish cessò semplicemente di esistere.

1

Robert Jones, preside della St. Stephen's School, se ne stava davanti alla finestra del suo studio tenendo le mani in tasca – un'abitudine per la quale sgridava costantemente i suoi sottoposti.

Fuori, gli studenti attraversavano il cortile erboso, diretti alle rispettive aule. Robert aveva le mani sudate e il cuore che gli batteva forte per l'adrenalina, come ormai gli capitava quasi sempre da dopo l'incidente.

Si allontanò dalla finestra e andò a sedersi alla scrivania, ingombra di pratiche ancora da sbrigare e con la segreteria piena di messaggi telefonici cui ancora doveva iniziare a rispondere.

Tirò fuori il fazzoletto dal taschino, si asciugò la testa calva e fece un profondo sospiro.

Un preside responsabile di centinaia di adolescenti doveva essere pronto ad affrontare tutta una serie di situazioni potenzialmente catastrofiche: droga, bullismo e, di questi tempi balordi in cui le scuole erano miste, l'inarrestabile spettro del sesso.

Nei suoi quattordici anni lì alla St. Stephen's, Robert aveva avuto a che fare con ciascuna di esse. Ma le crisi del passato, anche le più gravi, impallidivano tutte davanti a ciò che era successo lo scorso venerdì. L'incubo peggiore di qualsiasi preside: la morte di uno studente nei locali dell'istituto.

Tra i modi per rovinare la reputazione di una scuola, quello era senz'altro il più efficace. I dettagli dell'accaduto – *come* fosse successo – erano quasi irrilevanti. Robert già si immaginava orde di genitori che, trovandosi a scegliere in quale scuola mandare i figli, depennavano la St. Stephen's dalle loro liste.

Eppure... Robert trovava un certo conforto nella consapevolezza che la scuola fosse sopravvissuta per quattrocento anni, e a giudicare dai registri pareva che tragedie di quel tipo si fossero già verificate. Forse avrebbero avvertito delle ripercussioni sul breve termine, ma col tempo ciò che era successo quel venerdì sarebbe stato dimenticato.

L'ultimo decesso di uno studente era avvenuto ventisei anni prima, nel lontano 1979. Avevano trovato il corpo senza vita di un ragazzo in cantina, dove venivano conservati i bauli. Si era impiccato con un brandello di corda che aveva legato a un gancio sul soffitto. L'incidente ormai era diventato parte del folklore scolastico: ai ragazzi piaceva perpetrare il mito secondo cui lo spirito del ragazzo morto infestasse Fleat House.

Il giovane Rory Millar era vivo e vegeto, ma sembrava effettivamente un fantasma quando l'avevano ritrovato dopo un'intera notte trascorsa là sotto. Charlie Cavendish – era stato lui a chiuderlo in cantina, senza alcun dubbio – aveva negato tutto come al solito, e anzi, peggio, era convinto che lo scherzo fosse divertente... Robert Jones rabbrividì, a disagio. Avrebbe voluto trovare dentro di sé la compassione per piangere quella giovane vita spezzata, ma per quanto si sforzasse non ci riusciva proprio.

Quel ragazzo era stato un problema dal primo istante in cui aveva messo piede a scuola. E ora, a causa della sua morte, il futuro di Robert era a rischio. A cinquantasei anni ormai non vedeva l'ora di arrivare alla pensione. Se l'avessero costretto a dimettersi in quel momento, era improbabile che trovasse un posto da qualche altra parte.

Alla riunione d'emergenza del consiglio d'istituto, la sera precedente, aveva rassegnato le dimissioni. Per fortuna i direttori scolastici si erano schierati senza esitazioni al fianco del preside.

La morte di Cavendish era stata un *incidente*... cause naturali, dicevano. Era morto per un attacco epilettico.

Era quella l'unica speranza cui si aggrappava Robert Jones. Qualora il coroner avesse confermato il verdetto di morte accidentale e fossero riusciti a tenere la storia lontano dalle grinfie dei media, allora forse sarebbe stato possibile limitare i danni.

Tuttavia, fino alla conferma ufficiale, la reputazione e il futuro del preside erano appesi a un filo. Gli avevano promesso di fargli sapere qualcosa quella mattina.

D'improvviso il telefono sulla scrivania prese a squillare. Lui premette il pulsante per attivare il vivavoce e rispose: «Mi dica, Jenny».

«L'ufficio del coroner per lei.»

«Me lo passi.»

«Preside Jones?»

«Sono io.»

«Parla Malcolm Glenister, il coroner. Volevo informarla dei risultati dell'autopsia condotta ieri sul corpo di Charlie Cavendish.»

Robert deglutì, poi disse: «Certo. Mi dica».

«Il patologo ha stabilito che Charlie non è morto di attacco epilettico. È morto di shock anafilattico.»

«Capisco.» Robert tentò di schiarirsi la voce. «E... qual è stata la causa?»

«Be', come di certo saprà, dal suo fascicolo si evince che era gravemente allergico all'aspirina. Gli abbiamo trovato seicento milligrammi di principio attivo nel sangue, che corrispondono grossomodo a due pasticche di quelle che si vendono in farmacia.»

Robert non disse nulla. Aveva la bocca troppo secca.

«A parte qualche traccia di sodio valproato, che Charlie assumeva ogni giorno per l'epilessia, e quantità trascurabili di alcol, il patologo non ha rilevato altro. Il ragazzo era perfettamente in salute.»

Robert ritrovò la voce e disse: «Se l'avessimo soccorso prima, sarebbe sopravvissuto?».

«Se avesse ricevuto cure immediate, allora sì, quasi sicuramente. Tuttavia le probabilità che fosse in grado di chiamare aiuto nei pochi istanti tra l'assunzione del farmaco e la perdita di conoscenza sono minime. È comprensibile che nessuno l'abbia trovato fino alla mattina seguente.»

Robert rimase in silenzio e fu pervaso dal sollievo. «Quindi ora che si fa?» chiese.

«Be', sappiamo com'è morto. La domanda è perché. I suoi genitori hanno ribadito che Charlie sapeva di essere allergico all'aspirina; che l'aveva sempre saputo.»

«Deve averle inghiottite per sbaglio. Non c'è altra spiegazione, dico bene?»

«Non è compito mio saltare a conclusioni senza disporre dei fatti, preside Jones, ma ci sono un paio di domande che rimangono ancora senza risposta. E temo che verrà avviata un'indagine di polizia.»

Robert si fece pallido come un cencio. «Capisco» disse poi, a bassa voce. «In che modo questo influirà sulle attività quotidiane dell'istituto?»

«Dovrà chiederlo a loro, temo.»

«E quando verranno?»

«A breve. Si metteranno in contatto con lei al più presto per prendere gli accordi necessari. Per il momento, arrivederci.»

«Arrivederci.»

Robert chiuse la comunicazione con la testa che gli girava. Fece tre, quattro respiri profondi.

Un'indagine di polizia... scosse la testa. Era la notizia peggiore che potesse dargli...

E poi capì. Negli ultimi giorni non aveva pensato ad altro che alla reputazione della scuola. Ma se ora venivano coinvolte le forze dell'ordine, significava che il coroner era convinto che Cavendish *non* avesse assunto l'aspirina per sbaglio.

«Cristo santo» imprecò. Non credevano mica che fosse un caso di omicidio...?

Robert scrollò di nuovo il capo. No, probabilmente era soltanto una formalità. Anzi, ora che ci pensava, doveva essere stato il padre di Charlie a insistere perché avviassero un'indagine. Ripensò a quante volte si era ritrovato Cavendish in ufficio, che lo guardava con insofferenza come se fosse lui l'oggetto della reprimenda. Andava sempre allo stesso modo: Robert gli ricordava che l'antica usanza di sfruttare i ragazzi come servi non era più in voga da molti anni e che lui non intendeva *costringerli* a obbedirgli, se non erano disposti a collaborare. Charlie a quel punto si prendeva la sua punizione, dopodiché continuava come se nulla fosse.

Il ragazzo, che in teoria sarebbe dovuto entrare a Eton, non aveva superato l'esame di ammissione e aveva ripiegato sulla St. Stephen's, dove aveva messo in chiaro, già dal primo giorno, che a suo parere quella scuola, il preside e tutti i compagni non erano degni di lui. Si era presentato con un'arroganza incredibile.

In cerca di ispirazione, Robert guardò il dipinto di Lord Greenville Dudley, che aveva fondato l'istituto nel XVI secolo, poi lanciò un'occhiata all'orologio da polso e si rese conto che era quasi l'ora di pranzo. Premette il pulsante dell'interfono.

«Sì, signor Jones?»

«Jenny, può venire un attimo, per favore?»

La figura rassicurante di Jenny Colman comparve sulla soglia pochi istanti dopo. Erano trent'anni che lavorava alla St. Stephen's: aveva cominciato come addetta mensa, poi aveva completato il corso da segretaria ed era stata promossa ad assistente tesoriera. Quando era arrivato Robert, quattordici anni prima, e si era ritrovato con una segretaria a pochi mesi dalla pensione, aveva scelto Jenny per sostituirla.

Di sicuro non era la candidata più sofisticata che ci fosse, ma gli piaceva il suo carattere tranquillo e imperturbabile. Inoltre la sua profonda conoscenza della scuola si era dimostrata preziosissima nel periodo in cui Robert cercava di ambientarsi nel nuovo lavoro.

Jenny piaceva a tutti, dai bidelli ai dirigenti scolastici. Conosceva per nome ogni singolo studente e la sua fedeltà all'istituto era fuori discussione. Aveva tre anni più di Robert, ormai stava per andare in pensione, e il preside si era chiesto spesso come avrebbe fatto senza di lei. Peccato che ora, come immaginò tristemente, rischiasse di levare le tende prima lui.

Jenny era stata assente per tutto il semestre precedente a causa di un'operazione all'anca. La sua sostituta era una persona competente, e di certo ben più esperta di Jenny in materia di tecnologia, ma Robert aveva sentito la mancanza dei modi gentili e dell'atteggiamento quasi materno della sua segretaria, ed era felice di riaverla con sé.

Pronta con taccuino e penna, Jenny sistemò la sua figura rotondetta su una sedia di fronte alla scrivania. Aveva un'aria molto preoccupata.

«Ha uno strano colore, signor Jones. Le porto un bicchiere d'acqua?» domandò.

Robert provò l'impulso irrefrenabile di appoggiare la testa al seno generoso della sua segretaria, di sentirsi avvolgere dalle sue braccia affettuose e di lasciarsi consolare.

«Era l'ufficio del coroner» disse, scacciando quei pensieri. «Brutte notizie. Ci sarà un'indagine di polizia.»

Jenny spalancò gli occhi, inarcando le sopracciglia cespugliose. «No! Assurdo.»

«Speriamo solo che la chiudano in fretta. Sarà un problema. Destabilizzerà un po' tutti ritrovarsi con la polizia tra i piedi.»

«Direi» concordò Jenny. «Pensa che ci interrogheranno?»

«Non ne ho idea, ma senz'altro dovremo allertare tutti. Pare che debba ricevere la telefonata di un detective da un momento all'altro. Ne saprò di più dopo che ci avrò parlato. Forse però sarebbe meglio convocare un'assemblea generale nella Main Hall, domani mattina, per avvertire tutti di quanto sta succedendo. E intendo *tutti*, anche gli inservienti di cucina. Ci pensa lei, per favore?»

«Naturalmente, signor Jones. Mi metto subito all'opera.»

«Grazie, Jenny.»

La donna si alzò, poi disse: «Ha richiamato David Millar, per caso? Questa mattina ha già telefonato tre volte».

L'ultima cosa che gli serviva era un genitore alcolizzato e sconvolto che chiedeva di essere rassicurato sul figlio.

«No, non l'ho richiamato.»

«Be', ieri sera ha provato diverse volte e ha anche lasciato dei messaggi, riguardo al fatto che Rory al telefono gli è sembrato turbato.»

«Lo so, me l'ha già detto. Che aspetti! Ho cose più importanti a cui pensare, al momento.»

«Che ne dice di una tazza di tè? A guardarla si direbbe che abbia bisogno di un po' di zuccheri. Fa anche bene per lo shock, sa?»

«Grazie, lo prendo volentieri.» Robert annuì in cenno di ringraziamento.

Il telefono sulla scrivania squillò di nuovo. Jenny lo anticipò e rispose al suo posto.

«Ufficio del preside.»

Rimase un attimo in ascolto, poi coprì il microfono con il palmo e sussurrò: «È un certo commissario Norton per lei».

«Grazie.» Robert prese la cornetta e attese che Jenny uscisse dall'ufficio. «Parla il preside.»

«Signor preside, qui è il vicecommissario Norton, dell'Unità Investigativa. Presumo che sappia il motivo della telefonata.»

«Sì.»

«Ho pensato di avvertirla, ho appena mandato due detective a investigare sulla morte di Charlie Cavendish.»

«Certo, sì. Sì.» Robert Jones non sapeva cos'altro aggiungere.

«Arriveranno da lei domani mattina.»

«Da dove?»

«Da Londra.»

«Da Londra?»

«Esatto. Il caso è stato passato al nostro reparto, Unità Investigativa Operazioni Speciali. Lavoreremo in collaborazione con la polizia del North Norfolk.»

«So che deve fare il suo lavoro, vicecommissario, ma lei capisce, sono preoccupato dei disagi che questa indagine creerà nell'istituto. Senza parlare poi del panico che potrebbe scatenare.»

«I miei colleghi sono molto esperti nel gestire casi del genere, signor preside. Sono certo che lavoreranno con la massima delicatezza, e le daranno anche degli utili consigli su come rapportarsi con lo staff e gli studenti.»

«Va bene. Domani avevo comunque in programma un'assemblea generale.»

«Ottima idea. Questo darà alla mia squadra l'opportunità di informare l'intera scuola in un colpo solo, e forse riusciremo a non far innervosire nessuno circa la nostra presenza lì.»

«Confermo tutto, allora?»

«Direi di sì.»

«Può dirmi come si chiamano i detective che lavoreranno al caso?»

Ci fu una breve esitazione all'altro capo del filo, dopodiché il vicecommissario disse: «Non lo so ancora, ma glieli comunicherò entro fine giornata. Per ora grazie del suo tempo».

«Grazie a lei, vicecommissario. Arrivederci.»

Grazie di nulla... Robert Jones riagganciò e si prese la testa fra le mani. «Oddio» mormorò.

Quei poliziotti si sarebbero messi a ficcare il naso dappertutto... Nella loro vita privata, ovunque. E vai a sapere cos'avrebbero trovato. Perfino lui, Robert, sarebbe potuto entrare nel novero dei sospettati...

Da tre anni gli iscritti erano sempre meno. Ormai la concorrenza era sfrenata, insostenibile. Quell'indagine era l'ultima cosa di cui la scuola avesse bisogno. Anzi, pensò egoisticamente, prendendo la cornetta per chiamare uno dei direttori scolastici, era l'ultima cosa di cui *lui* avesse bisogno.

2

Jazmine Hunter-Coughlin – Jazz per gli amici e detective ispettrice Hunter per gli ex colleghi di Londra – scostò le tende e guardò fuori dalla piccola finestra della camera da letto. La condensa offuscava la vista sulle paludi di Salthouse e sul tetro Mare del Nord che si estendeva all'orizzonte. Tracciò le proprie iniziali sul vetro quasi d'istinto, come faceva sempre da piccola, poi studiò le tre lettere e cancellò la "C" finale con un gesto deciso.

Adocchiò i numerosi scatoloni disseminati sul pavimento. Aveva traslocato da tre giorni ormai, ma a parte le cose indispensabili come il pigiama, il bollitore e il bagnoschiuma, non aveva tirato fuori praticamente nient'altro.

Quel piccolo cottage era l'esatto opposto dell'appartamento bianco e minimalista in cui abitava nei Docklands con l'ex marito. E le piaceva un sacco. Era una persona talmente ordinata da rasentare il patologico, ma il motivo per cui non aveva ancora sistemato le sue cose era l'imminente ristrutturazione di tutto l'ambiente. Di lì a una settimana sarebbe venuto l'idraulico a installare il riscaldamento centralizzato, l'indomani era prevista una visita del carpentiere che doveva prendere le misure per la cucina e aspettava di avere notizie da un paio di arredatori del posto.

Nel giro di qualche settimana Jazz sperava di dare al Marsh Cottage l'aspetto pittoresco che meritava.

Quel giorno il cielo era terso, e Jazz decise di uscire per una passeggiata mattutina attraverso la palude fino al mare. Indossò un paio di stivali e il Barbour, aprì la porta e uscì all'aperto, inspirando a fondo la corroborante aria fresca dell'oceano.

Il cottage sorgeva lungo una strada costiera che divideva il paesino dagli acquitrini. D'estate era strapiena di turisti, che la percorrevano per arrivare alle spiagge e alle cittadine costiere del North Norfolk. Quel giorno di fine gennaio però era deserta.

Studiando il paesaggio Jazz provò un moto di felicità. Il piattume del terreno circostante e la totale assenza di alberi dipingevano un quadro deprimente. Eppure quella crudezza le piaceva. Non c'era niente di bello lì, niente su cui soffermarsi con lo sguardo in un orizzonte ininterrotto che si estendeva per chilometri. Tuttavia la sua indole semplice era attratta dall'eleganza della curva della Terra, unita al mare e alla vastità del cielo.

Attraversò la strada e con la coda dell'occhio avvistò un uomo che usciva dall'ufficio postale, a una cinquantina di passi da lì. Lasciò l'asfalto e si incamminò sull'erba fangosa dell'acquitrino, concentrandosi sullo sciacquio che gli stivali producevano a ogni passo.

D'un tratto si sentì chiamare.

Dapprima pensò che fossero i chiurli, radunatisi in cerchio alla sua destra, e proseguì su per il pendio, che tra l'altro era l'unica protezione di cui disponesse il cottage contro le inondazioni – un aspetto molto dibattuto quando era andata in banca a chiedere il mutuo.

«Jazmine! Detective Hunter! La prego, si fermi!»

Stavolta non poteva sbagliarsi: qualcuno la stava davvero chiamando. Jazz si fermò e si girò verso la strada.

Cristo! Che cazzo ci fa lui qui? Sbalordita, tornò sui suoi passi. Si fermò a qualche metro dall'uomo, rivolgendogli un accenno di sorriso.

«Salve, detective Hunter.»

«Perché è qui, signore?»

«Anch'io sono felice di vederla» disse Norton, porgendole la destra.

«Mi scusi» disse Jazz, sospirando e avvicinandosi per stringergli la mano. «Non mi aspettavo di vederla, tutto qui.»

«Non si preoccupi. Ha intenzione di invitarmi in casa o vuole che muoia congelato, con questo completo leggero?»

«Certo, ovviamente. Venga.»

Una volta al chiuso, Jazz fece accomodare Norton sul divano e accese il fuoco nel caminetto.

Preparò il caffè per entrambi, poi si accomodò su una sedia di legno.

«Bel posticino» commentò lui. «Accogliente.»

«Grazie» disse. «A me piace.»

E poi calò un silenzio imbarazzato.

«Allora, Jazmine. Come sta?»

Era strano sentire Norton chiamarla per nome. Era la prova di quanto la sua vita fosse cambiata negli ultimi mesi. E sapeva un po' di condiscendenza.

«Sto bene.»

«La vedo... meglio. Ha preso un po' di colore dall'ultima volta.»

«Sì, in certe zone d'Italia fa caldo anche d'inverno.»

Altra pausa. Jazz avrebbe tanto voluto che Norton arrivasse al punto. «Come ha scoperto dov'ero?» chiese alla fine. Non aveva intenzione di facilitargli le cose. «Ho traslocato solo da tre giorni.»

Norton ridacchiò. «Mi sorprende che me lo chieda, considerando che ha lavorato a Scotland Yard. Per la verità il nostro computer è riuscito a indicarci solo il ventinove di Salthouse Road. Sono arrivato in zona e non ho visto civici, pertanto ho domandato all'ufficio postale.»

«Ah» fece Jazz.

«Perché proprio qui?» chiese Norton.

«Ci venivo in vacanza da piccola. Mi è sempre piaciuto il Norfolk e ho pensato che fosse un posto come un altro. E sono anche vicina ai miei.»

«Sì. Certo.»

Altro silenzio.

«Allora» riprese Norton, che di colpo parve percepire l'impazienza di Jazz. «Vuole sapere perché mi sono fatto più di cento chilometri per venire a trovarla in una gelida mattina di gennaio, giusto? Ho provato a contattarla sul cellulare, ma a quanto pare ha cambiato numero.»

«L'ho lasciato qui quando sono andata in Italia. E al mio ritorno ho scoperto di non averne più bisogno.»

Norton annuì. «Non serve a molto nel North Norfolk, in effetti. Il mio ha smesso di avere campo da Norwich. Comunque, il motivo della mia visita... Voglio che torni al lavoro.»

Jazz rimase per un po' in silenzio. «Pensavo di essere stata chiara» disse poi, a bassa voce.

«È così. Ma sono passati sette mesi. Si è presa il suo periodo sabbatico, ha divorziato, ha trovato un posto dove stare...»

«... e non intendo lasciarlo per trasferirmi di nuovo a Londra, se è questo che intende suggerirmi» lo interruppe bruscamente.

«Ne sono certo.» Norton era imperturbabile.

«E comunque, come potrei tornare? Cosa le fa credere che voglia farlo?»

«Jazmine, se solo la smettesse di stare sulla difensiva e mi ascoltasse...» D'improvviso la voce di Norton si era fatta gelida.

«Mi scusi, *signore*!» disse lei. «Credo mi perdonerà se non sono entusiasta di rivangare il passato.» Jazz sapeva di avere un atteggiamento ostile, ma non poteva farci niente.

«Sì, questo lo vedo...» Norton la guardò. «Quello che voglio sapere, però, è perché è così in collera con me. Non sono stato io a tradirla.»

«Questo è un colpo basso, signore.»

«Be'» Norton si studiò le unghie ben curate. «Forse ha solo l'impressione che sia così.»

«Signore, mi rendo conto che non ha potuto fare niente riguardo a mio marito. Ma a quel punto avevo già perso ogni speranza e...»

«... è stata la goccia che ha fatto traboccare il proverbiale vaso, lo capisco.» Norton bevve un sorso di caffè tenendo lo sguardo puntato su di lei. «Jazmine, lo sa quanto costa reclutare e addestrare una detective ispettrice?»

«No, non lo so.»

«E se le dicessi che si tratta di una cifra con cui potrebbe tranquillamente comprarsi un altro cottage come questo...»

«Cerca di farmi sentire in colpa?»

«Se servisse a raggiungere il mio scopo, allora sì.» Norton sfoderò un mezzo sorriso. «Non mi ha neanche dato modo di parlarle. Un giorno era alla sua scrivania e quello dopo era fuggita in Italia.»

«Non ho avuto scelta.»

«Questo lo dice lei. Io speravo che il bel rapporto professionale che avevamo la spingesse a venire da me per discutere della faccenda, tutto qui. Se avessimo stabilito insieme che le sue dimissioni erano l'unica alternativa, non mi sarei certo opposto. E invece ha deciso di... scappare, senza darmi spiegazioni, nulla!»

Jazz rimase impassibile. «Ah. Quindi è per questo che è venuto, giusto? Per avere spiegazioni?»

Norton emise un sospiro frustrato. «Andiamo, mi aiuti. Cerco di fare del mio meglio. Si comporta come un'adolescente arrabbiata col mondo. Il fatto è che tecnicamente è ancora una nostra dipendente.» Tirò fuori una busta dalla tasca interna della giacca e gliela porse.

«Che cos'è?» mormorò Jazz, accigliandosi. Dentro c'erano buste paga, documenti vari relativi al conto in banca condiviso con Patrick, rendiconti mensili che erano continuati ad arrivare al suo vecchio indirizzo e che lei, ovviamente, non aveva mai ricevuto. La busta conteneva anche la lettera di dimissioni che aveva scritto in fretta e furia all'aeroporto prima di imbarcarsi sul volo per Pisa.

«Non è stato un congedo molto... professionale, non trova?»

«No, immagino di no, ma non vedo che importanza possa avere adesso.» Jazz rimise la lettera nella busta e la riconsegnò a Norton. «Ecco, signore. Lo faccio ora, ufficialmente. Mi dimetto. È sufficiente?»

«Sì, se è questo che vuole. Senta, Jazmine, io la capisco. So che era delusa e demoralizzata, e che la sua vita personale era andata in pezzi. Sono certo che avesse bisogno di tempo per riflettere sull'accaduto e...»

«Infatti. Ha centrato il punto, signore.» Jazz annuì con energia.

«E dato che era arrabbiata e amareggiata, ha agito d'istinto e ha deciso di scappare. Ma l'istinto l'ha anche resa cieca. Non capisce?»

Jazmine non fece commenti.

«E poi,» proseguì Norton «dato che era accecata ha preso una decisione di pancia che, oltre a mandare all'aria una promettente carriera, mi ha fatto perdere uno dei miei agenti migliori.» «Senta,» disse poi, con un sorriso gentile «non sono un idiota. Sapevo cosa stava accadendo. Scoprire di suo marito, soprattutto considerando che è stata praticamente l'ultima a saperlo, deve essere stato orrendo.»

Silenzio.

Norton sospirò. «Si torna sempre lì: le relazioni sul posto di lavoro sono pericolose, specialmente in un campo come il nostro. L'ho detto anche al detective ispettore Coughlin, quando mi ha riferito che intendevate sposarvi.»

Jazz lo guardò, improvvisamente incuriosita. «Davvero? Patrick mi aveva detto che ci aveva dato la sua benedizione.»

«In realtà ho proposto di trasferire uno dei due in un'altra divisione, così da evitarvi quantomeno di lavorare a stretto contatto. Lui mi ha implorato di farla restare al suo posto. E quindi, invece di perdervi entrambi, ho deciso di fare un tentativo. Nonostante fossi contrario, aggiungerei.»

«Mi scusi, signore... ha detto "detective ispettore" Coughlin?»

«Sì. Il suo ex marito è stato promosso da poco.»

«Non si disturbi a fargli le mie congratulazioni.»

«Non succederà, gliel'assicuro.»

Jazz studiò il suo ex capo. Le pareva così a disagio, con il completo Savile Row e le lunghe gambe piegate fin quasi al petto sul divano basso.

«Lei lo sapeva, signore? Di Patrick e... l'altra?»

«Avevo sentito delle voci, ma non potevo certo intromettermi. Se può farla sentire meglio, "l'altra" ha chiesto il trasferimento a Paddington Green un paio di settimane dopo la sua partenza. Sapeva di non poter sperare di competere con lei. Nel team le hanno voltato tutti le spalle. Era molto popolare, Jazmine, lo sa? Manca molto ai suoi colleghi.»

Norton le rivolse un ampio sorriso, sfoggiando una fila di bei denti bianchi. Jazz non poté fare a meno di pensare che, tra i folti capelli neri leggermente ingrigiti sulle tempie e gli occhiali da lettura appollaiati sulla punta del naso, l'età non faceva che aumentare la solennità della sua persona.

«Be', buono a sapersi, credo. Comunque, quello che combinano adesso Patrick e la sua detective non è affar mio. Non mi interessa più. Anche se,» aggiunse Jazz «potrebbe perfino avvisarla, se crede: al primo accenno di competizione, rischia di ritrovarsi con un coltello piantato nella schiena, come me.»

«Non ne dubito. Il suo ex è un poliziotto di talento, ma ha anche un'ambizione che non conosce limiti. L'unica cosa che non è stato capace di gestire è una moglie con un potenziale migliore del suo. Era evidente che cercasse di danneggiare la sua reputazione e di sminuirla, ma visto che lei non è mai venuta da me, non ho potuto fare niente al riguardo.»

«Era una situazione impossibile. Era mio marito.»

«Questo lo accetto. Comunque, se riesce a tenersi i pantaloni addosso, presumo che prima o poi otterrà quello che vuole.»

«Può anche ripassarsi tutto il dipartimento, per quanto mi riguarda. Davvero, è acqua passata.»

«Così la voglio» rispose allegramente Norton. «Allora, è sicura di volermi riconsegnare questa lettera? Se me la fa riportare in sede diventerà ufficiale, sa?» Norton agitò la busta.

«Sì, sono sicura.»

«Va bene, ispettrice Hunter» disse lui, improvvisamente formale. «Avendo potuto discutere la questione con lei, ha chiarito di voler lasciare il dipartimento. Prenderò questa sua lettera di dimissioni e tornerò a Londra con la coda tra le gambe, senza neanche accennare alle altre opzioni che avevo in mente di esporle.»

L'immagine di Norton con la coda tra le gambe la fece sorridere. Inarcò le sopracciglia ed emise un sospiro rassegnato. «Forza, allora, tanto vale che vuoti il sacco, visto che ha fatto tanta strada.»

«Che ci creda o no, esistono altre divisioni della Polizia Investigativa. Potrei aver proposto il suo trasferimento in una di queste.»

«A Paddington Green, forse? Già immagino un grazioso *tête-à-tête* con l'amante del mio ex marito.»

«Farò finta di non aver sentito questo commento a dir poco infantile. Ma mi aiuta a inquadrare bene la questione. La domanda è: si è dimessa per non stare più a contatto con Coughlin? O perché non vuole più far parte della Polizia?»

«Entrambe» ammise Jazz, con sincerità.

«D'accordo, mi lasci riformulare: lei è una donna di trentaquattro anni, un'agente della Polizia Investigativa esperta e altamente addestrata, e di punto in bianco decide di andare a vivere in un paesino del Norfolk come una vecchia zitella. Che diamine ne sarà della sua vita, d'ora in poi?»

«Intendo dipingere.»

Norton spalancò gli occhi. «Dipingere? Capisco. Nel senso, a livello professionale?»

«Chi lo sa. Se non fossi entrata in polizia mi sarei iscritta al Royal College of Art, dopo la laurea a Cambridge. Avevo già un posto che mi aspettava al corso di base.»

«Sul serio?» Norton parve sorpreso. «Ecco dunque spiegato il suo occhio per i dettagli.»

«Può darsi. Comunque il piano è questo. Voglio trasformare il capanno qui fuori in uno studio. Mi è rimasto abbastanza dalla vendita dell'appartamento, posso tirare avanti un bel po'. E poi c'è un corso all'UEA, University of East Anglia; potrei iscrivermici l'anno prossimo.»

«Lo ammetto, non è un brutto posto in cui riscoprire la propria creatività» convenne Norton.

«*Ri*scoprire, ecco. È la parola esatta, signore» disse Jazz. «La carriera in polizia mi ha assorbita fin troppo. Ho perso di vista la persona che ero.»

«*Mmm*» fece Norton. «Lo capisco, ma secondo me l'ha già ritrovata. Di certo ha recuperato il suo vecchio spirito combattivo.»

«Ha ragione.»

«Senta...» Norton sospirò, di nuovo serio. «Per quanto ancora intende continuare a scappare? Non credo che sia stata la Polizia a deluderla, ma solo un uomo determinato a trascinarla nel fango a ogni occasione. L'ho tenuta d'occhio, Jazmine. Lei vive di adrenalina. È una detective eccezionale, e non sono l'unico a pensarla così.»

«È... gentile da parte sua, signore.»

«A me piacciono i fatti, la gentilezza non c'entra. Mi dà un gran fastidio vedere una persona con le sue doti gettare la spugna solo perché il suo matrimonio non ha funzionato. In questi anni l'ho vista combattere ogni giorno il cameratismo maschile. Vuole davvero darla vinta a Patrick?»

Jazz non disse niente e studiò con attenzione la moquette.

«Mi ascolti bene, e veniamo al sodo: è successo qualcosa. Se le dicessi che abbiamo per le mani un caso a poca distanza da qui?»

«Un caso qui, nel Norfolk? Com'è possibile?»

«C'è stato un incidente in una scuola superiore poco fuori Foltesham. Uno studente è stato trovato morto in camera sua, sabato mattina. Mi hanno chiamato perché è figlio di un avvocato di grido, che di recente ha fatto estradare nel Regno Unito un paio di terroristi molto noti. Mi hanno chiesto di recarmi sul posto con un paio di uomini per assicurarmi che non siano stati commessi crimini di sorta.»

Norton scrutò negli occhi verdi di Jazmine e vide subito una piccola scintilla d'interesse.

«Gliel'ha chiesto il padre del ragazzo?»

«In realtà è stato il capo. Come sa, la polizia metropolitana di solito non viene coinvolta per casi simili, ma...»

«... ma qualcuno ha degli amici ai piani alti» disse Jazz con un sorriso, concludendo la frase per lui.

«Più o meno.»

«Com'è morto il ragazzo?»

«Soffriva di epilessia. I paramedici hanno dichiarato che il corpo presentava i normali segni dell'attacco. Eppure suo padre ha insistito, voleva a tutti i costi un'autopsia. E aveva ragione, a quanto pare, perché il coroner mi ha contattato questa mattina e sembra ci sia sotto qualcosa di più.»

«Del tipo?»

«Non posso dirle altro, a meno che non mi dia la certezza che il caso le interessa.»

Lo sapevano entrambi che era così.

«Può darsi. Basta che torni in tempo per dipingere la nuova *Monna Lisa*» rispose Jazz, con noncuranza.

«Le manderò il detective Miles per darle una mano.» Ora gli occhi di Norton brillavano.

«Mi dia un giorno per pensarci, signore, va bene?»

«Non c'è tempo, purtroppo. La voglio sul caso immediatamente. Ha un appuntamento oggi pomeriggio alle due con la madre del ragazzo. Abita a un'oretta e mezzo da qui. Questo significa» Norton guardò l'orologio «che ha all'incirca un'ora per decidere. Altrimenti manderò qualcun altro. Qui c'è il fascicolo.»

Norton porse a Jazz una spessa cartellina marrone.

Lei lo guardò con aria impotente.

«Un'ora?»

«Eh sì. A quanto pare dovrà fare un'altra di quelle scelte di pancia che l'hanno resa famosa, detective Hunter. A giudicare dalla carriera che ha fatto con noi, direi che l'istinto non l'ha mai tradita.» Norton controllò ancora l'ora. «Devo scappare. Ho detto che sarei rientrato in città per una riunione alle due, e queste strade di campagna sono un vero incubo.»

Si alzò e, con il suo metro e ottantasette, per un soffio non toccò il soffitto con la testa.

«Se dico di no, che ne faccio di questo?» disse lei, riferendosi al fascicolo.

«Lo bruci su quel misero fuocherello. A vederlo ha bisogno di altra legna. Bene, ci vediamo allora.» Norton le strinse la mano. «Grazie del caffè.» Si avviò verso la porta, poi si voltò a guardarla. «Per chiunque altro non sarei mai venuto fino nel Norfolk, ispettrice Hunter. E le garantisco che non mi vedrà più implorare. Mi chiami entro le dodici e trenta. Arrivederci.»

«Arrivederci, signore» disse Jazz. «E grazie... credo» farfugliò, come per un ripensamento.

3

David Millar camminava su e giù nella piccola cucina disordinata. Poi, in preda a un improvviso attacco di rabbia, afferrò una bottiglia di latte e la scaraventò contro la parete con tutta la forza che aveva. La bottiglia rimbalzò e cadde rumorosamente sul pavimento di linoleum ma, cosa alquanto irritante, non si ruppe.

«Cristo!» strillò David, che poi crollò in ginocchio con la testa fra le mani. Aveva gli occhi pieni di lacrime e il respiro pesante, affannoso.

«Che cazzo ho fatto?» gemette, rimettendosi in piedi a fatica, dopodiché barcollò fino al soggiorno passando sotto l'ingresso ad arco e si lasciò cadere sul divano.

In preda alla disperazione tentò di fare gli esercizi che gli aveva consigliato lo psicoterapeuta. Respirando lentamente, concentrandosi su ogni respiro, riuscì a placare l'ira. Riaprì gli occhi e si ritrovò a fissare la fotografia che lo ritraeva insieme ad Angelina e Rory, una famiglia che appena tre anni prima era sorridente e felice.

Si ricordava il giorno in cui l'avevano scattata. Era un caldo pomeriggio di luglio, e se ne stavano seduti in giardino a pranzare con carne alla griglia mentre il sole scaldava delicatamente la campagna del Norfolk. Era tutto perfetto all'epoca. Tutto. Aveva una bellissima moglie, un figlio meraviglioso, una nuova vita. Quello che aveva sempre sognato.

David era nato lì. Fino ai cinque anni aveva vissuto con i suoi in un paesino alla periferia di Aylsham, da dove partiva ogni estate per passare le vacanze sulla costa. Quando lui e Angelina avevano iniziato ad avvertire la necessità di andare via da Londra, il Norfolk gli era sembrata la scelta più naturale.

Si erano comprati una bella fattoria a una decina di chilometri da Foltesham e avevano investito una grande quantità di tempo, energie e denaro nell'opera di ristrutturazione. Angelina era nel suo elemento, e si divertiva un mondo a scegliere la carta da parati e le tende. Era felice. O almeno, sembrava felice. Rory si era ambientato alla St. Stephen's, una scuola ben diversa da quella di città che frequentava prima, isolata e soffocante, con due metri quadrati di cortile e immersa nello smog di Londra. E vedere suo figlio che iniziava ad apprezzare la vita di campagna, che prendeva un colorito più sano e si irrobustiva era stato fantastico.

L'unico lato negativo di tutta la faccenda, ovviamente, erano i lunghi viaggi quotidiani che David doveva sorbirsi per mantenere il posto a Londra, ma non gli davano affatto fastidio. Per rendere felici Angelina e Rory, avrebbe fatto qualsiasi cosa.

Anche sua moglie era sbocciata. Aveva abbracciato la nuova vita con tutta se stessa, si era fatta delle nuove amiche nel gruppo di mamme conosciute nel parcheggio della scuola. Molte, come lei, erano fuggite dal grigiore di Londra in cerca di una vita migliore.

Non era mai stata tanto impegnata. Club del libro, assemblee genitori-insegnanti, pranzi con le signore e lezioni di tennis riempivano le sue giornate mentre David era al lavoro. Invitavano a cena coppie dal carattere affine al loro, che poi restituivano il favore, e poco a poco la loro vita sociale si era fatta sempre più attiva.

Cena dopo cena, però, David si era reso conto che le case dei loro nuovi amici erano quasi sempre più maestose della loro. Le donne parlavano incessantemente di abiti firmati, scarpe alla moda e vacanze alle Mauritius o ai Caraibi; gli uomini si vantavano delle loro cantine di vini pregiati e di quel «paio di fucili Purdey» acquistati per la stagione della caccia.

Lui però non era invidioso. Era di origini relativamente modeste e sentiva di aver avuto un bel successo. Era perfettamente felice con sua moglie e suo figlio nella loro casa comoda e accogliente. E all'epoca pensava che lo fosse anche Angelina.

Col senno di poi avrebbe dovuto capirlo. Avrebbe dovuto accorgersi di quello che stava succedendo, anche solo dai commenti malinconici della moglie: «Oh, amore. Il marito di Nicole le ha appena regalato il nuovo modello di Mercedes quattro per quattro!», o «Pare che abbiano affittato tutti una villetta in Toscana per quest'estate, non sarebbe magnifico se ci andassimo anche noi?».

A un certo punto aveva iniziato a ritagliare dal giornale alcuni annunci immobiliari, che faceva scivolare con discrezione sulle sue ginocchia per indicargli una specifica proprietà arrivata da poco sul mercato. Ben presto David aveva capito che, secondo Angelina, il loro stile di vita sarebbe dovuto cambiare, diventare come quello dei loro amici facoltosi e alla moda. E il primo passo era comprare una casa più grande e bella.

Considerato che quando l'aveva conosciuta Angelina faceva l'estetista e abitava in un condominio di Penge, David riteneva, e a ragione, di averle già fatto fare un notevole salto di qualità. Tuttavia il suo bisogno di stare al passo con gli altri, e soprattutto con i Jones, era diventato insaziabile. David alla fine aveva ceduto sull'auto e le aveva comprato la quattro per quattro che desiderava tanto e cui ora voleva bene come fosse un secondo figlio. La soddisfazione che provava a guidarla ogni giorno fino alla scuola lo faceva sorridere. Gli piaceva renderla felice, ma il fatto che fosse così preoccupata di mantenere certi standard gli dava da pensare ogni giorno di più.

David era un broker di successo giù a Londra, e si occupava di commerciare in valuta straniera per una lunga lista di clienti fissi. Si era fatto la reputazione di agente affidabile, ma non era considerato adatto per gli affari di alto livello. Non si prendeva quei rischi capaci di garantirgli i benefit che invece toccavano ad altri, ma allo stesso tempo non era mai andato incontro a flop disastrosi. Era attento con il denaro. Insisteva perché vivessero soltanto del suo salario mensile, e depositava in banca ogni bonus, risparmiando per il futuro. Consapevole che quella sua carriera di broker non poteva durare in eterno, era determinato ad accumulare una bella sommetta nel caso lo costringessero ad andare in pensione in anticipo.

Angelina lo sapeva che i soldi c'erano, ma non capiva perché mai David si rifiutasse di usarli.

«Amore, siamo ancora giovani» si lamentava. «Non credi che sia questo il momento in cui si dovrebbe puntare alla luna? La tua carriera non fa che migliorare. Non capisco proprio perché dobbiamo continuare a risparmiare per un periodo buio che potrebbe non sopraggiungere mai. Mica vorrai arrivare a settant'anni e ritrovarti seduto su una montagna di soldi? Saremmo troppo vecchi per goderceli. Pensaci, amore. Potremmo comprare la casa dei nostri sogni.»

David ricordava di aver borbottato che secondo lui ce l'avevano già, la casa dei loro sogni, ma sua moglie aveva fatto orecchie da mercante.

Alla fine, malgrado fosse contrario, aveva ceduto e Angelina era andata subito con un'amica a visitare una casa nella periferia di Foltesham. Era un'impressionante, seppur cadente, canonica georgiana con cinque acri di terreno, fin troppo grande per una famiglia di tre persone. Ma forse, come aveva lasciato intendere Angelina mentre David entrava e usciva dalle otto camere da letto, quel numero era destinato ad aumentare.

«Amore.» Gli aveva buttato le braccia al collo nell'ennesima stanza dai soffitti decrepiti. «Non è perfetta per un altro bambino?»

«Angie, dici sul serio?»

Lei aveva annuito con gli occhi che brillavano. «Assolutamente. Credo che un altro figlio sia proprio quello che ci serve per sentirci a casa, qui.»

Quella prospettiva era stata determinante. David voleva da sempre un secondo figlio, ma fino a quel momento Angelina era stata irremovibile: non intendeva vivere di nuovo gli orrori della gravidanza.

«Per non parlare poi dello scempio che ha fatto del mio corpo» aveva detto una mattina, lisciandosi il vestito sulla pancia piatta che aveva riottenuto con grande fatica. «Mi ci è voluto un anno per tornare in forma. Pensa a quanto ci metterei dopo una seconda gravidanza!»

Ora che Rory aveva quasi dodici anni, David aveva perso le speranze. Aveva creduto alla buona fede della moglie e l'aveva accontentata, inoltrando un'offerta per la casa.

Diciotto mesi più tardi, acquisita la proprietà con un mutuo da far girare la testa – tralasciando inoltre le spese per i lavori, che avevano finito per ammontare a tre volte la cifra prevista all'inizio – le riserve di David si erano praticamente prosciugate ma di bambini ancora nessuna traccia.

Poi l'economia aveva iniziato a vacillare. In tutti i locali della City, a Londra, non si parlava più di quante bottiglie di Krug si era in grado di bere, ma solo del *bear market* e di quale sarebbe stata la prossima azienda ad avviare una riduzione dell'organico.

Ciò nonostante, Angelina voleva sempre di più. Per i mobili spendeva cifre simili al prodotto interno lordo di un Paese in via di sviluppo, e poi ovviamente, dovevano *per forza* costruire una piscina in giardino, sennò Rory come faceva a invitare gli amichetti a nuotare?

Dopo svariati giorni passati in ufficio a farsi rodere dall'ansia, David ormai era terrorizzato all'idea di prendere il treno per tornare a casa, una casa che era diventata il simbolo della sua totale mancanza di controllo sulla situazione e su una moglie che pareva scontenta a prescindere da ciò che lui le dava.

E quindi, invece di affrontare la realtà, aveva cominciato ad affogare le proprie sofferenze nell'alcol dopo il lavoro. Con cinque o sei pinte in corpo, oltre a un paio di whisky, sorbirsi le lamentele di Angelina diventava decisamente più sopportabile. Aveva preso un prestito in banca per pagare la piscina, poi un altro per coprire i costi di rifacimento del campo da tennis e del giardino.

Con tutta quella pressione il lavoro ne risentiva. Il suo giudizio, di solito attento e prudente, non era più così saldo come un tempo, e un giorno David aveva commesso un grave errore. Niente di troppo serio da costargli il posto, ma in una situazione difficile come quella che stavano vivendo era stato sufficiente a renderlo di colpo una risorsa sacrificabile nel processo di ridimensionamento dell'azienda.

Alla fine il suo capo l'aveva convocato per metterlo alla porta. David era diventato ufficialmente un disoccupato. Gli avevano versato lo stipendio di un anno, ma aveva dovuto sgombrare la scrivania e andarsene.

Aveva trascorso la serata nel suo locale preferito, riuscendo a prendere per miracolo l'ultimo treno diretto a casa. Quando era arrivato, Angelina era a letto. David era entrato in cucina con passo malfermo e la testa che gli pulsava, si era riempito un bel bicchiere d'acqua del rubinetto ed era andato a frugare nei pensili in dispensa, dove Angelina teneva il kit di primo soccorso. Gli serviva un antidolorifico.

Aveva tirato fuori la scatola metallica, ma l'intero contenuto gli era caduto sul pavimento. Si era buttato in ginocchio e si era messo a risistemare le creme, le bende e le pasticche. Una confezione in particolare però aveva attirato il suo sguardo. Erano i contraccettivi che Angelina prendeva prima che iniziassero a provare ad avere un figlio.

Con il cuore che batteva forte aveva letto la data in cui erano stati acquistati: due settimane prima. Aprendo la scatola, si era accorto che ormai il blister era mezzo vuoto.

Era salito di sopra come una furia, livido di rabbia.

Angelina era a letto e leggeva un libro.

«Amore, ero preoccupata. Dove sei st...»

Prima che riuscisse a concludere la frase, David l'aveva afferrata per gli avambracci e l'aveva tirata di peso fuori dal letto. Poi l'aveva scossa come una bambola di pezza.

«A che gioco stai giocando, eh?» le aveva urlato. «Come ti permetti di mentirmi? Come OSI?» Poi le aveva dato uno schiaffo in faccia, forte, e lei si era accasciata sul pavimento.

David si era seduto sul bordo del letto con la testa fra le mani, in lacrime. «Perché mi hai mentito? Perché? Non hai mai avuto alcuna intenzione di fare un altro figlio, vero?»

Quando aveva riaperto gli occhi, di Angelina non c'era più

traccia. L'aveva trovata di sotto, chiusa in soggiorno a chiamare la polizia. Gli agenti, sopraggiunti dopo pochi minuti, l'avevano sorpreso a picchiare sulla porta, mentre le urlava di aprire, che poteva spiegare.

La mattina successiva, dopo una notte in guardina, l'avevano accusato di aggressione. Angelina si era fatta controllare in ospedale ed era tornata a casa incolume, solo molto scossa.

Disgustato da quanto aveva fatto, David aveva raccontato alla polizia quello che gli era successo e, dato che la sua fedina penale era immacolata, era stato rilasciato.

Pieno di rimorso era tornato a casa a piedi, per scoprirla sigillata come una fortezza. Da una cabina telefonica aveva tentato di chiamare la moglie, ma Angelina non rispondeva, quindi David aveva pensato bene di provare a intrufolarsi in casa.

E di nuovo era arrivata la polizia. Stavolta l'aveva beccato in flagrante mentre rompeva il vetro di una finestra con una grossa pietra raccolta in giardino.

L'avvocato di Angelina aveva ottenuto subito un ordine restrittivo che impediva a David di avvicinarsi a casa sua, alla moglie e al suo adorato figlio.

Le settimane successive erano state un continuo di incubi provocati dall'alcol, dai quali David non pareva capace di svegliarsi.

Poi alla fine, recuperata un po' di lucidità nello squallido cottage che aveva preso in affitto per disperazione, aveva acceso il televisore.

Davano un varietà mattutino e stavano intervistando un ex alcolista. Nell'udire la sua storia, la sua caduta vertiginosa, a David erano venute le lacrime agli occhi. Si rivedeva in quell'uomo.

Quella sera stessa si era recato a un incontro degli Alcolisti Anonimi.

Era stato l'inizio del suo viaggio verso la ritrovata sobrietà. Anche se all'inizio più che altro era stato un inferno. Molto più difficile di quanto si sarebbe mai immaginato. Ma col passare delle settimane aveva iniziato a schiarirsi le idee e pensare di nuovo lucidamente.

Era andato a parlare con un avvocato di Foltesham, una donna di nome Diana Price, secondo cui era piuttosto strana la velocità con la quale Angelina aveva ottenuto l'ordine restrittivo.

«Sua moglie non è stata mai ricoverata in ospedale» gli aveva detto. «È rimasta giusto un po' di tempo al pronto soccorso. E ovviamente lei dovrebbe poter vedere suo figlio, anche se dovrà farlo sotto sorveglianza.»

«E i soldi?» aveva chiesto David. «Come tira avanti mia moglie? Il nostro conto in comune è quasi a secco.»

«E la sua liquidazione?» aveva chiesto Diana.

«Quella me l'hanno versata sul conto societario, non la può toccare.»

«Be', è già qualcosa.»

«Sì, ho capito, ma non ho altro. Sono disoccupato, e qualsiasi cosa succeda dovremo comunque vendere la casa. Non posso certo pagare il mutuo, né tantomeno le rate dei prestiti. Angie ancora non mi parla e non mi dispiacerebbe riavere un po' delle mie cose. Ho letteralmente solo i vestiti che indosso.»

«Senta, mi faccia scrivere all'avvocato di sua moglie, così capiamo come stanno le cose. Il 6 del mese prossimo dovrà presentarsi in tribunale, ma devo chiederglielo: avevate problemi coniugali *prima* della sera dell'aggressione?»

David si era messo a riflettere. In quegli ultimi mesi i problemi economici l'avevano talmente assorbito che aveva perso traccia della propria vita famigliare. Non facevano molto sesso, quello sì, ma c'era da dire che lui tornava sempre a casa tardi...

«Diciamo che sono un po' saltate le comunicazioni» aveva risposto. «Però non è che litigassimo, e a parte quell'unica volta non mi sono mai sognato di farle del male.»

«È solo che... Di solito la moglie concede al marito almeno l'occasione di giustificarsi. Non cerco di scusare il suo comportamento, ma se sua moglie la ama dovrebbe quantomeno prendere in considerazione le circostanze e provare a capire perché l'ha fatto, no?»

«Forse ha paura di me.»

«Forse, ma non si dimentichi che sa bene di averle mentito, sulla questione del secondo figlio. Mi sarei aspettata che provasse a sistemare le cose, se non altro per il bene di Rory. È molto strano, glielo dico. Comunque, scriverò alla controparte e vediamo che succede.»

David aveva trascorso i giorni successivi a camminare avanti e indietro nel cucinino del piccolo cottage che aveva preso in affitto, in preda all'agonia dell'attesa. Finalmente, dopo una settimana, l'avvocato Price l'aveva convocato nel suo studio.

«Che ha detto?» aveva chiesto David.

«Ci sono buone e cattive notizie» aveva risposto l'avvocato. «Sua moglie è pronta a ritirare la denuncia per aggressione e rinunciare all'ordine restrittivo.» David era stato colto da un'ondata di sollievo e speranza.

«Ma in cambio» aveva proseguito Diana «vuole un divorzio rapido. Lo chiede sulla base del suo comportamento irragionevole e senza aggiungere altro, purché lei non lo contesti.»

«Che cosa?» David era sbalordito.

«In più, Rory continuerà ad abitare con lei nella casa di famiglia.»

A David veniva da vomitare. Gli tremavano le mani.

«Ma perché vuole il divorzio? Non abbiamo neanche più

parlato. Secondo me neanche sa che ho perso il lavoro. Perché altrimenti saprebbe che dovremo vendere la casa.»

«A quanto dice il suo avvocato, è del tutto irrilevante. Sua moglie dice di volerle liquidare la sua parte.»

«Liquidare la mia parte? E come accidenti pensa di fare?»

«La casa è di proprietà di entrambi. Sua moglie incasserà la sua parte da ciò che rimarrà una volta estinto il mutuo, e lei avrà la sua. Ha proposto di rimanere ad abitare in casa, di farsi carico del mutuo e di versarle la sua parte del valore della proprietà. In questo modo diventerà lei l'unica proprietaria.»

«È assurdo! Angie non ha niente. Non lavora e poco ma sicuro non ha risparmi. Dove accidenti pensa di trovarli, i soldi per pagare il mutuo? Per non parlare di quelli che le serviranno per liquidare me.»

Diana si era stretta nelle spalle. «Non ne ho idea, ma la sua proposta è questa. Senta, David, ne ha passate tante. Perché non prende questa lettera, va a casa e ci pensa su? Poi mi farà sapere cosa avrà deciso.»

«Quali sono le alternative?»

«Be', può andare a vedere il bluff di sua moglie e farsi portare in tribunale per aggressione. Ma si ricordi, è la parola di sua moglie contro la sua. Può lottare per la custodia di Rory, ma il tribunale di solito delibera in favore della madre, specialmente se c'è stata una qualche forma di violenza domestica. Può rendere il divorzio lungo ed estenuante quanto vuole, ma io non glielo consiglio.»

«Quindi in sostanza sta dicendo che mi tiene in pugno?»

«Sto dicendo che deve prendere una decisione. Farà male, lo so, ma quantomeno così manterrà la fedina penale pulita, il divorzio le costerà poco, sarà rapido e, cosa più importante, potrà vedere Rory.»

«Ma che meraviglia!» aveva risposto lui, sarcastico. «Ieri potevo vedere mio figlio ogni volta che mi pareva, preparargli la colazione, giocarci a calcio; oggi invece mia moglie mi dice che posso vederlo solo un paio di volte l'anno!»

«No, non esageriamo. Ora che Rory va alle superiori chiederemo a sua moglie di farglielo vedere un fine settimana ogni due e per metà delle vacanze. Sono certa che accetterà.»

«Però, che gentile. Cristo! Cosa ho mai fatto, io, a parte volergli un bene dell'anima? E visto che ci siamo, cosa ho mai fatto a mia moglie, a parte provvedere a lei e darle la vita che mi ha detto di volere?»

David sentiva la solita, vecchia furia cieca farsi strada dentro di sé. «Grazie, Diana. Le farò sapere.»

Tutto ciò succedeva quattro mesi prima. Gli accordi economici erano arrivati ormai alla conclusione e, anche se David non era per nulla convinto che Angelina fosse in grado di recuperare i soldi necessari a liquidarlo, Diana gli aveva detto che l'assegno gli sarebbe arrivato nel giro di pochi giorni.

Con quella cifra avrebbe ripagato i prestiti bancari, e gli sarebbe rimasto anche qualcosina con cui ricominciare da capo; probabilmente in un monolocale da qualche parte, se era fortunato. Ormai comunque del denaro non gliene fregava più niente. L'unica cosa di cui gli importava era Rory.

Viveva in attesa delle visite quindicinali del figlio, e sebbene il ragazzo fosse molto più silenzioso di prima, David era determinato a ricostruire il loro vecchio rapporto.

Ma – ed era quello il motivo per cui era arrabbiato quella mattina – Rory sembrava avere qualcosa che non andava.

Sebastian Frederiks, il direttore della pensione della St. Stephen's in cui alloggiava Rory, l'aveva chiamato qualche giorno prima per parlargli di «un paio di questioni». A quanto pareva il ragazzino si stava chiudendo sempre più in se stesso, e Frederiks era preoccupato per lui.

«Ma potrò vederlo solo tra una settimana e passa. E sabato ha il coro. Non potrei passare direttamente a scuola?»

«Be', che ne dice se la faccio chiamare? Da lì poi vediamo. L'ultima cosa che ci serve è che Rory si senta sotto pressione e si chiuda a riccio.»

«Se crede che sia la cosa giusta da fare... E per favore, si prenda cura di lui.»

«Ma certo, signor Millar. Arrivederci.»

David riagganciò, frustrato e ansioso di rivedere il figlio. Lo aspettava una giornata interminabile e si ritrovò a pensare all'alcol.

Quella sera, ubriaco per la prima volta dopo mesi, David prese la macchina e andò alla scuola, determinato a vedere Rory a prescindere dal parere di Frederiks. Suo figlio era nei guai, lo sapeva.

Trascorsero quattro giorni. Non ricordava niente della sera in cui era andato alla scuola. Sapeva soltanto di essere entrato a Fleat House, di aver vagato per i corridoi deserti in cerca di Rory, di aver bussato a qualche porta. Ma non c'era nessuno, lì dentro, e la sua ricerca era stata infruttuosa.

Non ricordava di essere tornato a casa.

Da allora aveva lasciato diversi messaggi a Frederiks e al preside. Nessuno dei due l'aveva mai richiamato.

Gli squillò il cellulare. Rispose immediatamente.

«David Millar.»

«Papà, sono io.» Rory era senza fiato.

«Rory, oh, Dio! Finalmente! Come stai?»

«Papà... io...» Rory emise un singhiozzo strozzato. «Ho paura.»

«Di cosa?»

«Chi... chi mi proteggerà adesso?»

«Rory, ma di che parli? Dimmelo.»

«Non posso. Non puoi aiutarmi, nessuno può.»

E cadde la linea.

David richiamò subito, ma sentì solo squillare a vuoto. D'un tratto si rese conto che suo figlio doveva aver chiamato dal telefono a gettoni di Fleat House, quindi si mise in contatto con la segretaria del preside.

«Sì, sono di nuovo David Millar. Devo parlare con il preside, adesso! Mio figlio Rory mi ha appena riattaccato in faccia ed era molto turbato.»

«Trasmetterò il suo messaggio, signor Millar, e mi assicurerò che la richiami.»

«No! Devo parlarci adesso!»

«Non è possibile, signor Millar, è a lezione. Ma gli dirò di richiamare.»

«Lo faccia uscire, allora! Mio figlio è nei guai, lo sento.»

«Dirò al signor Jones di telefonarle il prima possibile. Al momento è davvero... molto impegnato, ma sa che l'ha cercato.»

«Le ho chiesto di parlarci anche ieri, e ancora niente! Gli dica almeno che è urgente» implorò David.

«Sì, senz'altro, ma non si preoccupi, la prego. È probabile che Rory abbia solo nostalgia di casa. Sono le prime settimane del secondo semestre, è sempre un momento difficile. Posso farla parlare con il signor Frederiks a Fleat House, se crede.»

«Sì, grazie, buona idea.»

«Attenda in linea.»

Mentre aspettava di essere messo in comunicazione, David camminò avanti e indietro nell'angusto soggiorno.

Dopo un po' si udirono alcuni scatti e partì la segreteria telefonica. Infastidito, David riattaccò.

Passò un'ora e ancora nessuna chiamata da parte del preside o del direttore di Fleat House. David era fuori di sé dalla preoccupazione.

Decise di andare di persona alla scuola per parlare con Rory. Prese le chiavi dell'auto, uscì e salì a bordo della vetusta Renault che si era comprato da qualche settimana. Girò la chiave nel quadro un paio di volte, ma non successe nulla.

«Porca miseria!» David prese a pugni il volante dalla rabbia. La luce sopra il cruscotto era rimasta accesa per tutta la notte, e quasi sicuramente la batteria era a terra.

Non aveva vicini a cui chiedere i cavi. Avrebbe dovuto per forza chiamare il carro attrezzi.

David tornò in casa in preda a un'agitazione incontrollabile.

Andò al pensile in cucina e tirò fuori una bottiglia di whisky.

4

Jazz accese l'auto parcheggiata accanto al marciapiede e si mise in viaggio in direzione ovest, verso Peterborough.

«La prima cosa da capire è se Charlie Cavendish abbia assunto l'aspirina per sbaglio oppure no. Dobbiamo interrogare innanzitutto i genitori, perché ci servono alcune informazioni generali sul ragazzo. Adele Cavendish, la madre, la sta aspettando. In bocca al lupo, ispettrice Hunter. Sono felice di riaccoglierla nella squadra. Speriamo che abbia preso la decisione giusta.»

«Grazie, signore. Lo spero anch'io.»

Jazz infilò una cassetta di Macy Gray nell'autoradio. Dubitava che la madre di Charlie si aspettasse di veder arrivare una detective a bordo di una Mini arancione vecchia di quindici anni. Purtroppo il detective Miles con l'auto di servizio l'avrebbe raggiunta solo l'indomani, quindi per il momento avrebbe dovuto fare buon viso a cattivo gioco.

Non si soffermò a riflettere più di tanto sul fatto che l'ultima cosa che si aspettava di fare, quel pomeriggio, era interrogare la madre di un ragazzino morto... ma come diceva sempre suo padre, la vita era troppo breve. E non potevi fare altro che dare retta all'istinto.

Se non avesse funzionato... be', pazienza. Si sarebbe dimessa con tutti i crismi una volta chiuso quel caso.

Un'ora più tardi Jazz giunse a Rutland. Aveva percorso la A1 soltanto una volta, in direzione nord, e si sorprese di quanto fosse graziosa quella zona. Era simile ai Cotswolds, con gli edifici di arenaria giallo chiaro e le campagne mosse da dolci colline.

Dopo aver sbagliato strada un paio di volte imboccò il tortuoso vialetto che portava a casa Cavendish. Parcheggiò la Mini tra una vecchia Land Rover e una Mercedes sporca di fango, su un lato dell'imponente casa in stile regina Anna.

Mentre saliva i gradini fino al sontuoso ingresso, Jazz notò alcuni cavalli che pascolavano in un campo vicino e non mancò di ammirare la meravigliosa vista sulla campagna circostante. Era un luogo incantevole, perfino in una fredda giornata d'inverno come quella.

Suonò il campanello accanto alle pesanti doppie porte di legno. Sentì subito un rumore di passi in avvicinamento, seguito dal tintinnio di un mazzo di chiavi e dallo scatto di un paletto. Alla fine la porta si aprì, e Jazz si trovò davanti una donna alta quanto lei, magra e impeccabilmente vestita con camicia a righe, golfino di cachemire, pantaloni scuri e un paio di ballerine di pelle blu. I folti capelli castani erano corti e ben pettinati, e l'accenno di trucco su occhi e labbra completava alla perfezione l'aspetto curato, seppur un po' datato, della padrona di casa.

«Mi scusi» esordì la donna. «Ormai la porta principale non la usiamo quasi più. Di solito fanno tutti il giro per entrare dal retro.» Allungò la mano. «Adele Cavendish. Lei dev'essere l'ispettrice Hunter.»

«Piacere» disse Jazz. «E grazie di avermi ricevuto» aggiunse, stringendo la mano della donna.

«Prego, si accomodi» disse Adele.

Condusse Jazz attraverso l'atrio elegante, dove campeggiava una spettacolare scalinata curva, fino a un soggiorno ben arredato con finestre alla francese che si aprivano su una terrazza. La stanza era ingombra di mobili antichi, le finestre si intravedevano appena, coperte da pesanti tende a motivi floreali e su uno scrittoio c'era una serie di fotografie di famiglia, mentre sulla mensola del caminetto svettavano piccole figurine di ceramica.

«Prego, si sieda.» Adele le indicò uno dei due divani di chintz imbottiti. «Gradisce qualcosa da bere? Tè? Caffè?»

«No, grazie, sto bene così.» Jazz tirò fuori un blocco e una penna dalla valigetta. «Scusi se le sono piombata in casa in questo periodo che, sono certa, sarà tremendo per lei e la sua famiglia.»

Adele incrociò le braccia sul petto, si avvicinò alla finestra, dando le spalle a Jazz.

«A essere sincera devo ancora rendermene conto del tutto. Non posso credere che Charlie non ci sia più.» Si voltò, e Jazz scorse il dolore nei suoi occhi. «E ora, sapere che la sua morte avrebbe potuto essere evitata, che non è stata colpa dell'epilessia...» Adele scosse la testa. Con aria desolata andò ad appollaiarsi sul bracciolo del divano di fronte a Jazz, stringendosi le braccia al corpo. «Mi perdoni. Come posso aiutarla?»

«Suo marito è in casa? Sarebbe più semplice se questa cosa la facessimo tutti insieme. Dovrò farle delle domande che potrebbero risultare dolorose.»

«Non c'è, no.» Adele si strinse nelle spalle. «È nel suo appartamento di Londra. Gliel'avevo detto che sarebbe venuta, ma sta lavorando a un grosso caso al momento, che a quanto pare ha la precedenza perfino sulla morte di nostro figlio.» Concluse la frase con un sorriso triste, in cui si scorgeva una traccia di amarezza. «Comunque mi ha detto di aver richiesto i migliori agenti per scoprire cosa sia successo a Charlie. Come posso anche solo provare a voltare pagina, con mio figlio che giace in un obitorio?»

«Signora Cavendish, mi rendo conto che è l'ultima cosa di cui ha bisogno al momento, ma sono certa che voglia sapere come e perché Charlie sia morto.»

L'espressione di Adele si addolcì. «Ha ragione. Certo che voglio saperlo. Forza, andiamo avanti. Togliamoci il dente.»

Mentre Adele raccontava, nella mente di Jazz iniziò a formarsi un quadro molto preciso, quello di un adolescente privilegiato e anche piuttosto viziato.

«Non posso avere altri figli, quindi presumo che in un certo senso sia stato normale accontentarlo in tutto.»

«Lui e suo padre andavano d'accordo?»

«William era deluso che Charlie non fosse uno studente brillante. Quando non è entrato a Eton è stato un brutto colpo, per lui. È sempre stato convinto che fosse solo pigro.» Adele sospirò. «Forse ha ragione. Charlie riusciva a cavarsela in ogni situazione, grazie al suo fascino. Adorava lo sport e dedicava ogni sua energia alla vita sociale, a divertirsi. Devo dire che adesso sono felice che l'abbia fatto.»

«Quindi tra lui e il padre c'erano degli attriti?»

«Charlie voleva andare alla Marlborough, dove si erano iscritti tanti suoi compagni delle medie. William però si è opposto. Secondo lui era troppo progressista. Se vuole la verità, credo che William l'abbia mandato alla St. Stephen's per punirlo di non essere entrato a Eton. A me stava bene, sono nata e cresciuta qui nel Norfolk. Come scuola non è affatto male, ma mi rendo conto che non giochi nello stesso campionato delle altre.»

«Secondo lei Charlie ci si trovava bene?» chiese Jazz.

«Non particolarmente, no. Si è sentito un fallito dal primo istante in cui ci ha messo piede. Quando è tornato a casa per

Natale – l'ultima volta che l'ho visto, tra l'altro – mi ha detto che non vedeva l'ora di andarsene.»

«Intendeva andare all'università?»

«Sì, anche se...» Adele si grattò la fronte. «Dio, è complicato. William e Charlie hanno avuto una discussione appena prima che tornasse a scuola per il semestre invernale. Charlie voleva prendersi un anno sabbatico, come fanno tutti di questi tempi, e dato che non sapeva bene cos'avrebbe voluto fare dopo, ha pensato di rimandare di un anno la compilazione della domanda per l'università.»

«Finché non si fosse fatto un'idea dell'indirizzo da seguire?» la incalzò Jazz.

«Esatto. William non ci ha visto più e ha accusato nostro figlio di essere uno scansafatiche. Aveva dato sempre per scontato che avrebbe seguito le sue orme e che sarebbe diventato avvocato, ma Charlie non ne aveva la minima intenzione.»

«Tre settimane fa, prima che Charlie tornasse a scuola, la discussione si era risolta?»

«No.» Adele scosse la testa. «Temo di no. William gli ha fatto sapere che non avrebbe tirato fuori un centesimo per il suo anno sabbatico, se prima Charlie non fosse riuscito a entrare all'università. L'ho riaccompagnato a scuola io ai primi di gennaio.» Adele si studiava attentamente le mani. «Suo padre non gli ha parlato più, da quel giorno.»

«Suo marito deve essere davvero addolorato, viste le circostanze.»

«Ne sono certa. Non che si veda, devo ammetterlo.» Adele alzò lo sguardo su Jazz. «È impassibile. Ma sotto sotto lo so che adorava Charlie. Erano molto simili: con una volontà forte e determinati. Forse è proprio per questo che litigavano tanto spesso.»

«E quando l'ha riaccompagnato a scuola come le è sembrato?»

«Più silenzioso del solito, ovviamente.»

«Signora Cavendish, sto per farle una domanda orribile» disse Jazz, parlando lentamente. «Ma vista la lite che c'è stata con il signor Cavendish, unita al fatto che a suo dire Charlie si sentiva un fallito, secondo lei c'è anche una remota possibilità che Charlie abbia deciso di togliersi la vita?»

Adele guardò Jazz con un'espressione orripilata. «Mi sta chiedendo se secondo me Charlie si è suicidato perché aveva litigato con suo padre? Mai! Impossibile!» Adele scosse la testa con veemenza. «Se l'avesse conosciuto non me l'avrebbe neanche chiesto. Gli attriti con William non nascevano dal suo scarso amore per la vita. Tutto il contrario, semmai dal *troppo* amore. Era la persona più vivace che conoscessi!»

Adele perse l'ultima parvenza di compostezza e scoppiò a piangere. Tirò fuori un fazzoletto dal taschino del cardigan e si soffiò il naso. «Mi scusi, ma il pensiero di Charlie che si toglie la vita è... è troppo.»

«Sono spiacente, signora Cavendish, ma era mio dovere chiederglielo» rispose gentilmente Jazz. «Credo che abbiate già parlato con il coroner. Charlie è morto per uno shock anafilattico provocato da una reazione allergica all'aspirina, me lo conferma?»

«Sì. L'ha detto a William ieri sera.»

«Dunque,» continuò Jazz «il suicidio potrebbe essere plausibile come spiegazione, non crede?»

«No! Assolutamente no! Non l'avrebbe mai fatto. Deve per forza averle prese per errore.» Ci fu un'altra pausa e Adele si soffiò di nuovo il naso, prima di rimettersi in tasca il fazzoletto.

«Charlie sapeva di essere allergico all'aspirina, giusto?»

«Certo. Gliel'abbiamo ripetuto fino alla nausea. L'abbiamo

scoperto quando aveva cinque anni. Un giorno gli è venuta la febbre e gli ho dato un'aspirina. Nel giro di pochi istanti ha iniziato a tossire, a strozzarsi. È stato terribile. Per fortuna l'ambulanza è arrivata in tempo per rianimarlo, ma se l'è vista parecchio brutta. È stato quell'episodio a provocargli l'epilessia – dicono che sia abbastanza comune – e da quel momento in poi ha dovuto prendere due pasticche al giorno per tenere sotto controllo gli attacchi. Quando è entrato alla St. Stephen's temevo se ne scordasse, perciò ho chiesto allo staff di fargli trovare il valproato ogni sera. Oltre naturalmente a stare alla larga dall'aspirina.»

«Nel sangue di suo figlio hanno trovato una dose di principio attivo corrispondente a un paio di pasticche. Nella stanza non c'erano segni di colluttazione, quindi dobbiamo eliminare la teoria secondo cui sarebbe stato costretto ad assumerle.»

«Aveva bevuto?» chiese Adele.

«Le tracce di alcol che gli hanno trovato nel sangue equivalevano più o meno a una pinta di birra, quindi di certo non era ubriaco.»

«Speravo quasi che lo fosse» mormorò Adele. «Dio solo sa che cos'abbia passato negli ultimi istanti. È un modo orribile di morire. E tutto solo...»

Jazz attese che Adele si ricomponesse prima di chiedere: «Signora Cavendish, sa per caso se suo figlio aveva dei nemici, persone cui non andava a genio? Le ha mai accennato a un qualche ragazzo in particolare, a scuola, o magari un insegnante?».

Adele parve riflettere per un po', poi rispose: «Sono certa che Charlie non piacesse proprio a tutti. Le personalità forti tendono a farsi molti nemici, non crede anche lei?».

Jazz annuì.

«Ma se mi chiede se qualcuno l'ha assassinato... be', no, è assurdo anche solo pensarlo.»

«Charlie le ha mai detto se aveva la ragazza?»

Adele riuscì a sfoderare un sorriso triste. «Oh, Charlie ne aveva diverse. Ma andavano e venivano, come succede quando hai diciott'anni e sei bello com'era lui. Il fatto che fosse una scuola mista era l'unica cosa che gli piaceva della St. Stephen's.»

Jazz rimise nella valigetta il blocco e la penna. «Be', per il momento non c'è altro. Grazie del suo aiuto, signora Cavendish. Le garantisco che farò il possibile per scoprire che cos'è successo a Charlie.»

«È William che vuole risposte. Io vorrei solo che mi restituissero mio figlio.» Adele si alzò. «Ho bisogno di bere» aggiunse, quasi tra sé.

Jazz la seguì sulla soglia del soggiorno. «Le dispiacerebbe farmi dare un'occhiata alla camera di Charlie? Potrebbe essermi utile.»

«Si figuri. Da questa parte.»

«Ha una casa bellissima, signora Cavendish» disse Jazz, mentre seguiva Adele su per la spettacolare scalinata dell'ingresso.

«La ringrazio. Volevo che Charlie crescesse in campagna, come me.» Si fermò in cima alle scale e si girò a guardare Jazz. «Ci siamo trasferiti qui perché William potesse fare il pendolare. È solo a un'ora di treno da Peterborough, ma dopo un po' si è stufato e ha preso in affitto un appartamento in città. Non è mai stato un tipo da campagna, lui.» Adele si voltò bruscamente prima che Jazz potesse commentare, e si avviò lungo il corridoio.

«Quella è la camera di Charlie. Le dispiace se non entro? Non ce la faccio a vedere le sue cose, per ora.»

«Non si preoccupi. Le è rimasta per caso qualcuna delle pasticche che prendeva per l'epilessia?»

«Vado a prendergliele.» Adele si strinse nelle spalle e si allontanò lungo il corridoio.

La camera di Charlie aveva tutti i tratti tipici della stanza di un adolescente: poster appesi storti alle pareti, foto di squadre di rugby sistemate su una lavagnetta accanto al televisore, uno stereo, pile di libri e riviste buttate senza cura su una libreria.

Jazz si avvicinò al letto e prese un orsetto ormai senza pelliccia che giaceva sul cuscino.

Qualche anno prima aveva frequentato un corso sulla gestione del lutto e aveva scoperto che nessun genitore supera mai davvero la perdita di un figlio. Molte coppie si separano, incapaci di affrontare il dolore insieme. Si sentono derubati e soli. E da quanto aveva visto e sentito, Adele Cavendish non avrebbe ricavato alcun conforto dal marito.

Jazz si chinò a dare uno sguardo alle foto sul comodino. Padre e figlio in tuta da sci in cima a una montagna. Avevano entrambi le spalle larghe e un fisico robusto, con la carnagione chiara e gli stessi occhi azzurri.

Jazz scandagliò la stanza in cerca di qualsiasi indizio che le dicesse chi era Charlie Cavendish. Aprì i cassetti della scrivania, sfogliò alcune riviste di rugby, lesse un paio di lettere scritte da amici e, non trovando niente di interessante, uscì e tornò di sotto.

La signora Cavendish era seduta sul primo gradino con un bicchiere in mano.

Jazz le si sedette accanto.

«Trovato niente?»

«Purtroppo no» rispose lei.

«Ecco le pasticche.» Adele tirò fuori una confezione dalla tasca del cardigan. «Tanto vale che se le prenda tutte. Non... non ne avrà più bisogno.»

«No.» Jazz prese le medicine, poi esitò e chiese: «Charlie ce l'aveva un computer?».

«Ma certo, chi è che non ha un computer? Però è a scuola.» Adele bevve un sorso di gin. «Presumo che dovrò decidermi ad andare a prendere le sue cose.»

«Se preferisce possiamo fargliele recapitare una volta che avremo dato un'occhiata.»

«Davvero?» Il viso di Adele si rilassò un poco. «Mi dia pure della codarda, ma il pensiero di mettere piede anche solo nei pressi di quel posto e di dovermi sorbire gli sguardi di finta compassione di quel borioso del preside mi distrugge.»

«Non è una codarda, signora Cavendish. Le persone soffrono tutte in modo diverso.» Istintivamente Jazz appoggiò la mano sulla spalla di Adele.

«È il flusso continuo di visite, sa? E i bigliettini di condoglianze... Neanche riesco a leggerli.» Adele le indicò una pila di buste da lettera sul tavolo all'ingresso. «So che cercano di essere gentili, ma lo rendono sempre più reale.» Guardò Jazz con un'espressione di agonia sul volto. «Era tutto per me, sa? Tutto.»

«Io non ho figli, quindi posso solo immaginare. Ma ci sono tanti bravi consulenti che potrebbero aiutarla...»

«Santoddio, no!» esclamò Adele, ricomponendosi quasi all'istante. Si alzò. «Non mi serve uno che mi tratti con sufficienza o che mi copra di psico-stupidaggini. Ce la farò da sola. Quale altra scelta ho?» disse semplicemente. «Allora, immagino che avrà altro da fare.»

Jazz si alzò a sua volta e seguì la padrona di casa fino all'ingresso.

«Mi chiama lei quando avrà notizie?» chiese Adele, aprendo la porta.

«Ma certo. Arrivederci, signora Cavendish.» Jazz si girò e scese le scale. Sentì la porta sbattere bruscamente.

Si avviò con cautela giù per il vialetto, allontanandosi da quella bellissima casa immersa in un paesaggio spettacolare e dalla sua afflitta occupante.

Adele Cavendish attraversò l'ingresso ed entrò in cucina. Si riempì il bicchiere con altro gin e bevve un lungo sorso. Poi tirò fuori il cellulare dalla borsetta e compose un numero.

«Sono io. È stata qui. Sì, tremendo. Quando la vedrai, per l'amor di Dio, non dire niente. È che... be', non ce la faccio proprio.» Rimase un attimo in ascolto. «Grazie» disse poi. «So che non lo farai.»

Riattaccò e l'ombra fugace di un sorriso le si dipinse sulle labbra. Ma scomparve quasi all'istante al pensiero del terribile senso di colpa con cui avrebbe dovuto trascorrere il resto della vita.

5

La mattina seguente, quando Jazz guardò fuori dalla finestra si trovò davanti una Salthouse Road completamente deserta. Miles avrebbe dovuto passare a prenderla alle sette e mezza, ma era in ritardo di oltre mezz'ora. Provò a chiamarlo sul cellulare ma le rispose la segreteria – cosa che la consolò, perché se il telefono non aveva campo allora era probabile che il detective fosse lì nei paraggi. Gli lasciò un messaggio conciso. Se non si fosse presentato nel giro di dieci minuti sarebbe dovuta andare alla St. Stephen's da sola. Si sarebbero incontrati direttamente lì.

Il primo giorno di lavoro in collaborazione con un altro distretto della polizia non era certo la migliore occasione in cui arrivare in ritardo.

Jazz si sistemò una ciocca di folti capelli color nocciola. Negli ultimi sette mesi se li era fatti crescere, e adesso le arrivavano alle spalle come una cascata di ricci. Le vecchie mollettine di plastica faticavano a tenerli al loro posto, e le premevano fastidiosamente sul cranio.

«Oh, al diavolo!» borbottò, rimuovendo la molletta e lasciando che i capelli le ricadessero liberi intorno al viso. Si lisciò il completo, ancora spiegazzato dopo essere rimasto tanti mesi chiuso in una scatola, e rimpianse di non aver mai avuto voglia di portarlo in lavanderia. Proprio mentre stava prendendo le chiavi dell'auto vide accostare davanti a casa una BMW argentata.

«Alla buon'ora.» Jazz agguantò la ventiquattrore e si chiuse la porta alle spalle, poi si avviò di corsa lungo il vialetto, verso la macchina in attesa.

«Dove cavolo eri?» domandò bruscamente al detective Miles, salendo a bordo.

«Dovrei essere io a chiederglielo» rispose lui, sorridendo. «Io ho solo preso la panoramica per godermi i paesini pittoreschi del Norfolk. Lei invece è sparita per sette mesi. È bello rivederla, ispettrice.» Miles sorrise di nuovo e partì. «La direzione è giusta?»

«Tu prosegui dritto, ti dico io quando girare.»

«Come sta?» Miles lanciò un'occhiata ammirata al suo capo. Restava sempre sorpreso da quanto fosse bella. Ora poi aveva un qualcosa che la rendeva più tenera – la pelle di alabastro sembrava di una tonalità più scura e le metteva in risalto gli occhi verdi, mentre i capelli lunghi le ammorbidivano il profilo degli zigomi e la curvatura del viso. «La trovo benissimo.»

«Grazie» disse Jazz.

«Senza di lei non è più la stessa cosa. La salutano tutti. Mi hanno invidiato non poco quando hanno saputo che mi sarei fatto un soggiorno in campagna ai suoi ordini. Aspettano le ultime novità.»

«Non avevo dubbi.» Jazz annuì. «Mi sono presa un periodo di permesso per risistemare la mia vita, e ora eccomi qui. Vedi di fartelo bastare, detective Miles. Intesi?»

«Okay, ispettrice, ricevuto. Allora, cosa sappiamo del caso?»

«A quanto pare il giovane Cavendish è riuscito a buttare giù due aspirine anche se sapeva di essere allergico. Ieri ho interrogato sua madre, me l'ha detto lei.»

«Era ubriaco?»

«Stando al rapporto del medico legale, no.»

«Droga?»

«Neanche.»

«Forse allora le ha prese per sbaglio.»

«Questo, detective Miles, è esattamente il motivo per cui sono in macchina con te nelle campagne del Norfolk: per scoprirlo.»

«A quanto ho capito facciamo un favore a un amico del commissario. Normalmente uno studentello morto di overdose non sarebbe affar nostro. Non che mi dispiaccia, intendiamoci. Questa mattina mentre venivo qui mi sembrava di essere in vacanza.»

«Farò finta di non aver sentito, detective Miles. Per piccolo o grande che sia, siamo addestrati a fare del nostro meglio in ogni caso.»

«Assolutamente» rispose lui, sogghignando. «Allora, com'è la vita rurale? Da queste parti sembra di essere in un'avventura di Miss Marple.» Il detective Alistair Miles indicò un'elegante fila di villette sulla via per Foltesham.

«Procede bene, grazie.»

Più Jazz si avvicinava alla scuola, più il cuore le batteva forte. La confortava che con lei ci fosse il suo solito compagno. Lei e il detective Miles avevano lavorato insieme a diversi casi. Era una persona sempre sorridente, e non ce l'aveva con Jazz per la rapida ascesa che aveva compiuto in polizia, sebbene fosse più grande di lei di qualche anno.

Era il genere di poliziotto senza il quale la polizia sarebbe stata perduta; solido, capace e affidabile, ma privo di quell'intuito e di quella brillantezza che spesso consentono di scalare le gerarchie. Jazz sapeva che di lui poteva fidarsi. Era certa della sua integrità e, cosa più importante, la faceva ridere, e negli anni trascorsi a lavorare insieme aveva alleggerito parecchi momenti di tensione con le sue battute.

La faccia d'angelo, i capelli biondi e i grandi occhi azzurri facevano battere più di un cuore, giù al quartier generale, ma Miles sembrava ignaro di tutto – l'aveva visto di rado con una ragazza e si dedicava più che altro al lavoro.

«Mi hanno prenotato un albergo da queste parti» commentò lui mentre attraversavano Foltesham, una cittadina georgiana piena di negozi eleganti, gallerie d'arte e caffetterie alla moda. «Secondo lei ce l'hanno l'acqua corrente e l'elettricità, in questo posto dimenticato da Dio?»

«Finiscila di fare il sofisticato, Miles. Continua così e vedi come ti accoglieranno, Noddy e i suoi colleghi di Giocattolandia» lo rimproverò Jazz.

«Chi è che fa il superiore, adesso?» la canzonò Miles. «Comunque, possiamo comportarci come vogliamo, tanto agli occhi della polizia locale saremo sempre due arroganti detective dell'Investigativa.»

«Faremo del nostro meglio per risultare più professionali e cortesi possibile» disse Jazz. «Okay, gira qui a destra e accosta nel parcheggio.» D'istinto controllò il proprio riflesso nello specchietto. Niente ispirava meno fiducia di una detective che si presentava col mascara sbafato o col rossetto sui denti.

Miles fermò l'auto in un posto riservato ai visitatori, proprio di fronte all'ingresso principale.

La serie di austeri edifici vittoriani, tutti rossi, tra i quali svettava la scuola St. Stephen's, sorgeva tutto intorno a un prato ben tenuto. La cappella, costruita più di trecento anni prima e, a quanto si diceva, progettata da Wren come una versione in miniatura della cattedrale di St. Paul, torreggiava maestosa dietro l'istituto, affiancata sui due lati da un paio di campi sportivi.

«Secondo lei quella cara vecchietta lì all'ingresso sta aspettando noi?» chiese Miles, scendendo dalla macchina. «O magari è Miss Marple in persona, hanno chiamato anche lei.»

«Va bene, basta così» disse Jazz, più severa di quanto volesse. «Scopriamolo da soli, che ne dici?»

Appena Jenny entrò in ufficio accompagnata dall'ispettrice Hunter e il suo collega, Robert Jones dovette scacciare l'immagine dell'imponente detective maschio che si aspettava di trovarsi di fronte. Quella donna, alta ed elegante, pareva più una modella che una poliziotta.

Gli strinse la mano con fermezza. «Ispettrice Hunter, piacere di conoscerla. Lui è il sergente Miles. Il sergente Roland è arrivato?»

«Sì, una decina di minuti fa. L'ho fatto accomodare nella stanza che vi ho riservato» rispose il preside.

«Bene. Andiamo?» propose Jazz.

«Vi accompagno, certo, ma come forse sapete ho convocato un'assemblea generale.»

«Tanto meglio. Prima però è il caso che parli con Roland. Potrebbe avere delle informazioni utili.»

«Ma certo. Prego, seguitemi.» Robert Jones indicò loro la porta.

Il detective sergente Roland era un uomo ordinario, sulla quarantina. Nello stringergli la mano Jazz avvertì le vibrazioni negative che emanava. Come biasimarlo, d'altronde? Neanche a lei sarebbe piaciuto ritrovarsi con la Polizia Investigativa che ficcava il naso nei suoi affari. Tuttavia doveva per forza portarlo dalla sua parte, se voleva che le indagini procedessero lisce e senza intoppi.

«Sergente Roland, è un piacere conoscerla. Che dice, parliamo mentre andiamo all'assemblea? Io so pochissimo di questo caso, ma a quanto mi hanno detto lei è stato *in situ* con il corpo. Ho bisogno che mi racconti quello che ha visto. Che ne dice di andare a dare un'occhiata al luogo del decesso, subito dopo l'assemblea?» A queste parole si girò a guardare il preside.

«Dirò qualche parola allo staff e agli insegnanti, ma se c'è qualcosa che volete aggiungere non fatevi problemi» disse Robert Jones.

«La ringrazio.»

Entrarono nell'auditorium, dove l'intera scuola era in attesa. Jazz si sentì migliaia di occhi puntati addosso mentre seguiva il preside fino alla predella a un'estremità della sala.

«Buongiorno a tutti» esordì Jones. «Come sono certo che già sappiate, perché le voci girano, nei prossimi giorni avremo ospiti tre detective di polizia. Sono qui per indagare sulla tragica morte di Charlie Cavendish. Cedo subito la parola all'ispettrice Hunter, della Polizia Investigativa, che vi spiegherà in poche parole quello che succederà.»

Robert Jones si scostò per fare posto a Jazz, che si fece avanti con un sorriso.

«Buongiorno. Sono la detective ispettrice Hunter, e questi sono i miei colleghi, i sergenti Roland e Miles. Speriamo di concludere l'indagine il più velocemente possibile. Interrogheremo lo staff della scuola e anche gli studenti che conoscevano meglio Charlie Cavendish. Appena avrò sistemato tutto con il preside Jones farò appendere un programma in bacheca.»

Jazz si interruppe per osservare il mare di volti che aveva di fronte. «Sono sicura che siate già a conoscenza di quanto è accaduto al povero Charlie. Al momento riteniamo che sia stato un tragico incidente, ma il nostro compito è esserne sicuri al cento per cento. Pertanto chiedo a chiunque ritenga di poter far luce sugli eventi di quella sera di venire da me. Qualunque informazione che sceglierete di rivelare a me o ai miei colleghi verrà trattata con il massimo della riservatezza, quindi non abbiate paura a farvi avanti. Prima risolveremo la faccenda, prima vi lasceremo in pace e potrete tornare alla normalità. Sergente Roland, vuole aggiungere qualcosa?»

Jazz lo guardò e quello scosse la testa. «D'accordo, allora. Vi ringrazio in anticipo per la vostra collaborazione. Preside Jones?»

«Grazie, ispettrice Hunter. Al termine dell'assemblea ognuno torni nella propria aula. E controllate regolarmente la bacheca, casomai l'ispettrice abbia intenzione di parlare con qualcuno di voi.»

Jenny Colman, che da quando erano arrivati i detective era in preda alla nausea, si girò allontanandosi a passo svelto. Mentre si metteva in fila per uscire dall'auditorium scorse per un attimo un viso familiare poco lontano.

Si nascose subito dietro una colonna, così da poterlo osservare senza essere vista, e studiò meglio quel volto. Sì, era proprio come pensava. Ne era certa. Non c'era verso di sbagliare, perfino dopo venticinque anni. Aspettò che l'auditorium si svuotasse e poi, con le gambe di gelatina, si lasciò cadere su una sedia.

Jazz seguì il preside fuori dalla sala.

«È come cercare il proverbiale ago nel pagliaio» mormorò Miles. «Se fosse davvero successo qualcosa di losco... potrebbe essere stato chiunque.»

«Ti sei solo impressionato a vederli tutti insieme nello stesso posto. Penso ci siano più probabilità di trovare il colpevole qui che beccare uno che scappa dopo un incidente a Londra.» Jazz si fermò all'entrata dell'auditorium, lasciando che Robert Jones e il sergente Roland li precedessero. «Ascolta, voglio che torchi il nostro preside. Scopri il più possibile su Charlie. Io vado con Roland nella sua stanza.»

Jazz si sorprese di quanto fosse spartana Fleat House. Vista la retta esorbitante che le famiglie dovevano versare alla scuola, si era immaginata che i dormitori avessero standard più elevati. E invece l'edificio era austero e malconcio. Aveva visto prigioni più lussuose.

Ad aspettarli all'ingresso c'era una donna. A vederla sembrava aver superato da un pezzo la cinquantina. Era tanto magra da rasentare l'anoressia, aveva il viso pieno di rughe troppo profonde per i suoi anni e i capelli grigi acconciati in un pratico caschetto. Non era truccata, e portava un semplice tailleur e delle scarpe comode. L'unica caratteristica sorprendente della donna erano gli occhi: ben proporzionati e di un insolito color ambra.

«Buongiorno. Sono l'ispettrice Hunter. Ha già conosciuto il sergente Roland, presumo» disse Jazz, stringendole la mano.

«Sì, certo. Sono Madelaine Smith, direttrice addetta alla sovrintendenza di Fleat House.»

Parlava con un accento che Jazz non riuscì a inquadrare.

«Vorremmo vedere la stanza di Charlie, se non le dispiace.»

«Naturalmente. Seguitemi, prego.»

«Non mi piace il suo modo di fare» sussurrò Roland, mentre salivano le scale seguendo la figura eretta della donna.

Madelaine Smith li guidò lungo un corridoio e si fermò di fronte alla porta della stanza di Charlie. Tirò fuori una chiave dalla tasca della giacca e la aprì.

«Il giorno dopo il decesso ho mandato quelli delle pulizie. Gli effetti personali del ragazzo sono pronti per essere consegnati ai genitori. Ho creduto fosse il minimo che potessi fare, viste le circostanze. All'epoca non immaginavo che la sua morte potesse essere considerata sospetta.»

La donna non era sulle difensive; aveva semplicemente esposto i fatti. Jazz rimase senza parole: non avrebbero più trovato niente, lì dentro.

«Avete bisogno di me? Avrei da fare.»

«No, direttrice. Passeremo da lei quando avremo finito qui» rispose Jazz. «Dove potremo trovarla?»

«Resterò nei paraggi» rispose, senza essere di grande aiuto, poi girò sui tacchi e si allontanò lungo il corridoio.

Roland aprì la porta della stanza di Charlie e si fece da parte per lasciare entrare Jazz.

L'ambiente era immacolato. Avevano cambiato le lenzuola, eliminando qualsiasi possibile indizio utile a capire cosa fosse successo. L'odore di prodotti per la pulizia e disinfettante si avvertiva prepotentemente, ed era reso ancora più pungente dal fatto che le finestre erano rimaste chiuse dalla sera dell'incidente.

Roland si chiuse la porta alle spalle e rimase lì, in piedi, come una sentinella.

Jazz si fece largo tra gli scatoloni e si accomodò senza tanti complimenti sul bordo del letto. Lanciò un'occhiata a Roland.

«Non ci aiuta molto, eh?»

Lui reagì con stizza. «Quando ho scoperto il corpo e la direttrice mi ha detto che il ragazzo era epilettico, ho dato per scontato che avesse avuto un attacco, l'abbiamo pensato tutti a dire il vero. Aveva la schiuma alla bocca, che secondo i paramedici è un sintomo normale. Abbiamo dedotto tutti la stessa cosa finché non sono arrivati i referti del medico legale.»

Jazz si strinse nelle spalle, rassegnata. «Ormai non possiamo farci niente. E le prove forensi? Quelli della Scientifica sono passati?»

«No, signora.» Ora Roland sembrava a disagio. «Né la scuola né i paramedici, né tantomeno il sottoscritto, avevano ragione di credere che fosse stato commesso un crimine. Mi hanno chiamato solo perché il preside non voleva correre rischi. Se il ragazzo fosse morto in casa non ci avrebbero neanche coinvolti. Per quello che ne sapevamo, era una morte per cause naturali.»

«E nel peggiore dei casi è stato un omicidio accidentale» aggiunse Jazz, cercando di mettere il collega a suo agio.

«Il mio capo mi ha dato l'impressione di credere che non l'avrebbero mai fatta venire, signora, se il padre del ragazzo non fosse stato così facoltoso.»

«Forse è così, ma dobbiamo comunque stabilire se Charlie abbia preso le aspirine per errore o no.»

«Di sicuro» disse Roland. «Perché l'alternativa è l'omicidio. E chi mai vorrebbe ammazzare un ragazzino del liceo? Non siamo mica in una guerra fra bande. Foltesham è una cittadina tranquilla, e questo istituto è frequentato da bravi ragazzi borghesi.»

«Ha eseguito i soliti controlli su Charlie Cavendish?»

«Certo. È pulito come il sedere di un neonato. Gli hanno giusto tolto tre punti dalla patente per eccesso di velocità. Per il diciassettesimo compleanno il *papi* gli aveva regalato una macchina, aveva preso la patente da poco.» Roland alzò gli occhi al cielo. «I ragazzi di oggi, eh? Io per comprarmi il mio primo macinino ho dovuto risparmiare quattro anni.»

«Be', l'unica cosa che sappiamo per certo è che i soldi non gli mancavano.» Jazz fece vagare lo sguardo nella stanza. «E mi dica, quando l'hanno chiamata sulla scena, dove l'ha trovato?»

«Era riverso sul pavimento vicino alla porta. Come ho detto, aveva la schiuma alla bocca e il corpo era ormai rigido. Non è stato un bello spettacolo.»

«La Scientifica chiamiamola lo stesso. Potrebbero trovare qualcosa che è sfuggito alla ditta di pulizie.»

«Ne dubito ma sì, la chiamo subito.»

Jazz avvertiva l'ostilità nella voce di Roland e si rese conto che il loro rapporto di lavoro non era iniziato col piede giusto. Si alzò. «Dirò al detective Miles di darle una mano a setacciare questo posto.» Si chinò a raccogliere un computer portatile, appoggiato su uno scatolone, e lo porse al collega. «Guardi cosa c'è dentro. Mi chiami se trova qualcosa di interessante, le mando un messaggio con il mio numero.»

Jazz uscì in silenzio dalla stanza. Mentre percorreva il corridoio si domandò se non le avessero affidato una missione impossibile giusto per fare contento l'amico del commissario. Per quanto volesse risolvere il caso con tutte le sue forze, a quanto aveva visto fino a quel momento era molto improbabile che si trattasse di omicidio.

All'improvviso rimpianse la squadra d'élite su cui aveva potuto contare quando lavorava a Londra. Nella capitale disponevano di una possente forza lavoro, di tecnologia all'avanguardia, della Scientifica, di ogni strumento utile. Miles scherzava riguardo a Miss Marple, ma in quel momento si sentiva proprio come lei: come faceva a interrogare ottocento studenti e duecento membri dello staff con due soli detective a darle una mano?

Forse, pensò, improvvisamente furibonda, quel caso era solo un modo per adularla. Forse Norton si era inventato tutto solo per riaverla a bordo o addirittura per metterla alla prova! Jazz prese il cellulare che teneva nel taschino della camicia.

Provò a contattare Norton, ma cambiò idea e interruppe subito la chiamata. Si appoggiò al muro e tentò di calmarsi.

Le tornò in mente l'espressione di Adele Cavendish, la sua aria desolata, e decise di concentrarsi solo su quello.

Ormai non poteva più tornare indietro. Il suo compito era scoprire la verità.

Per quanto le probabilità fossero scarse, il suo obiettivo consisteva nel guardare Adele negli occhi e dirle con *certezza* se suo figlio era stato vittima di un tragico incidente o di un evento molto più sinistro.

6

Hugh Daneman studiava la pillola di sonnifero che teneva in mano. Era convinto che fosse la morte meno dolorosa in assoluto, e date le circostanze rappresentava anche un sincronismo che la sua natura estetica apprezzava moltissimo.

Accese il fuoco nel caminetto, che divampò per un attimo per poi placarsi e cominciare a bruciare lentamente. Nel piccolo cottage preso in affitto dalla scuola funzionava *quasi* tutto. Per vent'anni ci si era trovato decentemente e aveva vissuto lì dentro anche alcuni momenti di felicità. Ormai ci si era affezionato.

Aveva radunato i suoi documenti privati, che attendevano l'annientamento in una pila ordinata davanti al fuoco.

Il pensiero che qualcuno ficcasse il naso nei suoi effetti personali era quasi insostenibile. Si era assicurato che fosse tutto in ordine – aveva perfino sgombrato l'armadio, lasciando soltanto i suoi completi migliori da donare in beneficenza.

Non voleva che qualcuno dubitasse del fatto che il suo fosse un suicidio. Lo era eccome, senza ombra di dubbio.

Hugh tracannò un abbondante sorso del bicchierone di brandy che si era servito. Di solito non beveva, e sperava che l'alcol fosse sufficiente a bloccare ogni ripensamento dell'ultimo minuto.

Raccolse i documenti da terra e prese a gettarli nel fuoco.

Sorrise nel vedere le fiamme innalzarsi su per la canna fumaria; era il miglior fuoco che avesse mai acceso in quella casa, e come ultimo ricordo da portarsi nella tomba non era niente male.

Il flacone di temazepam era appoggiato sul tavolino da caffè. La dose per un mese sarebbe di certo bastata. Hugh si sedette sulla sua poltrona preferita e studiò le pasticche. Aveva contattato la scuola per avvisare che aveva l'influenza e che non sarebbe andato, quel giorno. Avrebbe avuto tutto il tempo di morire.

Il suo sguardo si perse tra le fiamme.

Un solo errore, uno solo, dopo una vita di autocontrollo...

Hugh sospirò.

Non aveva pianificato di porre fine alla sua vita così presto.

Comunque anche invecchiare era di per sé una lenta morte.

Svitò il tappo del flacone e rovesciò le pasticche sul tavolino.

Se non altro il suo decesso non avrebbe fatto soffrire nessuno. Sperava che rispettassero i suoi voleri, le istruzioni che aveva lasciato scritte nel testamento; gli dava gioia pensare che gli avrebbero fatto il funerale nella cappella della scuola, e che qualche studente sarebbe intervenuto.

Ma sapeva anche che poteva benissimo non andare così, viste le circostanze.

Hugh tirò fuori il portafogli dalla tasca dei pantaloni di tweed. Estrasse con cautela la fotografia e la studiò. Un tempo era a colori, ma gli anni l'avevano fatta sbiadire, conferendole una tonalità seppia.

Sorrise nel vedere quel viso tanto caro e di colpo sperò di essersi sbagliato, che dopotutto un Dio esistesse davvero; un Dio che avrebbe potuto riunirli nella morte dopo tanti, troppi anni di separazione.

Ma anche l'alternativa, l'oblio eterno, sarebbe stata preferibile alla vita vuota che aveva dovuto portare avanti per quarant'anni.

Hugh diede un ultimo bacio alla fotografia. Prese tutte le pasticche del flaconcino e il bicchiere di brandy, dopodiché se le mise una a una sulla lingua e brindò da solo.

«*Carpe diem*, amore mio!» gridò. Ai primi accenni di amaro sulla lingua, inghiottì senza pensarci due volte.

Quando entrò nell'atrio diretta all'ufficio di Robert Jones, Jazz si sentiva di nuovo di avere il controllo della situazione.

La segretaria del preside era alla sua scrivania, ma non stava lavorando. Ascoltava la voce maschile che sbraitava da dietro la porta chiusa dell'ufficio.

«Che succede, lì dentro?» domandò Jazz, accigliandosi.

«È David Millar. È il padre di uno dei nostri studenti. Ha avuto qualche problema famigliare, tra l'alcol e il divorzio. A quanto pare è convinto che il figlio sia nei guai, ma è molto probabile che sia ubriaco e se lo sia solo immaginato.»

«Come si chiama il ragazzo?»

«Rory. Ha solo tredici anni, che Dio lo benedica, è minuto e secco come un chiodo. È possibile che qualcuno degli studenti più grandi l'abbia preso di mira, ma che si aspettava? Sono ragazzi.» Jenny sorrise debolmente.

«Suo padre crede che lo stiano bullizzando?»

Jenny si strinse nelle spalle. «Non ne ho idea, ma di certo c'è qualcosa che l'ha turbato.»

La porta si aprì di colpo e un uomo si precipitò fuori dall'ufficio del preside. Era rosso di rabbia ed era vestito come se si fosse buttato addosso la prima cosa che aveva trovato nell'armadio. Gli si leggeva la disperazione nello sguardo.

«Cristo! Che deve fare uno in questo posto per parlare con suo figlio?» Ignorando Jazz, l'uomo si sporse sopra la scrivania di Jenny. «Per l'amor di Dio, Rory ha un problema, lo so. È mio figlio, lo conosco, e non mi avrebbe fatto una telefonata del genere a meno che non avesse bisogno di aiuto. Perché non mi ci fate parlare?»

«Signor Millar.» Robert Jones era in piedi sulla soglia del suo ufficio. Sembrava in ansia. «Come le ho appena detto, ho chiesto alla direttrice. Mi ha detto che stamattina a colazione andava tutto bene con Rory. Per il suo bene, non credo sarebbe opportuno trascinarlo fuori dalla classe, specialmente con lei in questo stato di... agitazione.»

«Voglio solo vederlo, parlarci! Per favore, fatemi parlare con mio figlio!»

«Come ho detto, mi assicurerò che le telefoni stasera. Mancano solo un paio di giorni al fine settimana, quando Rory potrà tornare a casa.»

David Millar raddrizzò le spalle e puntò lo sguardo su Robert Jones. «Sì, tornerà a casa, con sua madre. Purtroppo, come ben sa, non abito più lì e, cosa alquanto strana, non sono il benvenuto neanche come ospite.»

Poi sembrò perdere la voglia di lottare, e Jazz lo vide abbassare le spalle e chinare il capo. «La prego, mi faccia chiamare oggi.»

Jazz guardò David allontanarsi sconfitto.

«Le chiedo scusa, ispettrice Hunter.» Il preside tirò fuori il fazzoletto e se lo passò sulla fronte. «Vuole accomodarsi?»

«Il ragazzo in questione è Rory Millar, dico bene?»

«Sì.» Robert chiuse dietro di sé la porta dell'ufficio e indicò una sedia alla detective. «Faccio il possibile per rispondere alle esigenze dei genitori, ma non credo che sarebbe un bene per Rory vedere il padre in un tale stato confusionale. E ubriaco, ho paura.»

«Rory conosceva Charlie Cavendish?»

«Alloggiavano insieme a Fleat House, ma Charlie aveva cinque anni di più, e a parte condividere l'alloggio non credo abbiano mai interagito più di tanto. Dunque,» aggiunse subito il preside, che evidentemente voleva cambiare discorso «credo sarebbe meglio che iniziaste dal direttore di Fleat House. Sebastian Frederiks è il responsabile di quei ragazzi, ed è la persona migliore a cui chiedere per sapere qualcosa di più sulla cerchia di amici di Charlie. L'altro da interrogare è senz'altro il tutor Hugh Daneman, nonché il nostro professore di latino. Purtroppo però è a casa con l'influenza.» Il preside risistemò accuratamente i documenti che gli ingombravano la scrivania. «Allora, poco fa ho parlato con il detective Miles e gli ho riferito tutto quello che so su Charlie Cavendish. C'è altro che posso fare per lei?»

«Al momento no, signor Jones.» Jazz si alzò. «La ringrazio della sua collaborazione.»

Miles era seduto nella piccola aula che gli avevano messo a disposizione, ed era intento a ritrascrivere sul portatile gli appunti che aveva preso nel corso della giornata.

«Ehilà, salve. Come procede?» chiese, alzando gli occhi dallo schermo.

«Puoi venire a dare un'occhiata qui?» Jazz appoggiò quattro pasticche bianche sul banco più vicino. «Non troppo da vicino. Basta che tu stia lì dove sei. Ti sembrano tutte uguali?»

Miles annuì. «Certo.»

«Se ti avvicini di più e guardi meglio, noterai che due di queste pasticche sono tutte bianche, mentre le altre due hanno sopra delle scritte.»

«Zero sette due» lesse Miles, strizzando le palpebre.

«Adele Cavendish, la madre di Charlie, mi ha detto che il

ragazzo prendeva due pasticche di valproato prima di andare a letto. Temeva che prima o poi se ne dimenticasse, quindi aveva incaricato la direttrice e il suo staff di passare ogni giorno in camera sua per lasciargliele sul comodino insieme a un bicchiere d'acqua.»

«Davvero?»

«Sì. Ho appena parlato con il patologo che ha condotto l'autopsia, ed è certo che Charlie non abbia preso il valproato prima di morire. Non ne aveva abbastanza nel sangue. Il punto è, se tornassi in camera dopo una serata al pub e ti preparassi per andare a dormire, ti accorgeresti che le due pasticche bianche che prendi ogni giorno da tutta la vita hanno dei numerini sopra? Oppure le butteresti giù senza badarci?»

«Quindi mi stai dicendo che secondo te qualcuno ha sostituito le pasticche per l'epilessia con qualcos'altro?»

«Esatto.» Jazz indicò le due pillole con i numeri sopra. «Quelle sono aspirine, mentre le altre due sono valproato.»

Rimasero qualche istante a fissare i medicinali in silenzio. Alla fine Miles azzardò: «Credo si possa dare per scontato che non avrebbe mai notato la differenza».

«E inoltre spiegherebbe come mai, anche se sapeva che l'avrebbe ucciso, Charlie abbia comunque assunto dell'aspirina. Il patologo attesta l'ora del decesso intorno alle ventitré e trenta, solo mezz'ora dopo il suo rientro a Fleat House. La reazione all'aspirina deve essersi verificata quasi all'istante. E se ci ho visto giusto,» aggiunse Jazz, con fare profetico «temo che siamo di fronte a un caso di omicidio.»

Gli alloggi privati di Sebastian Frederiks, direttore di Fleat House, si trovavano poco lontano dall'ingresso principale dell'edificio. Il soggiorno lo usava per parlare con genitori e studenti, e per organizzare una serie di incontri con i ragazzi sotto la sua responsabilità.

Per un certo verso ricordava la sala d'attesa di uno studio medico; era funzionale, con un paio di divani in dralon, qualche vetusta poltrona che aveva un disperato bisogno di nuove imbottiture e una scrivania da cui si vedeva il cortile interno. Eppure, pensò Jazz appena mise piede lì dentro, non c'era nulla che desse anche solo un'idea dei gusti personali di Sebastian Frederiks.

«Come sta, ispettrice Hunter?» Il direttore le offrì la mano e lei gliela strinse con fermezza.

Sulla quarantina, Frederiks aveva il fisico di un giocatore di rugby – e in effetti, stando a quanto si leggeva sulla lista degli insegnanti, era l'allenatore della squadra della scuola – ma era anche molto alto, pertanto le spalle larghe non lo facevano sembrare tarchiato. I capelli biondi stavano ingrigendo alle tempie, gli occhi erano di un vivace color castano e i denti bianchi sporgevano leggermente all'infuori.

«Venga, si sieda pure. Gradisce un tè?»

«Perché no?» disse Jazz, che si accomodò mentre Sebastian Frederiks ordinava il tè parlando al telefono appoggiato sulla scrivania.

«Insomma, brutta storia, eh? In vent'anni di insegnamento non mi era mai capitato di perdere un ragazzo.» Andò a sedersi di fronte a lei. «Come posso aiutarla?» Parlava ad alta voce, con gestualità ed espressioni esagerate, come se fosse abituato a gridare per farsi udire da grandi distanze.

«Lei aveva molti contatti con Charlie, ovviamente. Ha abitato per cinque anni in questo edificio. Vorrei che mi parlasse di lui.»

Sebastian si chinò in avanti e giunse le mani. «Quand'è arrivato era un moscerino arrogante, ma credo che siamo riusciti a levargli di dosso un po' di supponenza. E ovviamente era uno dei miei rugbisti migliori, giocava mediano d'apertura. Come andrà avanti la squadra senza di lui, non ne ho proprio idea.» Emise un sospiro prolungato. «Comunque, questo è quanto.»

«Saprebbe dirmi chi erano i suoi amici più stretti?»

«Ma certo. Le ho già preparato una lista.» Sebastian prese una busta da un tavolino basso e gliela consegnò. «Immaginavo che volesse sapere cose del genere. Le ho fatto un elenco di amici, compagni di classe e di tutti i ragazzi che dormivano con lui nell'area riservata a quelli dell'ultimo anno. Ah, c'è anche quella ragazza strana con cui pareva essere diventato amico da un paio d'anni a questa parte.»

«Però, è stato molto efficiente, signor Frederiks, la ringrazio.» In quel momento arrivò uno studente con il tè.

«La servo io, d'accordo?» propose Sebastian.

Per quanto si sforzasse, Jazz non riusciva a capire che cosa la innervosisse tanto di quell'uomo.

«Grazie.» Accettò la tazza che le veniva offerta e bevve un sorso. «Mi dica, secondo lei Charlie era un ragazzo popolare?»

«Era un vero leader, e per questo lo rispettavano. Però c'era anche chi non lo amava. Stava sempre insieme al solito gruppetto di accoliti che speravano di brillare di luce riflessa – giocatori di rugby, più che altro. Poi c'erano quelli che invece lo trovavano aggressivo e un po' troppo pieno di sé, e loro tendevano a stargli alla larga.»

«Non era un capoclasse, a quanto ho saputo. Eppure uno con le sue doti da leader avrebbe dovuto quantomeno essere preso in considerazione per il ruolo, no?»

Sebastian svuotò la tazza in un solo sorso. «Forse il preside non si fidava di lui e pensava che avrebbe abusato di quel potere.»

«Capisco» disse Jazz. Le sarebbe piaciuto provare un po' più di compassione per la vittima, ma al momento le risultava difficile. «Senta, mi racconti della sera in cui è morto. La direttrice aveva il giorno libero, quindi immagino che a Fleat House ci fosse lei, giusto?»

Il volto arrossato di Frederiks si fece quasi vermiglio. «Aaah, be', il fatto è che, vede... A dire il vero no, non c'ero.»

«E dov'era?»

«Ero fuori» disse, annuendo. «Sì, ero fuori.»

«Quindi, se lei era fuori e la direttrice era fuori, quella sera chi era il responsabile di Fleat House?»

Frederiks si sporse ancora di più verso Jazz, con l'atteggiamento di chi sta per lasciarsi andare a una confidenza. «Vede, ispettrice Hunter, in realtà è una cosa imbarazzante. Il fatto è che avrei dovuto esserci io. Le regole dell'istituto stabiliscono che negli alloggi debbano essere sempre presenti almeno *due* membri dello staff. Io purtroppo sono dovuto uscire per qualche ora e ho lasciato da solo Hugh Daneman, il nostro tutor.» Si strinse nelle spalle, poi aggiunse: «Avevo un appuntamento urgente».

«Posso chiederle dove?»

«*Ehm*... no, non direi, no, temo sia una faccenda privata, ma il signor Daneman potrà confermarle che a mezzanotte ero già tornato.»

«A che ora è andato via?»

«Verso le sette e mezza.»

«Allora le posso chiedere chi ha incaricato di mettere le pasticche di valproato sul comodino di Charlie Cavendish al posto suo? Perché lei non c'era e la direttrice aveva il giorno libero.»

«Gliele ho lasciate io prima di andarmene. Saranno state le sette e un quarto quando sono entrato nella sua stanza con le pillole.»

«E le ha messe sul comodino come al solito, con il bicchiere d'acqua accanto?»

«Sì, esatto. Tra l'altro Charlie era in camera, mi ha visto mentre gli portavo le medicine. Non che mi sia d'aiuto ormai, purtroppo» riconobbe Frederiks.

«Le capitava spesso di mettere mano all'armadietto dei medicinali per consegnare ai ragazzi pasticche varie?» chiese Jazz.

«Solo quando necessario» rispose lui. «Io e la direttrice abbiamo entrambi la chiave. Annotiamo sempre con precisione ciò che prendiamo, per evitare di creare confusione.»

«E la sera in cui non c'era nessuno dei due?»

«Ho dato al signor Daneman il mio mazzo, dove c'era anche la chiave dell'armadietto dei medicinali.»

«Signor Frederiks, visto che presumibilmente aveva fretta di andarsene da Fleat House per il suo appuntamento, è possibile che per sbaglio abbia preso due pasticche di aspirina al posto del valproato?» Jazz tirò fuori di tasca le quattro pillole e le appoggiò sul tavolino. «Come può vedere, sono quasi identiche.»

Frederiks sembrava scosso. «Ispettrice Hunter, mi rendo conto di aver sbagliato ad andarmene, quella sera, ma le assicuro che ci vado sempre con i piedi di piombo quando si tratta dei ragazzi e delle loro medicine. Specialmente con Charlie Cavendish. Sapevo che era allergico all'aspirina. E comunque gli analgesici li teniamo in uno scaffale separato rispetto agli altri medicinali, quindi davvero, è impossibile che io mi sia confuso.»

«Allora le chiedo, per curiosità, sa dirmi quali secondo lei sono le aspirine e quali il valproato?»

Lui strizzò le palpebre per guardare meglio, poi indicò le due pillole senza numeri sopra. «Quelle sono il valproato. Quelle con i numeri, invece, sono le aspirine.» Poi guardò Jazz con un'aria compiaciuta. «Ho indovinato?»

Il fatto che tu riesca a distinguerle non depone in tuo favore, pensò lei.

«Sì. Allora, signor Frederiks, mi conferma di non volermi rivelare dov'era la sera in cui Charlie è morto?»

Quello annuì. «Spiacente.»

«Sono costretta a farle notare che così facendo lei rimane senza un alibi, e non ci sono testimoni a confermare la sua versione.»

Il direttore si accigliò. «Ho bisogno di un alibi? E comunque, come le ho già detto, Hugh Daneman può confermare che ero fuori e che sono rientrato verso mezzanotte.»

«A Fleat House c'è un ingresso secondario?» chiese Jazz.

«Cosa? Sta insinuando che me ne sia andato per rientrare di nascosto e ammazzare il povero Charlie?» Il viso di Frederiks era rosso di rabbia.

«No, le sto solo chiedendo se c'è un ingresso secondario.»

«Sì, c'è. Glielo faccio vedere, se vuole. Poi c'è anche l'uscita antincendio, una scala che percorre il fianco dell'edificio da cima a fondo. Ascolti, ispettrice Hunter, mi faccia chiarire una cosa una volta per tutte: sono devastato più di chiunque altro per l'accaduto. Viste le circostanze, non mi viene in mente nessun altro meno incline di me a fare del male a Charlie Cavendish.»

«Quali "circostanze", signor Frederiks?»

Il direttore parve subito a disagio, e la sua furia si placò. «Quelle più ovvie, naturalmente. Tanto per cominciare sono il direttore di Charlie, in *loco parentis*, come si suol dire. Il fatto che non fossi presente quand'è morto graverà sulla mia coscienza fino alla fine dei miei giorni. E non farà certo bene alla mia carriera di insegnante avere uno studente morto sul curriculum, non crede?»

«Va bene, per ora è tutto. Grazie del suo tempo.» Jazz si rimise in tasca le pasticche insieme al foglietto che le aveva consegnato Frederiks, la lista degli amici di Charlie. «Un'ultima cosa. Rory Millar: alloggia anche lui a Fleat House, vero?»

«Sì. Perché me lo chiede?»

«Oggi ho visto suo padre, David Millar. È convinto che suo figlio fosse turbato per qualcosa. Come sta?»

«Qui sono tutti devastati per l'accaduto, ispettrice Hunter. Rory è sempre stato un ragazzo sensibile, quindi forse ha accusato più di altri la morte di Charlie» rispose Frederiks, con circospezione. Poi si alzò e accompagnò Jazz alla porta. «Se posso esserle ancora d'aiuto, me lo faccia sapere.» Il suo subdolo fascino era riemerso.

«Sì, può. Domani mattina alle otto e mezza vorrei parlare con Rory Millar. Ci vediamo qui. A domani, signor Frederiks, e grazie.»

Appena fu uscita dall'edificio, Jazz udì una campanella: i ragazzi cominciarono a riversarsi fuori dalle classi e ad ammassarsi sul prato del cortile. Fece il giro di Fleat House fino all'uscita secondaria, sul retro, ma quando provò a ruotare il pomello si accorse che la porta era chiusa a chiave.

Controllò l'ora mentre tornava nell'aula che gli avevano assegnato. Erano le cinque e mezza. Un rapido briefing di aggiornamento col detective Miles, poi a casa.

Quando Jazz arrivò, il sergente Roland stava chiudendo la ventiquattrore, pronto ad andarsene.

«Ha due minuti per aggiornarmi su cosa le ha detto la direttrice?» chiese, sedendosi sul bordo della cattedra.

«Certo, signora.» Roland recuperò il taccuino dalla valigetta, diede una rapida occhiata ad alcune pagine e si schiarì la voce.

«Come forse ha già detto a lei, non era presente la sera del fattaccio. Era il suo giorno libero.»

«E dov'era?»

«Ci stavo arrivando. È andata in cappella ad assistere a un concerto del coro, che è cominciato alle diciannove e trenta e si è concluso alle ventuno. Mentre tornavo qui ho incontrato il cappellano della scuola, il quale mi ha confermato di averla vista entrare in cappella e poi andarsene. Mi ha spiegato che uno dei suoi compiti è stare sulla porta per accogliere i visitatori.»

«Le ha chiesto dove sia andata dopo il concerto?»

«Ovviamente. È andata in città e ha cenato da sola al Three Swans Hotel. Lo staff dell'albergo me l'ha confermato. A quel punto, a quanto dice, è rientrata nei locali della scuola poco dopo le ventidue e trenta. È salita direttamente di sopra, nel suo appartamento, che si trova all'ultimo piano. Dice di non aver sentito niente. Non che avrebbe potuto, visto che abita all'estremità opposta del corridoio rispetto alla stanza di Charlie Cavendish. Ma è stata lei a trovarlo morto la mattina dopo e a dare l'allarme.»

«Ottimo lavoro, grazie. Ah, prima che vada, mi sa dire dove si trova questa via?» Jazz gli porse un foglio con un indirizzo scribacchiato sopra.

«Certo, signora. È qui vicino.» Roland le scrisse le indicazioni per raggiungerla.

«Grazie. Allora ci vediamo qui domattina alle otto.»

«Buonanotte, signora.» Roland rivolse un cenno del capo a Miles e uscì.

«Anch'io ne ho abbastanza, per oggi» disse Jazz, sospirando. «Che ne dici se ci mangiamo qualcosa in città, al ristorante del tuo albergo, e facciamo il punto della situazione?»

«Buona idea» disse Miles, che ripose il portatile e seguì il suo capo fuori dalla stanza. Jazz chiuse la porta e si infilò la chiave nella tasca del cappotto.

«Il problema principale lo conosci già: se ho ragione e hanno sostituito il valproato con l'aspirina, siamo nei pasticci, perché chiunque sarebbe potuto entrare a Fleat House in quelle quattro ore e fare i suoi comodi. C'è una serratura a combinazione, ma il codice non è propriamente un segreto di Stato, con ottanta studenti che vanno e vengono ogni giorno. Per non parlare dello staff. Prima ho controllato, c'è un ingresso secondario. Si può entrare anche da lì.»

«Lo dicevo io, un ago in un pagliaio» commentò Miles, mentre si dirigevano alla macchina.

«Sebastian Frederiks, il direttore di Fleat House, dice di aver messo le pasticche sul comodino verso le sette e un quarto, quando Charlie era ancora nella stanza. Dobbiamo scoprire esattamente a che ora il ragazzo è uscito per incontrare gli amici al pub, ma per il momento diamo per scontato che sia uscito tra le sette e mezza e le otto. Sappiamo che Charlie ha preso il valproato tra le undici e un quarto e le undici e mezza. Restiamo con quattro ore di buco durante le quali il colpevole ha potuto fare lo scambio.»

Miles aprì la portiera per Jazz, che si accomodò a bordo.

«Sembri piuttosto sicura che Charlie sia morto così» disse, accendendo il motore. «Altra idea: e se quella sera Charlie al pub avesse deciso di comprare qualche sostanza, magari illegale – magari dell'ecstasy? Può darsi che lo spacciatore l'abbia fregato e gli abbia venduto la cara, vecchia aspirina.» Miles mise la retromarcia per uscire dal parcheggio.

«Mi sembra molto improbabile che si smercino droghe pesanti in un posto come questo.»

«Chi è che fa il sofisticato, ora, signora? La droga è dappertutto. Specialmente nei pressi di istituti pieni di ragazzini imbottiti di soldi per comprarla.»

«Hai ragione, *mea culpa*» riconobbe Jazz. «Ma la madre di Charlie gli ha ripetuto già da quando era piccolo che una qualsiasi sostanza avrebbe potuto costargli la vita. Senza considerare poi che un epilettico non dovrebbe neanche sfiorare sostanze psicotrope. Ho i miei dubbi che abbia voluto rischiare.»

«Aveva diciotto anni, e a quanto si mormora gli piaceva fare serata, per così dire. Non credo che gli avvertimenti della mamma l'abbiano influenzato più di tanto. Credo gli piacesse il gusto del rischio, come a tutti i giovani.»

«Va bene, mettiamo che tu abbia ragione» rifletté Jazz. «Allora perché ha aspettato di tornare in camera per prendere la droga? Se i suoi amici fanno uso di sostanze, di certo è un'attività di gruppo. Ascolta,» disse Jazz, tirando fuori di tasca il foglietto con l'indirizzo «ti dispiace se facciamo una deviazione, prima? Voglio andare a trovare Hugh Daneman, il tutor di Fleat House, per capire se ha visto qualcuno di sospetto quella sera. Poveraccio, a quanto pare Frederiks l'ha mollato lì da solo per andare chissà dove.»

«Di solito quando fanno così è per incontrare persone che non dovrebbero incontrare. Frederiks è single, vero? Qui giro a sinistra o a destra?»

«*Ehm*... sinistra. Roland ha detto così.» Jazz indirizzò Miles verso una stradina stretta. «Frederiks nasconde qualcosa, ne sono sicura. Dipende tutto se questo "qualcosa" è rilevante per la nostra indagine. Ecco, gira qui a destra.» Jazz guardò fuori dal finestrino. «Siamo al civico ventiquattro. Noi cerchiamo il trentasei.»

Accostarono davanti a una casa a schiera e scesero dall'auto. Jazz aprì il cancello e notò che il giardino, sul davanti dell'edificio, era tenuto magnificamente. Bussò alla porta d'ingresso.

«Se è a letto malato è difficile che venga ad aprire» disse Miles.

«Sì, ma se c'è la possibilità vorrei parlarci subito.» Jazz si chinò a sbirciare nella buca delle lettere. Vide solo una poltrona di fronte al fuoco e un braccio che penzolava dallo schienale. «C'è, ma deve essersi addormentato.» Avvicinò la bocca all'apertura e chiamò: «Signor Daneman, è la polizia. Ci dispiace disturbarla, ma dobbiamo parlarle. Signor Daneman?».

Nessuna risposta. Jazz guardò Miles con aria interrogativa.

«Chissà, magari è sordo» ipotizzò lui.

Jazz tornò a guardare dalla buca delle lettere. Qualcosa, in quel braccio che penzolava come fosse senza vita dallo schienale della poltrona, le diceva che Hugh Daneman ci sentiva benissimo, e che se non andava ad aprire il motivo era tutt'altro.

Si alzò e si girò a guardare il sergente. «Non è sordo. Butta giù la porta, Miles. Temo che abbiamo per le mani un altro cadavere.»

7

Angelina Millar mescolò lo stufato d'agnello e aggiunse qualche erba aromatica. Rimise la terrina nel forno e guardò soddisfatta la tavola apparecchiata per due, al centro della quale spiccava un mazzolino di tulipani freschi per darle un tocco primaverile.

Prima di uscire dalla cucina si fermò a controllare che fosse tutto pronto, dopodiché scese di sotto per sistemare trucco e capelli.

Era incantevole, come sempre. Nello specchio si riflettevano i suoi tratti da bambolina, e ancora una volta Angelina pensò di essere molto fortunata, perché un tocco di mascara e un po' di rossetto erano ancora sufficienti a metterle in risalto gli occhi azzurri e le labbra piene.

Forse un giorno avrebbe dovuto cedere anche lei alle lusinghe del botox, come gran parte delle sue amiche, ma al momento sapeva di non dimostrare affatto i suoi trentotto anni.

Allungò il collo per controllare che il fuoco in soggiorno scoppiettasse ancora allegramente, poi tornò in cucina e decise di concedersi un bicchiere di vino nell'attesa. Julian aveva detto che sarebbe arrivato intorno alle sette o giù di lì, e dato che non c'era più nulla da preparare, Angelina sentiva di meritarsi un sorso.

Prese il vino e lo portò in soggiorno, dove si sedette in un angolo del grande divano, facendo attenzione a non sgualcire il cuscino. Raddrizzò la pila di riviste di fai da te appoggiate sul tavolino lucido e si guardò ancora una volta intorno, orgogliosa.

Chiunque andasse a trovarla rimaneva sempre sbalordito. La casa era grande, ma lei riusciva a renderla calda e accogliente. A dire il vero le avevano fatto talmente tanti complimenti su come l'aveva arredata che si era messa in testa di farne una professione. Intendeva iscriversi a un corso part-time di arredamento d'interni, quell'estate – non che si aspettasse di imparare niente di nuovo sull'argomento, credeva di saperne più che abbastanza; più che altro sentiva che fosse importante, per i potenziali clienti, mettere in curriculum qualcosa di ufficiale.

Una sua amica le aveva già chiesto di occuparsi del cottage estivo che aveva comprato da poco, e Angelina non vedeva l'ora di curiosare nei negozi d'antiquariato e scegliere la stoffa per le tende.

Specialmente ora che Rory era a scuola fuori città e Julian non tornava mai a orari decenti, se tornava. Avrebbe avuto qualcosa di divertente e remunerativo da fare durante la giornata.

Angelina bevve un sorso di vino, soddisfatta, e si concesse un sorriso pensando alla piega che aveva preso la sua vita. Una bellissima casa, un figlio, un uomo ricco e di successo al suo fianco.

Ora come ora dovevano muoversi con circospezione. Non avrebbe fatto bene a nessuno dei due se si fosse sparsa la voce della sua relazione con l'avvocato che, sebbene non l'avesse mai rappresentata ufficialmente, l'aveva consigliata su come sbrogliare la difficile situazione che si era creata con il divorzio.

Quello, a proposito, si era risolto piuttosto bene. Angelina avrebbe voluto confessare a David che voleva lasciarlo per mettersi con Julian, solo che lui aveva perso la testa, non soltanto il lavoro, e l'aveva picchiata.

Quella sera aveva telefonato a Julian, terrorizzata, dopo che la polizia aveva arrestato suo marito. E lui aveva preso subito in mano la situazione. Le aveva consigliato di sporgere denuncia. A lei non piaceva un granché l'idea – sapeva come mai David fosse tanto furibondo, quella sera, ma Julian le aveva fatto capire che doveva sfruttare l'occasione per chiedere il divorzio mantenendo allo stesso tempo la propria reputazione intatta.

Così facendo, nei contesti sociali che frequentavano non si sarebbe parlato del «povero David», lasciato dall'adorata moglie che si era gettata fra le braccia di un altro, ma avrebbero avuto tutti compassione per Angelina, la moglie maltrattata di un alcolizzato violento. Che per il suo bene e per quello di suo figlio non aveva avuto altra scelta se non chiedere il divorzio.

Angelina non ricordava di preciso quando avessero deciso di intraprendere quel percorso; fatto sta che quando David si era ripresentato a casa e aveva rotto il vetro della finestra, si era davvero spaventata. Julian aveva accennato nuovamente alla denuncia, e aveva proposto di aggiungerci un ordine restrittivo per tenere lontano David. Ma ormai Angelina non aveva più remore a coinvolgere il suo legale.

Dapprima aveva dato per scontato che, lasciando David, avrebbe dovuto rinunciare alla sua adorata casa. Poi però Julian se n'era uscito con l'idea di farsi carico del mutuo: aveva proposto di ripagare David con i proventi della vendita della sua casa, traslocando direttamente da lei.

La prospettiva la entusiasmava. E ritirare la denuncia in cambio di un divorzio rapido le aveva consentito di ripulirsi la coscienza. Per quanto infatti volesse concludere il matrimonio con David, sporcargli la fedina penale per un reato che in realtà non aveva mai commesso sarebbe stata una vera bassezza.

Provava compassione per l'ex marito, ma l'accaduto non le toglieva certo il sonno. David era un perdente, un uomo sconfitto dalla vita, ed era contenta di non doverselo più trascinare dietro.

Ora aveva accanto un uomo ambizioso come lei. Julian voleva il meglio di ogni cosa, e celebrava i suoi successi spendendo a mani basse il denaro che guadagnava lavorando sodo.

Avevano già deciso di organizzare una grande festa per celebrare la loro unione e il quarantesimo compleanno di lui. Angelina si era data da fare per reclutare il catering e occuparsi di tutto il necessario mentre Julian, dal canto suo, le aveva concesso carta bianca, incaricandola di dare vita a un evento spettacolare senza badare a spese. Doveva fare una capatina a Londra per comprarsi un vestito speciale.

Angelina si concesse un sorriso soddisfatto al pensiero che le cose si fossero risolte con tanta facilità.

C'era soltanto un problema: suo figlio Rory.

Angelina era una madre amorevole e devota. Le aveva fatto male vedere il ragazzino soffrire così tanto per il divorzio dei genitori. Sapeva che aveva un legame speciale con il padre, ed era evidente che i due si somigliassero anche a livello caratteriale. Quando gli aveva detto che David non sarebbe più tornato a casa, Rory aveva passato la notte a piangere.

Da allora si era chiuso nel suo guscio. Nel fine settimana, quando tornava da scuola, le rivolgeva a malapena la parola, e le poche volte che succedeva era più che altro per chiedere da mangiare.

Era troppo presto per parlargli di Julian, Angelina questo lo sapeva. La situazione era stata difficile fino a quel momento, certo, ma sempre gestibile, visto che Rory comunque stava a scuola cinque giorni la settimana e ogni quindici giorni andava a trovare il padre.

Poi però, qualche giorno prima, Julian aveva stabilito che fosse giunto il momento di dirglielo. Ne aveva abbastanza di fare le cose di nascosto come un adolescente furtivo. Voleva traslocare nella casa che gli era costata un occhio della testa, e risolvere una volta per tutte le questioni in sospeso con Rory e con il resto del mondo. Aveva prenotato per tutti e tre una settimana bianca alla fine del semestre.

«Io e Rory legheremo molto, sulle piste» aveva annunciato.

Angelina era rabbrividita all'idea che Julian, sportivo fino al midollo, insegnasse a sciare a suo figlio, da sempre timido e segaligno, per nulla portato per l'attività fisica. Tuttavia aveva accettato. Rory avrebbe compiuto presto quattordici anni – era grande abbastanza da farsi una ragione del divorzio. Quel fine settimana, appena fosse tornato, gli avrebbe comunicato che l'«amico» della mamma sarebbe venuto in settimana bianca con loro.

Angelina sentì aprirsi la porta sul retro e si alzò. Per una volta Julian era in orario. Svuotò il bicchiere di vino e andò a guardarsi un'ultima volta allo specchio sul caminetto.

Sentì il rumore dei passi sul pavimento di pietra, poi la porta del soggiorno si aprì.

«Tesoro, io...» Angelina si portò una mano alla bocca appena vide chi era entrato in casa sua lasciandosi dietro una scia di orme fangose.

«Ciao, Angie. Sono venuto a parlarti di Rory.»

Lei prese ad arretrare, ma ben presto si ritrovò intrappolata fra l'intruso e la libreria.

«Finiscila di aver paura. Non sono venuto a farti del male.

Voglio solo parlare di nostro figlio. In quella cazzo di scuola non me lo fanno vedere e sono preoccupato da morire.»

Era abbastanza vicino perché Angelina sentisse il puzzo di alcol nel suo alito.

«Oh, David, pensavo ti fossi ripulito. Hai bevuto di nuovo.»

«Non abbastanza da ubriacarmi, purtroppo.» Fece un passo indietro. «Ascolta, smettila di trattarmi come un delinquente. Non ti torcerò un capello. Anche se siamo divorziati abbiamo comunque un figlio. Ed è nei guai.»

Angelina si avvicinò circospetta al divano e si appollaiò sul bracciolo. David aveva un aspetto terribile. Non si radeva né lavava da giorni, quello era evidente, e i capelli, molto più lunghi rispetto a prima, gli penzolavano unti intorno alla faccia.

«David, non puoi presentarti qui quando ti pare. Non è più casa tua» gli disse. «La prossima volta telefonami, così ci vediamo da qualche parte.»

«Non ci provare. Non mi rispondi mai al telefono, e figurati se vuoi rischiare di essere vista con me in un luogo pubblico. Che altro dovevo fare? Lasciare che nostro figlio soffrisse perché sua madre si rifiuta di dedicarmi un po' di tempo?»

Lei rimase in silenzio.

«Non hai da bere, vero?» chiese David.

«*Ehm...*»

Ma lui era già uscito dalla stanza, e tornò con la bottiglia di vino che Angelina aveva scelto per accompagnare la cena di quella sera, pagandola tra l'altro una piccola fortuna. La stappò e se ne versò una generosa dose.

«Ho dovuto bere per trovare il coraggio di presentarmi qui.» Sollevò il bicchiere e ingollò un lungo sorso. «Che buono. Aspetti qualcuno? Vedo che la tavola è apparecchiata per una cenetta romantica. Ti sei trovata un fidanzato, vero?»

«No... io... sì. Senti, non sono affari tuoi. Dimmi quello che devi dire e vattene.» Angelina controllò nervosamente l'ora.

«Un paio di giorni fa Rory mi ha telefonato da scuola. Era sconvolto.»

«Davvero? Quando l'ho visto al concerto del coro, venerdì scorso, mi sembrava che stesse bene. Sabato mattina è uscito presto per andare al festival delle Scuole Indipendenti, quindi non ho avuto occasione di parlarci. Che ti ha detto al telefono?»

«Ha detto che non c'è più nessuno a proteggerlo, o una cosa del genere.» David bevve un altro sorso e si riempì di nuovo il bicchiere. «Non so cosa voglia dire. Tu?»

«No, non ne ho idea.» Angelina, preoccupata, aggrottò la fronte.

«Venerdì scorso sono andato a trovarlo a scuola, ma non c'era.»

«Perché era a cantare nella cappella, David.»

«Ho lasciato un sacco di messaggi al direttore e a quel bastardo del preside. Non mi hanno mai richiamato. Quindi questa mattina sono tornato a scuola e ho preteso di vedere mio figlio, ma si sono rifiutati. Ti rendi conto? Che fastidio.» David finì il vino e se ne servì subito un altro po'.

Angelina si mise nei panni del preside; si era trovato di fronte un uomo ubriaco e aggressivo, che era entrato a scuola facendo un gran baccano e pretendendo di parlare col figlio. Non si meravigliava che l'avesse messo alla porta.

«Appena te ne vai chiamo Fleat House, per controllare che sia tutto a posto. E comunque torna a casa domani, potrò parlarci a breve.»

«Per favore, Angie, puoi telefonare adesso?»

«Appena te ne vai. Te lo prometto. Ora però, David, devi...»

«Il preside ha detto che avrebbe chiesto a Frederiks di farmi chiamare, ma visti i recenti trascorsi non credo che succederà.» David aveva preso a camminare avanti e indietro con passo malfermo. «Me lo sento nelle ossa, c'è qualcosa che non va. Mi prometti che telefonerai?»

«Ma certo» rispose lei, gentilmente. «Te lo prometto.»

«Secondo te lo bullizzano?»

«Non lo so. Forse c'entra qualcosa il ragazzo morto di attacco epilettico?»

«Non te lo so dire, davvero. Ma dobbiamo scoprirlo.» David si fermò e si girò a guardarla negli occhi. «Senti, lo so che le cose sono finite male fra noi, Angie, ma non credi che dobbiamo provare a comunicare tra noi, almeno un minimo? Per il bene di Rory.»

Angelina annuì. «Sì.» Guardò di nuovo l'orologio e si alzò. Quell'armonia momentanea cedette subito il posto alla fretta. «Aspetto ospiti. Forse è meglio che tu vada.»

Lui la guardò tristemente. «Certo, figurati.» All'improvviso David sbatté il bicchiere sul tavolino. «Non posso starci, qui dentro, messo in questo modo, vero? Ubriaco, disperato... Non ti sono mai piaciute le situazioni fuori controllo, vero Angie?»

«David, per favore, non cominciare.»

«Non cominciare *cosa*? A dire la verità? Che cos'è che avrei fatto di sbagliato, eh, Angie? Sono stato gentile, premuroso, fedele. Ti ho comprato la casa dei tuoi sogni...»

«... ora è meglio se vai. Io...»

«... ti amavo, ho cercato di darti tutto quello che volevi...» David si avvicinò al caminetto e prese una statuina dalla mensola. «Te lo ricordi quando ti ho comprato questa? Era il nostro... sesto anniversario, mi è costata un patrimonio.» La riappoggiò sulla mensola, in equilibrio precario. «Non ho mai voluto altro che rendervi felici, tu e Rory.»

Angelina sentì un'auto fermarsi nel vialetto di casa. «David, devi andare via subito!»

«Okay, okay, va bene, vado, tranquilla. Però chiamami. Promettilo.»

«Va bene.»

«Grazie. Perché se anche ho dovuto smettere di amare te, amo ancora mio figlio.» David si voltò per uscire, ma vacillando sulle gambe urtò con la manica del cappotto la statuina sulla mensola, che andò a schiantarsi sul pavimento.

«Oddio, scusa... mi... mi dispiace...» David si chinò a raccogliere i pezzi. «Te la ricompro...»

Due mani forti lo afferrarono per i gomiti e lo costrinsero bruscamente a rimettersi in piedi.

«Che cazzo ci fai in casa mia? Minacci di nuovo la tua ex moglie? Usando un pezzo di porcellana come arma?»

«Julian, tranquillo, non è nulla. David è venuto per parlarmi di Rory. Non mi ha minacciata e stava giusto per andarsene...»

Julian però era già arrivato quasi all'ingresso, spintonando di malagrazia il povero David davanti a sé. Aprì la porta e lo scaraventò fuori, in giardino. David perse l'equilibrio e finì lungo disteso in un'aiuola di rose.

Ansimando per lo sforzo, Julian si passò una mano tra i capelli e si sistemò il completo, mentre David si rialzava a fatica.

«Giuro, se ti ribecco nei paraggi ti ritroverai con un altro ordine restrittivo alla velocità della luce. In quanto a tuo figlio, farò in modo che sappia che razza di perdente ubriacone è suo padre.»

La porta si chiuse con un tonfo e David rimase solo al buio, con la testa che gli girava per l'alcol e la sorpresa. Gli usciva un po' di sangue da un dito, che si era punto con una spina. Si avviò barcollando lungo il vialetto in direzione del cancello all'ingresso, incapace di trattenere le lacrime.

«Oddio, oddio» borbottò, aprendo la portiera dell'auto.

Si abbandonò sul sedile del guidatore e si prese la testa fra le mani.

Julian Holmes, quell'arrogante e viscido avvocatucolo che David aveva visto svariate volte alle cene con gli amici, se la faceva con la sua ex moglie.

Abitava in casa sua, dormiva nel suo letto e, cosa peggiore in assoluto, aveva accesso illimitato a suo figlio. Mentre David non poteva neanche vederlo!

E... la sua mente annebbiata dall'alcol cercava il collegamento che, lo sapeva, c'era ed era proprio lì, appena a portata...

E se la persona di cui Rory aveva tanta paura fosse stata Julian?

David appoggiò la testa sul volante e si domandò se fosse possibile che le cose andassero ancora peggio di così.

Jazz era di ritorno al suo cottage. Miles era alla guida, mentre lei parlava al cellulare con Norton.

«Il corpo è stato rimosso e il medico legale mi ha promesso che il signor Daneman sarà il primo a essere esaminato. Non possiamo esserne certi finché non arriverà il rapporto, ma a quanto ho visto si tratta di un inequivocabile caso di suicidio.»

«Le servono rinforzi?» chiese Norton.

«Domani mattina verrà la Scientifica da Norwich per passare al setaccio la camera di Cavendish. Non che ci sia rimasto un granché, dato che ci sono già passati quelli delle pulizie. Avrebbero dovuto chiamare la Scientifica subito dopo il fatto.»

«Lì per lì hanno pensato tutti che fosse un incidente.»

«È che complica un po' il nostro lavoro, signore. Sa bene quanto siano cruciali i primi giorni dopo un omicidio.»

«Omicidio?»

«Scusi, signore, sono saltata alle conclusioni. Ma ora che Hugh Daneman è morto, non ci vuole un genio per capire che in questa storia c'è sotto qualcosa.»

«Pensa che le due morti siano collegate?»

«Se non lo sono è una coincidenza niente male. Sta di fatto che non voglio sbilanciarmi prima di avere in mano qualche prova. E ora come ora ne abbiamo pochissime. Comunque, appena avranno finito in camera di Cavendish manderò quelli della Scientifica a lavorare in casa di Daneman.»

«La vera domanda è, quanto ancora riusciremo a tenere questa storia al riparo dalle grinfie dei media? Un morto, e in teoria accidentale, sarebbe già di per sé un problema, ma con due scateneremmo il panico nella scuola e tra i genitori degli studenti.»

«Se non altro Daneman non è morto nei locali dell'istituto.»

«No, ma se c'è sotto qualcosa di sinistro non possiamo lasciare a rischio tutti quei ragazzi, non crede, Hunter?»

«No, infatti. Dobbiamo farci mandare il rapporto del patologo su Daneman il prima possibile.»

«Ha detto al preside del secondo decesso?» chiese Norton.

«Sì. L'ho chiamato dieci minuti fa. Come può immaginare, è rimasto molto turbato. Per usare un eufemismo. Domani mattina presto ho appuntamento con lui.»

«Mi tenga informato, Hunter. Mi dispiace che si sia ritrovata con un altro morto appena rientrata al lavoro.»

Jazz immaginava perfettamente il sorriso beffardo di Norton. «Non sono tornata a casa per dipingere la *Monna Lisa*, signore.»

«No, infatti. Buonanotte, detective.»

«'Notte, signore.»

Miles fermò l'auto davanti a casa di Jazz. «Grazie del passaggio. Ti inviterei a bere un caffè, ma sono esausta.»

«Lei, ispettrice? Stanca? E quando mai?»

«Riprenderò presto il ritmo, ma ora voglio solo farmi un bagno e andare a dormire. Vieni a prendermi domattina alle sette, va bene?»

«Ricevuto. Adesso me ne vado a esplorare i localini di Foltesham.» Miles le fece l'occhiolino.

«Magari potresti esplorare il localino in particolare dove Charlie e i suoi amichetti della St. Stephen's sono andati la notte del delitto. Parla con il proprietario, tiragli fuori qualche informazione.»

«Sarà dura. Temo che dovrò farmi un paio di pinte per mescolarmi con i nativi.»

«Non credo che avrai problemi. Ci vediamo alle sette. 'Notte.»

Immersa nell'acqua calda della vasca, Jazz rifletteva sugli eventi della giornata.

E se Hugh Daneman, che di solito rimaneva da solo a Fleat House e ne era l'unico responsabile, avesse sostituito, per sbaglio o intenzionalmente, le pillole di valproato con l'aspirina?

Se fosse riuscita a trovare un movente, una prova che era lui il colpevole, il caso si sarebbe chiuso prima ancora di aprirsi.

Jazz sospirò e uscì dalla vasca, avvolgendosi un asciugamano intorno al corpo. Con la pelle d'oca attraversò di corsa l'ingresso non riscaldato e si chiuse in camera.

Quand'era stata l'ultima volta che aveva lavorato a un caso tanto facile?

Eppure ne capitavano in continuazione di simili. O no?

Si mise una camicia da notte, scese di sotto e vide che la spia della segreteria telefonica lampeggiava. I messaggi erano dell'idraulico, dell'arredatore e di suo padre, che voleva sapere com'era andato il primo giorno di lavoro dopo tanto tempo.

Prese la cornetta e compose il numero dei suoi genitori.

«Papà, sono io. Sì, bene, ma Dio se sono stanca. Alle cinque e mezza ho trovato un altro cadavere, quindi diciamo che la situazione si sta scaldando.»

«Cosa? Nel dormiente Norfolk? Be', tutta acqua al tuo mulino, tesoro. Contenta di essere tornata?»

«Te lo dico tra qualche giorno. Stasera sono distrutta.»

«Immagino. Comunque per quanto possa contare, credo tu abbia preso la decisione giusta. Ce la fai a venire a pranzo da noi domenica, così ci racconti tutto?»

«Mi piacerebbe, ma dipende da come procede il caso.»

«Certo, però senti, oggi è passato da me un tizio. Si chiama Jonathan Scott e sta facendo il dottorato, vuole scrivere la tesi sul crimine nella Gran Bretagna contemporanea. All'università ha saputo che mia figlia è detective e mi ha chiesto se può intervistarti, nei prossimi giorni.»

«Sarò parecchio impegnata, papà.»

«Lo so. Ma che ne dici di dedicargli un'oretta domenica, dopo che ti sarai goduta l'agnello di tua madre? È un bravo ragazzo, credimi. Ti piacerà.»

«Non è che stai cercando di farmi accasare, vero?»

«Santoddio, no. E comunque è più giovane di te.»

«Tradotto, non gli piacciono le signore anziane?»

«Esatto.»

«Grazie, papà. Parlare con te fa sempre bene alla mia autostima. Tu come stai, a proposito?»

«Alla grande, come sempre.»

«Ottimo. Bene, a meno che quest'indagine non mi sfugga di mano prossimamente, ci vediamo domenica.»

«Non vedo l'ora. Stammi bene.»

«Saluta la mamma. 'Notte, pa'.»

Jazz riattaccò il telefono, spense le luci e salì le scale con passo pesante. Nel mettersi a letto si rese conto che, per la prima volta da diversi mesi, non aveva mai pensato al suo ex marito.

8

Robert Jones aveva un colorito poco sano. Jazz notò le striature di sudore all'altezza delle tempie.

«Sono preoccupatissimo, ispettrice Hunter. Preoccupatissimo. Un decesso accidentale potevamo gestirlo, ma due... due iniziano a diventare pericolosi.»

«Me ne rendo conto, signor Jones. È una situazione davvero spiacevole. Se può esserle di conforto, sono piuttosto sicura che il signor Daneman si sia suicidato.»

«È già qualcosa» ammise il preside.

«Ovviamente ne avremo la conferma solo al termine dell'autopsia» aggiunse Jazz.

«Certo, immaginavo. Quindi forse si tratta solo di una sfortunata coincidenza?»

«Temo di non poterglielo garantire, ancora. Mi dica, il signor Daneman e Charlie Cavendish andavano d'accordo, che lei sappia?»

«Be'... per farla breve, erano come il diavolo e l'acqua santa. Charlie non era uno studioso. Gli piaceva stare con i suoi amici e faceva un gran baccano. Hugh, invece, era un animo gentile, un uomo vecchio stampo. Da giovane faceva il ricercatore di latino a Oxford. Aveva una vita tranquilla, se ne stava in mezzo ai libri e faceva molte traduzioni per la British Library. Mi sono chiesto spesso che ci facesse qui alla St. Stephen's, a dire il vero. Era un esperto di manoscritti latini del XIV secolo, e anche piuttosto conosciuto.»

«Era benvoluto dallo staff?»

«Oh, moltissimo» rispose il preside. «Nessuno ha mai avuto niente da ridire su Hugh. Era una persona buona e, anche se a volte sapeva essere un po' ingenuotto, era un insegnante fantastico per gli studenti più giovani, quelli che lasciano casa per la prima volta e devono ancora abituarsi. Ascoltava sempre chiunque avesse un problema.»

«Parenti?» chiese Jazz.

«Era scapolo. Non credo che si sia mai sposato, a dire la verità. Riguardo ai parenti...» Robert Jones si strinse nelle spalle. «Non saprei. Certe cose se le teneva per sé. Non amava socializzare con i colleghi.»

«Allora faremo un controllo nei computer per vedere che cosa troviamo.»

«Mi dispiace non poterla aiutare di più, da questo punto di vista. A livello personale Hugh era un vero enigma.»

«Aveva notato qualche cambiamento in lui, di recente?» domandò Jazz. «Le è sembrato depresso?»

«No, ma c'è da dire che non era tipo da lasciar trasparire le emozioni. Avrebbe potuto esserci di tutto in quella sua testa da cervellone, ma nessuno se ne sarebbe mai accorto.»

«Tornando alla domanda iniziale. Charlie e Hugh non andavano d'accordo, giusto?»

«Hugh è stato il tutor di Charlie quando è arrivato, ma dopo poche settimane gliene abbiamo assegnato un altro. Erano partiti con il piede sbagliato. Charlie a volte era proprio... esasperante, e spesso aggressivo. Hugh, da bravo pacifista, non era in grado di gestire una personalità del genere, quindi abbiamo assegnato Charlie a Sebastian Frederiks, che si è dimostrato molto più adatto.»

«Capisco.» Jazz si sporse verso di lui sopra la scrivania. «Signor Jones, la prego, mi risponda sinceramente: Charlie Cavendish era un bullo?»

Ci fu un attimo di silenzio, dopodiché il preside sospirò e rispose: «Aveva questa reputazione, sì. Quanto fosse intenzionale il suo comportamento non saprei dirglielo, ma tormentava abbastanza gli studenti più giovani, specialmente quelli appena arrivati. Non gli piacevano gli smidollati, riteneva fosse suo dovere dar loro una raddrizzata. Ci tengo però a sottolineare, ispettrice Hunter, che non abbiamo problemi di bullismo qui a scuola. Siamo sempre attentissimi a tenere tutto sotto controllo. Quello di Charlie era un caso isolato, e il ragazzo è stato redarguito in diverse occasioni.»

«Insomma era un bullo. A quanto dice era un ragazzo difficile» commentò Jazz.

«Diciamo che era uno degli studenti più complicati da gestire, ma il nostro compito è plasmare il materiale grezzo che ci arriva ogni anno. Il fatto è che Charlie era stato viziato dai genitori fin dal giorno della sua nascita. Faceva... parecchia fatica ad afferrare il concetto di "limite".»

«Un'altra domanda.» Jazz appoggiò un portafoto di plastica sulla scrivania del preside. «Riconosce questa persona?»

Jones prese la fotografia e la studiò attentamente. «È molto sbiadita. Ma è un viso che mi risulta familiare.»

«L'abbiamo trovata sotto la poltrona su cui giaceva Hugh Daneman. Forse la teneva in mano e l'ha lasciata cadere quando ha perso i sensi. Non sa chi sia?»

«No.» Jones tornò a guardare quel volto da cherubino incorniciato da lunghi capelli chiari. «È bellissima, eh?»

«Sì, e molto giovane. Mi domandavo se non fosse la figlia del signor Daneman, ma lei ovviamente non sa dirmelo, vero?»

«No.» Jones le restituì la fotografia. «Spiacente.»

«Mi dica, signor Jones. Le viene in mente qualche motivo che avrebbe spinto Hugh Daneman a uccidere Charlie Cavendish?»

«Che cosa? Hugh? Uccidere qualcuno?» Il preside scosse la testa, incredulo. «Sinceramente, ispettrice, il solo pensiero è ridicolo, mi creda. E poi certo, capisco che dobbiate indagare sulla morte di Charlie, ma non crede di saltare a conclusioni troppo affrettate quando dice che è stato assassinato?»

Jazz si alzò. Guardò per un attimo Robert Jones e scosse piano la testa. «Temo di non poterlo escludere. Ho riflettuto a lungo per capire come abbia fatto Charlie a inghiottire quelle pasticche pur sapendo che avrebbero potuto ucciderlo. Quindi le cose stanno così: o si è suicidato, oppure qualcuno ha sostituito il valproato con l'aspirina. E se è vera quest'ultima ipotesi, allora questo a casa mia si chiama omicidio, signor preside.»

«Forse si è suicidato...» suggerì lui, poco convinto.

«Non ci crede nemmeno lei, vero?»

Jones ci pensò su, poi scosse la testa, rassegnato. «No. No, non ci credo. Nel senso, non si può mai essere sicuri, specialmente quando c'è di mezzo un adolescente, ma conoscendo Charlie mi rendo conto che sia improbabile.»

«E mi ha detto che secondo lei Hugh Daneman era incapace di uccidere?»

«Assolutamente. Ne sono convinto.»

«Lo sapeva che era rimasto da solo a Fleat House, quel venerdì sera?»

«No, ispettrice, si sbaglia. La direttrice aveva il giorno libero, ma c'era Sebastian Frederiks.»

«In realtà no. A quanto mi ha detto Frederiks stesso, lui era a un appuntamento altrove. E non ha saputo fornire un alibi.»

«Sul serio?» Il preside guardò Jazz sbalordito. «Ne è proprio sicura?»

«Sono sicura che me l'abbia detto lui. Non era a Fleat House quel venerdì sera tra le diciannove e trenta e mezzanotte.»

«Sinceramente la cosa mi sorprende. Sebastian Frederiks è il direttore più scrupoloso che abbiamo. Vive per quei ragazzi e conosce bene le regole; lo sa che devono sempre esserci due membri dello staff reperibili a Fleat House, giorno e notte. Non riesco a credere che abbia messo così sfacciatamente in pericolo gli studenti affidati a lui. Né che se ne sia andato di nascosto, senza dirmi niente.»

«Forse è meglio che gli chieda dov'è andato, signor Jones. A me non ha voluto dirlo.»

«Lo farò senz'altro.» Jones bevve un sorso d'acqua dal bicchiere sulla scrivania. «Santo cielo, questa faccenda sta diventando un incubo!»

«Detto fra noi, l'assenza di Frederiks è venuta fuori solo per via della morte di Charlie. Ma da ciò si desume che Hugh Daneman abbia avuto molte opportunità di intrufolarsi non visto nella stanza della vittima. E poi si è tolto la vita, incapace di gestire il senso di colpa e le conseguenze del suo crimine.»

Una scintilla di speranza comparve negli occhi del preside. «Forse è andata così...»

«Ma mi ha appena ribadito che l'idea di Daneman che commette un omicidio è ridicola.»

«Come le ho spiegato, non lo conoscevo bene... Anzi, quasi per nulla... ma... Be', per quanto mi piacerebbe trovare una soluzione rapida a questo rompicapo,» disse Robert Jones, sospirando «non ho idea. Nella sua lunga carriera di insegnante

Hugh ha avuto a che fare con molti ragazzi difficili, qui alla St. Stephen's. Non credo proprio che uno scontro di personalità l'abbia spinto a uccidere.»

«A meno che non vi fossero altre ragioni di cui non siamo a conoscenza.»

Jones giunse le mani sulla scrivania e disse: «Non saprei. La detective è lei, ispettrice Hunter». Poi sospirò e aggiunse: «Quando intende diffondere la notizia della morte di Hugh Daneman? Immagina che razza di caos verrà fuori, appena i genitori sapranno di quest'altro incidente? Si chiederanno che diamine stia succedendo nella scuola, e non me la sento di biasimarli».

«Non rilasceremo informazioni alla stampa almeno per un altro paio di giorni, prima di ricevere i risultati dell'autopsia sul corpo del signor Daneman. Tuttavia voglio avvisarla: è possibile che in questo momento un assassino si aggiri nell'istituto.»

«È un'eventualità remota, vero?»

Jazz scelse con cura le parole. «Signor Jones, questa è la sua scuola. Lei è responsabile del benessere generale di staff e studenti. Io posso consigliarla solo sulla base delle informazioni che ho raccolto nel corso dell'indagine, ma è lei ad avere l'ultima parola. Deve decidere lei se chiudere o meno la St. Stephen's.»

«Be' sì, il suo consiglio mi è utile. Secondo lei, lasciando la scuola aperta sto mettendo in pericolo delle vite? Perché se chiudiamo, per il nostro istituto sarebbe la fine.»

«Se vuole tenerla aperta le consiglio di riunire lo staff, e anche i capiclasse, per informarli che la morte di Charlie non è più considerata un incidente. Gli adulti si fanno prendere dal panico tanto quanto i ragazzini, quindi cerchi di non fare facili allarmismi. È probabile che, se anche Charlie è stato davvero ammazzato, si sia trattato di una vendetta personale, e non dell'opera di un serial killer.»

«Signore onnipotente! Ora mi spaventa, ispettrice, altroché.» Jones si alzò e prese a camminare avanti e indietro nello spazio angusto dietro la scrivania.

«Dica allo staff di avvisare i ragazzi, che chiudano a chiave la porta prima di mettersi a dormire. Per quanto riguarda quelli più piccoli, che dormono in camerate comuni, ordini a un membro dello staff o a uno dei capiclasse di passare la notte con loro. Sto prendendo accordi per far pattugliare la scuola ad alcuni agenti di polizia.»

«Cristo santo. La St. Stephen's è sotto assedio! Devo raccontare anche della morte di Hugh?»

«Non ancora. Per quanto ne sanno, il signor Daneman è ancora a casa con l'influenza.» Jazz gli rivolse un sorriso d'incoraggiamento. «Si ricordi che è anche mio interesse tenere aperta la scuola. Non voglio che i sospettati spariscano prima di capire chi sono. La ringrazio, signor Jones. Le farò sapere se ci sono progressi.»

Jazz uscì dall'ufficio del preside e attraversò il cortile interno per recarsi nell'aula assegnata loro dal preside per le indagini.

Miles era seduto al banco e sbadigliava.

«Ore piccole?»

«Eh sì. Sono stato in quel pub dove vanno i ragazzi della St. Stephen's e mi sono messo a chiacchierare fino a tardi col proprietario.»

«Avete chiacchierato e basta?» Jazz appoggiò la ventiquattrore per terra, accanto alla gamba del tavolo.

«Ammetto di avergli tenuto compagnia con qualche birretta. Ne abbiamo bevute solo tre, ma quella che fanno qui dev'essere più forte di quella di Londra. Mi sento uno straccio.»

«È solo l'aria fresca di campagna, detective. Hai i polmoni poco allenati. Insomma, cos'ha detto il proprietario del pub?»

«Niente di interessante. Ha fatto qualche domanda alla barista che era di turno quella sera, che si è ricordata di aver visto entrare Charlie e i suoi amici. L'ha riconosciuto perché aveva avuto una storiella con una sua amica prima di Natale. Quella sera il locale era pieno di ragazzi dell'ultimo anno, perché a quanto pare è l'unico pub della città in cui li fanno entrare.»

Jazz si tolse il cappotto, si sedette a un banco e accese il portatile. «Hai chiesto se ci sono mai stati incidenti legati alla compravendita di sostanze stupefacenti?»

«Sì. Non che me l'avrebbe raccontato se ci fossero stati, ovviamente. Quando ho accennato all'argomento si è messo sulle difensive, cosa normale, e mi ha detto che non tollera droghe di nessun genere nel suo locale. Personalmente gli credo. Quel pub ha un buon rapporto con la scuola: gli fanno fare un po' come vogliono, purché tengano d'occhio i ragazzi. Non credo che il padrone voglia rischiare di mandare tutto all'aria.»

«Quando ti ho detto che la droga si consuma in gruppo, dicevo sul serio. Se quella sera Charlie avesse deciso di assumere sostanze illegali, scommetto che le avrebbe prese direttamente lì. E avrebbe perso i sensi nel giro di pochi minuti.»

«A meno che non abbia incontrato lo spacciatore fuori dal pub. Ma il proprietario non ha mai sentito di nessuno spacciatore a Foltesham. Siamo sinceri, ispettrice, i ragazzini la roba la trovano dappertutto, di questi tempi. Il pub è frequentato dalla gente del posto, chiunque poteva avere addosso qualcosa da vendere. Ma dubito che l'avrebbero fatto lì, davanti a tutti.»

«Scopri con chi era Charlie quella sera. Immagino che se ne sia andato da scuola in compagnia dei suoi amici. Ecco, tieni.» Gli porse la lista preparata da Sebastian Frederiks. «Questi sono gli amici più stretti della vittima, secondo il direttore del dormitorio. Forse alcuni di loro erano con lui al pub. Vorrei che interrogassi anche i suoi compagni di classe. Abbiamo sentito gli insegnanti. Ora vediamo cos'hanno da dirci gli studenti su Charlie Cavendish.»

«Va bene» disse Miles, annuendo. «Metterò un avviso in bacheca. Solo una cosa» aggiunse poi, indicando l'aula ingombra. «Inizia a diventare un po' difficile respirare, qui dentro. Dove devo interrogarli?»

«Chiedi a Frederiks di prestarti il soggiorno del suo appartamento.»

«D'accordo.»

«Ora che ci penso, hai visto il sergente Roland? Dovevamo incontrarci qui alle otto e ha mezz'ora di ritardo.»

«Sì, è andato a controllare quelli della Scientifica nella stanza di Cavendish. È via da mezz'ora, in effetti. Si lamentava per il mal di denti. Devo dire che non è proprio un allegrone, il caro Roland.»

«Va bene, lo raggiungo lì. Merda!»

«Che c'è?»

«Volevo connettermi per accedere ai fascicoli, ma qui non c'è neanche una presa telefonica, figuriamoci il wi-fi. Chiama qualcuno e fai in modo che ci mettano online, va bene? Subito.»

«Ci proverò, ma non ci speri troppo.»

«Ho bisogno di vedere se abbiamo qualcosa su Hugh Daneman. Chiama il quartier generale e digli di mandarmi via email qualsiasi cosa riescano a trovare. Poi trovami una presa telefonica da usare nel frattempo che aspettiamo di avere la connessione. Intesi? Io devo andare.»

Miles rimase a guardarla mentre chiudeva il portatile. «Viene da chiedersi come facessero ai vecchi tempi, prima della tecnologia. Vero, ispettrice?» Gli brillavano gli occhi.

Sulla soglia dell'aula, Jazz si voltò. «Scommetto che Miss Marple risolveva i casi leggendo nelle foglie di tè. Di sicuro ne beveva a sufficienza. A dopo.»

«Ti faccio trovare un paio di *scones* per pranzo, che dici?» le gridò dietro Miles. Lei però si era già chiusa la porta alle spalle.

Jazz si imbatté negli uomini della Scientifica all'ingresso di Fleat House.

Strinse la mano e si presentò al loro capo, della Polizia scientifica di Norwich.

«Shirley Adams» disse la donna, stringendole la mano con fermezza. «Piacere di conoscerla, ispettrice.»

«Trovato nulla?» le chiese Jazz.

«Non molto, temo.» La donna si strinse nelle spalle. «La camera è stata ripulita da cima a fondo. Siamo riusciti a trovare un paio di impronte digitali, qualche capello, le solite cose. Invierò tutto al laboratorio per le analisi, mi faranno sapere al più presto.»

«Ha ricevuto il mio messaggio riguardo a Hugh Daneman?»

«Sì, andiamo subito a casa sua.»

«Bene.» Jazz tirò fuori la chiave di tasca e la consegnò al sergente Roland, che se ne stava ad aspettare, a disagio, dietro Shirley Adams. «Vi farà entrare Roland. Provo a passare più tardi, se riesco.»

«Potrei dover andare dal dentista, oggi, signora. Ho il mal di denti cronico» avvisò lui.

«Chieda a Shirley di cavarle il dente. È brava di sicuro» disse Jazz, sorridendo, ma la battuta non fu ben accolta e anzi, Roland le lanciò un'occhiataccia. «Ci rivediamo più tardi sul luogo del delitto.»

«Sissignora.»

Jazz si girò e si trovò di fronte la direttrice.

«Buongiorno, direttrice. Sono qui per parlare con Rory Millar.»

«Lo so, ma non è possibile al momento. Stanotte non è stato bene e si è appena addormentato.»

«Capisco. Che cos'ha avuto?»

«Un po' di gastroenterite. Vediamo come sta quando si sveglia. Se non si sente meglio lo farò trasferire in infermeria, dove il dottore potrà dargli un'occhiata. Secondo me ha somatizzato parecchio. Poverino, ha passato dei mesi difficili.»

Jazz vide lo sguardo della direttrice ammorbidirsi e per un attimo la rivalutò come persona.

«Allora forse potrò parlarci dopo, se sta meglio. Già che ci sono, le dispiace se facciamo due chiacchiere?»

«Si figuri. Possiamo usare il salotto del signor Frederiks. Questa mattina non c'è, sta allenando la squadra di rugby.»

Jazz seguì la direttrice nella stanza e si accomodò sul divano.

«Grazie.» Appena si fu seduta, Jazz sorrise. «So che ieri ha parlato con il detective Miles, quindi non le farò ripetere le stesse cose. Volevo solo conoscere la sua opinione su Charlie, che genere di ragazzo pensa che fosse.»

La direttrice strinse visibilmente le labbra. «Vuole saperlo davvero?»

«Certo.»

«Non ho cose belle da dire, e sono consapevole che non si dovrebbe parlar male dei morti.»

«No, è vero, ma se con la sua sincerità dovesse aiutarmi a risolvere il mistero che circonda l'ultima notte di Charlie, gliene sarei molto grata.»

«D'accordo, allora.» Le mani della direttrice, appoggiate sulle ginocchia, erano serrate, in preda alla tensione. «Avrebbero dovuto espellerlo da tempo. L'abbiamo avvisato più di una volta di moderarsi, ma è stato del tutto inutile. I ragazzi come quello, be'... lo so io che gli farei.»

Sul volto della donna, di solito bianco come il gesso, erano comparse due chiazze rosa.

«Le dispiacerebbe spiegarsi meglio?» chiese Jazz.

«È la stessa cosa in tutte le scuole. Gli insegnanti non sono in grado di tenere a bada un gruppetto di studenti che trasformano in un inferno la vita dei compagni. Loro dicono di avere il controllo della situazione, ma in realtà non si sforzano minimamente di capire cosa succede realmente.»

«È davvero possibile? Tenere a bada i bulli?»

«Certo che è possibile! Basterebbe espellerli all'istante! A quel punto gli studenti più vulnerabili non passerebbero più le notti a piangere. Mi creda, li ho sentiti.»

«Quindi, a suo parere, sia Frederiks sia il preside non erano severi con Charlie quanto avrebbero dovuto?»

«Non è neanche così. Frederiks è un bravo direttore, ci tiene ai ragazzi. Ma per Charlie Cavendish sembrava avere un debole. Gli avrebbe permesso di cavarsela anche se avesse ammazzato qualcuno.»

«Forse non aveva le prove che fosse un bullo» suggerì Jazz.

«Oh, le aveva eccome» rispose la direttrice, con veemenza. «Uno dei problemi degli insegnanti, di questi tempi, è che hanno le mani legate. E questo lo accetto. Non dico che una bella ripassata funzionerebbe sul lungo termine, ma se non altro sarebbe un deterrente.»

«È vero.» Jazz si sorprese a essere d'accordo con lei.

«Prenda per esempio il giovane Rory. Soffre di emicranie, che sono indotte quasi certamente dallo stress. Charlie e il suo gruppetto di delinquenti gli facevano prepotenze in continuazione. E solo perché ci sta mettendo un po' di più a crescere rispetto ai suoi coetanei, o perché non ha piacere di scontrarsi con gli altri ragazzi sul campo da rugby. Lo sa, ispettrice, che Cavendish ha chiuso Rory nella cantina di Fleat House, un paio di settimane fa? E ce l'ha lasciato tutta la notte. Il poverino era fuori di sé dalla paura. E non lo biasimo.»

«No, non lo sapevo. Ma direttrice, sono certa che se il signor Frederiks l'avesse saputo, e avesse scoperto che il colpevole era Charlie, avrebbe agito di conseguenza.»

«Come le ho detto, il signor Frederiks è bravo nel suo lavoro, ma con quel ragazzo... Ogni sua bravata veniva semplicemente ignorata. In quanto al preside...» La direttrice si morse il labbro, poi concluse la frase: «La parola "incompetente" non basta a descriverlo».

«Quindi Charlie si accaniva soprattutto su Rory?»

«Oh, sì. Era un bersaglio facile. Sotto sotto i bulli non sono altro che dei codardi. Scelgono le loro prede con attenzione.»

Jazz sospirò. «Povero Rory. Ma temo sia un problema in quasi tutte le scuole.»

«Non lo sarebbe, se ci liberassimo dei bulli prima che possano fare danni. Ed è solo una questione di soldi. Il preside preferisce incassare sessantamila sterline per la retta di Charlie, tralasciando poi il fatto che suo zio è governatore, piuttosto che aiutare decine e decine di altri studenti a vivere la scuola in maniera sana e sicura.»

«Non starà mica dicendo che Charlie metteva a rischio la vita altrui?»

«Ispettrice Hunter, io non parlo solo delle conseguenze fisiche del bullismo. Sono le cicatrici emotive e mentali a fare più danni. Mi creda, io lo so.»

«Era vittima di bullismo a scuola?»

«Io?» La direttrice sorrise per la prima volta. «No, io rispondevo per le rime, gliel'assicuro.»

Posso immaginare, pensò Jazz.

«Sono certa che quanto sto dicendo vada contro le "politiche aziendali". Se il preside e Frederiks non intendono dirle la verità, pazienza, ma io non le mentirò su Cavendish e il suo comportamento aggressivo.»

«Grazie della sua sincerità, direttrice. Mi dica, da quanto lavora alla St. Stephen's?»

«Ho lavorato qui per un breve periodo all'inizio della mia carriera, e ho ricominciato in questo istituto all'inizio dell'anno scolastico. Sono australiana, sa, ed ero in visita da alcuni parenti qui nel Norfolk quando mi si è presentata quest'opportunità di lavoro. Vivevo negli Stati Uniti, prima» disse lei, stringendosi nelle spalle. «Non c'era nulla che mi spingesse a tornare a Perth, quindi ho pensato di allungare il mio soggiorno in Inghilterra e mettermi a lavorare.»

Ora sì che Jazz riconosceva l'accento della donna. Veniva dall'Australia.

«Il signor Frederiks mi ha detto che soltanto voi due avete accesso all'armadietto delle medicine. Avete una chiave ciascuno.»

«Sì, è corretto.» Si portò una mano al collo e mostrò a Jazz una chiave appesa a una catenina. «Questa è la mia, e non la perdo mai di vista.»

«L'ha prestata a qualcuno la sera che è morto Charlie?»

«Assolutamente no! Lo so come sono i ragazzi di oggi. Qualsiasi cosa, pur di sballarsi.»

«Abbiamo ricevuto i risultati dell'autopsia. Charlie Cavendish è morto per uno shock anafilattico provocato dall'ingestione di aspirina, e non di attacco epilettico.»

La direttrice spalancò gli occhi. «Quando hanno esaminato

il corpo, i paramedici hanno detto che era morto per un attacco. Lì per lì è sembrato così anche a me. Sa, io sono un'infermiera qualificata.»

«Sicuramente i sintomi sono simili, ma il medico legale è stato molto accurato. Ora devo solo scoprire come abbia fatto Charlie a ingoiare quelle due aspirine. Vorrei vedere una copia del registro dei medicinali aggiornato a quella sera, se non le dispiace.»

«Certamente. Si accorgerà che è tutto in perfetto ordine. Glielo vado a prendere?»

«Sì, grazie mille.»

La direttrice si alzò e fece per allontanarsi, poi ebbe come un ripensamento e si voltò. «Spero che questa diagnosi errata non infanghi la mia reputazione. Quando l'ho trovato io era già morto da tempo.»

«Ci mancherebbe. E poi l'ha detto lei stessa, i paramedici sono arrivati alla sua stessa conclusione.»

«Bene.»

Jazz guardò la donna lasciare la stanza. Era evidente, malgrado il carattere burbero, che ai ragazzi ci tenesse, specialmente a quelli più vulnerabili.

Era anche evidente che detestasse Charlie Cavendish...

La direttrice tornò e porse un foglio a Jazz.

«Questo è il registro di venerdì scorso. Come ho detto al suo detective non ero presente a Fleat House, quella sera. Il signor Daneman aveva la chiave del signor Frederiks. Molto negligente, da parte sua, lasciare Daneman da solo. E insolito, aggiungerei. A quanto ho visto negli ultimi mesi, se si tralascia la sua determinazione nel minimizzare gli atteggiamenti di Cavendish, si è sempre comportato in modo molto professionale.»

«Non le ha detto dove fosse?»

«No. E non mi azzarderei mai a ficcare il naso negli affari suoi. Ma dev'essere stata un'emergenza, se è stato costretto ad allontanarsi.»

«Be', a me non l'ha detto.» Jazz piegò la pagina e se la infilò in tasca per esaminarla più tardi. «Può farmi sapere se Rory si è ripreso a sufficienza da parlare con me, oggi pomeriggio?» Porse alla direttrice il suo biglietto da visita.

«Ne dubito. L'ultima cosa di cui ha bisogno quel poverino è un interrogatorio della polizia. Con tutto il rispetto.»

«Vorrei parlarci il prima possibile» concluse Jazz, alzandosi. «Un'ultima cosa: ha detto al sergente Roland di essere tornata nella sua stanza verso le ventitré, venerdì scorso.»

«Sì, esatto.»

«Non ha sentito o visto niente di strano, nell'ora successiva?»

«No, sono andata dritta a letto.»

«A che ore ha trovato il corpo di Charlie, la mattina dopo?»

«Ogni giorno alle sei e quarantacinque percorro il corridoio dell'ultimo anno per bussare alle porte dei ragazzi. Quando ho notato che Charlie non si presentava all'appello, sono tornata a bussare. Sono entrata in camera sua perché continuava a non aprire.» Le due donne erano arrivate all'ingresso. La direttrice rivolse un breve sorriso a Jazz. «Abbiamo finito?»

«Per adesso sì. Grazie del suo aiuto.»

L'altra le rivolse un rapido cenno del capo, girò sui tacchi e risalì le scale.

Jenny Colman bussò alla porta dell'ufficio di Robert Jones con il tè delle tre.

«Avanti» disse il preside, e Jenny entrò.

Robert Jones era stravaccato sulla sedia dietro la scrivania, con la cravatta storta e un'espressione avvilita.

«Oh, signor preside, che succede?» chiese la segretaria, appoggiando il vassoio.

Lui scosse la testa.

«Niente, Jenny. Sono solo un po' stanco e mi è venuto il mal di testa, tutto qui.»

«Le porto un'aspirina? Oops!» esclamò ridacchiando quando si rese conto di cosa aveva detto. «Mi scusi, signor Jones. Un po' inappropriato, viste le circostanze.»

«Non si preoccupi. E no, non ce n'è bisogno.» La guardò mentre serviva il tè.

«È successo qualcosa, signor Jones? Non voglio farmi gli affari suoi, ma ha un aspetto terribile.»

Il preside fu colto da un desiderio irrefrenabile di confidarsi con qualcuno.

«Senta, Jenny. Mi posso fidare di lei?»

«Signor Jones, lavoro per lei da quattordici anni e non ho mai rivelato a nessuno niente che non dovessi. Certo che può fidarsi. Anzi, farebbe proprio meglio a dirmi tutto. Lo sa cosa si dice, mal comune...?»

«Sì, ha ragione.» Jones fece un respiro profondo. «Hugh Daneman è morto.»

Jenny rimase talmente sconvolta che dovette mettersi a sedere. Aprì la bocca per parlare, ma non ne uscì alcun suono.

«Lo so, è una notizia tremenda, e subito dopo la morte di Charlie...» Jones scosse la testa. «Potrebbe essere la fine per la nostra scuola.»

Jenny rimase seduta a mordersi il labbro, sforzandosi di non piangere davanti al suo capo.

«Come?» Non riuscì a dire altro.

«L'hanno trovato senza vita a casa sua ieri sera. Secondo la polizia si è suicidato.»

Jenny si prese la testa fra le mani e cedette alle lacrime. «Perché? Perché l'ha fatto? Non Hugh, non Hugh.»

Robert Jones rimase impassibile. Si aspettava che Jenny mostrasse compassione per *lui*, per la situazione in cui si trovava, e non per Daneman.

«Mi dispiace, Jenny, non credevo che la notizia l'avrebbe turbata tanto. Lo conosceva bene?»

Lei annuì. «Sì, eccome. Da quasi trentacinque anni. Un tempo facevo le pulizie in casa sua prima di venire a lavorare qui.»

«Sul serio?»

«Sì, ed era il gentiluomo più premuroso che abbia mai conosciuto. Non avrebbe fatto del male a una mosca!»

«*Shh*, Jenny, la prego. È un segreto tra me e lei. Non deve dirlo a nessuno.»

«No, lo so, certo, non lo dirò a nessuno, promesso. Mi scusi, signor Jones, è solo lo shock, tutto qui.»

«Ma certo» la rassicurò lui. «Senta, perché non si prende il resto della giornata libero? Tanto rimane sempre più di quanto dovrebbe.»

«Grazie, signor Jones. Credo che ne approfitterò volentieri.»

«Allora ci vediamo domani.»

Jenny era già sulla soglia.

«Sicura che starà bene?» le chiese.

«Sì, sì. E non lo dirò a nessuno, promesso.»

9

Jenny infilò la chiave nella serratura. Entrò nel piccolo atrio, si chiuse la porta alle spalle e, consentendo alle proprie gambe di cedere una volta per tutte, si lasciò scivolare sul pavimento.

Quando ebbe pianto tutte le sue lacrime si rialzò e percorse barcollando il corridoio fino in cucina, dove si abbandonò su una sedia. Perfino la vista del nuovo piano cottura che aveva acquistato dopo anni di risparmi non bastò a risollevarle il morale.

«Una vita di schiavitù, a risparmiare ogni centesimo, e per cosa?» si chiese, disperata. «A che diamine è servito?»

Jenny si alzò di nuovo e, lentamente, andò a prendere il bollitore. Lo riempì d'acqua e lo mise sul fuoco. Ancora col cappotto addosso prese a vagare nelle stanze della piccola villetta che, come sempre, erano immacolate. Si frugò in tasca in cerca di un fazzoletto per asciugarsi il naso. Aveva lavorato tutta la vita per potersi permettere finalmente una casa sua.

Accarezzò il dralon morbido del divano, ancora perfetto come il giorno in cui l'aveva comprato. Si guardò intorno soffermandosi sul grande televisore piazzato in un angolo, un elettrodomestico che si era concessa da poco al prezzo di un paio di centinaia di sterline, dopo una vita passata a guardarne uno preso a noleggio.

Ogni oggetto, lì dentro, era stato pagato da lei, con i suoi soldi. Jenny sentì che le gambe stavano per cederle di nuovo e si sedette sul bracciolo del divano.

Negli anni aveva avuto dei corteggiatori. Sapeva di non essere una bellezza, ma se non altro riusciva ad attirare gli uomini.

Forse il fatto che il suo cuore fosse palesemente altrove rendeva più eccitante la caccia. Ce n'era stato uno in particolare, molto insistente, che non si capacitava che non avesse accettato la sua proposta di matrimonio.

Jenny pensò che la vita avrebbe potuto essere molto più facile, se avesse detto di sì. Avrebbe condiviso i fardelli e le fatiche, avrebbe avuto una spalla su cui piangere in caso di bisogno. Ma niente di tutto ciò si era avverato per colpa della sua patetica presa di posizione, che le impediva di amare chiunque non fosse l'uomo che desiderava da sempre.

Jenny si scordò del bollitore sul fuoco e si diresse al carrello degli alcolici sotto la finestra. C'erano quattro bottiglie, in fila e sull'attenti come sentinelle. Di tanto in tanto si concedeva uno sherry la domenica, ma il porto, il brandy e il whisky, tutti regali di Natale del signor Jones, erano ancora sigillati, con così poche persone che andavano a trovarla.

Quel giorno però, consapevole che il brandy facesse miracoli per lo shock, Jenny decise di aprire finalmente la bottiglia. Si versò un goccio in uno dei bicchieri disposti sul carrello e bevve.

L'alcol le bruciò la gola e le fece venire i conati, tanto era forte. Ma le diede conforto sentirselo scivolare nello stomaco, quindi bevve ancora.

Andò alla credenza di mogano intagliato appartenuta a sua madre, l'unico vero mobile di valore che possedesse. Aprì il cassetto di sinistra e tirò fuori una vecchia busta di carta marrone. Si risedette sul divano e tirò fuori il contenuto.

Era l'inganno più importante che avesse mai ordito – quella

fotografia le aveva regalato anni di tranquillità, durante i quali aveva potuto osservare con calma il più grande successo della sua vita.

Jenny rimise la fotografia nella busta.

Il suo sguardo si perse in lontananza, e con tristezza si rese conto che ormai il suo ultimo legame con il passato era stato reciso.

Alistair Miles studiava il gruppetto di adolescenti dall'aria equivoca seduti davanti a lui. Erano quattordici tra maschi e femmine, tutti in uniforme, e sembravano aver deciso di comune accordo di presentarsi con un'aria sciatta e sbracata. Non vedeva nemmeno una cravatta annodata bene, o anche solo una scarpa pulita.

Cristo, sembro mio padre, riconobbe Miles tra sé.

«Va bene, gente, grazie del vostro tempo. Sono certo che già sappiate di che si tratta.» Era seduto sulla scrivania di Sebastian Frederiks e osservava il mare di volti davanti a sé. «A quanto pare eravate tutti al pub con Charlie, la sera in cui è morto. Me lo confermate?»

Vi fu un cenno d'assenso generale.

«Dunque, intanto vorrei dirvi che ogni cosa che mi racconterete rimarrà tra noi. Non sono interessato ai vostri peccatucci veniali, e non riferirò nulla ai miei colleghi delle autorità. Voglio solo sapere certe cose su Charlie e su quella sera, e ho bisogno che siate sinceri. La prima domanda è, qualcuno di voi sa se Charlie faceva uso di droga? Di qualsiasi genere.»

Vi fu un attimo di silenzio e i ragazzi si scambiarono sguardi nervosi, dopodiché una bionda carina trovò il coraggio di rispondere. «No, non si drogava.»

«E tu saresti?»

«Emily Harris. Sono... cioè, ero la ragazza di Charlie.» Miles la vide abbassare lo sguardo e mordersi il labbro. Era evidente che faceva fatica a controllarsi.

«Sono spiacente, Emily. Deve essere stato tremendo.»

Lei annuì.

«Hai detto che Charlie non si drogava. Ne sei proprio certa?»

«Assolutamente. Non era imbecille, detective. Sapeva di avere l'epilessia e che facendo uso di sostanze rischiava la vita.»

«E giravano? Le droghe, intendo.» Miles scrutò bene i volti dei ragazzi in cerca di reazioni.

«Senta, detective,» esclamò una voce maschile dal fondo del gruppo «credo che nessuno qui possa mettersi una mano sul cuore e giurare di non aver mai preso niente.»

Vi fu un mormorio d'assenso imbarazzato.

«Con chi sto parlando?»

Il giovanotto aveva una folta zazzera di capelli scuri che gli arrivavano quasi alle spalle. Non portava la cravatta, che aveva sostituito con delle perline di legno infilate in un filo di cuoio, e ai polsi aveva un'infinità di braccialetti dell'amicizia.

«Dud Simpson. Dormo a Fleat. Ero molto amico di Charlie, uscivamo spesso insieme. E sono d'accordo con Emily. Lo conoscevo da che era arrivato qui e non l'ho mai visto toccare nessuna sostanza.»

«Posso chiederti come fate a procurarvi "sostanze illegali", da queste parti?»

«C'è sempre uno che ha roba da vendere.»

«Al pub?»

«Gesù, no. Qui a scuola.»

«Ma Charlie non ne approfittava mai.»

«No.» Dud scosse la testa. «La mamma gli aveva fatto il lavaggio del cervello. Era un gran bel coglione quando ci si metteva, ma non gli servivano stupefacenti di sorta. Gli veniva naturale.»

I presenti ridacchiarono.

«Quindi mi confermi che eri a bere con Charlie, quella sera?»

Dud esitò prima di rispondere. «Sì, ero con lui.»

«Eddai, Dud» intervenne un'altra voce maschile. «Sii sincero: erano due mesi che tu e Charlie non vi parlavate.»

«Perché? Avevate litigato?» chiese Miles.

Il collo e le guance di Dud si tinsero di un rosso acceso.

«Sì, diciamo di sì» disse l'altro studente.

«Tu invece saresti?» domandò Miles.

«James Arrowsmith. Anch'io dormo a Fleat House. Glielo dici tu all'agente, Dud, o glielo dico io?»

«Che palle! Grazie tante, James» mormorò Dud. «Senta, non era niente. Uno stupido litigio.»

«Ti aveva rubato la ragazza. Prima di Natale li avevi beccati a pomiciare in un vicolo dietro il pub. Gli hai dato una bella ripassata, tanto che ha detto di essere stato fortunato che tu non l'abbia fatto fuori. C'ero io a raccogliere i pezzi, ti ricordi?»

La ragazza di nome Emily si alzò in piedi con una mano sulla bocca. «Scusate» balbettò, poi fuggì dalla stanza.

Ormai la tensione era palpabile.

«D'accordo» disse Miles, alzando le mani. «Passiamo oltre. Voglio sapere chi è uscito con Charlie venerdì scorso per andare al pub.»

«Io» rispose James Arrowsmith. «C'eravamo io, Emily e Barilotto. Tu c'eri, vero?»

Un ragazzo robusto coi capelli rossi si girò ad annuire. «Sì.»

«Come vi è sembrato, lungo la strada?»

«Tranquillo. Lo stesso di sempre» rispose Barilotto. «Diceva di non vedere l'ora di andarsene, ci raccontava cos'avrebbe fatto.»

«Quindi non direste che fosse giù di corda?»

«Charlie? Figuriamoci.» James Arrowsmith scosse la testa con decisione. «Era sempre vivace, aveva la risata pronta.»

«Quindi secondo te non era il tipo da togliersi la vita.»

Molti ragazzi si mostrarono in netto disaccordo con quell'ipotesi.

«Non sta mica dicendo che Charlie si è ammazzato, vero?» La voce profonda di Dud risuonò nella stanza. Di colpo calò un silenzio snervante.

«No» confermò Miles.

«È morto per un attacco epilettico, quindi?» domandò Barilotto.

«No.»

«Cristo» disse alla fine Dud. «E quindi com'è morto? Ce lo può dire?»

«Di shock anafilattico, provocato da due pastiglie di aspirina.»

«Che cosa?! Com'è possibile? Charlie sapeva che potevano ucciderlo» disse James.

«Per questo è importante stabilire come mai le abbia prese. Qualcuno ha qualche idea?»

«Be', ma non l'avrebbe mai fatto se avesse saputo cos'erano, no?» disse Dud, facendo spallucce.

«Appunto» concordò Miles. «Per questo ho bisogno di sapere se quella sera ha preso qualche sostanza strana. Qualsiasi cosa che avrebbe potuto essere sostituita con dell'aspirina.»

«Chissà, forse gliel'hai messa nella birra, Dud» azzardò James.

«Fottiti, Arrowsmith» rispose quello, nervoso.

«Vi viene in mente qualcuno che volesse liberarsi di Charlie?»

«A parte Dud, intende?» scherzò James.

Dud si alzò in piedi. «Ora basta!»

«Oh, dai, sto scherzando. Tra l'altro, sono sicuro che concorderai, c'è parecchia gente che non faceva parte del Charlie Cavendish fan club.» James incrociò le braccia sul petto.

«Qualcuno in particolare che vi venga in mente?» Miles rivolse la domanda a Dud.

«No. O meglio, pensavamo tutti che a volte era proprio un bastardo, ma non credo che nessuno lo odiasse davvero. Certi ragazzi più piccoli semmai avevano paura di lui.»

«"Paura", dici?» Barilotto spalancò gli occhi. «Io direi più che erano "terrorizzati da farsela sotto".»

«Ho sentito dire che era un bullo» azzardò Miles. «Siete d'accordo?»

«Sei d'accordo, Dud?» gli chiese Barilotto. «Eri il suo migliore amico, il suo compagno di merende, prima che ti rubasse la donna.»

«Vai a farti fottere, palla di lardo!» Dud balzò in piedi con il fuoco negli occhi.

«Va bene, basta così!» esclamò Miles. «Hai detto che i ragazzi più piccoli avevano paura di lui?»

«Sì, e facevano bene» borbottò Dud. «Quello biondo, per esempio, quello che Charlie aveva preso di mira...»

«Rory Millar?» chiese Barilotto.

Dud annuì. «Lo sappiamo tutti che è stato Charlie a chiuderlo in cantina di notte, un paio di settimane fa. Poveraccio. Era terrorizzato. Il professor Frederiks l'ha sentito urlare la mattina dopo e l'ha fatto uscire.»

«Qualcuno ha confessato chi fosse il colpevole?» chiese Miles.

«No. E comunque, anche se l'avessimo detto, il professor Frederiks non avrebbe fatto nulla. Secondo me era convinto che Charlie camminasse sull'acqua, tipo, perché è strano, di solito con i bulli non ha pietà. Charlie però non veniva mai punito. Se la sarebbe cavata anche se avesse ammazzato qualcu... oh cazzo!» Dud arrossì violentemente. «Scusate.»

«Io voglio solo sapere chi è rientrato a Fleat House con lui, quella sera» disse Miles.

«Gli stessi con cui era uscito» rispose James.

«E stava bene?»

«Benissimo.»

«A che ore siete tornati?»

«Verso le undici. Abbiamo registrato il nostro rientro e sono andato a guardare la tivù con Barilotto nella sala comune. Charlie ci ha detto che sarebbe andato a letto, perché non riusciva mai ad alzarsi per la funzione del sabato e se ne avesse saltata un'altra l'avrebbero punito. Ci siamo salutati in fondo alle scale. Lui è salito di sopra e festa finita.»

«Chi dorme nella stanza accanto alla sua?»

«Io» fece Barilotto. «E dall'altro lato c'è Dud. Non hai sentito niente, vero?»

«Niente.» Dud scosse la testa.

«Neanch'io» disse Barilotto, stringendosi nelle spalle. «Ma noi siamo rientrati non prima di mezzanotte. Il professor Daneman glielo confermerà, e anche Frederiks. Lui è tornato che stavamo giusto per andare a dormire.»

«Sei sicuro dell'ora?»

«Sì, ma ripeto, può chiedere anche al professor Daneman. È passato a dirci di andare in camera nostra, poi ha detto che il professor Frederiks era tornato e che sarebbe andato a dormire anche lui.»

«Non è che avete visto il professor Frederiks, prima di andare a letto?» domandò Miles.

Dud si scambiò un'occhiata con Barilotto. «No, ma perché

mai il professor Daneman avrebbe detto che era tornato, se non era vero?»

«D'accordo» fece Miles. «Qualcuno ha altro da aggiungere?»

Silenzio.

«Molto bene. Grazie della collaborazione. Se vi viene in mente qualcosa in particolare riguardo a quella sera, anche un dettaglio insignificante, vi chiedo per favore di riferirlo a me o all'ispettrice Hunter. Dud, posso parlarti un secondo?»

Gli altri uscirono dalla stanza e Miles chiuse la porta.

«Allora, Dud. Tu e Charlie eravate migliori amici?»

«Sì.»

«Finché non ti ha portato via Emily.»

Dud annuì.

«E tu quando l'hai scoperto gliene hai date di santa ragione.»

Dud alzò lo sguardo e disse: «Lei non l'avrebbe fatto?».

«Probabilmente sì. Sapevi che era allergico all'aspirina?»

«Certo. Lo sapevamo tutti, noi del suo anno, e anche gli altri che dormono a Fleat House. Mica era un segreto.»

«Visto che conoscevi bene Charlie, sei sicuro che non fosse depresso? Ho ragione di credere che avesse litigato con suo padre appena prima di tornare a scuola.»

«Cristo, assolutamente no.» Dud era risoluto. «Sì, era incazzato con suo padre. È un uomo tradizionalista, un po' ingessato, mentre Charlie era uno spirito libero. Non andavano d'accordo. Se c'era uno che era depresso, quello ero io. Mi piaceva un sacco Em, e Charlie lo sapeva. È come se me l'avesse portata via di proposito.»

«Quindi non ti viene in mente nulla che potrebbe essere accaduto nei giorni precedenti e che potrebbe aiutarci a far luce sulla sua morte?»

«No. Spiacente, detective. Charlie era lo stesso di sempre.»

«Va bene, Dud. Grazie del tuo tempo.»

Il ragazzo si alzò e si avviò verso la porta. Sulla soglia si girò e chiese: «Non sono sospettato, vero?».

«Dovresti?»

«Mi rendo conto che secondo i vostri parametri avevo un movente.»

«È così.»

«Sì ma... alla fine l'avrei superata. Conoscendo Charlie, come minimo l'avrebbe lasciata dopo una settimana. Non volevo che morisse, non sul serio. Era il mio migliore amico. Già mi manca.» Dud fece spallucce, aprì la porta e se ne andò.

«Com'è andata?» Jazz alzò gli occhi dai suoi appunti nel sentire Miles che rientrava.

«Possiamo escludere qualsiasi abuso di sostanze stupefacenti. Gli amici di Charlie sono più che certi che non abbia toccato niente di strano.»

«Va bene. Nient'altro?»

«C'è stato un litigio per una ragazza con tale Dud, il suo migliore amico. La ragazza è scappata via a metà dell'interrogatorio. Ora vado a cercarla per farci due chiacchiere. È parecchio sconvolta. Gli amici di Charlie mi hanno confermato che il ragazzo era un bullo. Ma Frederiks, a quanto pare, chiudeva un occhio al riguardo, vai a sapere perché.»

«Lo so, la direttrice me l'ha detto. Altre informazioni sulla serata che ci interessa?»

«Secondo quelli che sono rientrati a scuola con lui, Charlie stava ancora benone alle undici, che è l'ora alla quale è stato visto per l'ultima volta. I suoi vicini di stanza erano di sotto a guardare la televisione e non hanno sentito niente. Per il medico legale Charlie era quasi sicuramente già morto quando sono saliti nelle loro stanze.»

«*Mmm*» fece Jazz, mordicchiando la penna. «A quanto pare avevo ragione a credere che gli abbiano sostituito il valproato.»

«Eh sì. Il problema, ispettrice, è che tutti sapevano dell'allergia di Charlie. Pertanto sapevano anche che sarebbe stato molto semplice sbarazzarsi di lui.»

«E il responsabile ci è andato a nozze. D'accordo. Devo passare a casa di Daneman per parlare con quelli della Scientifica prima che se ne vadano. Perché tu intanto non interroghi questa famosa ragazza? Norton ti farà arrivare una macchina a noleggio alle tre. Usala tu. Siamo solo in due, ci servono due mezzi separati.»

«Forse voleva dire, "in tre".»

«Roland è ancora dal dentista. Mi domando se da queste parti sia consuetudine smettere di lavorare prima, il venerdì.» Jazz sospirò e infilò nella ventiquattrore i documenti sparsi sul tavolo. «Dopo vado a casa per connettermi a Internet e scaricare le informazioni su Daneman che ci ha mandato il quartier generale. Mi passi le chiavi dell'auto?»

Miles gliele lanciò. «Ecco a lei. A proposito di smettere di lavorare prima, non mi dispiacerebbe partire a un orario decente, oggi. È venerdì, ci sarà traffico.»

«Torni a Londra?»

«Se posso, sì. Appena arriva l'auto a noleggio sarò indipendente, in tre ore posso tornare, se dovessi servirle.»

«Mi farò viva io. Se non viene fuori niente di nuovo, ci vediamo qui lunedì mattina.»

«Ricevuto. Passi un buon fine settimana.»

«Anche tu. Ci sentiamo più tardi.» Jazz gli rivolse un cenno di saluto e uscì dall'aula.

Quelli della Scientifica stavano giusto per andarsene quando Jazz arrivò a casa di Daneman.

«Trovato niente?» chiese a Shirley.

«Nulla di interessante, ma abbiamo preso i soliti campioni» rispose lei, porgendo a Jazz la chiave di casa.

«Va bene, grazie.»

«Arrivederci, ispettrice.» Shirley salutò e salì a bordo del suo furgoncino.

Jazz infilò la chiave nella serratura e aprì di nuovo la porta di casa di Hugh Daneman. Le era sempre sembrato un po' inquietante entrare in un luogo in cui era morto qualcuno da poco, un luogo in cui fino a poco prima abitava una persona che respirava e che adesso era solo un cadavere inanimato all'obitorio.

Jazz si avvicinò agli scaffali stracolmi di libri antichi rilegati in pelle. Ne prese uno a caso. Era in latino e, sfogliando le pagine ingiallite, avvertì nettamente l'odore muschiato della carta vecchia.

Rimise a posto il volume e andò ad aprire i cassetti della scrivania col ripiano in cuoio.

All'interno ogni cosa era in perfetto ordine. Cancelleria, post-it, pennini, inchiostro, matite: era tutto sistemato con precisione militare. Era come se fosse passato qualcuno a ripulire di recente. Sperava di trovare una rubrica, ma non ce n'era traccia.

Nel cassetto di mezzo c'erano un mazzo di chiavi e una busta.

Jazz lesse l'indirizzo sull'etichetta.

«Appartamento 4, Sheffield Terrace 9, W8.»

Capì subito dove fosse. Era una zona residenziale di Kensington, molto benestante.

Nella busta trovò anche il nome e l'indirizzo di un avvocato londinese. Era tutto scritto a mano, in un corsivo quasi perfetto.

Era come se Daneman avesse lasciato lì quella busta appositamente perché Jazz la trovasse.

Salì le scale e andò a frugare nella più grande delle due camere da letto. Anche lì era tutto in ordine. Cercò nei cassetti, quasi tutti vuoti, poi aprì l'armadio dove trovò solo tre completi appesi alle grucce.

Mentre scendeva di nuovo di sotto, Jazz fu certa che non solo Hugh Daneman avesse pianificato il suicidio, ma che avesse anche dedicato del tempo a mettere in ordine i propri affari prima di togliersi la vita. Sembrava che in quella casa non abitasse nessuno da mesi.

Jazz si chinò di fronte al caminetto. Il mucchio di cenere era consistente, quindi il fuoco doveva essere stato molto grande. Frugando con l'attizzatoio, vide che c'erano alcuni pezzettini di carta carbonizzata.

A quanto pareva Daneman aveva acceso il fuoco per bruciare ciò che non voleva fosse trovato da sconosciuti.

L'indomani mattina avrebbe fatto un bel viaggetto a Londra.

Jazz uscì di casa, desiderando come al solito che i muri potessero parlare e rivelare i loro segreti.

Appena arrivata all'auto le squillò il cellulare.

«Sono Roland, ispettrice. Mi hanno appena tolto un dente.» Parlava con la voce attutita, lontana.

«Ah, però.» Jazz si morse un labbro per placare l'irritazione. «Dove si trova adesso?»

«In macchina davanti allo studio del dentista, in attesa di istruzioni.»

«Vada a casa, Roland. Prenda un antidolorifico e si metta a letto. Prima però mandi un paio di agenti alla scuola. In borghese, mi raccomando, e che mantengano un basso profilo per non mettere in allarme gli studenti. Ne metta uno anche di fronte a Fleat House. Gli ordini di controllare chiunque entri ed esca. Voglio la zona presidiata ventiquattro ore su ventiquattro.»

«Sissignora. Nient'altro?»

«No. Ci risentiamo domani. Spero che abbia risolto i suoi problemi dentali.» Jazz sapeva di suonare ipocrita, ma non riuscì a trattenersi.

«Grazie, ispettrice. Arrivederci.»

Jazz silenziò il cellulare emettendo un gemito di frustrazione. Avviò il motore dell'auto e si immise in strada.

Riflettendo sui due cadaveri che si ritrovava per le mani, tentò di stabilire un legame mentre attraversava Foltesham diretta alla strada costiera. Quando giunse a Cley, con le sue stradine strette, Jazz scorse una donna scendere da una Mercedes dall'altra parte della via. Rallentò e si accorse che si trattava di Adele Cavendish, la madre di Charlie. La vide scaricare un borsone e un paio di buste del supermercato per poi scomparire in un vicolo.

Jazz diede gas e si avviò verso casa, ma quello strano incontro le rimase in testa.

10

Il mattino seguente, alle dieci, Jazz era già a Londra. Telefonò a Miles, già rientrato nella capitale, e gli chiese di incontrarla all'appartamento di Daneman a Kensington.

Non tornava in città da quando aveva mollato lavoro e marito, diversi mesi prima, e mentre guidava lungo l'Embankment provava un senso di trepidazione. Si sentiva totalmente fuori posto a Londra, con la sua vecchia vita, eppure rieccola lì, di nuovo in pista, per conto della Polizia Investigativa.

Miles la aspettava davanti al palazzo a bordo di una Astra giallo senape.

«Buongiorno, ispettrice. Fatto buon viaggio?»

«Naturalmente.» Jazz prese la ventiquattrore e scese dall'auto. «Bella macchina» disse. «Alla moda.»

«Ti riferisci alla mia banana split su ruote? Quelli di Foltesham hanno detto che c'era rimasta solo questa.»

«La vedo particolarmente indicata per un pedinamento discreto» scherzò lei. «Hai controllato al catasto, siamo sicuri che questo appartamento sia di Daneman?»

«Sì, l'ha rilevato nel Sessantanove da una certa Phyllida Daneman. Pare che fosse sua zia, morta per l'appunto quell'anno. È evidente che l'abbia ereditato. Però non c'è traccia di parenti ancora in vita.»

«Il nostro Hugh si sta rivelando un bel mistero. In un cassetto a casa sua ho trovato l'indirizzo di un avvocato. Immagino che sia quello a cui si è rivolto per fare testamento.» Jazz allungò un foglio a Miles. «Contattali lunedì come prima cosa, okay? Informali della morte di Daneman. Sarà interessante capire a chi ha lasciato questo posto. Varrà una fortuna, ormai.» Jazz osservò il palazzo edoardiano di mattoni rossi. «Forza, entriamo.»

L'appartamento di Daneman era al primo piano. Appena entrati vennero accolti da un odore di libri antichi e dalla puzza di umidità.

Le tende in soggiorno erano chiuse e Jazz si fece strada a tentoni per aprirle. Subito la luce del giorno inondò una stanza spaziosa ma piuttosto opprimente. Le pareti erano color verde bottiglia, e lungo uno dei muri campeggiava un'enorme libreria. Appesi qua e là a casaccio c'erano alcuni quadri, spesso costretti in posizioni che non rendevano loro giustizia.

«Di sicuro non gli interessava l'arredamento d'interni» commentò Miles. «Sembra che non abbia spostato niente da quando l'ha ereditato.»

«Infatti.» Davanti alle lunghe finestre a ghigliottina c'era un pianoforte a coda. Da quella stanza si vedeva una porzione del parco situato sul retro del condominio. In un angolo c'era una scrivania coperta di pile ordinate di libri. Vicino al vetusto caminetto a gas campeggiava una poltrona di pelle.

«Questo è più uno studio che un soggiorno.» Jazz prese un portafogli abbandonato sulla scrivania. Dentro c'era la fotocopia di un manoscritto in latino. «Credo che Daneman lavorasse qui alle sue traduzioni. Forse ci veniva durante le vacanze scolastiche. Forza, mettiamoci all'opera. Comincia dalla scrivania, d'accordo?»

«Agli ordini, ispettrice.»

Jazz si avviò lungo il corridoio, dando uno sguardo nelle stanze. Per prima vide la cucina, talmente vecchia da essere ormai tornata di moda; poi il bagno, con la vasca di ferro crepato e due scie di umidità verdastra che dai rubinetti scorrevano incancellabili sulla porcellana. In fondo al corridoio si apriva una camera da letto spartana, con un letto matrimoniale coperto alla bell'e meglio da una coperta a motivi scozzesi. Un austero cassettone di mogano svettava contro una parete, e sotto la finestra c'era un comò abbinato. L'unico segno di presenza umana, una spazzola per abiti, giaceva sul ripiano davanti allo specchio.

Sul comodino Jazz vide una grossa fotografia.

La prese e la studiò con attenzione. Era la stessa ragazzina del ritratto sbiadito che aveva trovato nel cottage di Daneman.

In quella foto, però, i tratti del viso erano molto più definiti. I biondi capelli ricci che le ricadevano sulle spalle, gli occhi azzurri e l'elegante naso aquilino sopra due labbra rosa. Sarà stata a malapena maggiorenne. Jazz si sedette sul letto, girò la cornice e tolse il pannello di cartone dietro.

Sul retro della fotografia c'era una scritta.

Giugno '59
Al mio adorato Hugh,
carpe diem!
Noi sì che sappiamo farlo!
Con tutto il mio amore, come sempre,
Cory

Jazz tirò fuori la fotografia con molta cautela e se la portò in soggiorno.

«Trovato nulla?» chiese Miles. Il detective era in ginocchio sul pavimento, circondato di fogli.

«Solo questa.» Gli consegnò la foto.

Il detective la studiò. «La stessa ragazzina. La sua amante, forse?»

«Lo penso anch'io.» Jazz prese nella ventiquattrore una busta sterile per le prove e ci infilò la fotografia. «Dietro c'è una scritta risalente al Cinquantanove. Chiunque sia la ragazza, è successo tutto tanto tempo fa.»

«Non si è mai sposato. Ho ricontrollato giusto stamattina. Forse la ragazza nella foto l'ha lasciato e lui ha passato la vita col cuore a pezzi.»

«Forse. Tu hai trovato qualcosa?» chiese lei.

«Finora nulla di interessante. Nessuna lettera personale, solo missive di lavoro spedite ai curatori di varie biblioteche in giro per il mondo. Pare che Daneman fosse una vera autorità nel suo campo.»

«In questo caso come accidenti ha fatto a finire a lavorare come tutor in una scuola pubblica semisconosciuta nel Norfolk?» si chiese Jazz. «Ora come ora io quel Daneman non lo capisco proprio.»

«Chissà, forse gli piaceva il cameratismo della vita scolastica. Di certo non aveva bisogno di soldi. Qui ci sono fatture per migliaia di sterline, cifre con cui un single può tirare avanti a lungo.»

«Rendiconti bancari?»

«Li ho cercati, ma niente.»

«Va bene» disse Jazz, sospirando. «Io penso ai cassetti della libreria.»

Un'ora più tardi Jazz richiuse le tende e i due detective lasciarono l'appartamento. Avevano sfogliato ogni singolo documento presente in casa e non avevano trovato nulla che riguardasse il testamento o la vita personale di Hugh Daneman.

«Pausa pranzo, ispettrice?» chiese Miles.

«No, voglio tornare subito nel Norfolk.»

«Sicura che non le vada di passare in centrale, prima? Sarebbero tutti contenti di rivederla, e Tu Sai Chi si è preso il fine settimana libero. Ho controllato.»

«*Ehm*, grazie ma no.» Jazz sorrise a Miles mentre accendeva il motore dell'auto. «Ci vediamo lunedì. Ciao.»

Si immise nel traffico di Londra, già esausta. Doveva ammetterlo: non sapeva nulla di più rispetto a quando era arrivata quella mattina.

Angelina Millar riagganciò il telefono ed emise un lieve gemito di fastidio. La direttrice l'aveva appena chiamata per informarla che Rory aveva contratto un virus intestinale ed era stato trasferito in infermeria. Il medico era andato a visitarlo e non si era detto preoccupato, ma riteneva che Rory stesse troppo male per tornare a casa.

Angelina sarebbe dovuta andare a prenderlo per il suo *exeat* settimanale. La direttrice però le aveva consigliato di rimandare a un qualsiasi giorno della settimana seguente.

Molto premurosa, pensò contrariata. *Peccato che sia mio figlio*.

Aveva intenzione di prenderci un tè e farci due chiacchiere, per capire se le paure di David erano fondate o se si era fatto prendere dal panico per colpa dell'alcol. E voleva, soprattutto, parlargli della settimana bianca, prepararlo piano piano alla notizia che Julian sarebbe andato con loro.

Ora però non avrebbe potuto fare niente di tutto ciò. E il fine settimana successivo era il turno di suo padre...

Il pensiero di David e della sua ultima visita le fecero rimescolare lo stomaco. Julian aveva dato per scontato che fosse venuto a minacciarla – per questo era stato tanto aggressivo e l'aveva letteralmente sbattuto fuori di casa. Lei però si sentiva in colpa.

Julian invece si era impuntato, diceva che David non aveva il diritto di presentarsi quando gli pareva, perché quella ormai non era più casa *sua*. Sperava che avesse recepito il messaggio, ora che era stato cacciato a calci.

Da allora Angelina non aveva più avuto notizie dell'ex marito. Sapeva che avrebbe dovuto chiamarlo per informarlo della situazione di Rory, ma non voleva affrontarlo. E comunque, se gli avesse fatto sapere che il loro bambino era malato, era probabile che si sarebbe precipitato a scuola per fare il diavolo a quattro, cosa che avrebbe soltanto scompensato Rory ancora di più.

D'altro canto, però, aveva promesso...

La mano di Angelina indugiava sopra il telefono. No. La cosa migliore per suo figlio, adesso, era passare un fine settimana in santa pace, a letto, senza essere disturbato. David se ne sarebbe fatto una ragione.

Guardando il lato positivo, non avere il figlio per casa durante il weekend significava portare la colazione di sopra a Julian, dormire con lui e dirgli che non occorreva passare la notte nell'appartamento che aveva preso in affitto a Norwich.

Mentre scaldava i croissant nel forno e preparava il caffè, Angelina rilesse la sua lista delle cose da fare. La settimana precedente si era registrata al sito Internet della St. Stephen's facendo finta di essere Julian, in modo da avere accesso ai registri della classe '84. Aveva lasciato diversi messaggi in bacheca sperando che qualcuno degli ex compagni di scuola lo contattasse, di modo da invitarli alla festa a sorpresa che stava organizzando per il compleanno di Julian. Con fare ingenuo era riuscita a farsi dire con chi era più amico in quegli anni.

Angelina portò il vassoio di sopra, in camera da letto. Julian era sdraiato su un fianco, nudo e ancora addormentato. Era bellissimo, con quel corpo atletico e scolpito dalla palestra, e i folti capelli neri che contrastavano con il bianco candido del cuscino.

Appoggiò il vassoio per terra accanto al letto, poi si tolse la vestaglia e scivolò sotto le coperte accanto a lui. Le dava le spalle, quindi iniziò a baciarlo teneramente lungo la colonna vertebrale, partendo dal collo e scendendo piano piano. Lui mormorò nel sonno appena la mano di lei guizzò ad accarezzarlo, ad accogliere la sua erezione.

Con un gemito, Julian si girò a guardarla.

«Buongiorno, amore» sussurrò.

«Buongiorno.» Angelina gli coprì il viso di baci e gli spinse la lingua in bocca. Con una mano lui le coprì il seno piccolo e dritto, mentre con l'altra scivolò sulla natica attirandola a sé.

Quando ebbero finito, Angelina rimase sdraiata tra le braccia di Julian a pensare che tutta quella passione con David non c'era mai stata.

Prese il vassoio della colazione e lo appoggiò sul letto.

«Buone notizie, tesoro. O meglio, buone notizie per te. Rory è malato, quindi resterà a scuola. Secondo la direttrice è meglio non farlo tornare a casa nel fine settimana. Andrò a trovarlo io, ma se non altro io e te potremo trascorrere questi due giorni insieme.»

«Grazie a Dio! Non sai che piacere, quando a un uomo viene concesso di passare la notte in casa sua» rispose Julian, sarcastico.

«Oh, eddai. Caffè?»

«Sì.» Julian si mise seduto e prese la tazzina. «Comunque, visto che grazie al tuo ex marito il nostro segreto è ormai di dominio pubblico, io voto per toglierci il dente e farci vedere insieme per le strade di Foltesham. Facciamo ufficialmente "coming out" come coppia. Che ne pensi?»

«Potrebbe andare bene...» rispose lei, poco convinta.

Julian le lanciò un'occhiata. «Ascolta, vedrai, capiranno tutti quanti. Certo, la gente mormorerà – dopotutto questa è una piccola comunità, e in tanti non hanno niente di meglio da fare. Ma la situazione sta diventando ridicola. Dobbiamo addirittura presentarci separatamente alle cene e rivederci direttamente a casa.»

Angelina bevve un sorso di caffè. «Amore, lo sai che lo facciamo per Rory. Che succederebbe se uno dei suoi amici gli parlasse di te a scuola? Potrebbero scoprirlo dai loro genitori.»

«Ora che lo sa, è molto più probabile che sia suo padre a dirglielo» rispose Julian, contrariato. «E temo che la mia pazienza si sia esaurita. Per l'amor di Dio, hai divorziato ufficialmente da settimane, ormai! Non è un rapporto illecito, il nostro, e sono stufo marcio di comportarmi come se lo fosse. Vado a farmi la doccia.»

Angelina sentì sbattere la porta del bagno e si rese conto che ormai la frittata era fatta. Rory avrebbe dovuto essere messo al corrente, che gli piacesse o meno.

Più tardi uscirono insieme per sbrigare certe commissioni a Foltesham. Angelina andò in pescheria a comprare due filetti di salmone per cena, mentre Julian passò dall'enoteca per provvedere al vino. Si incontrarono all'attraversamento pedonale nel centro di High Street. Angelina si guardava intorno in preda al nervosismo, per vedere se qualcuno che conosceva li avesse notati.

Julian la prese per mano e fece per condurla sulle strisce, ma d'un tratto si accorse dell'uomo che li attendeva dall'altra parte della strada.

«Ehilà, piccioncini.»

Era David.

«Forza, Julian, andiamocene.» Angelina tentò di trattenerlo, ma lui insistette per attraversare comunque. Fronteggiarono David in mezzo alla strada. Aveva gli occhi iniettati di sangue ed era malfermo sulle gambe.

«Buongiorno David, come va?» lo salutò educatamente Julian, tentando di aggirarlo. David però lo afferrò per il bavero della giacca.

«Di merda, come puoi vedere. E lascia che ti dica una cosa. Se ti azzardi a torcere anche solo un capello a mio figlio, sappi che ti ammazzo. Hai capito?»

«Ho capito. Addio, David.» Julian si divincolò dalla stretta dell'altro e si incamminò verso il marciapiede, trascinandosi dietro una sconcertata Angelina.

«Mi hai sentito, borioso arrogante del cazzo? Ti ammazzo!»

«Ti ha sentito tutta Foltesham, deficiente» mormorò Julian. «Forza, amore, andiamo. È ubriaco fradicio e non sa quello che dice.»

David, ancora in mezzo alla strada, li fissava con odio mentre le auto strombazzavano a più non posso.

Angelina arrivò alla macchina, salì a bordo e scoppiò subito a piangere.

Julian tentò senza successo di consolarla accarezzandole la schiena. «Eddai, forza. Era ubriaco, tutto qui.»

«Oddio, come facciamo a vivere in questo posto, Julian? Tremo di paura ogni volta che esco di casa! Forse dovremmo trasferirci da qualche altra parte.»

«Assolutamente no. Non intendo farmi cacciare dalla città da un patetico ubriacone. Abbiamo la legge dalla nostra.» Julian sospirò mentre, alla guida della sua Mercedes, usciva dal parcheggio. «Chissà se posso ottenere un altro ordine restrittivo. A giudicare dalle condizioni in cui versava oggi il tuo ex, ne servirebbe uno anche a me. Comunque abbiamo un sacco di testimoni della sua minaccia. Peccato solo che non mi abbia aggredito fisicamente. A quel punto sì che avrei potuto fare qualcosa di concreto.»

«Per favore, Julian!» Angelina si coprì il viso con le mani. «Smettila!»

«Scusami, amore, ma non ho fatto niente di sbagliato e non ne posso più di comportarmi come se fossi nel torto. Non piangere, per favore. Si risolverà tutto, te lo prometto.»

Lei annuì. «Sì, è solo che è difficile. Possiamo andare alla St. Stephen's?» Angelina gli mise una mano sul braccio. «Voglio vedere Rory.»

«Certo. Poi ti porto a pranzo in quel bel pub di Itteringham. Credo che abbiamo tutti e due bisogno di bere qualcosa.»

Julian rimase nel parcheggio riservato ai visitatori mentre Angelina entrava nella scuola. Era mortificato per la sceneggiata di David, e anche piuttosto furioso.

Fece vagare lo sguardo sul Chapel Lawn, il cortile interno dove aveva trascorso tantissimi giorni d'estate quando studiava lì. Gli piaceva oziare sull'erba con gli amici.

Poi si accorse di una persona che usciva dalla sala mensa.

Strinse il volante con forza e il suo viso perse ogni traccia di colore.

Gli passò accanto, a neanche cinque metri di distanza.

D'istinto a Julian venne da abbassare la testa per nascondersi. Gli sudavano le mani e gli batteva forte il cuore mentre la figura attraversava il prato e svaniva in uno degli edifici lì intorno.

Rimase seduto a fissare il vuoto, con lo stomaco sottosopra. Si accorse a malapena del ritorno di Angelina.

«Rory dormiva, non ho voluto svegliarlo. Ma mi è sembrato stesse bene. Ripasserò più tardi, al massimo.» Angelina aspettò una risposta, poi: «Amore? Stai bene? Julian!».

Lui si riscosse all'improvviso, si voltò e annuì.

«Sì, sì.»

«Sembra tu abbia visto un fantasma.»

In effetti aveva ragione. Era andata esattamente così.

«Tutto a posto, tranquilla.» Ripescò a fatica le chiavi dell'auto e accese il motore.

«Forse è una reazione a scoppio ritardato per la scenata di prima» commentò Angelina, mentre uscivano dal parcheggio. «Andiamo a mangiare, così ci calmiamo un po'.»

«Sì.» Julian la guardò e sorrise. «E poi, amore, a ripensarci forse dovremmo davvero prendere in considerazione l'idea di andarcene da qui, ripartire da zero in un posto dove non ci conosce nessuno.»

«Forse, sì» rispose Angelina. «Vediamo come va la vacanza con Rory. Ci farà comunque bene una pausa da questo posto. Poi, quando saremo tornati, valuteremo.»

Lui le strinse la mano. «Sì, dai. Faremo così.»

11

Jazz percorreva le familiari strade di Cambridge cercando di orientarsi in un sistema di sensi unici che, quello sì, le risultava del tutto nuovo.

Parcheggiò nel posto riservato ai genitori e superò il Wolfson Building, un orrendo blocco di cemento e vetro risalente agli anni Settanta in cui dormiva una parte degli studenti del Trinity College. Passò sotto l'arco che conduceva al cortile interno e attraversò il giardino.

Forse era per via del fatto che era cresciuta lì, ma il fascino e la bellezza di quell'università non avevano mai fatto presa su di lei. Le poche volte che era andata a trovare i suoi da quando era tornata dall'Italia, però – forse influenzata dalla meravigliosa architettura di Firenze – aveva considerato Cambridge sotto una luce diversa.

Obiettivamente, con la pioggia che sferzava l'erba del cortile, Cambridge non poteva competere con lo spettacolo offerto dal Duomo immerso nella tenue luce dell'autunno, tuttavia gli eleganti edifici di arenaria, con le antiche finestre a inglesina su ogni lato, le davano una sensazione di conforto.

Imboccando uno degli ingressi Jazz camminò fino agli alloggi dei suoi e bussò alla porta. Era insolito che i professori sposati risiedessero nell'istituto, ma quell'appartamentino al pianterreno si era dimostrato la soluzione perfetta per far fronte alle limitazioni fisiche di suo padre.

L'università era stata molto comprensiva, dopo la sparatoria. Aveva offerto a suo padre e a sua madre la loro vecchia cattedra al Trinity College. Purtroppo lui non aveva potuto accettare, perché secondo i medici era troppo fragile per farsi carico di tanto stress.

E quindi era Celestria, la madre di Jazz, a provvedere a entrambi. Insegnava letteratura, e negli anni successivi all'incidente di Tom aveva avuto grande successo. Di recente aveva anche pubblicato un libro acclamato dalla critica in cui polemizzava sull'uso scorretto della grammatica e della punteggiatura nella società moderna. Contro ogni aspettativa si era rivelato un best-seller, e aveva garantito loro un bel gruzzolo per la vecchiaia.

Questo però non significava che Tom Hunter fosse nullafacente. Di tanto in tanto sostituiva il cappellano a messa e teneva qualche corso di teologia. Gli studenti del Trinity lo conoscevano, sapevano che era affidabile e che, in caso di problemi, era pronto ad ascoltare chiunque.

Il college li aveva anche aiutati a ristrutturare gli alloggi di modo che Tom potesse essere autosufficiente, e andare e venire a piacimento con la sua sedia a rotelle. Questo dava sia a lui sia a sua moglie una piacevole sensazione di indipendenza.

I suoi genitori erano l'esempio perfetto di due persone che si erano adattate alle avversità e riuscivano a far funzionare la propria vita. Jazz era molto orgogliosa di entrambi.

Bussò alla porta ed entrò. «Sono io!»

«Jazz! Per l'amor del cielo, entra.»

Attraversò l'ingresso fino al piccolo soggiorno, dove trovò suo padre che lavorava alla scrivania ingombra di carte.

Il viso di Tom si illuminò nel vedere la figlia. Spalancò le braccia per accoglierla.

«Ciao, tesoro. È bello vederti.»

Jazz si districò dall'abbraccio e studiò i tratti quasi elfici del genitore. Anche da seduto si vedeva che era meno alto di lei e di sua madre. Tuttavia era riuscito a compensare ciò che gli mancava in statura con la personalità.

«Come va il cuore? La mamma mi ha detto che hai fatto altri esami.»

«Batte, come al solito» disse Tom. «Faccio il bravo, Jazz, e prendo le medicine ogni giorno. Credimi, mi sento come vent'anni fa. Vorrei che la smetteste di preoccuparvi, tutti quanti.»

«Papà, in sala operatoria ti è venuto un infarto!»

«E sono ancora qui» rispose lui, facendole l'occhiolino. «Sono passati quattordici anni. Un bicchiere di vino?» Tom indicò la bottiglia appoggiata sul tavolinetto.

«Perché no? Dov'è la mamma?»

«A un qualche evento alcolico al Kings. Dovrebbe tornare a breve. Versane uno anche a me, ti va?»

«Ecco, tieni.» Jazz gli porse un bicchiere e Tom si spostò nella sua abituale posizione, alla sinistra del caminetto. «A te, tesoro. Congratulazioni.»

«Grazie. Per cosa?»

«Per aver preso una decisione coraggiosa ed esserti ributtata nella mischia.»

«Non congratularti, ancora. Non sono del tutto convinta di aver fatto la scelta giusta. Io volevo dipingere, papà.»

«Lo so, amore mio. Magari che ne sai, saresti diventata il nuovo Van Gogh. Di sicuro hai talento, ma mi sono sempre chiesto se quello stile di vita fosse adatto a te. Sei un'intellettuale, e anche una persona molto socievole. Hai bisogno di essere costantemente stimolata e faccio fatica a immaginarti chiusa in una soffitta, morta di fame e senza un soldo.»

«Vorrà dire che dovrò tagliarmi via un orecchio e mangiarlo» scherzò lei.

«Ti abbiamo cresciuto affinché diventassi una persona pragmatica, Jazz» disse Tom, con gli occhi che brillavano. «Almeno la tua carriera nella polizia aveva uno scopo; non che l'arte sia senza scopo, intendiamoci, ma malgrado quello che dici sempre sull'incompetenza dei tribunali, ogni quattro criminali che ti sono sfuggiti, comunque uno in cella l'hai messo. E questo per me vale molto.»

«Quindi devo vedere il bicchiere mezzo pieno, insomma?»

«Esatto. E ovviamente c'è anche il fatto che, sebbene io scherzi spesso dicendo che Norton ha un debole per te, sta di fatto che si fida. Deve fidarsi. Sa che sei una risorsa che non può permettersi di perdere.»

«Be', vorrei che me l'avesse fatto capire meglio, all'epoca.»

«Se l'avesse fatto, il tuo periodo sabbatico non sarebbe servito a niente. Ricordati, è molto più difficile inghiottire l'orgoglio e tornare sui propri passi che voltarsi e scappare per salvare la faccia. Altro vino, che dici?»

«Solo un po' però. Lo sai cosa dicono i medici.»

«Io invece dico che è rosso e che tiene bassi i livelli di colesterolo, quindi è una medicina.»

Con riluttanza, Jazz gli riempì di nuovo il bicchiere.

«Lo sai, io e tua madre credevamo che avessi commesso un errore a prendere baracca e burattini e andare a fare la poliziotta a Hendon pochi mesi prima della laurea.»

«Sì, papà» disse Jazz, alzando gli occhi al cielo. «Me lo ricordo.»

«Pensavamo l'avessi fatto per i motivi sbagliati.»

«Sappiamo tutti che l'ho fatto per via di quello che ti era successo, papà. Secondo te ho fatto bene o male?»

«Entrambe le cose. Sei una testa calda, proprio come il tuo vecchio. Prendi le decisioni sull'impeto del momento...»

«... cosa che mi è molto utile nel mio lavoro attuale.»

«Per l'appunto. Il che mi porta dritto al punto fondamentale del mio discorso: è raro che il buon Signore ci dia le indicazioni sbagliate. Forse la sparatoria è servita a metterti sulla retta via.»

«Oh, papà. Avrei preferito scegliere un'altra strada e saperti in salute. Ma sì, ammetto che gli ultimi giorni sono stati... stimolanti. Ed è bello essere tornata.»

«Specialmente senza lui tra i piedi?»

«Sì.» Jazz si immusonì all'istante.

Tom sapeva di dover lasciar cadere la questione, quindi cambiò discorso: «Allora, come si sta a Salthouse?».

«La adoro! Sto sistemando il cottage piano piano. Entro l'estate potrei addirittura avere un giardino in cui tu e la mamma potrete venire a rilassarvi.»

«Che bello. Mi manca avere un giardino, ma qui purtroppo non c'è spazio. Anche se quando tua madre andrà in pensione, chissà? Potremmo venire a vivere con te in una casetta sul mare, insieme a tutti gli altri vecchietti. Potrei mettermi a giocare a carte, e tua madre potrebbe imparare a ricamare.» In quel momento si udì girare una chiave nella serratura all'ingresso. «Ah, eccola di ritorno.»

Spesso tra madre e figlia c'è una somiglianza evidente ma allo stesso tempo indefinita. Nel caso di Celestria e Jazz Hunter, nessuno avrebbe mai potuto sbagliarsi: Jazz aveva ereditato l'altezza, i tratti delicati e i folti capelli nocciola di sua madre. Celestria non dimostrava affatto i suoi cinquantasette anni. Anzi, a dire il vero sembrava poco più vecchia di quanto non fosse quindici anni prima.

«Mamma! Come stai?» Jazz si alzò per darle un bacio.

«È stressata e non ce la fa più a stare dietro a una vecchia ciabatta come me» intervenne Tom. «Non chiedermi neanche se mi sono riposato, angelo mio. Finiremmo solo per bisticciare.»

«Noi non bisticciamo mai, tesoro. Tu fai quello che vuoi e io te lo permetto.» Celestria prese a massaggiare le spalle di Tom, poi si chinò a dargli un bacio sulla testa.

L'intimità e l'amore che ancora univano i suoi genitori commuovevano sempre Jazz. Sua madre alle volte era un po' amareggiata, ma aveva motivo di esserlo: negli ultimi anni la vita non era stata facile per lei, né a livello pratico, né a livello economico o emotivo.

È questo che voglio, pensò Jazz. *Voglio che basti l'amore.*

«Hai controllato il forno?» chiese Celestria, mentre andava ad appendere il cappotto.

«È tutto pronto» rispose Tom.

«Allora forza, mangiamo.»

«Allora, questo nuovo caso a cui stai lavorando? È stato un incidente, secondo te?» Jazz e sua madre stavano lavando i piatti insieme.

«No, ora sono piuttosto sicura che non sia stato un incidente. E l'altro decesso non può non essere collegato in qualche modo, anche se ci hanno confermato che si tratta di suicidio. Mi ha chiamato il coroner questa mattina. Pare che si fosse imbottito di sonniferi.»

«Puoi dirci chi era il morto?» Tom, che stava rimettendo i piatti puliti nel pensile, guardò Jazz con interesse.

«Un professore della scuola. Era un signore anziano, sulla settantina, e...»

«Anziano un corno. Io sono sulla sessantina abbondante, quindi non di primo pelo, ma mi considero un giovanotto.» Tom sorrise. «Comunque scusa, vai avanti.»

«Allora riformulo: era in età da pensione. So che la scuola l'ha tenuto perché era bravissimo con i ragazzi. Un po' come te, papà. Ma non riesco a trovare il collegamento tra le morti di Charlie Cavendish e Hugh Daneman.»

«Hugh Daneman? L'esperto di manoscritti latini del XIV secolo?»

«Sì, perché? Lo conoscevi?»

«Di fama, sicuramente. Nel suo campo aveva un'ottima reputazione. Era a Oxford nel periodo in cui studiavo a Cambridge. Un mio amico lo conosceva piuttosto bene. Sono abbastanza certo che Hugh Daneman fosse famoso per le feste sfrenate che organizzava.»

«Dici sul serio? A giudicare da quello che ho scoperto finora non mi sembrava proprio un festaiolo» disse Jazz, ridacchiando. «Chi lo conosceva ha sottolineato quanto fosse tranquillo. Gli interessavano solo i suoi libri.»

«Jazz, mia cara, noi eravamo all'università nei primi anni Sessanta. E te l'assicuro, facevamo certe cose che ti farebbero vergognare.»

«Poco ma sicuro» commentò Celestria.

Tom annuì. «Eh sì. Credo proprio di ricordare bene. Mi sa che ci sono stato anche, a una delle sue feste, ma ai tempi ero sempre fatto, non mi ricordo bene.»

«Tom!» lo ammonì la moglie.

«Lo sai che è così, amore mio. E comunque...» Tom si grattò la testa. «Credo abbia preso il dottorato come me, e che poi si sia messo a insegnare latino a Oxford. Ma non so in quale università.»

«Vai avanti» lo incitò Jazz. «Qualsiasi aneddoto potrebbe essermi utile.»

«Be'... se ricordo correttamente, e parliamo di quarant'anni fa o anche di più, c'è stato una specie di scandalo. Ha lasciato Oxford per motivi non meglio precisati. Non ricordo il perché esattamente, ma conosco una persona che potrebbe dircelo. Vuoi che vi metta in contatto?»

«Certo. Anzi grazie, papà. Su Hugh Daneman non hanno fatto altro che mettermi i bastoni fra le ruote, nelle ultime quarantotto ore. Puoi chiamare questa persona al più presto?»

«Sissignora, signora ispettrice» disse Tom, sorridendo.

«Allora, tesoro, dimmi. Dare la caccia agli assassini in campagna è diverso, rispetto alla città?» chiese Celestria.

«Abbastanza» confermò Jazz. «Ci hanno assegnato un'aula come centrale operativa e non c'è neanche la presa del telefono. Il che significa che non ho accesso ad alcun dato.»

«Oh poveri noi.» Tom la guardò simulando orrore. «E prima che arrivassero i computer, come facevano a risolvere i crimini?»

«Non tanto bene, te lo garantisco. E di certo non lo facevano velocemente» ribatté Jazz, punta sul vivo.

«Ti prendo in giro, tesoro» disse Tom. «Comunque credo che ti faccia bene doverti affidare un po' di più alle tue doti mentali e al tuo fantastico istinto. Come sai, la mia teoria è che alla base di ogni omicidio ci sono quattro possibili ragioni: amore, soldi, vendetta o paura. Tutti i più grandi detective hanno sempre dimostrato una comprensione profonda della natura umana. E tu sei come loro. Non aver paura di usare il tuo talento.»

«Hai finito di fare la paternale a tua figlia, Tom, oppure vuoi che si trasferisca qui, così puoi andare avanti?» Celestria fece l'occhiolino a Jazz, appoggiando sul tavolo un vassoio con il caffè.

«Ti ho trattato con sufficienza? Sia mai, ti chiedo scusa. Sai com'è, l'età. Accumuli troppa conoscenza, ma proprio perché sei un po' datato non c'è nessuno che voglia starti a sentire. L'ho sempre detto, il Signore ha deciso al contrario: saremmo dovuti tutti nascere vecchi per tornare a lui come neonati indifesi e innocenti.» Tom sbadigliò.

«È l'ora del pisolino.» Celestria andò a mettersi dietro il marito e afferrò le maniglie della sedia a rotelle.

«Visto? Come un bambino, mi tratta. Almeno posso bere il caffè, prima?»

«No. Lo sai che i medici hanno detto che la caffeina ti fa male.»

«Sì, padrona. Ci vediamo dopo, tesoro.» Tom salutò la figlia con la mano mentre Celestria lo spingeva verso la camera da letto.

Jazz servì il caffè per sé e la madre, dopodiché si sedette con la tazza in mano e lo sguardo perso nel caminetto. Celestria andò ad accomodarsi accanto a lei. Sul suo volto si notava la stanchezza.

Rimasero in silenzio a godersi la reciproca compagnia tra un sorso e l'altro di caffè.

«Come sta?» domandò poi Jazz, a bassa voce.

Celestria sospirò. «Irascibile come sempre. Giovedì è stata una giornataccia. Mentre ero fuori gli è venuto un brutto attacco di angina, e quello non ha neanche telefonato al medico. Ha aspettato che tornassi a casa e l'ho trovato grigio in faccia, soffriva come un cane. L'ho fatto ricoverare al Papworth. La mattina dopo l'hanno dimesso, e si lamentava di quanto fossero brutte le infermiere.» Celestria si concesse un sorriso triste.

«Mamma, perché non me l'hai detto?»

«Perché avevi appena iniziato col caso, e comunque una volta stabilito che era fuori pericolo non c'era molto che potessi fare.»

«Oh mamma, è una situazione complicata, vero?»

«Non mi pesa affatto occuparmi di lui, e questo lo sai. La cosa che mi fa paura è tornare a casa un giorno e trovarlo...» Celestria non riuscì a finire la frase. «Penso che dovrebbe esserci sempre qualcuno qui con lui, durante la giornata. Ma non posso smettere di lavorare... se lo facessi ci ritroveremmo senza un tetto sopra la testa.»

«Forse è arrivato il momento di dare un'occhiata alle villette sulla costa, come ha suggerito papà. Hai i soldi del tuo libro da parte.»

«Sì, è vero.» Celestria bevve un sorso di caffè. «Un giorno lo faremo, ne sono sicura. Ma ricordati che ho solo cinquantasette anni e quei soldi sono tutto ciò che abbiamo. Devo lavorare almeno altri tre anni per arrivare alla pensione. Come sai, quella che prende tuo padre dalla Chiesa è una miseria. E poi,» aggiunse con un sospiro «questo posto è ciò che lo tiene vivo. Ed è lo stesso per me. Io amo il mio lavoro. Mi stimola e mi mantiene attiva. Credo che in una casetta tutti soli senza fare niente impazziremmo.»

«Sì, forse hai ragione. Ma lasciatelo dire, mamma, hai un'aria esausta. Lavorare e prenderti cura di papà è troppo, tutto insieme. Secondo me devi convincerlo del fatto che c'è bisogno di qualcuno che stia con lui, ma per il *tuo* bene. Minaccialo con la casetta che dicevi prima. Dovrebbe funzionare.»

«Ci proverò. Comunque, basta parlare di me. Ti trovo bene, Jazmine. Il lavoro ti giova, non c'è dubbio.»

«Credo di sì» rispose Jazz, annuendo. Poi controllò l'ora e disse: «Devo andare a incontrare questo tizio con cui vuole farmi parlare papà».

«Jonathan? È un gran bravo ragazzo. Ti piacerà.»

«Cerco di stare alla larga dagli uomini, ultimamente» rispose Jazz con un sorriso triste.

«Jazmine» fece Celestria, prendendo la mano della figlia. «Non diventare una persona amareggiata, me lo prometti? Lo so che hai sofferto, ma ci sono tanti bravi ragazzi là fuori, tesoro, credimi.»

Un «*Mmm*» poco convinto fu l'unica risposta che Jazz riuscì a darle.

«Sei ancora giovane e puoi ricominciare, farti una famiglia, perché no. Mica vorrai rinunciare completamente agli uomini?»

«Ci proverò, promesso. So che non vedi l'ora di diventare nonna.» Jazz abbracciò la madre, che alzò gli occhi al cielo.

«Figuriamoci, ora ho anche un bambinone da accudire. Io sono preoccupata per te.»

Jazz annuì. «Va bene, mamma. Quando ho finito ripasso a salutarvi, okay? A dopo.»

12

Domenica mattina David si svegliò sul divano, dove si era addormentato la sera precedente. Gemette nel ricordare l'incidente capitato in High Street, a Foltesham.

Rimase sdraiato a studiare le crepe nel soffitto ingiallito, maledicendosi per quel suo ennesimo passo falso.

Scivolò giù dal divano e arrivò barcollando al gabinetto, dove vomitò copiosamente, poi andò in cucina ad accendere lo scaldabagno: aveva bisogno di immergersi nell'acqua calda, di radersi per bene e mettere in corpo un po' di cibo decente.

Se quel coglione di Julian intendeva diventare una presenza fissa nella vita di Angie, non aveva altra scelta se non farsi furbo. La sera prima si aspettava quasi di vedersi piombare la polizia in casa e di finire in cella con l'accusa di aggressione verbale. E poi c'era Rory. Cristo, Julian sarebbe diventato il suo padrino. Doveva proprio darsi una calmata, altrimenti poteva dire addio al suo diritto di visita.

Doveva *per forza* rimettersi in sesto. Per il bene di suo figlio, se non per se stesso.

A cominciare da quel preciso momento.

Dopo un lungo bagno rigenerante e una serie di pensieri positivi formulati secondo le istruzioni che gli avevano dato agli Alcolisti Anonimi, David si sentì un po' meglio. Non c'erano dubbi che dovesse andarsene il prima possibile da quella discarica di casa – lo deprimeva. Una persona normale si sarebbe tagliata le vene, se avesse dovuto abitare lì. E aveva abbastanza soldi da permettersi un posto molto migliore. Solo che fino a quel momento non ne aveva avuto la forza.

Frugò nei pensili in cerca di qualcosa da mangiare, ma invano. Quindi prese l'auto e si recò al supermercato più vicino per fare la spesa.

Un'ora dopo, mentre stava per godersi un appetitoso fritto misto, sentì bussare alla porta d'ingresso. Temendo che fosse la polizia, prima di andare ad aprire scrutò con cautela dalla finestra.

Un altro timido colpo alla porta. Col cuore in gola David si avvicinò alla porta. Sollevò il coperchio della cassetta delle lettere e sbirciò fuori. Si ritrovò davanti due occhi indagatori e sobbalzò.

«Rory! Santoddio, mi hai fatto prendere un accidente!» David aprì la porta e suo figlio, con addosso i pantaloni del pigiama, il maglione della scuola e le scarpe da ginnastica, gli si buttò fra le braccia.

«Papà. Oh, papà!» Rory prese a singhiozzare disperatamente.

David accarezzò i capelli arruffati del figlio scosso. «Suvvia, vecchio mio, non può andare così male.»

«Invece sì! Invece sì!»

David riuscì a far sedere Rory sul divano, poi gli si piazzò accanto tenendogli un braccio sulle spalle esili. «È per via di Julian?»

Rory lo guardò con aria interrogativa. «Chi?»

«Lo sai, il fidanzato della mamma. Ti ci trovi male?»

Rory scosse la testa. «Non lo sapevo neanche che avesse un fidanzato. Non conosco nessun Julian.»

«Ma scusa... non sei tornato a casa, questo fine settimana? Io so che era lì con la mamma. Li ho visti insieme in città, ieri.»

«No, papà. È da venerdì che sono in infermeria. Ho preso un brutto virus intestinale e il dottore ha detto che non potevo tornare a casa.»

David si imbestialì all'istante. «Ah, fantastico! Ma pensa un po'. Tua madre non si è neanche degnata di dirmi che non eri tornato, men che meno che stavi male. E pensare che aveva promesso di chiamarmi.» David fece uno sforzo erculeo e ricacciò indietro la rabbia per amore del figlio. «E quindi che ci fai qui, scusa?»

Rory si pulì il naso sulla manica del maglione. «Sono scappato e non voglio tornare a scuola. Per favore, papà, non farmici tornare! Per favore!»

«Va bene, va bene, calmati. Ora come ora non vai da nessuna parte. Come hai fatto ad arrivare?»

«A piedi. Era parecchio lontano e... non mi sento tanto bene.»

«Immagino! Saranno cinque chilometri da qui alla scuola.» David tastò la fronte del figlio. «Sei un po' caldo. Ti prendo un paio di aspirine per far calare la febbre.»

«NO!» gridò Rory. «Niente pasticche! Charlie Cavendish ci è morto!»

«Lo so, Rory, ma lui era allergico a un certo tipo di medicina. Per gli altri sono assolutamente sicure, credimi.»

«Sì ma non le voglio» s'impuntò Rory.

«Va bene. Allora ti porto un po' d'acqua.»

David andò in cucina, prese un bicchiere e lo riempì d'acqua fredda. La portò al figlio, che giaceva sdraiato sul divano con gli occhi appannati dalla stanchezza.

«Forza, butta giù.» Sollevò la testa di Rory, che bevve avidamente.

«Bravo, così» disse, poi appoggiò con cautela la testa del figlio sul bracciolo del divano.

«La direttrice a scuola non mi faceva bere troppo, aveva paura che vomitassi. Ho tanto sonno, papà, tanto sonno.»

«Va bene, riposati, parliamo dopo.»

David si sedette in poltrona e rimase a guardare il figlio, incerto sul da farsi. Non c'erano dubbi che se davvero Rory era scappato, le autorità potessero arrivare lì da un momento all'altro. Avrebbe dovuto telefonare subito a scuola, avvisare che Rory stava bene, ma dopo lo spettacolino che aveva offerto il giorno prima a Foltesham dubitava che Angie e il suo fidanzato consentissero a Rory di rimanere da lui.

Guardò il petto del figlio alzarsi e abbassarsi, e si accorse che dormiva pacificamente.

Doveva prendere una decisione al più presto.

Balzò su dalla poltrona, corse di sopra e buttò qualche vestito alla rinfusa in una borsa. Tirò via il piumino dal letto e trascinò tutto di sotto, fino alla macchina.

Rientrò, prese in braccio Rory e lo sistemò in auto. Il ragazzino aprì gli occhi un istante proprio mentre David lo depositava sdraiato sui sedili posteriori, avvolto nel piumino.

«Dove andiamo, papà?» chiese, con la voce impastata dal sonno.

«In vacanza, Rory. Solo io e te.»

Quando dalla scuola avevano telefonato ad Angelina per dirle che Rory era scomparso, Julian si era rifiutato di accompagnarla.

«Meglio che tu vada per conto tuo, amore. Lo dici sempre anche tu, è meglio se ancora non mi faccio vedere da Rory.»

E quindi si era messa in macchina da sola e aveva guidato col cuore in gola fino alla St. Stephen's. La direttrice di Fleat House la stava aspettando sulla soglia con aria contrita.

«L'avete trovato?» domandò Angelina, senza fiato.

«No. Lo staff e i capoclasse stanno setacciando ogni angolo, ma dato che è domenica pomeriggio siamo in pochi.»

Angelina si lasciò cadere sulla sedia più vicina e si coprì il viso con le mani. «Oddio, oddio, perché è scappato? E se l'hanno rapito? E se...»

«La prego si calmi, signora Millar. È molto probabile che Rory si sia nascosto da qualche parte qui nella scuola. Non so perché, ma forse vuole rimanere solo. So per certo che questa brutta storia di Charlie Cavendish l'ha molto turbato, poi ci sono stati il virus intestinale, la febbre... è possibile che non ragioni lucidamente. Ha parlato con suo padre?»

«Ci ho provato, ma al cellulare non risponde e non ha la linea fissa.»

«Continui a provare. Sono certa che sia venuto in mente anche a lei che ultimamente il signor Millar ha chiesto spesso di vedere il figlio. Ha telefonato diverse volte.»

«No, non può essere.» Angelina scosse la testa. «David non sapeva neanche che Rory era in infermeria. È convinto che sia a casa con me.»

La direttrice le scoccò un'occhiataccia. «Mi faccia capire: non ha l'abitudine di far sapere al suo ex marito se suo figlio sta poco bene?»

«Non è che fosse in fin di vita, dico bene? Almeno, lei mi ha detto così» ribatté Angelina. «E poi, invece di criticarmi, veda di spiegarmi come ha fatto a perdersi un ragazzo affidato alla sua responsabilità.»

«Io sono la direttrice di Fleat House, signora Millar, non mi occupo dell'infermeria. La responsabile verrà da lei tra poco.

Mi ha detto di essere andata a controllare Rory stamattina poco prima delle dieci. Dormiva della grossa. A quel punto è uscita ed è andata in ufficio a occuparsi delle normali scartoffie. Venti minuti dopo, quando è passata a ricontrollare, non c'era più.»

«Ma dove? Come? Dovrete pur sapere qualcosa.»

«Signora, questa non è una prigione. Per uscire Rory ha dovuto semplicemente scendere un paio di rampe di scale e infilare la porta.»

«E se qualcuno l'ha rapito?»

«Be', ora che abbiamo escluso il suo ex marito, ne dubito fortemente.»

«Direttrice, ho saputo che c'è un'indagine di polizia in corso sulla morte di un ragazzo che alloggiava nel dormitorio di Rory. E se ci fosse un pazzo che gira per la scuola? Potrebbe aver preso mio figlio! Dio mio, dov'è?»

Angelina scoppiò a piangere.

«Su, su, signora Millar, cerchi di mantenere la calma.» La direttrice le diede alcune pacche sulla spalla, che non sortirono effetti visibili. «Venga nell'ufficio del signor Frederiks, le preparo un tè. Ho contattato il preside, sta arrivando. La prego, non si preoccupi. Sono certa che Rory stia bene.»

Due ore più tardi, malgrado una ricerca approfondita, di Rory ancora non c'era traccia. Angelina era in preda al panico. Robert Jones le aveva consigliato di rimanere nell'ufficio di Frederiks o di tornare a casa finché non avessero avuto novità, ma lei aveva insistito per dare una mano nelle ricerche.

Robert Jones era all'ingresso di Fleat House in compagnia della direttrice. I due osservavano Angelina che correva sul prato come un'invasata, chiamando il figlio a gran voce.

«Quella donna è isterica. C'è qualcuno che possiamo chiamare per farla calmare un po'?»

«Ha provato a contattare l'ex marito e credo anche l'attuale compagno, un certo signor Forbes, ma nessuno dei due le ha risposto» disse la direttrice.

Robert sospirò. «Le ho detto che ci sono anche degli agenti di polizia coinvolti nelle ricerche.» Si voltò a guardarla. «Non pensa che gli sia capitato qualcosa, vero?»

Madelaine Smith sostenne il suo sguardo e disse: «Non era propriamente felice di stare qui. Non mi sorprenderei se avesse deciso di scappare, poveretto».

Il preside parve rifletterci su. «Perché, c'erano dei problemi con Rory?»

«Oh, io penso che ne sia già al corrente, signor preside. Ora è meglio che vada a occuparmi degli altri ragazzi. Il signor Frederiks sta tornando con il pulmino.»

«Chiederò a un agente di riaccompagnare a casa la signora Millar e di rimanere con lei finché non avremo notizie.»

«Vado a chiamarla, è nella cappella. Starò con lei, nel frattempo.»

Robert Jones non alzò nemmeno lo sguardo, tanto era pensieroso. La scuola, e con essa la sua vita, erano a tanto così dal disintegrarsi.

Angelina era seduta in auto, sul sedile del passeggero, e guardava in silenzio fuori dal finestrino mentre la poliziotta la riaccompagnava a casa. Riuscì a indicarle dove svoltare per raggiungere il vialetto, dopodiché scese dalla macchina con gesti stanchi.

«Vuole che entri con lei, signora Millar?»

«No, c'è il mio... compagno. Mi riprenderò. Ma grazie comunque.»

«Ci faremo vivi non appena avremo novità. Cerchi di non preoccuparsi troppo.»

Angelina non rispose e si incamminò verso casa.

La porta si aprì ancora prima che ci arrivasse. Julian era in piedi sulla soglia.

«Novità?»

Angelina scosse la testa, lottando per ricacciare indietro le lacrime. «Ho provato a chiamarti per dirti di venire a scuola e aiutarmi a cercarlo.»

«Avevo da fare, scusami.»

Lei reagì con foga. «Come sarebbe a dire che avevi da fare, cazzo? Mio figlio è *scomparso*! Potrebbe essere morto chissà dove e tu *avevi da fare*?! Vaffanculo!»

«Angelina, io...»

Lei gli passò accanto e si precipitò su per le scale. «Lasciami stare, Julian. Lasciami stare!»

Nel primo pomeriggio David, stanco ma trionfante, arrivò al bed and breakfast sulle sponde del lago Windermere. Aveva telefonato in struttura lungo la strada, da una cabina telefonica casomai la polizia li stesse inseguendo e potesse rintracciarli intercettando le chiamate partite dal suo cellulare. Aveva chiesto di anticipare la prenotazione, informandoli che si sarebbero presentati nel pomeriggio.

Mentre lui e Rory portavano i bagagli nella loro camera, David si compiacque che fossero gli unici ospiti, come gli aveva appena detto la signora Birthwistle, la proprietaria.

«Allora, che te ne pare della vista, ragazzo mio?» David mise le mani sulle spalle del figlio e lo guidò alla finestra. Era calato il buio e si scorgevano soltanto le luci delle barche che ondeggiavano sull'acqua a un centinaio di metri da lì.

«Domani, se ti senti meglio, andiamo a scalare lo Scafell Pike.» David fece girare il ragazzino per guardarlo in faccia e lo abbracciò forte, accarezzandogli i capelli biondi.

Rory posò su di lui due occhi azzurri, che sembravano enormi sul suo viso pallido. Sorrise tristemente. «Sì, papà. Portami in cima al mondo e non farmi scendere più.»

Più tardi consumarono un abbondante pasto a base di bistecca e pasticcio di reni nella sala da pranzo deserta del bed and breakfast. David fu felice di vedere il figlio spazzolare ogni cosa. Stava riprendendo colore, ed era chiaro che stesse guarendo.

La signora Birthwistle arrivò con del vino, ma David riuscì a dire di no. Era più che altro lui a parlare – raccontava a Rory di quando era stato lì con suo padre, che l'aveva portato in cima alla montagna più alta d'Inghilterra.

Dopo cena salirono di sopra, nella loro camera. David rimboccò le coperte a Rory in uno dei due letti singoli.

«'Notte, vecchio mio.» Gli diede un bacio e lo abbracciò. Rory gli si aggrappò con forza.

«Non lasciarmi, papà, okay?»

«Certo che no. Ora mi metto a letto. Ci serviranno tutte le nostre energie per scalare il Pike, domani.»

Rory allungò il braccio e strinse la mano del padre. «Sono contento di essere qui, papà. È come un'avventura, vero?»

«Sì, è vero. Solo io e te.»

«Ti voglio bene, papà.»

«Ti voglio bene anch'io, vecchio mio.»

David rimase seduto sulla scomoda sedia dallo schienale alto a guardare il figlio che cedeva al sonno. L'amore gli afferrò il cuore come una morsa di ferro, e le lacrime presero a scorrergli copiose lungo le guance.

Ormai Angelina doveva essere impazzita dalla preoccupazione. E per quanto gli sarebbe piaciuto prendersi un po' di tempo da solo con Rory, doveva farle sapere che suo figlio era sano e salvo.

Tirò fuori il cellulare di tasca e digitò un messaggio per la ex moglie.

Angelina si lasciò sfuggire un gemito strozzato e corse nello studio di Julian. «Sta bene! Rory sta bene!» gridò.

Julian distolse lo sguardo dallo schermo del computer e le sorrise. «Ottime notizie, dunque. Cos'è, si era nascosto in un cespuglio particolarmente fitto nel giardino della scuola?»

«No, è con suo padre. Sembra che si sia presentato a casa sua stamattina. David dice che sta bene e che vuole passare un po' di tempo da solo con lui.»

«Capisco. Quindi ora sono in quella baracca deprimente che chiama casa?»

«No, l'ha portato non so dove per qualche giorno.» Angelina dovette sorreggersi alla porta dello studio. «Oddio, non sto neanche a dirti cosa mi stesse passando per la testa prima che David mi scrivesse. Devo avvisare la scuola.»

«Be'» intervenne Julian, incrociando le braccia sul petto. «Io però ti dico cosa sta passando nella mia, di testa. Ieri quell'ubriacone instabile del tuo ex marito ha tentato di aggredirmi nel bel mezzo di High Street. Ha minacciato di uccidermi.»

«Per l'amor del cielo, Julian! Non diceva sul serio!»

«Chi può saperlo? E il punto è proprio questo: posso capire che tu sia sollevata nel sapere che Rory in teoria è sano e salvo, ma pensi davvero che David, nelle sue condizioni attuali, sia la persona giusta per badare a tuo figlio?»

Lei lo guardò con aria interrogativa. «Sarà anche un alcolizzato, ma non torcerebbe mai un capello a Rory. Lo adora.»

«Va bene. Forse non gli farà del male, ma sono costretto a esporti un paio di scenari spiacevoli che dovresti quantomeno prendere in considerazione; tanto per cominciare potrebbe mettersi al volante ubriaco. Secondo, potrebbe benissimo essere già scappato all'estero con Rory. Terzo, sai quando intende riportarlo a casa, se mai lo farà?»

Angelina si massaggiò le tempie e scosse la testa. «Finiscila, Julian, per favore! Non ce la faccio più, davvero. Devo credere per forza che Rory sia al sicuro con suo padre.»

Julian si alzò e le andò vicino. Spalancò le braccia e la strinse a sé. «Su, su. Scusami, amore. Non volevo farti preoccupare. È solo che essendo avvocato guardo sempre il lato negativo delle cose. Ho visto fin troppi bambini rapiti da genitori disperati. Questa situazione con Rory mi suona fin troppo familiare.»

«Ora riscrivo a David per chiedergli esattamente dove sono e quando tornano. Sono sicura che me lo dirà.»

«E se non te lo dice?»

«Me lo dirà.»

«Va bene. Ma se non ti risponde entro domani mattina per farti sapere dov'è, non avrai altra scelta che coinvolgere la polizia. Ora telefona pure a scuola, digli che hai avuto notizie da David. Io arrivo tra un attimo, devo finire una cosa.»

Julian la spedì fuori dallo studio con una pacca leggera sul sedere, poi si rimise a scrivere l'email a cui stava lavorando. Sebbene non avesse perso la sua solita compostezza, quando cliccò su "Invia" aveva le mani sudate.

Sospirò profondamente e spense il computer.

Sperava di ricevere una risposta entro l'indomani.

Al diavolo il marmocchio... Lui, Julian Forbes, aveva ben altri problemi a cui pensare.

13

Jazz attraversò il Trinity Great Court in direzione del Porters Lodge.

Sotto l'arco all'ingresso c'era un uomo straordinariamente alto. Le dava le spalle.

Jazz gli si avvicinò e gli toccò la schiena per attirare la sua attenzione.

«Salve, lei è Jonathan?»

Lui si girò di scatto, sorpreso. «Sì. Scusi, pensavo arrivasse dall'altra parte.»

«I miei hanno gli alloggi di là, sul cortile interno. Ero a pranzo da loro.»

«Sì, lo so. Nel senso, so dove abitano i suoi. Avrei dovuto pensarci.» Jonathan sorrise, poi tese la mano con aria imbarazzata. «Be', piacere di conoscerla, ispettrice Hunter.»

«Jazz, per favore. E diamoci del tu» disse lei, sorridendo. Pensò che per una volta era bello dover alzare lo sguardo. Quell'uomo era tanto alto da farla sentire minuscola.

A giudicare dall'aspetto sembrava sulla ventina abbondante. Non si poteva definire bello in modo tradizionale; gli occhi azzurri per esempio erano troppo ravvicinati, appollaiati su un naso lungo e aquilino. Il viso era scarno, e gli zigomi affilati come rasoi gli davano un'aria famelica e bohémien. Ciò nonostante era un uomo attraente.

«Camminiamo?» propose lui.

«Va bene.»

Jonathan partì di gran carriera. Jazz faticava a stargli dietro, con quelle lunghe gambe che si ritrovava.

«Sei stata molto gentile a trovare il tempo di parlare con me.»

«Non so se posso esserti d'aiuto, ma farò del mio meglio» disse Jazz, sorridendo. Insieme si infilarono in una viuzza. Lui si fermò di fronte a un pub che Jazz conosceva bene – era un locale molto rinomato fra gli studenti.

«Ti va bene se entriamo qui?»

«Certo» rispose lei, e lo seguì all'interno. Il pub era deserto e Jazz prese posto in un angolo, mentre Jonathan andava a ordinare da bere al bancone.

«Ecco a te il vino bianco, anche se non so di che qualità sia.» Jonathan appoggiò un bicchiere sul tavolo e le si sedette di fronte con una pinta di birra tra le mani enormi. «Salute» esclamò, toccando il calice di Jazz con il bordo del suo bicchiere.

«Salute» rispose lei, e bevve un sorso. *Più che vino è aceto*, pensò. *Pazienza.* «Forza, spara. Cos'è che vuoi sapere?»

«Giusto.» Jonathan tirò fuori un piccolo registratore e un taccuino da una delle sue capienti tasche.

«Vuoi registrarmi?»

«Sì, se non ti scoccia. Ma posso prendere solo appunti, se preferisci.»

«Dipende da cosa vuoi chiedermi.»

«Niente di oltraggioso. La mia tesi, come credo ti abbia anticipato tuo padre, è sulla condizione della giustizia penale nel nuovo millennio. Mi sono preparato alcune domande.»

«Mi sento un po' come un sospettato quando li portiamo dentro per interrogarli. Forza, iniziamo. Mi incuriosisce vedere come si sta dall'altro lato della barricata.»

«Va bene.» Jonathan accese il registratore.

«Ora in teoria dovresti chiedermi se voglio che sia presente il mio avvocato» scherzò lei.

«Sarebbe meglio» disse lui. «Allora, la prima domanda che voglio farti è, nella tua battaglia in prima linea contro il crimine, l'attuale sistema della giustizia penale ti soddisfa appieno?»

Jazz si morse il labbro. «Non sarà mica stato mio padre a dirti che è uno dei miei temi preferiti?»

«No, ma ho immaginato che nessun investigatore sia contento di veder uscire liberi i delinquenti dal tribunale per un vizio di forma, dopo aver passato mesi su un'indagine e aver arrestato il colpevole.»

Vi fu una pausa prima che Jazz rispondesse: «Jonathan, questa cosa può andare solo in due modi. Se intendi citarmi nella tua tesi, allora dovrò fare per forza la brava. Se invece mi prometti che il mio nome non salterà fuori e spegni quell'affare, potrò darti risposte molto più sincere».

Jonathan allungò una mano e premette il pulsante sul registratore. Poi sorrise.

«Bene, spara.»

Jazz, all'inizio con titubanza, poi via via sempre più lanciata, si mise a spiegargli dove secondo lei risiedeva il problema. Con sua grande sorpresa il ragazzo rispose con cognizione di causa e si schierò a difesa del sistema.

«Non è la corruzione a rovinarlo, anche se è vero ciò che dici sull'abuso di potere e l'ambizione di certi individui. A quanto ho capito intervistando altre persone, quando un criminale la fa franca di solito la colpa è un po' della burocrazia, un po' degli avvocati dell'accusa, che sono degli inetti – a proposito, hai letto la nuova proposta di legge del governo che vorrebbe abbassare le tariffe dei pubblici ministeri? Così è chiaro che i più bravi vengono sempre assunti per la difesa – e un po' della fallibilità umana.

«E poi c'è da dire che è un continuo di appelli e controappelli» aggiunse Jazz. «Anche quando riesci a far condannare qualcuno, c'è sempre la possibilità che qualche saputello d'avvocato si presenti con una prova inventata di sana pianta, a volte materiale ma spesso e volentieri psicologica.»

«Ti riferisci al classico "Non è colpa mia se sono un assassino, è mia madre che non mi allattava al seno da piccolo"?» chiese Jonathan, sogghignando.

«Precisamente. Scusa, ti sembrerò troppo dura ma le cose stanno così. Nessuno vive un'adolescenza o un'infanzia perfetta. Abbiamo tutti un motivo che potrebbe spingerci a prendere e ammazzare il prossimo a sangue freddo. Grazie al cielo non siamo tutti uguali. Però chi decide di comportarsi così deve prendersi la responsabilità delle proprie azioni, a prescindere dalle circostanze. Deve essere punito.»

«Concordo. A farti parlare così è anche l'esperienza personale, vero?» rispose lui, piano. «So cos'è successo a tuo padre.»

Jazz detestava doverne parlare. Quella storia le risvegliava ancora ricordi fin troppo vividi. «Sì. Era un brav'uomo, un vicario, cercava di offrire il suo aiuto alle comunità più sfortunate. E che cos'ha ottenuto in cambio del suo impegno? Un proiettile nella schiena. Chi ha sparato si è beccato due anni e dopo sei mesi era fuori. Per non imputabilità, capito? E dopo tre settimane ha commesso un altro crimine.»

«Mi dispiace. Non so davvero cosa dire.» Jonathan sospirò, poi disse: «Posso chiederti che ci faceva a Hackney, quel giorno? Pensavo insegnasse già teologia qui all'università».

«È vero. Infatti fino ai dodici anni ho vissuto a Cambridge. Poi mio padre ha annunciato a me e alla mamma di averne abbastanza, che non aveva più voglia di insegnare teologia a un branco di borghesotti. Voleva andare per le strade e mettere in pratica ciò che predicava. Quindi ha preso i voti e ci siamo trasferiti a Hackney. Passare dall'elegante scuola privata che frequentavo qui a Cambridge a un istituto misto dell'East London è stato un vero shock culturale, te l'assicuro. Però mi ha fatto bene, mi ha indurita non poco.»

«Ci scommetto. Cavolo, però, meglio a te che a me.»

«È stata dura, è vero, ma ammiravo tantissimo papà per la sua scelta. E ho imparato un sacco di trucchi, cose che mi sono state molto utili nel corso della mia carriera.»

«Un esempio?»

«Be'... che rimanga tra noi, naturalmente» disse Jazz. «Potrei procurarti qualsiasi sostanza tu voglia con una semplice telefonata; erba, hashish, anfetamine, eroina, coca, ecstasy...»

«Che cosa aspettiamo?»

«Divertente.»

«Scherzo. Non mi piace nemmeno quella roba, non mi è mai piaciuta.»

«Me lo dici perché sono una detective, scommetto» ribatté Jazz.

«No. Io credo nella verità. E per mia fortuna sono riuscito a evitare la droga, finora. Davvero» ripeté lui.

«Io no. Per un po' ci sono caduta. Ho provato di tutto. Era... come dire, *de rigueur*, nel posto dove ho studiato. Un po' come il latte a colazione.»

«Un rito di passaggio?»

«Qualcosa del genere, sì. Erano tutte ragazze bianche della classe media. Volevo che mi accettassero. E trovarmi "dall'altra parte" mi ha dato grandi vantaggi. Mi rendo conto degli sforzi che devono fare certi ragazzini per rimanere incolumi.»

«Insomma, cos'è successo a tuo padre?»

«Come gli capita sempre, si è lasciato coinvolgere emotivamente. Dalla sua congregazione, intendo, che da quando è arrivato lui è passata da qualche vecchietta a trecento persone. Mio padre è una figura molto carismatica. E lo è stato fin troppo con una donna in particolare, che aveva un figlio malato di leucemia. Lei è andata da lui a chiedere un supporto spirituale, veniva spessissimo a casa nostra. Il suo vecchio, un noto spacciatore, non approvava la cosa e un giorno si è presentato da noi e gli ha sparato, così, di punto in bianco, in cucina.»

«Cazzo» mormorò Jonathan.

«È stato fortunato a sopravvivere» aggiunse Jazz. «Mentre lo operavano gli è venuto un infarto. È molto fragile, e lo è ogni giorno di più.»

«Ciò nonostante rimane un pilastro, qui a Cambridge. All'università lo conoscono tutti per la sua saggezza, la sua gentilezza e le sue barzellette sporche.» Jonathan sorrise divertito.

«È una persona speciale» mormorò Jazz. «E gli voglio un bene dell'anima, nonostante i suoi difetti.»

«Cercare di fare del bene non è un difetto, Jazz.»

«No, lo so. Ma vivere con un santo può essere difficile. Per mia madre, specialmente. Lei ne ha passate tante.»

«Immagino. E anche tu» aggiunse lui a bassa voce, guardandola con i suoi occhi azzurri.

«Va bene, basta con questi discorsi.» Jazz si sentì arrossire. «C'è altro che vuoi sapere? Dovrei andare.» Quella frase le uscì più brusca di quanto avrebbe voluto, ma iniziava a sentirsi a disagio.

«No, penso di no. Almeno per ora. Devo tornare a casa e mettere in bella gli appunti. Se dovessi aver bisogno di incontrarti di nuovo, posso contattarti?»

«Sono parecchio impegnata, in realtà.» Jazz si alzò, Jonathan fece altrettanto.

«Su un caso?»

«Già.»

«Roba interessante?»

«Molto» disse, avviandosi alla porta. «Ciao, Jonathan. Spero di esserti stata utile.» Quando gli allungò la mano, però, lui la ignorò.

«Hai parcheggiato al Trinity?»

«Sì.»

«Ti accompagno. Abito da quelle parti.» Jonathan le fece strada fuori dal pub.

Jazz camminava in silenzio. Era scombussolata. Non si capacitava di come avesse fatto quel ragazzo a farle rivelare così tanto, molto più di quanto avrebbe voluto.

Dopo un po' furono di nuovo al Porters Lodge. Jonathan si girò a guardarla e disse: «Grazie del tuo tempo, Jazz. Lo apprezzo davvero». Per un attimo rimase a guardarla, poi si chinò e le diede un bacio sulla guancia. «Allora ciao.»

«Ciao.»

Jazz si allontanò a passo svelto per mettersi in salvo negli alloggi dei suoi genitori. Non ebbe neppure il tempo di rimuginare su quello strano incontro che trovò Celestria ad aspettarla sulla soglia.

«Meno male che sei qui, Jazz. Tuo padre si rifiuta di andare a letto, vuole aspettarti. Ha telefonato a uno dei suoi ex compagni di corso per chiedere informazioni su Hugh Daneman. Entra, vieni.»

«Jazz, tesoro.» Tom era pallido in volto, ma aveva gli occhi che brillavano. «Ho scoperto parecchie cose sul tuo cadavere. Celestria, per favore, un goccino microscopico di brandy per me e uno per nostra figlia. Serve ad alleviare la crudezza del racconto.»

«Io no, papà, devo guidare fino a casa» disse Jazz, accomodandosi in poltrona.

«E neanche tu, Tom. Per oggi hai già avuto la tua dose.»

«Fanculo le dosi, portami un bicchierino di brandy.»

Celestria guardò la figlia con un'espressione d'impotenza sul viso, poi prese la bottiglia di brandy in un pensile, ne versò un dito in un bicchiere e lo porse al marito.

«Grazie, tesoro mio.» Bevve un sorso, poi cominciò il suo racconto: «Allora, c'è questo mio ex compagno di corso, Crispin Wentworth, che mi ha aggiornato su Hugh Daneman. Erano insieme a Oxford, e dopo il dottorato hanno iniziato a lavorare tutti e due come ricercatori. Presumo tu sappia che Hugh era omosessuale».

«Non lo sapevo, ma mi era venuto il dubbio. Un uomo che non si è mai sposato... era un'ipotesi, quantomeno.»

«Bene, ti assicuro che era omosessuale al cento per cento. Ci vuole un omosessuale per riconoscerne un altro, e Crispin in questo è una vera autorità» disse Tom, sorridendo. «All'epoca Oxford era un ambientino niente male, facevano cose piuttosto spinte, ma come ho già detto eravamo nei primi anni Sessanta, succedeva dappertutto.»

«È tremendo essere gelosi dei tuoi perché si sono divertiti da giovani. A volte però non posso farne a meno» interruppe Jazz. «Scusa, papà, vai avanti.»

«Be', sembra che Daneman abbia fatto l'impensabile e si sia innamorato di un suo studente. Non è stato capace di nascondere la cosa ai colleghi – in questo è stato piuttosto sciocco, se vuoi la mia. Alla fine lo scandalo è venuto a galla e Daneman è stato licenziato in tronco.»

«Ho capito. E per caso sai chi fosse quello studente?»

Tom le fece cenno di avere pazienza. «Ci arrivo tra un attimo. Hugh a quel punto è sparito all'estero e Crispin non ha più avuto sue notizie per un annetto. Poi, all'improvviso, se l'è ritrovato alla St. Stephen's a fare il professore di latino.»

«Mi stupisce che l'abbiano assunto, visto che era stato cacciato da Oxford perché aveva una relazione con uno studente.»

«Può darsi che abbiano insabbiato tutto. A quei tempi succedeva. Forse gli avevano promesso che se si fosse dimesso senza clamore la cosa non avrebbe avuto conseguenze. Non era usanza coinvolgere la polizia o fare controlli accurati delle referenze, all'epoca. Comunque, vai a sapere come, ma è finito a insegnare alla St. Stephen's.»

«E quel giovanotto di cui si era innamorato? Chi era?» insistette Jazz.

«È una storiella interessante. Lo studente in questione era un certo Corin Conaught. Era noto per essere uno che beveva e si drogava molto, ma a sentire Crispin era un aristocratico, un ragazzo carismatico e molto attraente. Un po' come Bosie, l'amante di Wilde, direi. Si è lasciato alle spalle una lunga scia di cuori spezzati, sia maschili che femminili.»

«Era bisessuale, quindi.»

«Sì, ma fammi continuare sennò perdo il filo; allora, Hugh Daneman aveva perso completamente la testa per lui. A quanto dice Crispin, pare che quel Corin ricambiasse e sono stati "una cosa sola" per un po', fino a quando hanno messo Hugh alla porta.»

«Mi sorprende che una cosa del genere abbia creato un tale scandalo. L'hai detto tu, negli anni Sessanta succedeva di tutto.»

«Sì e no. Nel senso, le relazioni tra insegnanti e studenti sono proibite ancora oggi. Ci sono cose che non cambiano mai, e questa è un esempio perfetto. E poi Corin proveniva da una famiglia cattolica molto in vista. Il padre, Lord Ralph Conaught, è morto mentre il figlio se la godeva a Oxford. Pare addirittura che Corin abbia ricevuto la notizia che il suo vecchio stava per abbandonare le spoglie mortali nel corso di un fine settimana di bagordi particolarmente intenso, e che non si sia neanche preso la briga di tornare a casa per dirgli addio. Sono sicuro che i suoi parenti avessero sentito parlare della famigerata relazione di Corin con Hugh Daneman. Di conseguenza, anche se era il figlio maggiore, e quindi l'erede legittimo del titolo nobiliare e della tenuta Conaught, suo padre l'ha diseredato lasciando tutto all'altro figlio, un certo Edward Conaught.»

«Un dramma» commentò Jazz.

«Eh sì. E come tutti i drammi, anche questo ha un finale strappalacrime. Sembra infatti che Corin sia tornato a casa, cacciato da Oxford, un paio di settimane dopo la morte del padre. E il fratello Edward gli ha assegnato una villetta nella tenuta. Per cinque anni non ha fatto altro che bere e bucarsi, e alla fine è morto che aveva solo ventisei anni, poveraccio.»

«Dove si trova la tenuta?»

«Vicino a te, sai? È nel Norfolk, ma non so dove.»

«Sul serio?»

«Sì.» Tom la guardava con un'espressione compiaciuta. «Le mie informazioni la aiutano, ispettrice?»

«Moltissimo, papà, grazie. Ora almeno ho una pista. E forse si spiega come mai Hugh Daneman sia comparso all'improvviso alla St. Stephen's: se l'amore della sua vita viveva nel Norfolk, forse ha voluto stargli vicino.»

«È molto probabile. Spero comunque di averti dato materiale su cui lavorare.»

«Eccome, e anzi, ringrazia il tuo amico Crispin da parte mia.

Grazie infinite, papà.» Jazz si alzò. «Ora è meglio che vada. Ciao, mamma.»

«Ciao, tesoro.» Celestria la salutò con un bacio. «Facci sapere.»

«Sì, d'accordo.»

Jazz arrivò all'auto, aprì il portabagagli e prese la ventiquattrore. Tirò fuori il portafoto che aveva trovato vicino al letto di Daneman, nel suo appartamento di Londra. Osservò bene la fotografia, il volto angelico e i lunghi capelli biondi. La girò e rilesse la dedica.

Si rese conto per la prima volta che quel viso non era, come aveva creduto all'inizio, femminile...

Era il volto di un ragazzo.

14

«Buongiorno, ispettrice. Passato un buon fine settimana?»

Quando Jazz arrivò alla scuola, Miles era già seduto nella *situation room* improvvisata.

«Non male. Tu?» Appoggiò la valigetta sul banco, tirò fuori il portatile e lo collegò alla presa di corrente.

«Feste sfrenate e il letto sempre pieno di supermodelle» scherzò lui. «No, in realtà ho solo guardato il cricket su Sky. Senta, il preside ha chiesto un incontro, subito. Sembra che questo disastro di scuola ora vanti non solo uno studente e un professore morti, ma anche un ragazzino scomparso.»

Jazz alzò bruscamente gli occhi dallo schermo. «Ma che dici? Quando? E perché non sono stata informata?»

«Ieri pomeriggio. E presumo che non ci abbiano informato perché pare che lo studente in questione sia stato rapito dal padre – la scuola avrà pensato che col nostro caso non c'entrasse nulla. Hanno messo all'opera gli agenti della polizia locale per cercarlo.»

«Chi è il ragazzo?»

«Non l'hanno specificato, ma la madre è nell'ufficio del preside, al momento. Ho detto loro che li avrebbe raggiunti al suo arrivo.»

Jazz consegnò un foglio a Miles. «Trovami il numero di telefono di questo indirizzo. Chiama e di' che passiamo in mattinata a fare una visitina.»

«Sissignora. Nient'altro?»

«Sì. Scoprimi dove cazzo è finito il sergente Roland e perché non mi ha informato immediatamente di questo nuovo sviluppo. Poi di' a Sebastian Frederiks di venire qui tra mezz'ora. Devo parlargli.» Jazz si alzò e uscì sbattendo la porta.

La segretaria del preside sedeva dietro lo schermo del suo computer, pallida e spaventata.

«La aspettano dentro» disse, indicando l'ufficio con un cenno del mento.

«Grazie.» Jazz entrò nella stanza e vide una donna minuta e carina seduta di fronte alla scrivania di Robert Jones.

«Ispettrice Hunter, buongiorno» la accolse lui. «Grazie di essere venuta. Lei è la signora Angelina Millar, la madre del ragazzo scomparso.»

«Che sarebbe?»

«Rory Millar. Forse il sergente l'ha informata?»

«Di sfuggita. Salve, signora Millar.» Jazz strinse la mano della donna. «Potrebbe dirmi cos'è successo?»

«Sì, farò il possibile.» Angelina cominciò a raccontare a spizzichi e bocconi gli eventi delle ultime ventiquattro ore.

Jazz rimase in ascolto finché non ebbe finito, dopodiché tentò di riassumere: «Va bene. Quindi in sostanza suo figlio non è scomparso. È con suo padre, ma non sa dove».

«Non mi ha risposto al messaggio in cui gli chiedevo indicazioni, e il mio... avvocato ritiene che, a causa dei problemi con l'alcol del mio ex marito, e dato che soffre di depressione, sia un caso per la polizia. Secondo lei è così?»

Jazz si ricordava di David Millar da quando l'aveva visto,

disperato e fuori controllo, davanti a quello stesso ufficio. E Rory? Ancora non l'aveva mai incontrato, ma il suo nome aveva il brutto vizio di spuntare fuori a cadenza regolare.

«Se non ha risposto alla sua richiesta su dove abbia portato vostro figlio, allora sì, c'è ragione di preoccuparsi. Ma allo stesso tempo non è detto che Rory sia in pericolo, signora Millar. Dopotutto è con il padre.»

Nei grandi occhi azzurri di Angelina si leggeva la speranza. «È quello che ho detto al mio avvocato, ma lui ha insistito perché andassi a sporgere denuncia.»

«Ha una vaga idea di dove il suo ex marito potrebbe aver portato Rory?»

«No. Il mio avvocato temeva che lo portasse all'estero, ma è impossibile perché il suo passaporto ce l'ho io a casa.»

«Questo non esclude l'eventualità che il suo ex se ne sia procurato una copia.»

«Davvero?» Angelina si morse il labbro. «Santo cielo.»

«Diramerò un'allerta generale. Per caso lei ha una fotografia di suo figlio e del suo ex? Dobbiamo inserirle nel computer.»

«Sì, Juli... il mio avvocato, immaginava che ne avreste avuto bisogno.» Angelina tirò fuori dalla borsetta una busta e la porse a Jazz. «Lo riporterete a casa, vero?»

«Certamente, signora, ma innanzitutto vediamo di rintracciarlo. Ora, se non c'è altro, torno al lavoro. Ripasserò più tardi per aggiornarla, signor Jones.»

Jazz rivolse loro un rapido sorriso e uscì.

Tornata al suo computer, Jazz tirò fuori dalla busta le due fotografie. La prima era di David Millar e risaliva evidentemente ai tempi in cui non aveva ancora ceduto alle lusinghe della bottiglia. La mise da parte e prese quella che raffigurava Rory. E le mancò il fiato.

«Santoddio!» mormorò, poi si mise a frugare nella ventiquattrore in cerca del portafoto del giovane che, adesso lo sapeva, rispondeva al nome di Corin Conaught.

Mise le due fotografie una accanto all'altra e chiamò Miles a dare un'occhiata.

«Che dici?» domandò.

«Però! Di sicuro sono parenti» ipotizzò lui.

«Questo qui è Corin Conaught, defunto amante di Hugh Daneman. L'altro invece è Rory Millar, il ragazzo scomparso.»

«Aspetta, quindi sta dicendo che "Cory" è un lui?»

«Sì. Quel segugio del mio vecchio mi ha messo sulla pista giusta. Si somigliano, vero?»

«Anche troppo» convenne Miles. «Sai se sono parenti?»

«Non ancora, no. La foto me l'ha data poco fa la madre di Rory. Potrebbe essere solo una coincidenza, e le fotografie spesso e volentieri ingannano. Ma mi piacerebbe ritrovare in fretta il caro Rory.» Jazz consegnò le foto al collega. «Fai una scansione, poi inoltra una segnalazione di persona scomparsa.»

«Va bene. Siamo attesi per le undici a Conaught Hall. Ho parlato con la governante di Lord Conaught. Non è stata di aiuto, mi ha detto che Sua Grazia è invalido e non ama le visite.»

In quel momento bussarono alla porta.

«Avanti.»

Sulla soglia si materializzò il sorriso fasullo di Sebastian Frederiks. «Voleva vedermi?»

«Prenda una sedia e si accomodi, signor Frederiks.»

«Novità sul povero Rory?»

«Non ancora, no. Mi dica, signor Frederiks, perché non faceva nulla per impedire a Charlie Cavendish di bullizzare gli altri studenti? Rory Millar in particolare, a quanto ne so.»

L'uomo inarcò un sopracciglio. «Chi gliel'ha detto?»

«Non ha importanza. Vorrei solo che rispondesse alla domanda.»

Lui incrociò le braccia sul petto. «Avrà sentito dire che il vecchio Charlie era un bulletto con i più piccoli...»

«Sì, più di una volta, signor Frederiks. Mi sta dicendo che non è vero?»

«No, non lo nego. Ma non era mai malizioso e di certo non ho avuto la sensazione che se la prendesse nello specifico con il giovane Rory Millar.»

«Davvero? Perché allora mi è stato riferito che Cavendish ha chiuso Rory in cantina e ce l'ha lasciato per tutta la notte? A me questo pare molto specifico, non so a lei.»

«Senta, non c'è alcuna prova che sia stato Charlie» rispose debolmente Frederiks.

«Però è probabile?»

«Potrebbe essere stato lui, sì. Ma ispettrice, senza prove che potevo fare?»

Jazz sospirò, frustrata. «Sono vent'anni che fa l'insegnante ed è direttore di Fleat House da otto. Sicuramente avrà avuto occasione di gestire molti casi simili a questo. Perfino i suoi amici sanno che era stato lui.» Jazz si girò verso Miles. «Vero?»

«Sissignora» confermò lui.

Frederiks adesso sudava copiosamente. «Le dico una cosa, ispettrice. Quando c'è di mezzo il bullismo i ragazzi sanno che con me non si scherza. Ma il problema è sempre lo stesso: la vittima è talmente terrorizzata delle conseguenze che non vuole mai fare il nome del colpevole.»

«Quindi Rory Millar non le ha detto che era stato Charlie Cavendish a chiuderlo in cantina?»

«No. E come faceva a saperlo, tra l'altro? C'era una porta chiusa a dividerli. Però sì, mi sono reso conto che il giovane Rory era spaventato a morte. Sono stato io a trovarlo. Ho pensato che c'entrasse qualcosa questa storia che gira a scuola. Dicono che tanto tempo fa un ragazzo sia morto lì, nella cantina, e che il suo fantasma infesti Fleat House da allora. Di sicuro la conosceva anche Rory. Quando l'ho fatto uscire sembrava che il fantasma fosse lui.»

«È assurdo che nessuno l'abbia sentito. Di sicuro avrà gridato per farsi aprire. Poverino» commentò Miles.

«I ragazzi dormono al secondo e al terzo piano, come sapete. Io invece alloggio nell'ala riservata, su un lato dell'edificio. Il punto è un altro: anche se *avremmo dovuto*, purtroppo non l'abbiamo sentito.»

«Mi ha detto che era molto spaventato quando l'ha fatto uscire. Ha contattato i suoi genitori?»

«Assolutamente sì. Ed è stata la ciliegina sulla torta, per così dire. Rory era giù di corda da un po' e ogni giorno che passava si chiudeva sempre di più in se stesso. Penso fosse a causa del divorzio dei suoi, ma quando è successo il fattaccio ho pensato di dover parlare con loro. Solo che non ho voluto preoccupare ulteriormente la signora Millar, la madre, che a volte è iperprotettiva e un po' ansiosa quando c'è di mezzo il figlio, quindi ho deciso di telefonare al signor Millar. Gli ho parlato di Rory la settimana scorsa.»

«Considerate le circostanze, credo che la signora Millar abbia tutto il diritto di essere in ansia per la salute di suo figlio.» Jazz, infastidita, strinse forte i denti. «E David Millar le ha risposto?»

«Abbiamo parlato al telefono. Io ho cercato di sdrammatizzare, perché era inutile infiammare più di tanto gli animi. Ho consigliato al signor Millar di fare due chiacchiere con il figlio, di provare a capire quale fosse il problema. E dopo ho chiesto a Rory di chiamare suo padre.»

«E lui l'ha fatto?»

«Ricordo di averlo visto al telefono a gettoni... era... sì, il giorno prima che trovassimo Cavendish morto.»

«Però non sapeva se all'altro capo del filo ci fosse David Millar.»

Frederiks si strinse nelle spalle. «No, non lo sapevo, ma il fatto è che... a dire il vero...» Si grattò la testa, imbarazzato.

«Sì?»

«Mi è appena tornata in mente una cosa. Il giorno dopo che ho visto Rory al telefono, ossia venerdì, lo stesso giorno in cui è morto Charlie, sono andato via verso le diciannove e trenta per il mio appuntamento. Stavo giusto uscendo dal parcheggio della scuola quando ho notato David Millar scendere dalla macchina.»

«Capisco.»

«Stavano arrivando un sacco di genitori per assistere al concerto nella cappella. Rory faceva parte del coro, quindi forse Millar veniva a sentire il figlio. Però...» Frederiks fece di nuovo spallucce «non l'avevo mai visto mettere piede nella cappella, prima di allora.»

«Presumo che l'auto del signor Millar non ci fosse più, quando lei è tornato a scuola quella sera?» domandò Jazz.

«Ovvio. Gliel'ho detto, sono rientrato a mezzanotte o giù di lì. Senta, ispettrice, non voglio insegnarle il mestiere, ma Rory potrebbe aver confidato a suo padre che credeva fosse stato Cavendish a chiuderlo in cantina.»

«Quindi ora ammette che Charlie lo prendeva di mira?» lo incalzò Jazz.

«Sa com'è, sono ragazzi. C'è chi è capace di resistere, chi no. Rory non ci riusciva. E sì,» aggiunse Frederiks «ha ragione, sarei dovuto intervenire. E ora è scappato... ma...» L'uomo aveva un'aria confusa.

«Cosa?»

«Non sembra molto plausibile. Se davvero il giovane Rory veniva preso di mira da Charlie, allora dovrebbe essere contento che il suo tormentatore non ci sia più. Perché diamine è scappato?»

«Non lo sappiamo.» Jazz decise di cambiare argomento, per evitare di formulare ipotesi sul caso davanti a un possibile sospettato. «Signor Frederiks, devo chiederle di nuovo dov'era quel venerdì sera.»

«Non glielo posso dire, davvero.»

«Lo sa che è un reato omettere informazioni rilevanti in un interrogatorio di polizia?»

«Senta, ispettrice, l'unica cosa che posso fare è ripeterle che dov'ero quel venerdì sera *non* è rilevante per il suo caso.»

«Lasci che sia io a stabilirlo, signor Frederiks. Perché secondo me lo è eccome. È stato lei stesso ad ammettere di aver sistemato il valproato sul comodino di Charlie Cavendish, prima di uscire. Non abbiamo alcuna prova che non abbia sostituito le pasticche.»

«Allora perché diamine le avrei raccontato che sono stato io a mettergliele accanto al letto, se davvero fossi io il colpevole?»

«Perché è un fatto assodato, di cui abbiamo la prova grazie al registro dei medicinali. Potrebbe aver pensato che la morte di Charlie sarebbe stata considerata un semplice incidente, un caso di attacco epilettico...»

«... credevamo tutti che fosse un attacco epilettico, ispettrice...»

«... e che le sue azioni non sarebbero mai state messe in discussione...»

«... ora mi sta accusando?» esclamò Frederiks, che si alzò di scatto.

«No. Certo che no. Semmai le sto consigliando di dirci dov'era venerdì sera, credo che sarebbe la cosa più assennata da fare. Il fatto che voglia tenerlo segreto è sospetto.»

Frederiks si abbandonò sulla sedia. «Non posso. Sul serio, non posso e basta.»

«Allora potrei doverle leggere i suoi diritti e arrestarla per intralcio alla giustizia. Dovrò presumere che stia proteggendo qualcuno, ma la avverto, sta mettendo a rischio la sua reputazione di direttore, visto che era il responsabile della sicurezza di Charlie Cavendish. Se si rifiuta di fornirmi un alibi per confermare che si trovava altrove, allora non ho alcuna prova del fatto che *non* fosse ancora nei locali della scuola all'ora dell'incidente.» Jazz si guardò l'orologio. «La ringrazio di essere passato.»

Frederiks annuì, si alzò e uscì dall'aula senza aggiungere nient'altro.

L'ispettrice si infilò il cappotto e cominciò a cercare le chiavi dell'auto.

«Che ne pensa, ispettrice?» Miles la guardava da dietro il portatile.

«Non potrà permettersi di tacere ancora a lungo» disse lei, frugandosi nella borsa. «Non riesco proprio a capire perché non abbia mosso un dito pur sapendo che Cavendish era solito terrorizzare i ragazzi più piccoli, ma... porca puttana! Non trovo le chiavi. Mi puoi accompagnare? Magari lungo il tragitto ci verrà un'intuizione.»

Il sole stava cominciando a fare capolino da dietro le nuvole quando Miles imboccò la strada principale per uscire da Foltesham e dirigersi a ovest, verso Kings Lynn.

«Che ne pensi di Frederiks?» gli chiese Jazz.

«Mettiamola così. Non mi piacerebbe farmi placcare da lui» rispose il detective, con un sogghigno. «Insomma, David Millar era a scuola la sera in cui è morto Charlie. Se Rory al telefono l'ha accusato di essere il suo tormentatore, credi che Millar possa averlo ucciso per vendicarsi? Come faceva a sapere che era allergico all'aspirina?»

«A Fleat House avvisavano sempre in caso qualche studente avesse allergie gravi che potessero nuocergli – dalle arachidi ai profumi» disse Jazz. «Rory potrebbe averlo accennato al padre, chi lo sa? Sta di fatto che dobbiamo trovarlo. L'istinto mi dice che il piccolo Millar è coinvolto in questa storia. E si sta dimostrando un tipetto piuttosto sfuggente.»

Miles le sorrise. «Come ai vecchi tempi, ispettrice.»

«In che senso?»

«Il suo istinto di solito ci azzecca. La squadra si fidava di lei a prescindere.»

Jazz lo guardò stupita. «Sul serio?» Poi scoppiò a ridere. «Be', se vuoi la verità, non mi sono mai sentita tanto persa come ora.»

«Ci arriverà, ispettrice, come sempre.» Miles svoltò a sinistra. «Credo che questo sia l'ingresso. La governante mi ha detto che si deve superare il garage.» L'auto dei due detective oltrepassò un enorme doppio cancello in ferro battuto. A un'estremità facevano capolino gli alloggi del personale. Il vialetto si snodava attraverso un parco punteggiato di querce. A un certo punto passarono accanto a un lago, in cui l'acqua luccicava sotto la flebile luce del sole, e finalmente raggiunsero la villa.

«Alla faccia, nemmeno Buckingham Palace» borbottò Miles

mentre girava intorno al laghetto artificiale. Al centro svettava una fontana coperta di muschio a forma di putto che soffiava in un corno.

«Però è brutta, non trovi? Tardo periodo vittoriano, scommetto» disse Jazz, osservando l'edifico squadrato di mattoni rossi. Le molte finestre brillavano al sole, e sul tetto se ne stavano appollaiati alcuni gargoyle di pietra, con il muso minaccioso ormai deformato dal tempo. «Un'ambientazione perfetta per un film dell'orrore.»

«Secondo lei quanto pagano di riscaldamento?» scherzò Miles, mentre salivano i gradini dell'ingresso. Sopra il campanello c'era una placca arrugginita che diceva "Commercianti. Entrata sul retro".

La porta si aprì e comparve una signora di mezza età con un abito nero.

«Buongiorno. Siamo i detective Hunter e Miles per Lord Conaught» disse Jazz.

«Da questa parte, prego.» La donna fece loro strada in un atrio austero ed elegante, in cui l'antico pavimento di marmo a scacchi si estendeva a perdita d'occhio. Mentre seguiva la donna in un intrico di corridoi bui, Jazz rabbrividì: dentro faceva più freddo che fuori.

Si fermarono davanti a una pesante porta di quercia e la donna si voltò a guardarli.

«Ho spiegato a Lord Edward che volete parlare con lui, ma è un uomo malato. È caduto da cavallo un paio d'anni fa ed è costretto su una sedia a rotelle. Ha l'artrite e soffre molto. Ha anche subito un lutto in famiglia, di recente.»

«Non sarà una cosa lunga, promesso» disse Jazz.

La donna annuì e bussò alla porta.

«Avanti.»

La governante li fece entrare e Jazz notò subito che l'austerità della casa contrastava nettamente con quella stanza, pannellata in quercia e decisamente più confortevole. Alle pareti erano appese scene di caccia, per terra c'era un logoro tappeto a motivi scozzesi e il fuoco scoppiettava allegramente nel caminetto. Ai due lati svettavano librerie a tutta parete, ingombre di libri. Nella stanza aleggiava puzza di cane bagnato – e in effetti c'era un cane, sdraiato a godersi il calduccio davanti al fuoco.

Edward Conaught era seduto sulla sua carrozzina a un lato del caminetto, con una copia del *Telegraph* sulle ginocchia. Accanto a lui c'era un tavolo con sopra una pila di *Country Life* pieni di orecchie e vari flaconi di medicine.

L'uomo sorrise con aria stanca e tese la destra.

«Edward Conaught. Piacere. Prego, accomodatevi.»

Indicò il vecchio divano coperto di peli di cane, poi fece girare la sedia a rotelle per mettersi di fronte a loro.

«Non ho idea del perché abbiate voluto parlare con me. Non sono nei guai, vero? Uno ci spera anche, vista la situazione» disse ridacchiando Lord Edward.

«No, Lord Conaught, non deve preoccuparsi.»

«Vi prego, chiamatemi Edward. Allora, ditemi, come posso aiutarvi?»

«Si tratta di suo fratello Corin» disse Jazz.

Edward si rabbuiò all'istante. «Ma è morto. Ormai non c'è più da quarant'anni, povero Cristo.»

«Sì signore, lo sappiamo» intervenne Miles. «Siamo qui per parlare con lei di un vecchio amico di Corin, il quale purtroppo è deceduto da poco. Il medico legale ci ha confermato che si è trattato di suicidio, ma riteniamo che la sua morte sia collegata a un altro caso su cui stiamo indagando, un caso di omicidio, quindi abbiamo pensato di farle qualche domanda su suo fratello.»

«Capisco.» Edward sospirò. «Chi era l'amico in questione?»

«Hugh Daneman» disse Jazz.

«Certo» rispose Edward, annuendo. «Sì, erano... buoni amici.»

«La prima domanda, signore, è se era a conoscenza o meno del fatto che tra loro c'era una relazione sentimentale.»

«Santo cielo, certo. Ovviamente lo sapevo, come tutta la famiglia.» Edward li guardava fisso. «Si può dire che Hugh Daneman sia parte del motivo che mi ha confinato qui, in questo mausoleo di casa, e che mi ha costretto a dedicare la vita a gestire questo maledetto posto. Corin era mio fratello maggiore. Avrebbe dovuto ereditarla lui, la tenuta. Lo sapevate?»

«Sì, signore, lo sapevamo» rispose gentilmente Jazz.

«Non che si possa sempre dare la colpa agli altri dei propri errori, ma di certo i peccatucci di Corin sono ricaduti sulle spalle del sottoscritto» disse Edward, sospirando. «Si era messo a sperimentare con la droga e il sesso, a Oxford. Di conseguenza nostro padre l'ha diseredato appena prima di morire.»

«Quindi si ricorda di Hugh Daneman?»

«Oh, sì. Lo seguiva dappertutto come un cagnolino affettuoso. Corin ci teneva a lui, si vedeva, ma credo che per Hugh la loro relazione avesse un peso molto diverso.»

«Dalle informazioni che abbiamo raccolto sembra che Oxford abbia messo alla porta Hugh a causa dello sconveniente legame con suo fratello» aggiunse Jazz.

«Non mi sorprenderebbe. La cosa di cui sono certo è che, qualsiasi fosse la natura del loro rapporto, ogni volta che Corin finiva nei guai per questioni d'alcol e di droga, ad aiutarlo era sempre Hugh. Era venuto a stare da lui qui nella tenuta, nel cottage che gli avevo assegnato dopo l'allontanamento dall'università. Hugh faceva del suo meglio per aiutarlo a superare i suoi vari problemi, ma non c'è stato niente da fare. Alla fine è morto per un cocktail letale di eroina e alcol. Poveraccio, che spreco. Aveva solo ventisei anni.» Edward fece una pausa. «A volte mi chiedo se questa famiglia non sia maledetta, in un certo qual modo.»

«Perché dice questo, signore?» chiese Miles.

«Be', giusto la settimana scorsa c'è stata un'altra tragedia che ha colpito la famiglia. Dicevate che Daneman si è tolto la vita... era forse depresso?»

«Ancora non lo sappiamo, ma dobbiamo chiederle, signore, di tenere per sé queste informazioni finché non avremo scoperto com'è andata effettivamente. Gliene saremmo grati» chiarì Jazz.

«Hugh lavorava ancora alla St. Stephen's.» Non era una domanda, bensì un'affermazione.

«Sì, è vero.»

Edward le puntò addosso i suoi vispi occhi grigi. «Non volete diffondere questa informazione perché pensate che abbia qualcosa a che vedere con la morte di Charlie?»

«L'ha letto sui giornali?» domandò Miles.

Edward Conaught ridacchiò. «Sì, ma non è così che l'ho scoperto. Vedete, Charlie Cavendish era mio nipote.»

«Suo nipote?» Jazz era sbalordita.

«Esatto. Spiacente, ispettrice, pensavo lo sapeste e che foste venuti proprio per questo.»

«Mi scuso per la mia ignoranza e le faccio le condoglianze, seppur in ritardo» balbettò Jazz, arrossendo.

«Perché mai avreste dovuto saperlo? Adele e Charlie sono due Cavendish, grazie a quell'individuo agghiacciante che ha scelto di sposare. È comprensibile che non abbiate ancora avuto il tempo di approfondire l'albero genealogico di Charlie. Tra l'altro, Adele verrà a trovarmi tra qualche giorno. Dobbiamo decidere che farne di questo posto ora che il ragazzo non c'è più. Era l'unico erede. Non abbiamo più parenti maschi in vita. In tanti sono morti durante la Seconda guerra mondiale e i sopravvissuti hanno avuto tutti figlie femmine.»

«Quindi Adele è...»

«Mia sorella, esatto. Tredici anni più piccola di me e, tra l'altro, quindici più piccola di Corin. Quando è morto ne aveva solo undici.»

«Perché non la eredita lei, la tenuta?» volle sapere Miles.

«Sono certo che un giorno le pari opportunità consentiranno alle donne di ereditare titoli e tenute, detective, ma al momento la regola vigente è quella della primogenitura. L'erede deve essere maschio. E qualche giorno fa la discendenza Conaught si è interrotta definitivamente.»

«Capisco» disse Miles.

«Sua sorella Adele ha una casa a Cley?» chiese Jazz.

«No. Ogni volta che viene nel Norfolk alloggia qui, ovviamente. Di stanze ce ne sono in abbondanza.» Edward sorrise. «Perché me lo chiede?»

«Qualche giorno fa l'ho vista a Cley che scaricava le buste della spesa.»

«Veramente? Chissà, forse era impegnata in una delle sue tante iniziative umanitarie; avrà portato da mangiare agli anziani, o forse è andata solo a trovare un'amica, anche se sono sorpreso che non mi abbia detto che sarebbe venuta nel Norfolk. Vero è che non sono certo il badante di mia sorella.»

«No, si figuri» rispose Jazz. Non aggiunse altro, perché Edward sembrava desideroso di cambiare discorso.

«Presumo che stiate pensando che sia una bella coincidenza che Charlie e Hugh Daneman, il quale, che ci piaccia o no, era legato alla famiglia, siano stati trovati morti nel giro di pochi giorni.»

«Sì, ma il fatto che ci sia un legame tra i due decessi è di per sé una pista interessante.»

«Sua madre mi ha detto che Charlie è morto di shock anafilattico. È così?» chiese Edward.

«Sì. Stiamo facendo il possibile per stabilire come mai abbia assunto le aspirine che l'hanno ucciso. Può dirmi, parlando da zio, qual era la sua opinione del ragazzo?»

Edward parve riflettere.

Alla fine disse: «Era molto simile a suo padre, con il quale non ho mai voluto sprecare il mio tempo. Ecco. Ho risposto alla domanda?».

«Sì. Ciò nonostante era disposto a lasciargli la tenuta alla sua morte.»

«Mia cara signora, immagina a quante generazioni di padri sia venuto lo sconforto nel constatare che razza di bestie fossero i loro eredi legittimi? Il mio, di padre, era relativamente progressista, in un certo qual modo; ha deciso di lasciare la tenuta a me invece che a Corin, ma quantomeno aveva la possibilità di scegliere. Il cognome e l'eredità della famiglia sono più importanti di qualsiasi altra cosa, in situazioni del genere. Anche se per Charlie non ho mai avuto troppo tempo, chi dice che non sarebbe diventato un fine amministratore della tenuta, mettendo magari alla luce diversi figli maschi vigorosi? Chissà, forse a questo posto avrebbe fatto bene un'iniezione di capitalismo aggressivo. Siamo nel Nuovo Millennio, in fin dei conti. Nel mio caso le responsabilità mi hanno reso uomo. Sarebbe potuto capitare anche a Charlie.»

«E sua madre? È ancora viva?» chiese Jazz.

«Sì e sono convinto che mi seppellirà» disse Edward, sorridendo. «Abita nell'Ala Ovest, ed è in buona salute per avere ottantasette anni.»

«Le dispiacerebbe se andassimo a parlarci?»

Edward sospirò. «Io e Adele non le abbiamo detto che Charlie è morto. Temiamo che potrebbe sconvolgerla troppo. E finché non avremo deciso che farne della tenuta, preferiamo evitare di farla preoccupare.»

«Me ne rendo conto» disse Jazz. «Però avrei bisogno di parlarci comunque, e al più presto.»

«Allora permettetemi di prepararla, prima. Voglio essere io a darle la notizia. Le dirò anche che volete parlare con lei di un vecchio amico di Corin morto di recente. Questo le farà piacere. Corin è sempre stato il suo preferito» aggiunse Edward, un po' contrariato.

«Non voglio metterle pressione, ma potrebbe farci sapere quando sarà pronta a riceverci?»

Edward annuì. «Mi dia un paio di giorni.»

«Ma certo» disse Jazz, alzandosi e stringendo la mano a Lord Conaught.

Miles fece altrettanto.

«Ho l'impressione di non esservi stato affatto d'aiuto. Magari, qualora scopriate qualcosa, sareste così gentili da rendermi partecipe? Il mio campo è la storia, sapete? Per gran parte della mia vita, da quando ho avuto l'incidente, ho studiato gli antenati dei Conaught. Avrei piacere a includere nel mio libro i membri della famiglia moderna, oltre che gli antichi.»

«La terremo informata. Un'ultima domanda, signore. Corin non ha mai avuto figli, vero?»

Edward inarcò le sopracciglia, sorpreso. «Non che io sappia, no. Perché?»

«Così. Solo per esserne sicura.»

«In quel caso di certo dormirei sonni più tranquilli riguardo al futuro della tenuta» disse Edward sospirando.

«Me ne rendo conto» riconobbe Jazz.

«Be' vi auguro una buona giornata.»

La governante li accompagnò alla porta e i due detective scesero le scale dell'ingresso fino all'auto. Jazz si girò a guardare la casa. Il sole era calato e si era levato un vento gelido. Dalle nubi scure scendeva una fastidiosa pioggerellina. In quell'istante Jazz ebbe la netta impressione di scorgere una figura guardare fuori da una delle finestre del piano superiore, nella zona sinistra della casa.

Rabbrividì involontariamente e si rifugiò nel calduccio rassicurante dell'auto.

15

Venti minuti dopo, quando Jazz giunse a casa di Angelina Millar, ad aprirle la porta fu un uomo alto e ben vestito. Sulla trentina abbondante, era di una bellezza classica, con la mascella squadrata e una criniera di capelli neri dal taglio perfetto.

«Posso aiutarla?» chiese l'uomo, piuttosto bruscamente.

«Sì, signore. Sono la detective ispettrice Hunter. Dovrei vedere la signora Millar. È casa sua, giusto?»

«Casa nostra, sì.» Alla fine l'uomo allungò la mano. «Julian Forbes. Sono il compagno di Angelina. Abito qui anch'io. Prego, si accomodi. Angelina sta riposando, ma non credo stia dormendo.» Julian condusse Jazz in soggiorno. «Aspetti qui, vado a vedere se è sveglia.» Le rivolse un cenno del capo e uscì dalla stanza.

Jazz si guardò intorno e notò l'estrema precisione dell'arredamento. Sembrava di essere sul set di un fotoromanzo. Si sentiva addirittura l'odore della vernice fresca. In giro c'erano diverse foto dell'angelico Rory, ma nessuna del padre del ragazzo.

Per forza, pensò Jazz. Con un nuovo compagno nell'equazione, era naturale che le avessero tolte.

Si domandò come reagissero i figli dei divorziati quando le foto di uno dei due genitori sparivano e venivano sostituite dalle immagini di un volto diverso, sconosciuto e non amato.

Si sedette su un divano proprio mentre Julian e Angelina comparivano nella stanza.

«Buongiorno, signora Millar.»

Angelina aveva un aspetto immacolato perfino adesso che crollava dalla stanchezza. Jazz pensò che insieme quei due fossero proprio una bella coppia.

«Ci sono novità?» L'espressione della padrona di casa oscillava tra la speranza e la paura. Non sapeva che notizie aspettarsi. A Jazz era capitato diverse volte di vedere facce così.

«Al momento no.»

«Ah.» Le spalle di Angelina crollarono di colpo, e la donna si sedette accanto a Julian. Lui le strinse la mano afferrandola rigidamente.

«Presumo che non abbia saputo nulla né da Rory né da suo marito.»

«No, niente. Neanche una parola, io...» Angelina si morse il labbro per impedirsi di piangere. «Gli ho lasciato un sacco di messaggi, ma non mi ha mai risposto.»

«Metteremo un dispositivo nel suo cellulare e nel suo telefono fisso, signora Millar. Se dovesse chiamarla suo marito, ci serve che provi a farlo stare in linea il più possibile. Così potremo provare a localizzarlo.»

Angelina scosse la testa. «Non chiamerà, lo so. Ha preso Rory e non vuole riportarmelo.»

«Ispettrice Hunter, cosa stanno facendo i suoi uomini per risolvere la situazione?» chiese bruscamente Julian.

«Li ho messi sul caso, mentre le fotografie che ci ha dato la signora Millar sono state inviate alle centrali di polizia di tutto il Paese.»

«Be', ci aiuterà senz'altro» disse Julian. «Per l'amor di Dio, ogni giorno spariscono centinaia di persone e i computer traboccano di foto di gente scomparsa. Qui però parliamo di rapimento, a opera di un padre mentalmente instabile e fisicamente aggressivo. Non abbiamo idea di cosa sia capace di fare a quel ragazzo.» Julian strinse forte la mano di Angelina. «Scusa, amore, ma dovevo dirlo.»

Jazz non degnò l'uomo di uno sguardo e si concentrò soltanto su Angelina. «Pensa che il suo ex marito sia una persona aggressiva, capace di fare del male a Rory?»

Lei guardò Jazz come se fosse in preda all'agonia. «No» disse alla fine. «Avrà anche un problema con l'alcol, ma David adora suo figlio, tanto da rasentare l'ossessione.»

«Pensa che fosse ossessionato da Rory?» la incalzò Jazz.

«No, mi scusi, volevo dire che... che ama Rory alla follia, come qualunque padre, e quando ci siamo separati dev'essere stato difficile per lui. In realtà è colpa mia. Avrei dovuto capirlo che era disperato.»

«Signora Millar, sapeva che Rory a scuola era vittima di bullismo?»

Angelina spalancò gli occhi azzurri. «No! Non ne sapevo nulla. Rory non me l'ha mai detto.»

«Comunque il bullismo c'è in tutte le scuole, Angelina» intervenne Julian. «Alla St. Stephen's c'era anche quando ci studiavo io, figurati. Rory deve imparare a conviverci, non andare a piangere dalla mamma. Gli sarà utile per affrontare la vita da grande.»

«Per fortuna le scuole moderne, quasi tutte almeno, non concorderebbero con questa sua disamina, signor Forbes» rispose freddamente Jazz, infastidita dall'insensibilità di Julian. «La lotta al bullismo è una priorità oggigiorno, e sono certa che lo staff della St. Stephen's ne sia ben consapevole.»

«Ah, di sicuro. Sto solo dicendo che è impossibile eliminarlo del tutto. I ragazzi sono fatti così.» Julian accarezzò la mano di

Angelina. «Rory non ti avrebbe mai raccontato niente, quindi non sentirti in colpa se non lo sapevi.»

«Forse però David lo sapeva. È venuto qui apposta la settimana scorsa, perché diceva di aver ricevuto una telefonata strana da Rory. Voleva parlare con me perché era preoccupato e...»

«... e io l'ho buttato fuori a calci» la interruppe Julian. «Era completamente ubriaco, e non intendevo farlo restare in casa mia. Poi l'ho rivisto e mi ha minacciato di morte nel bel mezzo di Foltesham.»

«Dai, così sei ingiusto. Ha detto che ti avrebbe ucciso se avessi torto anche solo un capello a Rory. Aveva appena scoperto di noi due, cerca di metterti nei suoi panni.»

«Per l'amor del cielo, Angelina, tu e David siete divorziati. Non sono più affari suoi quello che fai o con chi scegli di accompagnarti» ribatté Julian, contrariato.

«Signora Millar, oggi Sebastian Frederiks mi ha detto che suo figlio veniva preso di mira da Charlie Cavendish, il ragazzo morto qualche giorno fa. Rory le ha mai fatto il suo nome?» chiese Jazz.

«No, mai. Perché il signor Frederiks non me l'ha detto? Sono la madre!»

«Non lo so» disse Jazz, che non voleva farsi trascinare in una discussione sull'operato di Frederiks. «Quindi non aveva idea che suo figlio avesse problemi a scuola?»

«Oh, cielo» gemette Angelina, torcendosi le mani. «Di recente non parlava quasi più. Gli avevo detto del divorzio. Poverino. Perché non mi ha detto niente, perché?»

«Temo che i ragazzi lo facciano spesso. E comunque, nel nostro sistema scolastico i genitori affidano i figli ad adulti responsabili, in teoria, gente che agisce in *loco parentis* e sempre pronta a intervenire in caso di problemi.»

«Esatto» convenne Julian. «Se qualcuno ha colpa, in questo caso, è la scuola.»

«Ma io sono sua madre. Avrei dovuto capirlo. David lo sapeva che qualcosa non andava. Per questo è venuto.» Angelina guardò Julian, che rimaneva impassibile.

Jazz decise di andare dritta al sodo: «Il signor Frederiks ha visto il suo ex marito la sera in cui è morto Charlie Cavendish. Aveva appena lasciato l'auto nel parcheggio della scuola. C'era il concerto del coro nella cappella, dove se non sbaglio cantava suo figlio. Lei c'è andata?».

«Sì, certo.»

«E ha visto il suo ex marito?»

«No. Ma la sera in cui David è passato di qui mi ha detto di essere andato a scuola a cercare Rory.» Angelina sospirò. «Mi sembra tutto così surreale. Ispettrice, David era pulito fino a qualche giorno fa. Erano mesi che non beveva, e so che frequentava gli Alcolisti Anonimi perché conosco il loro medico. Suo figlio va a scuola con Rory.»

«Amore, non hai la minima idea di cosa stia combinando David. Non lo vedi da mesi e non credo tu sia nella posizione di parlare del suo rapporto con l'alcol. Quando è venuto qui ti assicuro che era ubriaco fradicio.»

Angelina non rispose.

Julian allora si rivolse a Jazz. «Allora, ispettrice, sta dicendo che secondo voi David Millar ha scoperto chissà come che Rory veniva bullizzato da Cavendish e ha deciso di farsi giustizia da solo?»

Jazz gli puntò addosso uno sguardo gelido. «Viste le circostanze, non possiamo escluderlo.»

«David? David che uccide qualcuno?» Angelina aveva ritrovato la voce. Scosse la testa con veemenza. «È assurdo!

Avrà anche un problema con l'alcol e sarà stato fuori di sé per aver perso il lavoro, la moglie e il figlio, non lo metto in dubbio, ma da qui a trasformarsi in un assassino ce ne corre! Ispettrice Hunter, la prego, David è un gentiluomo, non un omicida!»

«Amore.» Julian le prese la mano e la guardò con dolcezza. «Per favore, non mentire a te stessa. Sì, quando è sobrio David è un brav'uomo, lo riconosco, ma suvvia, te lo ricordi che cos'è successo quando ha perso il lavoro? Per non parlare della mattina dopo, quando è venuto qui e ha cercato di entrare rompendo un vetro.» Julian si rivolse a Jazz. «Qualche mese fa Angelina ha dovuto chiedere un ordine restrittivo nei confronti del suo ex. Si era comportato in maniera violenta, e lei era molto spaventata. Dico bene, tesoro?»

Angelina si prese la testa fra le mani. «Sì, ma ci saranno di certo delle attenuanti, no?»

«Sì, assolutamente» cercò di tranquillizzarla lui. «Il problema però è che lo scenario che ci ha dipinto l'ispettrice Hunter potrebbe essersi verificato davvero. Hai già detto che David è molto protettivo con Rory, al punto da rasentare l'ossessione. E realisticamente è possibile che, inebriato dagli alcolici, sia stato capace di togliersi di torno questo Charlie.»

Angelina fissava Julian a bocca aperta. «Non riesco a credere che... no!» esclamò poi, scuotendo la testa.

«Signora Millar.» Jazz decise di intromettersi in una conversazione che stava diventando a senso unico, con Julian a farla da padrone. «So che è un momento difficile e mi dispiace di doverle dare altre preoccupazioni. Tuttavia credo che si debbano intensificare le ricerche del suo ex e di Rory. Ha una vaga idea di dove David possa aver portato suo figlio? Un posto speciale in cui erano stati, o che avevano intenzione di visitare?»

«So che sperava di fare un viaggio con Rory per le vacanze estive, e c'è rimasto male quando gli ho detto che volevo portarlo a sciare. Purtroppo però non gli ho chiesto dove volesse andare.»

«Era legato a un posto particolare? Un luogo in cui magari andava da piccolo?»

«Gli piaceva molto fare arrampicata, questo lo so per certo. Suo padre lo portava dappertutto. Erano stati in Galles, in Scozia, ai Laghi... diceva sempre che avrebbe portato Rory a scalare una montagna, quando fosse stato grande abbastanza.»

«E i suoi genitori?»

«Suo padre è morto qualche anno fa e sua madre anche, di recente» spiegò Angelina.

«Aveva qualche amico stretto? Fratelli e sorelle da cui andare?»

«No, era figlio unico. E non aveva molti amici, a dire il vero. È sempre stato un tipo solitario.»

«E comunque,» intervenne Julian «avrà sicuramente capito che a casa di amici e parenti è il primo posto dove l'avremmo cercato.»

«Signor Forbes, lei dà per scontato che David sia scappato con Rory. Forse invece, e non mi sento di biasimarlo per questo, ha solo pensato di aver bisogno di un po' di tempo col figlio e ha tutte le intenzioni di riportarlo a casa.» Jazz si rivolse poi ad Angelina: «D'accordo, signora, per adesso non le chiederò altro». Chiuse il taccuino e lo rimise nella ventiquattrore. «Le farò sapere appena avrò novità.»

Angelina annuì lentamente. «Io rivoglio solo mio figlio. Non crede che sia in pericolo, vero ispettrice?»

«È con suo padre, che a quanto mi ha detto lo adora.» Jazz si alzò. «La farò chiamare da uno dei miei agenti per installare i rilevatori nei suoi telefoni. Non si disturbi, conosco la strada.» Salutò con un cenno del capo e uscì.

Fuori, in macchina, c'era Miles che la aspettava.

«Scoperto qualcosa?» chiese, accendendo il motore.

Jazz fissava un punto in lontananza fuori dal finestrino. «Abbiamo un possibile sospettato. Un alcolizzato emotivamente instabile, il quale probabilmente sa che il figlio subisce prepotenze a scuola. Eppure...»

«Sì?»

«C'è qualcosa che non quadra. David Millar l'ho incontrato, anche se di sfuggita. Era stressato, in ansia. E *proprio perché* era molto, molto ubriaco, trovo poco plausibile che sia riuscito a ideare e mettere in pratica un omicidio premeditato.»

«Resta da scoprire chi può averlo informato che Charlie Cavendish era allergico all'aspirina» disse Miles.

«Può essere stato Rory. Di certo non era un segreto, come sai.» Mentre Miles guidava in direzione di Foltesham, Jazz prese il cellulare per controllare se ci fossero messaggi.

«Mi ha scritto Norton. Vuole sapere quando annunceremo alla stampa la morte di Hugh Daneman. Se aspettiamo ancora desteremo sospetti.»

«In un contesto più ampio, sappia che non è insolito che un insegnante che ha lavorato tutta la vita si suicidi poco prima della pensione» ragionò Miles.

«In stile *Addio, Mr. Chips!*, è vero» rifletté Jazz. «Ho pianto come una vite tagliata con quel film.»

«Davvero? Faccio fatica a immaginarla.»

«Perché sono una poliziotta senza cuore, indurita dalla vita?» Jazz inarcò un sopracciglio e digitò il numero di Norton sul cellulare. «Complimenti, bel modo di pensare.»

«Scusi, ispettrice» disse Miles, arrossendo. «È che ormai la considero come... uno dei ragazzi, ha presente? E i maschi non piangono guardando film del genere.» Il detective cambiò subito discorso: sapeva che si stava scavando la fossa da solo. «Comunque, ho parlato con l'avvocato di Daneman e sì, il suo studio conserva il testamento. Contatterà subito i beneficiari, secondo la procedura, e quando l'avrà fatto ci comunicherà i dettagli.»

«Bene. La priorità assoluta è rintracciare Millar e suo figlio. Sì, salve signore, detective Hunter. Ha un secondo? Vorrei raccontarle un paio di cose.»

Il clima era piacevole quando David e Rory giunsero ai piedi del Pike. Avevano fatto una sosta in un negozio per acquistare scarponi e impermeabili. David aveva pagato tutto in contanti, consapevole che se lo stavano cercando ormai gli avevano messo sotto controllo le carte di credito.

Ancora non aveva deciso quando sarebbero tornati. Per il momento si stava godendo il presente. Era contento che Rory si fosse svegliato con un colorito più sano, che avesse divorato una robusta colazione e che fosse lì, al suo fianco, con gli occhi che brillavano per la contentezza di fronte all'imponente montagna ammantata di nuvole.

«Pensi che ce la faremo ad arrivare in cima, papà?»

«Lo spero proprio. Basta che il tempo regga. Forza, diamoci una mossa.» David caricò lo zaino più piccolo sulle spalle di Rory e prese il più pesante per sé. «Sono già le dieci e mezza.»

Salirono su per il sentiero, dietro ad altre anime coraggiose come loro, con gli scarponi che facevano scricchiolare i pezzi di selce per terra, e avanzarono cercando di evitare gli escrementi induriti delle pecore che punteggiavano i pascoli.

«All'inizio la pendenza non è niente di eccezionale. È più in alto che diventa difficile. Ma vedrai, ne varrà la pena» disse

David, accelerando il passo. «Ce la prendiamo comoda, Rory. Non voglio che ti stanchi troppo, sei guarito da poco.»

«Sul serio, papà. Mi sento molto meglio, oggi.»

«Bravo ragazzo» disse David, sorridendo e arruffando affettuosamente i capelli del figlio.

Camminarono in silenzio per un bel pezzo di sentiero. Forse era per l'aria fresca o per Rory che gli stava accanto, fatto sta che David sentiva la testa libera per la prima volta da mesi. Avvertiva in corpo tanta energia positiva. Erano ventiquattro ore che non toccava un goccio d'alcol, suo figlio gli voleva ancora bene e, anche se il suo matrimonio e la sua carriera avevano raggiunto un punto morto, non era certo troppo vecchio per ricominciare da zero.

«Fermiamoci qui, beviamo un sorso e riprendiamo fiato» disse David, indicando una cengia rocciosa da cui si godeva di una meravigliosa vista sulla valle sottostante. Aiutò il figlio a togliersi lo zaino e si accomodarono uno accanto all'altro, passandosi una bottiglia d'acqua.

«Visto quanta strada abbiamo fatto, di già?»

«Sì. Mi sento al sicuro quassù, lontano da tutto.»

David guardò il figlio e scorse la paura nei suoi occhi. «Rory, anche quando mi hai chiamato da scuola l'altro giorno hai detto di avere paura. Di che cosa?»

Il ragazzino scosse la testa. «Non era niente, papà. Lascia stare.»

«È evidente che qualcosa ti abbia sconvolto. Sono tuo padre e sai che a me puoi dire tutto, qualsiasi cosa. È per via del fatto che io e la mamma abbiamo divorziato?»

Rory non rispose. Teneva lo sguardo fisso davanti a sé.

«So che è stato difficile per te, e ultimamente non mi sono comportato da padre modello. Ma ti giuro che ora mi sono rimesso in sesto e anche se non posso più stare a casa con voi come prima, per te ci sarò sempre, te lo prometto.»

«Papà, non c'entra nulla questo.» Rory parlava con voce fiacca. «È brutto non averti più a casa, ma...» sospirò «è successa una cosa che è mille volte peggio.»

«Cosa? Peggio di non poter vedere tutti i giorni il tuo anziano genitore?» disse David, tentando di alleggerire l'atmosfera.

Rory si mise a strappare l'erba in silenzio.

David rimase a guardarlo per un po', poi alla fine disse: «Eddai, vecchio mio, sputa il rospo. Ormai hai cominciato, tanto vale levarsi il dente».

Rory guardò a lungo l'orizzonte senza aprire bocca. A un certo punto fece un gran sospiro e si girò verso il padre.

«Il fatto è che... Cazzo! Posso dirtelo sottovoce?»

«Non credo che quassù possa sentirci qualcuno, ma certo, se preferisci...»

«Va bene.» Rory fece un bel respiro, si allungò verso David e gli parlò piano all'orecchio.

16

Jenny Colman non aveva più dormito, da quella telefonata, ma sapeva di doverla affrontare a tutti i costi. Venticinque anni erano un sacco di tempo, e ne era passata di acqua sotto i ponti. Si diceva che dal passato non si scappa, e quello che le era successo ne era la riprova.

Tra la morte di Charlie Cavendish, Hugh Daneman che si era tolto la vita e ora quel viso che ricompariva dal passato, Jenny si sentiva estremamente vulnerabile. Non aiutava il fatto che anche il signor Jones, che lei adorava segretamente da anni, sembrasse sull'orlo di una crisi isterica.

Se non altro quell'ispettore donna, che con quei lunghi capelli di un bel colore rosso dorato le ricordava una giovane Rita Hayworth, a quanto le aveva raccontato il signor Jones era convinta che non fosse stato commesso alcun crimine. Non che Jenny si aspettasse niente di diverso. Chi poteva voler uccidere Hugh? Non aveva mai fatto del male a una mosca, e il modo in cui l'aveva aiutata quand'era nei guai, be'... Jenny non avrebbe mai dimenticato la sua gentilezza e il sostegno che le aveva dato nel momento del bisogno.

Jenny era uscita dal lavoro in orario, si era fermata allo Spar a comprare una bottiglia di vino, poi era corsa a casa a mettere in forno la *shepherd's pie*. Aveva stabilito che era meglio incontrarla da lei. Si sarebbe sentita più al sicuro in un luogo familiare. Mentre andava avanti e indietro per la cucina e apparecchiava la tavola per due persone, pensò che fosse molto triste aver paura di cenare con la sua più cara amica d'infanzia.

Non sapeva cosa aspettarsi. Non sapeva chi fosse Maddy *adesso*.

Ne erano successe, di cose. E rivangare il passato non era mai una buona idea. Jenny era riuscita a tirare avanti tenendo i ricordi al sicuro, nascosti in un angolo nella mente... il più delle volte, quantomeno.

Andò in camera a incipriarsi il naso e mettersi un po' di rossetto. In quel momento suonò il campanello, e Jenny sobbalzò. Fece un respiro profondo per calmarsi e scese ad aprire.

La visitatrice le si palesò davanti con una bottiglia di vino in mano.

«Ciao, Jen» esclamò, sorridendo, e le porse la bottiglia.

«Ciao, Maddy. Vieni, entra.»

«Che bel posticino ti sei trovata» disse, mentre Jenny la accompagnava in soggiorno.

«Ho risparmiato una vita per permettermelo. Ti prendo il cappotto?»

«Sì, grazie.» Madelaine si tolse il giaccone e Jenny lo appese a un gancio all'ingresso. «Scommetto che non ti aspettavi di vedermi ricomparire nel ruolo di direttrice, vero?» chiese.

«Sono rimasta basita, come dicono i ragazzi di oggi» rispose Jenny. «E ovviamente mi hanno operato all'anca e ho dovuto saltare tutto il semestre scorso, quindi non sapevo che fossi arrivata. Non ci posso credere che ci siamo riviste solo due settimane fa. Assurdo, vero? Sembra molto di più, con tutto quello che è successo a scuola.» Jenny sapeva che il nervosismo la stava facendo straparlare. «Che dici, beviamo?»

«Credo sia un'ottima idea. Il vino che ho portato è ghiacciato, lo apro?»

«Faccio io.» Jenny andò a prendere il cavatappi e due bicchieri nel carrello degli alcolici, sperando che il vino la aiutasse a sciogliere i nervi. Aprì la bottiglia, servì il vino e porse un bicchiere a Maddy.

«Salute!» Madelaine allungò il braccio per un brindisi. «Alle vecchie amiche.»

«Che invecchiano ogni giorno di più» aggiunse Jenny, che sorrise e poi bevve un sorso abbondante.

«Scommetto che ti stai chiedendo cosa mi sia capitato» disse Madelaine.

«Certo. Sinceramente, dopo tanti anni che non ti sentivo ho pensato tu fossi morta.»

«Quanto sei tragica!» scherzò lei. «Però capisci come mai avevo bisogno di dare un taglio netto? Dopo quanto è successo... Be', diciamo solo che mi ci è voluto parecchio tempo a superarla.»

«Non mi sorprende. È stato terribile, Maddy. Terribile.» Involontariamente, Jenny fu scossa da un brivido. «E ce l'hai fatta? A superarla, intendo.»

«No, ma ora ho capito che non ci riuscirò mai.» Maddy si strinse nelle spalle. «E in un certo senso è meglio così. La chiave di tutto è l'accettazione. Quando me ne sono andata dal Norfolk ero in condizioni pietose.»

«Me lo ricordo» disse Jenny, meditabonda. «Quando hai preso e te ne sei andata, senza neanche salutarmi, lì per lì non ho saputo cosa pensare.»

«Credevo fosse colpa mia, sai? Avrei dovuto capirlo subito. Io *ero lì* e non ho fatto niente per impedirlo...» Lo sguardo di Madelaine si perse chissà dove, in lontananza.

«Non l'ha capito nessuno. Perché avresti dovuto accorgertene? È stata la classica situazione che è sfuggita di mano, punto e basta. E dove sei andata, dopo?»

«In Australia. Ho una cugina a Perth, sono stata un po' da lei. Periodaccio. Ho avuto una crisi di nervi e mi hanno ricoverato in psichiatria. Ci sono rimasta nove mesi. Mi hanno curato con l'elettroshock, capisci?»

«Oh, Maddy, ma è terribile. Avrei voluto saperlo. Avrei potuto scriverti, almeno, fare qualcosa.»

«Non avrei voluto che lo facessi. Non ce la facevo a pensare al passato o alle persone che mi ricordavano i vecchi tempi. Ho provato due volte a togliermi la vita e la seconda ci sono quasi riuscita.» Tirò su la manica e Jenny trasalì nel vedere le orrende cicatrici rosse che aveva sul polso.

«Comunque, ora è acqua passata.» Madelaine si tirò giù la manica. «Quando sono uscita dall'ospedale ho deciso di seguire un corso di medicina e di provare a diventare infermiera. Mi sono trasferita a Sydney e ho iniziato a lavorare in ospedale, poi sono andata negli Stati Uniti.»

«Che bello. Io non mi sono mai spinta più in là di Yarmouth, figurati fuori dal Paese. Parli anche in modo diverso. Non sento neanche più l'accento del Norfolk.»

«No, infatti.» Madelaine svuotò il bicchiere. «Quello che è successo mi ha consentito di ampliare i miei orizzonti, quantomeno. Comunque, basta parlare di me. Tu che hai combinato in tutti questi anni?»

«Non molto, rispetto a te. Ho lavoricchiato alla St. Stephen's, poi quattordici anni fa è arrivato il preside nuovo e mi hanno promosso. Amo il mio lavoro, sul serio. E la scuola si è comportata bene con me. Che dici, andiamo in cucina? Devo mettere su i piselli, se vogliamo sperare di mangiare prima di mezzanotte.»

Madelaine seguì Jenny nell'altra stanza e rimase a guardarla mentre si indaffarava a preparare la cena.

«Ormai mi mancano un paio d'anni alla pensione, poi dovrò decidere che fare.» Jenny appoggiò di fronte all'amica il vassoio con la *shepherd's pie*. «Potrei mettermi a viaggiare, visto che non l'ho mai fatto, e se non altro essere rimasta nello stesso posto così a lungo mi darà diritto a una bella pensione.»

«Potremmo andarcene insieme, diventare una versione da casa di riposo di Thelma e Louise, e lasciarci dietro una scia di distruzione» scherzò Madelaine.

«Be', a scuola eravamo una bella coppia, eh?» ridacchiò Jenny. «Sempre nei guai. Una coppia tremenda.» Si sedette a tavola con due piatti e le amiche iniziarono a mangiare.

«Le nostre mamme avevano perso le speranze, vero? Nel senso, non che ci fosse chissà cosa da fare nelle campagne del Norfolk, a maggior ragione a quei tempi, ma ci tenevamo impegnate.»

«Come no! Te lo ricordi Tommy Springfield? Piaceva a tutte e due, e non aveva speranze, poveraccio! Ti ricordi che avevamo fatto una scommessa su chi l'avrebbe baciato per prima?» Gli occhi di Jenny si illuminarono a quel ricordo.

«Eccome. E hai vinto tu!»

«È vero. Poi però tu l'hai baciato la sera dopo e gli pareva di essere Casanova.»

«Dio lo benedica, ingenuo ragazzo.» Madelaine si servì altro vino e riempì anche il bicchiere di Jenny.

«I nostri genitori li facevamo ammattire, poveracci. Ma eravamo innocenti, volevamo soltanto divertirci. Quanti anni avevamo? Quindici? Sedici?»

«Più o meno, sì. Ho conosciuto Jed a quella festa a Gately che avevamo quasi diciassette anni» disse Madelaine.

«Sì, e la tua versione innamorata non era neanche lontanamente divertente come l'altra» la prese in giro Jenny. «Oh, santo cielo, quant'erano brutti i suoi amici. E tu cercavi sempre di rifilarmi uno di loro.» Jenny andò a prendere in frigorifero la bottiglia di vino che aveva comprato prima di tornare a casa.

«Be' dai dicevamo sempre di volerci sposare insieme e andare ad abitare una accanto all'altra» disse Madelaine, sospirando.

«Le cose sono andate in modo un po' diverso, eh?»

«Eh, già. O meglio, in realtà è successo tutto, ma nell'ordine sbagliato.»

Jenny guardò l'amica da sopra il bordo del bicchiere. «Avresti mai sposato Jed, se non fossi rimasta incinta?»

Madelaine bevve un'altra sorsata di vino e si strinse nelle spalle. «Chi lo sa? Però l'ho sposato, giusto? Sia come sia, non ho dovuto sopportarlo per molto. Matrimonio e convivenza lampo, visto che si è preso una fucilata un mese dopo la nascita del bambino.» Scosse la testa. «Buffo, eh?»

«E non hai neanche ottenuto un risarcimento dalla tenuta, vero?»

«Poche centinaia di sterline. Quanto è bastato per garantire al bambino una buona istruzione.» Madelaine guardò Jenny dritto negli occhi e scoppiò in una risata rauca. «Davvero, quanto fa ridere?»

«Eh, abbastanza. Accidenti, se ne è passato di tempo.»

«Avevo diciott'anni» disse Madelaine. «Neanche mi ricordo più com'era Jed o che cosa provassi per lui. Di certo, però, quand'è morto non l'ho messo su un piedistallo come certa gente di mia conoscenza.»

Jenny annuì, meditabonda. Quella frecciatina aveva colpito nel segno. «Lo so.»

Madelaine si sporse sul tavolo e le prese la mano. «Non l'hai mai superata, vero?»

Così, senza preavviso, gli occhi di Jenny si riempirono di lacrime. Non era abituata all'alcol né alla compassione. «No.»

«Dopo tutti questi anni. È per lui che non ti sei mai sposata?»

Jenny si pulì il naso con il dorso della mano. «Può essere, sì, e anche... be', a quanto pare non ho incontrato l'uomo giusto. Torta di mele?»

Dopo il dessert andarono a prendere il caffè in soggiorno. Jenny accese il caminetto a gas, perché il riscaldamento generale del palazzo era già stato spento. Ormai era rilassata, e si godeva la compagnia dell'amica e il ricordo dei tempi andati.

«Sei mai tornata alla tenuta?» chiese alla fine Madelaine.

«Mai. Mia madre è morta da dieci anni e nessuno dei miei fratelli o delle mie sorelle è rimasto. Sono sparsi in tutto il Paese. Mia sorella maggiore la vedo a Natale, ma i suoi figli stanno tutti per conto loro, hanno una famiglia.» Jenny sospirò. «Siamo vecchie, Maddy.»

«Lo so. Ne è passata di acqua sotto i ponti...»

«Comunque,» disse Jenny «hai deciso quanto rimarrai alla St. Stephen's?»

«Finché la direttrice che ho sostituito non tornerà dal congedo di maternità. Se mai tornerà.»

«Non sei in difficoltà a lavorare lì?» chiese con tatto Jenny. «Di sicuro ti riporterà alla mente dei ricordi poco piacevoli.»

«Questo è ovvio, ma stranamente li trovo confortanti» rispose Madelaine. «Sono anche stata a trovarlo, qualche volta.»

«Ah.» Jenny non sapeva cos'altro dire e si limitò a fare di sì con la testa.

«Comunque» concluse Madelaine, guardando l'orologio.

«Sono quasi le undici. Meglio che vada. Domani mattina devo svegliarmi alle sei per l'appello.»

«Però sono dei bravi ragazzi, eh? Lo dico sempre, dalla St. Stephen's escono giovanotti equilibrati e cortesi.»

«Peccato che in ogni scuola ci sia sempre qualche mela marcia» rispose Madelaine, freddamente.

«Ti riferisci a Charlie Cavendish? Alloggiava lì da te a Fleat House, vero? L'ispettrice Hunter ti avrà interrogato di sicuro. Le hai detto che razza di piantagrane fosse?»

«Puoi scommetterci. Le ho detto esattamente quello che penso di lui.» Madelaine si alzò e andò a recuperare il cappotto all'ingresso. «E ora, come se non bastasse, è sparito Rory Millar. Non mi sorprende che sia scappato, visti i problemi a scuola e a casa. Suo padre sarà anche un beone, ma almeno non è un bullo. Povero ragazzo.»

«Però è dura per le madri single, Maddy. Questo lo sai benissimo. E la signora Millar è molto devota a Rory.»

«Se è tanto devota, allora farebbe meglio a scegliersi i fidanzati con più attenzione» ribatté Madelaine. «Senti, grazie mille per la splendida serata. Che dici, lo rifacciamo la prossima settimana? Magari usciamo a cena in città. O ci guardiamo un film al Royal, a Cromer.»

«Oh mio Dio, sono anni che non ci vado. L'ultima volta mi ci ha portato Harry Gurney. Te lo ricordi? Accidenti, baciava malissimo» disse Jenny, ridacchiando deliziata.

«Martedì sera sono libera» disse Madelaine. «Allora, ci andiamo?»

«Mi piacerebbe, sì. Ora controllo cosa danno.»

«Va bene. Allora noi ci vediamo a mensa.» Madelaine abbracciò l'amica. «Ne è valsa la pena tornare, fosse anche solo per rivedere te.»

«Sono felice che tu sia qui. Mi hai fatto stare in ansia per anni, non ti sei più fatta viva. Il giorno che ti ho rivista a scuola mi è parso di aver visto un fantasma.»

Madelaine prese le mani di Jenny. «Sono reale, te l'assicuro. Ciao, Jen. Ci vediamo a scuola domani.»

Jenny chiuse la porta e andò in cucina a sparecchiare. Aveva il cuore leggero dalla felicità per il ritorno della sua amica. Lavò i piatti e rimise tutto a posto, poi si preparò la solita cioccolata calda del dopocena, andò in bagno e si mise a letto. Bevve la cioccolata a piccoli sorsi, pensierosa.

Due semplici ragazze di campagna come loro ne avevano passate tante...

Avrebbe tanto voluto dire a Maddy della morte di Hugh, ma il signor Jones le aveva rivelato un segreto e il suo dovere era mantenerlo, almeno finché non fosse diventato di dominio pubblico.

Povero, povero Hugh. Jenny aveva di nuovo le lacrime agli occhi. Le sarebbe mancato tantissimo.

Però... Dio toglie e dà...

E forse Maddy era tornata giusto in tempo.

Thora Birthwistle era preoccupata. Erano le nove e mezza di sera e il ragazzino e suo padre non erano ancora tornati. Di solito non si allarmava se gli ospiti rimanevano fuori a lungo; molti andavano a mangiare qualcosa in paese, per esempio. Il signor Millar, però, si era premurato di farle sapere che sarebbero tornati sicuramente entro l'ora di cena. Lei gli aveva detto che sarebbe stato tutto pronto per le otto.

Ora la bistecca era fredda e il pudding iniziava a solidificarsi nel suo stesso grasso. Le verdure invece giacevano nella padella, tristi, grigie e mollicce.

Thora guardò dalla finestra e vide la pioggia sferzare i vetri. Se lì il tempo era così, poteva solo immaginare che situazione doveva esserci su in montagna. I suoi due ospiti potevano essere stati sorpresi da un acquazzone, ma nei pressi della vetta la pioggia si trasformava spesso e volentieri in neve.

Ah, la gente di città. Sembrava che non avessero alcuna percezione del pericolo quando salivano a centinaia di metri sopra il livello del mare. Specialmente d'inverno, quando il tempo poteva cambiare da un momento all'altro.

Molti anni addietro Thora aveva perso il marito in una serata come quella. E lui era nato e cresciuto sulle Alpi.

Sospirò, incerta sul da farsi. Sapeva che erano diretti al Pike – li aveva sentiti chiacchierare a colazione. E quel giovanotto era gracile come una gruccia. Aveva addosso solo un maglioncino.

Thora decise che, se non fossero rientrati per le undici, avrebbe avvertito il soccorso alpino.

Verso la metà del pomeriggio Jazz era tornata a casa e si era portata dietro computer e scartoffie. L'aula scolastica era claustrofobica, a lavorarci in tre. Roland non faceva che lamentarsi del dolore ai denti, e per quanto si sforzasse, Jazz non lo sopportava.

A casa si rese conto che non avrebbe avuto la pace che cercava, perché al piano di sopra c'era l'idraulico che stava lavorando al sistema di riscaldamento centralizzato. Jazz chiuse tutte le porte, collegò il portatile a una delle antiquate prese nel muro e cercò di ignorare gli schianti e le martellate che provenivano dal primo piano.

Dopo un po' però dovette mettersi impermeabile e stivali, e uscire a fare una passeggiata nella palude per schiarirsi le idee.

Il cielo si stava rabbuiando, e sul mare la nebbia formava una trapunta grigia che minacciava di avvolgere la terra. Jazz fu scossa da un brivido e tornò sui suoi passi fino a casa.

Al suo arrivo l'idraulico non c'era più e, nonostante il freddo, si sentiva più tranquilla. Si preparò una tazza di tè, poi accese il fuoco e tirò fuori i suoi appunti dalla ventiquattrore.

Si mise a studiare con attenzione il registro dei medicinali relativo al venerdì, il giorno in cui era morto Charlie. A uno sguardo più approfondito si accorse che una parola era stata sbianchettata e riscritta a penna.

10.45 Due paracetamolo a Rory Millar.

C'era anche una firma, che però risultava illeggibile da qualsiasi angolazione si guardasse.

Rory Millar. Ancora.

E che cosa c'era scritto al posto della parola «paracetamolo»?

Jazz aguzzò la vista, grattò via il bianchetto e girò il foglio, ma non riuscì a decifrare le lettere nascoste. Mise il foglio in una busta per farlo avere alla Scientifica. Loro avrebbero eliminato il bianchetto in pochi secondi.

In quel momento le balenò un pensiero in testa: e se la parola che c'era scritta in origine fosse stata «aspirine»?

E se a Rory Millar avevano somministrato esattamente la medicina che, a quanto sapevano tutti, poteva uccidere Charlie Cavendish, era possibile che il ragazzo fosse coinvolto in qualche modo? O magari qualcuno voleva che sembrasse così...? Oppure volevano proteggerlo?

Lo squillo del cellulare la distolse da quei pensieri.

«Ispettrice Hunter» rispose subito.

«Jazz? Sono io, Jonathan. È un brutto momento?»

«*Ehm*, no, va bene. Bene» ripeté, infastidita di essere stata disturbata mentre rifletteva.

«Meglio che ti richiami un'altra volta.»

«No, no, nessun problema.» Ora si sentiva in colpa. «Scusami. Oggi è stata una giornata piena.»

«Ci mancherebbe. Sarò breve. Mi chiedevo se ci potessimo vedere domani o mercoledì. Ho un altro paio di domande da farti. Non ho più molto tempo per finire questa maledetta tesi, quindi pensavo di fare un salto nel Norfolk. Lo so che hai troppo da fare per venire da me.»

«Sì.» Jazz aveva ancora la mente da un'altra parte.

«Quindi?»

«Quindi cosa?»

«Puoi? Incontrarmi, intendo. Per rispondere a un altro paio di domande.»

«*Ehm*... sì. Però non puoi venire da me, purtroppo, perché stanno facendo i lavori ed è un disastro. Anzi, sto quasi pensando di traslocare altrove, nel frattempo.»

«Va bene, dimmi tu dove. In un pub, magari?»

«Ce n'è uno carino sulla costa, a Cley. Si chiama Coach and Horses, non è troppo distante da te. Potremmo vederci lì.»

«D'accordo. Ce la fai domani?»

«Ora come ora, sì. Ma ti avverto, sono nel pieno di un caso di omicidio e la situazione si sta scaldando un tantino, quindi se viene fuori qualcosa...»

«Me ne rendo conto. Allora incrociamo le dita e speriamo di vederci domani. Alle otto?»

«Sì, va bene.»

«Grazie Jazz, lo apprezzo davvero.»

«Figurati. A domani allora. Ciao.» Chiuse la telefonata, si lasciò cadere sul divano e sospirò.

Erano quasi dieci anni che non si trovava nella posizione di godersi le attenzioni degli uomini. Quand'era in Italia aveva notato qualche sguardo ammirato qua e là, ma all'epoca era impermeabile a ogni approccio.

Andò in cucina a prendersi un bicchiere di vino, poi si sedette a gambe incrociate davanti al fuoco nel tentativo di scaldarsi. Sentiva ancora nelle ossa il freddo che l'aveva avvolta quand'era uscita a fare due passi.

Mentre guardava le fiamme si ricordò di quello che le aveva detto sua madre, di non diventare una persona amareggiata. Non era per nulla facile, dopo quello che le era successo. Come faceva a fidarsi di nuovo?

Il fatto era che di Patrick si fidava completamente, con trasporto. Peggio ancora, l'aveva amato alla follia.

E lo amava ancora – era quello a spaventarla di più. Perfino dopo essere stata umiliata da lui in ogni modo possibile e immaginabile, dopo aver passato settimane, mesi, a ripetersi che era un bastardo indegno, ancora le capitava di svegliarsi in piena notte e di cercarlo nel letto...

Forse la risposta era distrarsi un po'.

Trovava Jonathan attraente, ed era piuttosto sicura che lui pensasse lo stesso di lei.

Intendeva andarci a letto?

Jazz sorseggiò il suo vino, pensierosa.

Aveva un sacco di amiche single che non avevano remore a saltare nel letto del primo uomo che trovavano affascinante. Non c'erano complicazioni, nessun accenno al futuro – solo qualche ora di reciproco piacere.

Ma... anche prima di Patrick per lei non era mai stato così. Per quanto si sforzasse, le riusciva impossibile tenere separati il sesso dall'impegno emotivo. E quindi, anche se non le erano mancati i ragazzi in passato, a livello di *amanti* non raggiungeva neanche lontanamente la doppia cifra.

Forse adesso doveva crescere un po', assumere il controllo, mettere da parte i sentimenti, per una volta. Se voleva andare a letto con Jonathan, o con chiunque altro giudicasse all'altezza, perché diavolo non avrebbe dovuto farlo?

Jazz scosse la testa. Lei era fatta così. E dubitava che sarebbe mai cambiata.

Sorrise di quei pensieri mentre si accingeva a prepararsi un piatto di pasta. Forse Miles aveva ragione a fare sempre analogie con Miss Marple. Forse era destinata a diventare una vecchia zitella che risolveva i casi ma restava sempre alla larga da qualsivoglia coinvolgimento di natura sentimentale.

Mise su un CD di Chopin e ripassò il programma che la attendeva l'indomani.

Era quasi mezzanotte quando le squillò il cellulare.

«Hunter, sono Norton. Il tuo David Millar è ricomparso con il figlio in una stazione di polizia di Windermere. E ha confessato di aver ucciso Charlie Cavendish.»

17

Alle otto del mattino seguente Jazz si presentò alla stazione di polizia di Foltesham. David Millar la stava già aspettando in sala interrogatori.

«Buongiorno signor Millar, ci siamo già incontrati una volta, alla St. Stephen's.» Jazz si sedette e lo salutò con un cenno, dopodiché tirò fuori il portatile dalla ventiquattrore.

«Davvero?» David Millar scosse la testa. «Spiacente, ma temo di non ricordarmi di lei. Ci sta che fossi ubriaco.» Si strinse tristemente nelle spalle.

«Signor Millar, ha il diritto di chiamare un avvocato per questo colloquio. E io personalmente glielo consiglio.»

Lui fece di nuovo spallucce. «Per quale motivo? Ho già ammesso il mio crimine.»

«D'accordo.» Jazz accese il registratore portatile. «Otto e diciannove. Detective ispettrice Hunter, interrogatorio di David Millar. Il signor Millar ha scelto di non avvalersi del supporto di un legale. Ha confessato l'omicidio di Charlie Cavendish, avvenuto venerdì 15 gennaio, e questo è il suo primo interrogatorio. D'accordo, signor Millar. Qualcosa da aggiungere, prima di cominciare?»

David scosse stancamente la testa.

«Signor Millar, ieri sera ha informato un agente della centrale di polizia di Windermere di aver assassinato Charlie Cavendish nella notte di venerdì 15 gennaio. Conferma questa sua confessione?»

David Millar annuì. «Confermo.»

«Quello che vorrei che facesse ora, signor Millar, è ripercorrere esattamente gli eventi di quella sera.»

«Farò del mio meglio, ma quel giorno ero ubriaco, quindi certi dettagli potrebbero non essere molto precisi.»

«Si prenda il tempo che le serve.» Jazz annuì in segno di incoraggiamento. Era molto più abituata a interrogare un sospetto con l'obiettivo di farlo confessare, che ad ascoltare i dettagli di un crimine col senno di poi.

«Be', sapevo che mio figlio Rory veniva preso di mira a scuola da questo ragazzo, questo Charlie.»

«Chi gliel'ha detto?»

«Rory, ovviamente.»

«Qualcun altro le aveva accennato a questa situazione? Sebastian Frederiks, per esempio, il direttore del dormitorio di suo figlio.»

«Di certo ha alluso al fatto che Rory non fosse felice. A quanto pare questo Charlie l'aveva chiuso per tutta una notte nella cantina della scuola.»

«Sul serio? Le ha detto il signor Frederiks che era stato Charlie?»

«No. Rory.»

«Capisco. Ma come faceva a saperlo con assoluta certezza, signor Millar? Dopotutto si trovava dall'altro lato di una porta chiusa.»

«Senta, mio figlio mi ha detto che questo Cavendish gli stava rendendo la vita un inferno. Non ho avuto bisogno di sapere altro. D'accordo, ispettrice?»

«Quindi in che momento Rory le ha confessato che Charlie lo aveva preso di mira?»

«Non me lo ricordo di preciso, sinceramente. Forse è stato il giorno prima che... uccidessi Charlie.»

«Giovedì 14 gennaio, dunque» precisò Jazz nel registratore. «E l'ha fatto chiamandola dal telefono della scuola?»

«Sì. Dopo la chiamata mi sono ubriacato di brutto. Il giorno dopo ho provato a parlare col signor Frederiks e col preside, ma non hanno mai risposto alle mie chiamate. Quindi mi sono messo in macchina e sono andato a scuola. Dovevo parlare con qualcuno. Non volevo che passasse un'altra notte mentre Rory era in pericolo.»

«Che ora era?»

«Non lo so.» David scosse la testa. «Ma era pomeriggio.»

«Quindi quando è andato a scuola l'ha fatto con l'intenzione di assassinare Charlie Cavendish?»

«Di sicuro ero abbastanza arrabbiato da ammazzarlo, ispettrice, ma sinceramente non avevo in testa un piano preciso. A Fleat House ho parlato col signor Daneman, che mi ha detto che Sebastian Frederiks non c'era. E che non potevo vedere Rory, perché era al concerto del coro nella cappella.»

«Può fare uno sforzo per ricordare a che ore è arrivato a scuola, signor Millar? Più o meno.»

«Verso le sette e mezza? Non lo so. Ricordo che il parcheggio era pieno e che c'era un sacco di gente diretta in cappella.»

«Bene. Allora che cos'ha fatto?»

«Il signor Daneman mi ha consigliato di tornare un'altra volta, ma poi ha ricevuto una telefonata e...» David si grattò la testa. «Ho deciso di cercare Cavendish per conto mio e fargliela pagare.»

«E l'ha trovato?»

«No. Sono salito al piano di sopra, dove dormono quelli dell'ultimo anno, e ho trovato la sua camera, ma lui non c'era.»

«E che cos'ha fatto?»

«Sono rimasto un po' nei paraggi per vedere se sarebbe tornato, ma niente.»

«Signor Millar, qualcuno l'ha vista mentre si trovava a Fleat House? Qualcuno che l'abbia vista arrivare, magari, o frugare in camera di Charlie» chiese Jazz.

«Sì, gliel'ho detto. Il signor Daneman» disse David. «Glielo chieda, potrà confermarglielo.»

«Qualcun altro?»

«No. Mi pare di essere passato accanto a un paio di studenti sulle scale, ma non saprei dirle chi fossero.»

«Mi scusi, ma alle sette e mezza di un venerdì sera avrà di certo dovuto attraversare un atrio pieno di gente, no? Studenti che entravano e uscivano. Qualcuno deve pur averla vista.»

«Forse sì. Chieda un po' in giro.»

Jazz sospirò. Era insolito che un sospettato si adoperasse tanto per trovarle un testimone, uno che l'avesse visto sulla scena del crimine. «E poi, signor Millar, che cos'ha fatto?»

«Sono rimasto seduto in camera di Cavendish per un po', ma visto che non si faceva vedere mi sono reso conto che forse era uscito. Sapevo che era inutile aspettare ancora. A quel punto ho visto le pasticche sul comodino e mi è venuta un'idea. Mi sono ricordato che Rory mi aveva detto dell'allergia all'aspirina. Essendo l'ubriacone che sono mi porto sempre dietro un po' di antidolorifici, per l'emicrania. È solo una leggenda priva di fondamento quella secondo cui gli alcolizzati non accuserebbero i postumi della sbronza. Glielo dico io, ispettrice Hunter, li accusiamo eccome. Ho tirato fuori la confezione dalla giacca per vedere cosa fossero. Di solito prendo la roba più economica che c'è, paracetamolo, aspirina o ibuprofene. Non sono schizzinoso.» David sorrise tristemente. «Comunque, per fortuna – fortuna per me, direi – avevo in tasca dell'aspirina.»

Jazz non disse nulla. Aspettò che continuasse.

«Ho tirato fuori un paio di pillole, le ho appoggiate sul comodino di Charlie e ho visto che erano molto simili alle altre. Quindi ho deciso di fare lo scambio.»

«Era consapevole del fatto che l'avrebbero ucciso?»

«No, certo che no! Non avevo idea di quanto fosse grave la sua allergia. Pensavo solo di farlo soffrire qualche ora, come lui aveva fatto con Rory, mi bastava e avanzava. E a essere sincero, ispettrice, non credo che fossi abbastanza sobrio per rifletterci su con lucidità. L'ho fatto sull'onda del momento. Ho sostituito le pasticche e me ne sono andato.»

Jazz tamburellava la penna sul tavolo. «Dove?»

«A casa, ovviamente. Ho bevuto un altro po' e mi sono addormentato sul divano. La mattina dopo mi sono svegliato e mi sono ricordato di cos'avevo fatto.»

«Come si è sentito al riguardo?»

«Di merda. Mi sono reso conto che qualsiasi cosa Charlie Cavendish avesse fatto a Rory, di certo non era una scusa valida per mettere a repentaglio la sua vita. Ho bevuto ancora per attutire il dolore, sperando che alla peggio Charlie avesse trascorso una nottataccia in ospedale con una bella lavanda gastrica.»

«Quando ha saputo cosa gli era capitato?»

«Rory deve avermi chiamato quel pomeriggio per dirmi che Cavendish era morto.» David si guardò le mani. «Non ricordo altro di quel giorno, a essere sincero.»

«E che cos'ha provato quando si è reso conto di averlo ucciso?»

«Ero a pezzi. Non riuscivo a credere di aver fatto una stupidaggine del genere. Sarò anche un ubriacone, ma di certo non sono un assassino.»

«Nessuno è mai un criminale prima di infrangere la legge, signor Millar» disse freddamente Jazz. «Mi dica, che ci faceva nell'ufficio del preside quando l'ho vista, qualche giorno dopo l'omicidio?»

David sembrò sorpreso di sentire quella domanda. «Volevo vedere Rory, no? Non ero ancora riuscito a parlarci.»

«Mi stupisce che abbia voluto anche solo avvicinarsi alla scuola, considerato che aveva appena ucciso uno degli studenti.»

«Non ci ho pensato minimamente. Volevo solo vedere mio figlio.»

«E quando ha deciso di confessare?»

«Be', negli ultimi giorni ho smesso di bere e sono tornato lucido, mentre ero su ai laghi con Rory. E ho capito cosa dovevo fare. Non potevo continuare a vivere con quel senso di colpa. Dovevo per forza costituirmi, a prescindere dalle conseguenze.»

«Perché ha portato via Rory da scuola ed è scomparso?»

«Aspetti un momento!» Per la prima volta dall'inizio dell'interrogatorio, David si mise sulla difensiva. «Tanto per cominciare, non ho "portato via" proprio nessuno. È venuto lui a casa mia, domenica. Non si sentiva bene, io avevo qualcosa da confessargli e quindi ho deciso di portarlo a fare un viaggetto di qualche giorno, per spiegargli tutto. E poi,» David si strinse nelle spalle «sapevo che una volta costituitomi non l'avrei più rivisto per anni. Quando siamo arrivati ho scritto ad Angie per farle sapere che stavamo bene.»

«Concludo l'interrogatorio con il signor David Millar alle otto e quarantacinque» scandì Jazz, che poi spense il registratore. Appoggiò il mento sulla mano e rimase per un po' a fissare David.

«Signor Millar, vorrei che tornasse di sotto e che ripensasse bene agli eventi di quella sera. Vorrei anche che riflettesse sul perché ha deciso di confessare l'omicidio di Charlie Cavendish.»

«Gliel'ho detto, è perché non ce la faccio a vivere col senso di colpa. Non è sufficiente?»

«Ancora deve essere ritenuto colpevole da una giuria in tribunale» gli ricordò Jazz.

«Be', se dico che sono stato io, non credo che sarà una cosa tanto complicata.»

«In ogni caso i fatti dovranno essere esposti con precisione, e avrà un avvocato difensore. Come minimo, un bravo professionista riuscirà a rendere più lieve la sentenza.» Jazz premette un pulsante e un agente comparve sulla soglia. «Riporti di sotto il signor Millar, per favore.» Poi si alzò. «Ci rivedremo tra poco.»

Jazz guardò la porta chiudersi, riavvolse il nastro e riascoltò l'interrogatorio. Poi prese il telefono e compose il numero di Angelina Millar.

La notte precedente Angelina non era riuscita a chiudere occhio e anzi, aveva fissato l'inesorabile incedere delle lancette fino alle quattro del mattino. Quando finalmente le avevano detto che poteva andare a prendere Rory alla stazione di polizia di Foltesham, si era alzata senza svegliare Julian, aveva fatto un bagno ed era rimasta di sotto a camminare avanti e indietro, in preda all'ansia, finché non era arrivata l'ora di mettersi in macchina.

Rivedere il proprio figlio era stato molto commovente. Quando erano tornati a casa Angelina aveva messo Rory a letto e si era sdraiata accanto a lui finché non si era addormentato, accarezzandogli i riccioli biondi con gesti delicati.

Adesso era al sicuro, ma era l'altra notizia, quella che le aveva comunicato l'ispettrice Hunter, a non darle pace.

Alle sette scese di sotto per preparare il caffè.

Quando fu pronto tornò in camera, appoggiò la tazzina sul comodino e svegliò gentilmente Julian.

«Buongiorno, am...»

Angelina gli tappò la bocca con un dito. «*Shh*. C'è Rory di là.»

Julian si tirò subito a sedere. «L'hanno ritrovato?»

«Sì. Era su ai laghi, la polizia l'ha riportato qui stanotte. Sono andata a prenderlo verso le cinque.»

«Perché non mi hai svegliato? Ti avrei accompagnata. Sta bene?»

«Fisicamente mi sembra a posto. È molto stanco, certo, e... ti scoccerebbe andare via, prima che si svegli e ti trovi qui? Non mi va di turbarlo ancora di più, almeno non prima di scoprire cos'è successo mentre era via.»

Julian sospirò. «E io che pensavo mi avessi portato il caffè in uno slancio d'amore. Invece sei venuta a buttarmi fuori da casa mia.»

«Eddai, Julian. Per l'amor di Dio, sono circostanze straordinarie, direi. Non farmi sentire in colpa.»

«Mi dispiace, ma questa storia comincia a diventare stancante.»

«Lo so e ti chiedo scusa. Quando tornerà tutto alla normalità glielo dirò, ma lo vedi anche tu che non è il momento migliore per annunciargli che fai parte della mia vita, adesso. E della sua» disse Angelina, con fermezza.

«Sì, anch'io lo vedo, da rozzo insensibile che non sono altro.» Julian prese la tazza e sorseggiò il caffè, immusonito.

«Ascolta, c'è un'altra cosa che devo dirti.» Angelina fece un respiro profondo. «L'ispettrice Hunter mi ha detto che David si è costituito, ha confessato l'omicidio di Charlie Cavendish.»

«Che cosa?» Julian per poco non si strozzò con il caffè.

«Lo so.» Angelina si massaggiò le tempie. «Non ci posso credere.»

«Mi scoccia ribadirlo, ma te l'avevo detto...»

«E tu non ribadirlo, allora!» Angelina si alzò bruscamente dal letto. «Cristo! Non ce la faccio più, va bene? Non ce la faccio più! Alzati e vattene, okay?»

Quaranta minuti più tardi Julian comparve in cucina, vestito di tutto punto col completo e la ventiquattrore in mano. Andò a dare un bacio sulla guancia ad Angelina.

«Mi dispiace, amore. Sul serio. Non immagino neanche cosa tu stia passando.»

Angelina si districò dal suo abbraccio. «No, infatti» borbottò.

«Va bene, non lo so. D'altronde non ho figli.»

«Infatti.»

Julian però non abboccò all'amo. «Sicura che starai bene?»

«Starò bene.»

«Sicura? Sei pallida.»

«Sì, te l'ho detto» scattò lei, scontrosa. «Ha chiamato l'ispettrice Hunter. Passerà di qui verso metà mattinata. Vuole parlare con Rory.»

«Allora è meglio che rimanga.»

«No, non essere sciocco. Ce la posso fare, ora che Rory è sano e salvo.» Angelina gli concesse l'ombra di un sorriso e gli raddrizzò la cravatta. «E poi avrò modo di spiegargli chi sei.»

«Che ne dici di farlo stasera? Nel senso, sono bandito da casa mia o posso tornare a dormire nel mio letto, stanotte?»

«Ti chiamo più tardi.»

«Va bene, amore.» Le diede un bacio sulla testa poi aggiunse: «Per qualsiasi problema, fammi uno squillo. Terrò il cellulare sempre acceso».

«D'accordo. Tanto David è chiuso in cella, quindi almeno di lui non devi preoccuparti più.»

Julian si avviò all'uscita, poi si fermò e si voltò. «Quasi mi dimenticavo. Mi ha scritto la mia segretaria, c'è un cliente che può soltanto stasera alle sette, quindi in ogni caso farò tardi. Ciao amore, ci sentiamo.»

Le lanciò un bacio e uscì passando dalla porta della cucina.

Alle undici Angelina aprì all'ispettrice Hunter.

«Prego» le disse con voce stanca.

«Grazie.»

Angelina la condusse in salotto e le indicò di accomodarsi sul divano.

«Come sta Rory, questa mattina?» chiese Jazz.

«Si è svegliato venti minuti fa. Gli ho portato la colazione, si sta facendo il bagno. È silenzioso, ma sembra stare bene.»

«Non ha detto nulla di suo padre che ha confessato l'omicidio?»

«No, niente. E non ho voluto insistere. Sono solo contenta che sia a casa. Tanto dovrà fare i conti ben presto con questa brutta storia.» Angelina scosse la testa. «È un incubo. E mi sento responsabile. Se solo non avessi lasciato David, se gli fossi rimasta accanto, allora forse niente di tutto ciò sarebbe mai accaduto.»

«Lei ha fatto ciò che all'epoca ha ritenuto più giusto, signora Millar. Non poteva sapere cosa sarebbe successo.»

«Se David ha perso il lavoro non è stata colpa mia, così come se ha iniziato a bere, ma mi sono comportata... Comunque, quel che è fatto è fatto. Ora non posso fare altro che aiutare Rory nel modo migliore possibile.»

«Devo parlarci, signora Millar. Prima che si possa procedere contro il suo ex marito, c'è qualche domanda cui vorrei rispondesse.»

«Dobbiamo farlo proprio adesso? Poverino, ne ha passate tante.»

«Temo di sì. Sarò delicata, non si preoccupi.»

Angelina sembrò sgonfiarsi. «Vado a vedere se è pronto.» Si alzò e uscì dalla stanza.

Quando Rory Millar fece il suo ingresso in soggiorno, con la madre che gli teneva le mani sulle spalle con fare protettivo, Jazz rimase ancora una volta colpita dalla somiglianza del ragazzino con il giovane nella fotografia di Hugh Daneman. Aveva i suoi stessi tratti delicati e femminili; l'unica differenza era che Rory doveva ancora arrivare alla pubertà, che nel giro di pochi anni gli avrebbe portato via quella bellezza da cherubino. La pelle chiara non era segnata dall'acne, gli occhi azzurri come il ghiaccio sembravano occupare gran parte del viso e le labbra, femminee e angeliche, non erano ancora state sfiorate dal bacio di una donna. I capelli gli pendevano sul collo in ricci dorati, fin quasi alle spalle.

Era più alto di quanto si immaginasse, esile e con la vita stretta. Ci rivedeva un po' di David, mentre della madre non aveva proprio nulla.

«Rory, lei è l'ispettrice Hunter. È qui per farti qualche domanda. Sa che sei molto stanco, quindi sicuramente ci metterà poco.»

Jazz si alzò, sorrise e allungò la mano perché il ragazzino la stringesse. Lui la prese e a Jazz parve di tenere tra le dita un blocco di ghiaccio.

«Ciao, Rory. Piacere di conoscerti, finalmente.»

«Grazie.» Rory si sedette sul divano di fronte a lei.

«Signora Millar, posso chiederle di farmi un caffè, per favore? È stata una lunga mattinata e ne avrei un gran bisogno.» Jazz voleva parlare da sola con Rory, anche se solo per pochi minuti.

«Mi scusi, che maleducata. Certo, glielo preparo subito. Ti lascio qui, Rory, okay?»

«Sì, mamma. Sto bene.»

La voce di Rory non era ancora cambiata. Era stridula come quella dei bambini piccoli.

«Allora, Rory, dev'essere stata una bella avventura, eh? Ti sei reso conto che tua madre era tanto in ansia quando sei scomparso?»

«No. Pensavo solo a me stesso. Mi dispiace per tutti i guai che ho causato.»

Parlava lentamente, con precisione, e si esprimeva in maniera pittoresca, quasi d'altri tempi.

«Rory, domenica sei andato di tua spontanea volontà a casa di tuo padre, vero? Non è venuto lui a scuola a prenderti.»

«No, no. Sono scappato. Povero papà. L'ho messo in un guaio tremendo. Volevamo solo farci una vacanza insieme. Cercava di fare qualcosa di bello per me.»

«Allora perché sei scappato da scuola, Rory?»

«Perché volevo vedere papà.»

«Nessun altro motivo?»

«No.»

«Rory, tu c'eri quando tuo padre si è consegnato alla polizia di Windermere dicendo di aver ucciso Charlie Cavendish. Pensi sia colpevole?»

Rory si strinse nelle spalle. «Perché l'avrebbe detto, sennò? Se l'ha detto, l'avrà anche fatto.»

«E ti viene in mente un motivo che abbia spinto tuo padre a uccidere Charlie?»

Altre spallucce. «Forse.»

«Charlie era un bullo?»

«Sì.»

«E ce l'aveva con te?»

«Sì, ma Charlie ce l'ha... anzi, ce l'aveva con tutti.»

«Al telefono hai raccontato a tuo padre che Charlie ti aveva chiuso in cantina per una notte intera?»

Rory si guardava intorno, ansioso. «Forse sì.»

«Sicuro di non ricordartelo?»

«Sì, ho detto a mio padre che mi avevano chiuso in cantina, ma non sapevo che fosse stato Charlie. Come potevo saperlo? Ho solo sentito la chiave che girava.»

Jazz sapeva che Angelina sarebbe tornata da un momento all'altro. Doveva andare al sodo. «Rory, dov'eri la sera in cui Charlie Cavendish è morto?»

«Avevo il concerto del coro nella cappella, poi sono tornato in dormitorio a bere una cioccolata calda.»

«È stato il professor Daneman a preparartela? So che quella sera il professor Frederiks era fuori.»

Per la prima volta, sul volto impassibile di Rory comparve un lampo di paura. Strinse forte i pugni. «Sì.»

«Poi sei andato dritto a letto?»

«Sì.»

«E non hai visto Charlie, quella sera, né ti sei avvicinato alla sua camera?»

«No. Perché avrei dovuto?»

«Rory? Tutto bene, tesoro?» Angelina era in piedi sulla soglia con il caffè. «Sei pallidissimo. L'ispettrice non ti sta torchiando, vero?»

«No, mamma, ma sono un po' stanco. Va bene se vado a sdraiarmi?»

Angelina appoggiò il vassoio del caffè sul tavolino e abbracciò forte il figlio.

«Ma certo, tesoro mio.» Lanciò un'occhiata a Jazz. «È esausto. Le dispiace tornare dopo, quando si sarà ripreso?»

«Si figuri.» Jazz sorrise. «Ah, Rory, solo un'ultima cosa: il venerdì in cui è morto Charlie ti hanno dato degli antidolorifici per il mal di testa?»

Rory si fermò e si girò a guardarla sulla soglia. «Non mi ricordo. Può darsi. Mi viene il mal di testa molto spesso, sa?»

«Perché dal registro dei medicinali sembra che ti abbiano somministrato delle pasticche. Che genere di pasticche erano, e di solito chi te le dava?»

«Non so cosa fossero. Antidolorifici.» Rory si strinse nelle spalle.

«Te le dava il professor Daneman?»

Rory annuì. «Sì. Ora posso andare, mamma?» E le appoggiò la testa sulla spalla.

«Certo che puoi, amore.» Angelina si rivolse a Jazz. «Ora basta, ispettrice. È esausto. Rory, vai di sopra, la mamma viene più tardi.»

Il ragazzino annuì e uscì in silenzio.

«Ora vado. Mi dispiace turbarlo ancora, ma prima riusciremo a ripercorrere gli eventi, meglio sarà» disse Jazz, alzandosi. «Grazie, signora Millar.»

Seguì Angelina fino all'ingresso. La padrona di casa esitò un istante, poi chiese: «Non è che voglia saperlo davvero, ma... David ha detto di aver ucciso quel ragazzo?».

«Ha sostituito le medicine per l'epilessia con un paio di aspirine che, a quanto dice, aveva in tasca per i postumi della sbronza. Forse saprà che Charlie Cavendish era allergico. David di certo lo sapeva.»

«Che cosa?» Angelina era confusa. «David aveva l'aspirina in tasca?»

«È quello che mi ha detto lui.»

Lei scosse la testa. «No, è impossibile.»

«Perché?»

«David non voleva vederla neanche in fotografia, l'aspirina. Figuriamoci se ce l'aveva in tasca! No.» Angelina scosse la testa con veemenza. «Non ha alcun senso.»

«Perché no, signora Millar?» chiese Jazz.

«Semplice. Anche David ha una grave allergia all'aspirina.»

18

Jazz si diresse alla stazione di polizia di Foltesham. Miles era in sala interrogatori ad ascoltare la registrazione delle domande rivolte a David Millar.

«Hai avuto fortuna col ragazzino?» chiese.

Jazz si sedette pesantemente e scosse la testa. «No, non direi. Angelina protegge il suo cucciolo come una tigre, com'è normale che sia, ma...» Jazz alzò lo sguardo. «Indovina?»

«Cosa?»

«La signora Millar mi ha detto che il suo ex marito è gravemente allergico all'aspirina.»

«Ma va'!?» Miles inarcò un sopracciglio. «Io invece ho appena ascoltato l'interrogatorio, e devo dire di non aver mai sentito una confessione meno convincente di questa. È stato come se cercasse in ogni modo di far combaciare le cose.»

«Sia come sia, la sua storiella ha appena fatto un volo giù nello scarico» disse Jazz, sospirando. «O l'omicidio è stato premeditato al cento per cento – la signora Millar è stata categorica, il suo ex neanche la toccava, l'aspirina – oppure Millar mente per proteggere qualcuno.»

«Nel nastro lo dice lui stesso che non è stato premeditato, che l'idea di sostituire le pastiglie gli è "venuta così"» disse Miles. «E poi, se davvero era tanto incazzato come ha detto, secondo me è molto più probabile che sia andato a cercare Charlie per dargliene di santa ragione.»

«Sta di fatto che la sua confessione non è più attendibile.»

«Prima sono andato alla scuola e nessuno studente ricorda di averlo visto di sopra, nel corridoio dell'ultimo anno. Un tramezzino?» Miles appoggiò sul tavolo una busta di plastica. «Uova e crescione oppure pancetta, pomodoro e insalata?»

«Nessuno dei due, grazie. Non ho fame» rispose Jazz. «A quanto pare quella sera Millar ha parlato con Hugh Daneman.»

«Questo può esserci utile.» Miles diede un morso al tramezzino con pancetta, pomodoro e insalata.

Jazz era assorta nei propri pensieri. «La domanda quindi è: perché mente? Sappiamo quanto Millar adori suo figlio... e sappiamo che è stato Rory ad andare da lui, domenica scorsa. E se avesse confessato al padre un suo coinvolgimento nella morte di Charlie nel corso del loro viaggio?»

Miles rimase a studiare il tramezzino, meditabondo. «E papà ha deciso di prendersi la colpa. Non sarebbe la prima volta che succede.»

«E Rory quella sera alle nove si è fatto dare due antidolorifici. Secondo il registro dei medicinali erano pastiglie di paracetamolo, ma c'era scritto qualcos'altro e l'hanno cancellato col bianchetto. Sto aspettando il rapporto della Scientifica per capire che parola era.»

Miles lanciò nel cestino della spazzatura la carta appallottolata del tramezzino e mancò il bersaglio. «Perciò, se per caso trovassimo la parola "aspirina" cancellata e sostituita da "paracetamolo", non solo Rory avrebbe il movente, ma anche i mezzi necessari.»

Jazz esitò. «Non è una cosa da nulla accusare di omicidio un tredicenne.»

«Eh sì. E se davvero è coinvolto, significa anche che qualcuno a scuola lo sapeva, perché ha dovuto cancellare la parola incriminante per proteggerlo.»

«A meno che non l'abbia fatto di persona» disse piano Jazz.

«Il registro dei medicinali resta chiuso nell'armadietto, che è sempre allucchettato. Le uniche persone ad avere la chiave sono Frederiks, la direttrice e, ovviamente, Hugh Daneman quella sera in particolare.»

«Perché accidenti ha dovuto uccidersi?» si chiese Jazz, sospirando.

«Forse era coinvolto nell'accaduto.» Miles si strinse nelle spalle. «Conosciamo il movente di Rory, ma perché mai un adulto, mettiamo Hugh Daneman, dovrebbe compromettersi per proteggerlo?»

«Sfortunatamente sono tutte supposizioni finché non ci arrivano i risultati della Scientifica. Cristo! Questo caso va avanti al rallentatore.» Jazz tamburellava la penna sul tavolo con un'espressione contrariata.

«Siamo in campagna, ispettrice» sogghignò Miles. «Ma ci farà bene, vedrà. Quando torneremo a Londra apprezzeremo di più quello che abbiamo.»

«Forse tu, Miles. Io non credo proprio» rispose brusca Jazz.

Lui cambiò subito argomento. «Allora, che sensazione ha avuto su Rory quando ci ha parlato?»

«Nel poco tempo che mi hanno concesso non ho avuto modo di farmi un'idea. Dovevo cavargli le parole di bocca, ma per questo possono esserci mille spiegazioni diverse. Lo definirei "strano", come ragazzino, ma alla fine quasi tutti gli adolescenti sono così. Non è per forza detto che siano assassini.»

«No,» convenne Miles «ma di solito il suo istinto le dice se c'è qualcosa sotto.»

«Credo che dopo tutto il tempo che ho passato in Italia a non fare nulla, sia io che il mio istinto abbiamo bisogno di rimetterci un po' in forma.»

«Non la trovo affatto ingrassata, ispettrice.»

«Non mi riferivo al mio fisico, Miles» chiarì lei, sospirando. «È che c'è qualcosa che mi sfugge. C'è stato un momento in cui ho avuto ben chiaro che il suicidio di Hugh Daneman non è stata una coincidenza. Ma non riesco a mettere a fuoco la cosa. Comunque, stamattina ho chiamato Isabella, sta arrivando per una perizia su Millar e il figlio. Se c'è qualcuno capace di smascherarli, è lei.» Isabella Sherriff era una delle migliori psicologhe criminali della Polizia Investigativa di Londra.

«Caspita, incredibile, Issy che accetta di uscire dallo smog e avventurarsi tra le campagne del Norfolk?» Miles fischiò, ammirato. «Quale onore.»

«Io e lei ci conosciamo da tanto. E alla fine Millar è sotto custodia per omicidio di primo grado, è roba di sua competenza. Le ho preso una stanza nel tuo albergo, magari la puoi portare a cena fuori, stasera. Incontrerà Millar oggi e Rory domani mattina.»

«Come farà ad allontanarlo dalle grinfie di mamma tigre?» chiese Miles.

«Non possiamo mentire sul mestiere di Issy, ma se non altro il contesto è giusto. Issy è esperta anche di consulenza ai bambini che hanno subito un trauma. E Rory rientra in questa definizione, poco ma sicuro. Bisogna valutare le sue condizioni psicologiche, ed è per questo che voglio mandarci Issy. Se dal colloquio dovesse venir fuori qualcosa di pertinente col nostro caso, dirò ad Angelina, senza troppi giri di parole, che è dovere di Issy informarci. Ma voglio che sappia che Issy è una delle psicologhe più apprezzate di Londra. A vederla, scommetto che la signora Millar è una di quelle che ci godono all'idea che abbiamo fatto venire il pezzo da novanta apposta per il figlio.»

«Quest'ultima parte non la dica, capo» scherzò Miles.

«Io torno a scuola a parlare con quel demonio di preside. Vorrei che tu andassi a fare due chiacchiere con David Millar; non dirgli che sappiamo della sua allergia all'aspirina, per ora. Aspetta che arrivi Issy e dillo a lei prima che lo interroghi. Ha detto che sarebbe arrivata per le tre.»

«Ricevuto, ispettrice. Presumo che si unirà a noi per cena, stasera?»

Jazz raccolse la ventiquattrore. «No, sarete voi due e basta. Sono certa che ce la farai. Alle cinque tornerò qui per ascoltare il rapporto di Issy. A dopo.»

Robert Jones si calmò visibilmente appena Jazz lo mise al corrente della confessione di David Millar.

«Buone notizie, no? Rory è tornato illeso e avete preso in custodia un uomo per l'assassinio di Cavendish. Forse adesso potremo tornare alla normalità.»

«La buona notizia è che Rory è a casa e sta bene, ma dubito fortemente che sia finita qui per quanto riguarda la morte di Charlie Cavendish.»

«Ma ha confessato! Che altro vi serve?»

«Temo che la sua confessione abbia dei punti che non tornano. Un bravo avvocato difensore ci distruggerebbe, in tribunale, e torneremmo al punto di partenza.»

«Capisco» disse Jones, che poi sospirò. «Quindi ora che succede?»

«Succede che proseguiamo nell'indagine, signor Jones. Vorrei chiederle una cosa: la direttrice le ha riferito in più di un'occasione che Charlie Cavendish era un bulletto, nonché un pericolo per i ragazzi che prendeva di mira: perché dunque ha deciso di non espellerlo?»

«Charlie era bravo a cancellare le sue tracce.» Jones si agitò sulla sedia, a disagio.

«Signor Jones, non so come si gestisce un istituto scolastico, ma sono a capo di una squadra e non ho mai avuto difficoltà a capire se uno del mio staff si comporta male con un collega. Il nome di Cavendish deve esserle giunto alle orecchie più di una volta, ne sono certa. Quindi può gentilmente dirmi come mai abbia ignorato quei suoi atteggiamenti?»

«Suo padre è un avvocato molto noto e importante, suo zio è al governo...» Robert Jones non finì neanche la frase. «Che potevo fare?»

«Mettere al primo posto il benessere degli studenti affidati alle sue cure, forse?» rispose gelida Jazz. «Non spetta a me giudicare il suo operato di preside, ma se la signora Millar decidesse di andare a fondo per il bene di suo figlio, sia con i media che dal punto di vista legale, cosa che ha tutto il diritto di fare, temo che la sua reputazione e quella della scuola ne uscirebbero a pezzi.»

«Sì.» Robert fece una pausa. «È stato un grave errore di valutazione da parte mia, lo riconosco.»

Jazz si guardò l'orologio. «Volevo anche farle sapere che oggi rilasceremo alla stampa i dettagli della morte di Hugh Daneman. Le suggerisco di organizzare un'altra assemblea e dirlo a tutti prima che lo scoprano per conto proprio. Sarà lieto di sapere che il coroner ha concluso le indagini e dal suo rapporto risulta che è stato un suicidio. E al momento non c'è nulla che possa collegare questo decesso alla morte di Charlie Cavendish. Su questo può essere chiaro con tutti. Io devo tornare alla stazione di polizia di Foltesham e anzi, è da lì che continueremo le indagini d'ora in avanti. Ma il sergente Roland e un paio dei suoi rimarranno sul posto in caso di problemi.»

Jazz gli rivolse un cenno di saluto col mento e uscì, mentre Jones rimase seduto sulla sua sedia con aria da cane bastonato.

Sebastian Frederiks si accomodò alla scrivania e aprì il cassetto chiuso a chiave. Tirò fuori la busta che era arrivata quella mattina e rilesse la lettera:

> Egregio signor Frederiks,
> in riferimento al lascito del defunto cavalier Hugh Ronald Daneman.
> Il mio studio rappresenta il defunto signor Daneman nel ruolo di amministratore fiduciario, e siamo incaricati di provvedere alla distribuzione dei suoi beni. Avrei bisogno che si mettesse in contatto con me per prendere appuntamento presso i nostri uffici, di modo da discutere del suo testamento, in cui vi sono dei passaggi che la riguardano. La prego di contattarmi il prima possibile, così da risolvere la faccenda con piena soddisfazione di entrambe le parti coinvolte.
> Colgo l'occasione per farle le mie più sentite condoglianze.
> Attendo sue.
>
> In fede,
> Thomas Sanders
> Avvocato

Sebastian, nonostante avesse già letto più volte la missiva, non la finiva di sorprendersi di quelle parole. Anche se quand'era ragazzo Hugh era stato suo insegnante, e dopo suo collega lì alla St. Stephen's, lui e Daneman non erano mai stati amici.

Anzi, semmai era più che altro disgusto quello che provava nei suoi confronti. Non c'erano dubbi che fosse gay, e politicamente corretto o meno che fosse quel suo atteggiamento, Sebastian faticava da sempre a rapportarsi con gli omosessuali.

Inoltre, se proprio doveva essere sincero, Frederiks riteneva che quel sentimento fosse reciproco.

Comunque, serviva a poco scervellarsi, visto che aveva appuntamento con l'avvocato di lì a pochi giorni. Se Daneman gli aveva davvero lasciato qualcosa, Sebastian si sarebbe sorpreso. Ripiegò la lettera, la rimise nella busta e rimase per un attimo a osservare l'anello che portava al mignolo. Si passò una mano tra i capelli, leggermente a corto di fiato.

Ormai non c'era più ragione di toglierselo. Mai più.

Isabella Sherriff era una signora dalle proporzioni stravaganti. Vestiva con voluminosi caffetani di seta, e sceglieva sempre vivaci sciarpe e collane di perline per esaltare la magnifica criniera di capelli rossi che le arrivavano fino alla vita.

A Scotland Yard era soprannominata "la Gazza", per via del suo amore per gli oggetti luccicanti. Ogni dito era coperto di anelli, e ai polsi le tintinnavano decine e decine di bracciali tutte le volte che muoveva le mani.

Jazz ammirava lo stile di Isabella. E anche le sue ineguagliate doti di psicologa. Di rado si era sbagliata, nel corso della sua lunga carriera. Anche Norton si fidava di lei, e il suo lavoro aveva consentito alla polizia di avere la meglio in casi molto controversi che avrebbero potuto concludersi in un vero disastro.

Mentre si dirigeva nella sala interrogatori, Jazz pensò che a Issy bastava solo una sfera di cristallo per completare il suo outfit.

«Amooore!» Issy spalancò le braccia e avvolse Jazz in una

stretta da orsa. «Fatti guardare. Santo cielo, l'aria del Norfolk ti fa bella. Stai da Dio!»

«Grazie, Issy. Sono felice che tu sia qui. Ora come ora mi sembra di essere a capo dell'ultimo avamposto nel deserto. Questo caso era cominciato come un affare di ordinaria amministrazione, ma si sta dimostrando decisamente più complicato.»

«Non è sempre così?» disse Issy, sorridendo. «Vengono commessi dei crimini anche lontano dalle città, sebbene al quartier generale sembrino pensarla diversamente. Pittoresco qui, eh?» Issy fece un ampio cenno col braccio per indicare la sala interrogatori. «Mi pare d'essere sul set di *Dixon of Dock Green.*»

«Gli sbirri di qui direbbero che è perché tutti i fondi vanno ai colleghi di città» spiegò Miles. «E li posso anche capire. So che è una stazione d'importanza secondaria, ma la carenza di attrezzature e di staff è sbalorditiva.»

Issy gli si avvicinò e gli diede un buffetto sulla guancia. «Oh, povera stella. Sei tanto carino quando ti arrabbi. Mi verrebbe voglia di mangiarti. A te no, Jazz?»

Miles arrossì violentemente e Jazz, ignorando il commento, si mise a sedere.

«Bene, immagino che tu abbia parlato col sospettato.»

«Oh, certo.» Issy si appollaiò sulla piccola sedia di legno con la sua imponente figura. «Io e il signor Millar abbiamo chiacchierato per quarantacinque minuti.»

«E?»

«Come sappiamo, non si può mai essere sicuri al cento per cento in questo genere di situazioni, ma per quanto mi riguarda mi mangio il sostanzioso sederone di mia zia Madge, se quell'uomo è il nostro assassino. L'ho sottoposto ai soliti esami psicometrici, gli ho fatto le mie famose domande a trabocchetto e, dopo attenta riflessione, posso dedurne che David Millar è un individuo reattivo non-aggressivo il cui *modus operandi* non combacia con qualsiasi forma di omicidio premeditato.»

«Che ne pensi della spiegazione secondo cui era ubriaco?»

«È più probabile che aggredisse qualcuno, di certo non che seguisse un piano preciso. No» Issy scosse la testa. «Non me la bevo, proprio per niente.»

«Neanche per proteggere il figlio?» la incalzò Jazz.

«Non c'è dubbio che quel giovanotto sia la luce dei suoi occhi, e sarà interessante parlarci domani per avere il quadro generale. Non sono qui per prendere in considerazione gli aspetti tecnici del caso, o le prove. Sono qui per dirvi che, secondo la mia opinione personale – anche senza badare al fatto che sappiamo che ha mentito quando ha detto che aveva l'aspirina in tasca – lo scenario esposto da Millar non è plausibile. Poveraccio. Deve aver passato un brutto periodo, in un modo o nell'altro.»

«Ma la questione rimane: perché autoaccusarsi, se non è stato lui?» domandò Jazz.

«Credo che le alternative possibili siano due: primo, sta proteggendo qualcuno, e quel qualcuno può essere solo suo figlio, con cui parlerò domani. Secondo, ed è un'alternativa altrettanto valida, è che si tratti di un grido d'aiuto. Dio solo sa quanti ne ho visti. Una persona al limite della sopportazione, disperata, che confessa di aver fatto qualcosa di cui in realtà non ha colpa solo per attirare i riflettori su di sé. David Millar non è un assassino, ma questo non significa per forza che non abbia perso aderenza con la realtà. Ha subito un forte stress emotivo, cosa che potrebbe aver influito sul suo stato mentale. Dovrei parlarci ancora per scoprire quanto sia grave la situazione, ma gli consiglierei comunque di farsi aiutare. Vi suggerirei inoltre di interrogarlo di nuovo, dicendogli però che sappiamo della sua allergia all'aspirina e chiedendogli come mai abbia mentito.»

«Vado a parlarci subito. Grazie, Issy. A proposito di consigli e consulenti, ho bisogno che tu vesta i panni proprio della consulente, quando andrai a parlare con Rory Millar. È possibile che si sia reso complice di omicidio e dobbiamo scoprire che cosa sa. Ma dobbiamo anche muoverci con cautela. Ne ha passate di tutti i colori. Sii affettuosa anche con la madre, per non spaventarla.»

«Amore mio, posso essere chiunque tu voglia e interpretare qualsiasi parte alla perfezione. Te l'ho mai detto che il mio prozio calcava le scene con Bernhardt? Abbiamo la recitazione nel sangue. Sentite, dov'è la locanda più vicina? Muoio di fame.»

«Ti abbiamo prenotato una stanza nell'albergo di Miles, in città. Stasera cenerete insieme.»

«Magnifico.» Issy si alzò e prese Jazz per le spalle. «E tu? Non vieni con noi?»

Lei si sentì arrossire. «No, spiacente, purtroppo non posso.»

Issy sorrise. «Penso che la nostra Jazmine abbia un appuntamento galante con un gentiluomo. Ho indovinato?»

«Esco a cena con una persona che sto aiutando in una ricerca per la tesi. Neanche lo conosco.»

«Ma lo conoscerai, dolcezza, eccome. Devo parlare con Norton. Ti farò sapere come va.»

Mentre usciva dalla stanza, Jazz si chiese per un istante se davvero Issy avesse poteri psichici.

Il tonfo del paletto alla porta della cella destò David dal suo pisolino. Si sentiva esausto. Non ricordava neanche quand'era stata l'ultima volta che aveva dormito bene tutta la notte.

Aprì gli occhi e vide l'affascinante detective che lo guardava.

«Salve, Millar, come si sente?»

David si stropicciò gli occhi mentre l'ispettrice si sedeva a un'estremità della panca di legno. «Intontito. Succede sempre quando non bevo per un po'.»

«David,» esordì gentilmente Jazz «abbiamo un problema con la sua confessione.»

«Ah sì? E quale?»

«Vuole attenersi alla versione secondo cui si è trattato di omicidio non premeditato? Mi conferma di essersi ritrovato l'aspirina in tasca e di aver agito d'impulso, senza riflettere?»

«Sì, assolutamente.» David annuì.

«Vede, Angelina stamani mi ha detto che anche lei è allergico all'aspirina. Quindi dubito fortemente che la usasse come antidolorifico, come ci ha raccontato.»

Le spalle di David parvero afflosciarsi. «Cazzo» mormorò.

«David, ha ucciso lei Charlie Cavendish?»

«Io...»

«È un sì o un no?»

«Il punto è, ispettrice, che potrei averlo fatto. Vede, non ricordo molto di quella notte.»

«Si ricorda di essersi fermato a comprare delle aspirine con l'intento di uccidere Charlie Cavendish, prima di arrivare alla scuola?»

«No... io...»

«David» disse piano Jazz. «Chi cerca di proteggere?»

«Nessuno!» esclamò lui, e scosse la testa con veemenza. «Nessuno.»

«Rory le ha raccontato qualcosa mentre eravate su ai laghi, dico bene? Le ha detto che aveva dato per sbaglio delle aspirine a Charlie. Ho ragione?»

«Dio, no! Certo che no! Senta, ispettrice, qui Rory è la vittima.»

«Il problema è che lo è anche Charlie. E con una confessione così, piena di punti oscuri, ci ha portato a ipotizzare che l'abbia fatto per proteggere suo figlio.»

«No, ispettrice!» Ora David era davvero spaventato. «Non è andata così, deve credermi. Mio figlio è innocente, non ha fatto nulla. Io...» David si prese la testa fra le mani e scoppiò a piangere.

«Non è andato alla scuola con una confezione di aspirina intenzionato ad assassinare Charlie Cavendish, vero David?»

Lui scosse la testa. «No. Ma davvero, il fatto che suo padre sia un ubriacone convinto di aver ucciso qualcuno non ha niente a che vedere con Rory. Niente di niente. La prego, lasciatelo fuori da questa storia. Ne ha già passate abbastanza!»

Jazz gli mise un braccio sulle spalle in segno di conforto. «Lo so. Ora la rimandiamo a casa, David. Ha bisogno di farsi una bella dormita. E poi domani, quando si sarà calmato, verrò a trovarla, d'accordo?»

«Mi lasciate andare?»

«Non proprio. È venuto da noi di sua spontanea volontà e ancora non l'abbiamo arrestata ufficialmente. Un sergente la riaccompagnerà a casa. So che la sua auto è ancora su ai laghi. Ci vediamo domani mattina verso le undici.» Jazz si alzò e fece per uscire dalla cella.

«Davvero, ispettrice, Rory non c'entra niente.»

«Come ho detto, ne parliamo domani. Arrivederci, David.»

Jazz si voltò e si trovò di fronte Issy, che origliava dal corridoio. Lei le rivolse un cenno affermativo del capo e le mostrò i pollici insù, poi la seguì su per le scale.

«Come volevasi dimostrare. Ci avevamo visto giusto, sta proteggendo il figlio» mormorò. «Non vedo l'ora di incontrare il giovane Rory. Ho la sensazione che possa fare luce su questa strana faccenda. Specialmente quando gli dirò che il paparino è stato rilasciato senza accuse. Jazz?»

«Scusa, Issy, ero da un'altra parte con la testa. Di' a Miles che sono a Cley, al Coach and Horses, se ha bisogno di me. Sulla costa il segnale va e viene.»

«D'accordo.» A Issy brillavano gli occhi. «E divertiti.»

19

«Le spiace se vado, signor Forbes? Sono le sei passate e c'è Steve che mi aspetta davanti al Forum. Per far entrare l'ultimo cliente basta che risponda all'interfono appena suona.»

Julian guardò Stacey, la sua segretaria. «Certo, nessun problema. Ci vediamo domani.»

«Buona serata, signor Forbes. A domani.»

«Anche a te.» Stacey uscì dallo studio ma Julian quasi non se ne accorse, tanto era preso a leggere il fascicolo che aveva davanti.

Venti minuti più tardi guardò l'ora e telefonò ad Angelina.

«Ciao, amore.»

«Ciao.»

«Come sta Rory?»

«Raggomitolato sul divano a guardare *I Simpson*. Mi sembra a posto. Un po' taciturno, ma è comprensibile. Domani mattina verrà a visitarlo una consulente da Londra. Pensi sia una buona idea?»

«*Mmm*, il lavoro che faccio mi ha reso un po' sospettoso nei confronti di certa gente. Ma di certo male non può fargli.»

«No, infatti.»

«Facciamo che torno a casa, stasera? Posso venire tardi, quando Rory è già a letto» propose, con titubanza. «Voglio provare a farmi perdonare per stamattina.»

Ci fu un breve silenzio dall'altra parte e, in quel silenzio, Julian lesse la risposta. «Va bene, vado a dormire nell'appartamento.»

«Scusami, amore, è che voglio che Rory si riprenda dal trauma prima di trovare per sbaglio uno sconosciuto nel letto di sua madre.»

Dopo un attimo di esitazione Julian domandò: «Quando intendi rimandarlo a scuola?».

«Dopo quanto ho sentito su quel Charlie Cavendish, sulle cose che ha fatto a Rory, non ce la faccio a rimandarlo in quel posto. Ora come ora non voglio perderlo di vista un istante.»

«Charlie non sarà di certo un problema per Rory, ormai, no?»

«No, lo so, Julian, ma... senti,» disse Angelina, sospirando «ne parliamo quando ci vediamo, ma la cosa certa è che Rory questa settimana non andrà da nessuna parte.»

«Presumo che ciò significhi che al momento sono bloccato nell'altro appartamento.»

«Scusami. Pensavo avresti capito: Rory per adesso viene prima di tutto.»

«Lo capisco, sì, ma questo non significa che mi stia bene, Angelina. Quindi mi stai dicendo che non ti vedrò per giorni? Mi manchi.»

«Be'...» La voce di Angelina si addolcì. «Posso vedere se domani Rory si sente meglio, così magari chiamo Lily, la babysitter che gli piace, e la faccio stare qualche ora nel pomeriggio. Potrei venire a Norwich, così passo dall'appartamento e ci vediamo, prendiamo la cena da asporto.»

Julian però non era dell'umore giusto per farsi persuadere.

«Forse. Vediamo che posso fare. Ti chiamo dopo.»

«Ah. Va bene.»

Dal tono di voce era evidente che fosse contrariata. Ma lui lo era di più.

«Meglio che vada. Ho un cliente in arrivo tra poco. Ciao.»

Julian riagganciò senza neanche aspettare una risposta. Sapeva di comportarsi in maniera scorretta – certo che Angelina doveva mettere Rory al primo posto. Il problema era, sarebbe stato così per sempre?

Per certi versi era un peccato che David Millar stesse per finire in cella a vita. In passato, quantomeno, Angelina sbolognava il marmocchio al padre un fine settimana sì e uno no. Ora invece, specialmente se l'avesse tirata per le lunghe con quella manfrina sentimentale della mamma protettiva e avesse deciso di cambiargli scuola, non se lo sarebbero levato più di torno.

Mancavano ancora quindici minuti all'arrivo dell'ultimo cliente, quindi Julian decise di controllare le email.

Ce n'era una nuova, la risposta a un messaggio che aveva scritto il giorno prima.

Mentre la leggeva gli si gelò il sangue nelle vene.

In quel momento squillò l'interfono.

«Sì? Certo, entri pure, sono al secondo piano. La aspetto in studio.»

Julian si disconnesse dall'account di posta elettronica e andò all'ingresso ad accogliere il cliente.

Dopo essersi assicurata che uno degli agenti di Roland tenesse sotto controllo il cottage di David Millar per tutta la notte, perché non si poteva mai sapere, Jazz era tornata a casa.

Tremava come una foglia mentre, in mutande con la testa sotto il rubinetto del lavello in cucina, l'acqua gelida le pioveva sui capelli insaponati.

Si avvolse il capo in un asciugamano e corse in soggiorno per raggomitolarsi davanti al caminetto, battendo forte i denti.

L'idraulico le aveva promesso di restituirle acqua calda e riscaldamento entro l'indomani, ma se non ce l'avesse fatta Jazz sarebbe stata costretta ad accamparsi in albergo. La temperatura era precipitata negli ultimi due giorni e il cielo plumbeo minacciava neve. Al piano di sopra mancava la corrente elettrica e in camera da letto sembrava di stare in una ghiacciaia. Rannicchiarsi sotto le coperte per leggere al lume di candela suonava romantico, ma in realtà svegliarsi in piena notte per andare in bagno, dover cercare una torcia a tentoni e finire per inciampare su una cassetta degli attrezzi solo per poi tornare in un letto talmente freddo da farle passare di colpo il sonno, be', era tutt'altro che romantico.

Jazz fece del suo meglio per asciugarsi i folti ricci al calore del fuoco, perché non aveva alcuna intenzione di andare di sopra e mettersi a cercare l'asciugacapelli nel buio più totale. Stabilì anche che quella notte avrebbe dormito sul divano, dove se non altro sarebbe stata al calduccio.

Si infilò un paio di jeans, un pesante maglione di lana e, dopo essersi truccata con del mascara e un po' di rossetto, Jazz uscì di casa e montò in macchina.

Mentre guidava sulle strade semighiacciate si rese conto di essere in preda all'agitazione e di non avere il controllo di sé. Lei prosperava con ordine e routine – secondo suo padre era una vera Vergine per questo – e qualsiasi genere di caos emotivo le faceva venire le farfalle nello stomaco.

Parcheggiò l'auto sull'erba di fronte al pub.

«Datti una calmata, donna! Non è niente di che, solo una cena in un pub» disse ad alta voce e, facendo un bel respiro, attraversò il vialetto fino alla porta d'ingresso.

Jonathan era seduto vicino al caminetto con una pinta di birra. Le sorrise nel vederla entrare, poi si alzò e le diede un bacio su entrambe le guance.

«Come va, Jazz? Stai benissimo» commentò, facendo correre lo sguardo sulle lunghe gambe di lei. «Ti prendo qualcosa da bere?»

«Un bicchiere di vino sarebbe perfetto.»

«Certo. Tu siediti e goditi questo fantastico fuocherello. Io porto i menu, anche se i piatti speciali che ci sono scritti sulla lavagna sembrano davvero appetitosi.»

Lei lo guardò allontanarsi in direzione del banco, torreggiando sopra gli altri uomini presenti nel locale. Quella sera aveva un che di diverso, sembrava più maturo. Forse l'ambiente universitario aveva inquinato il ricordo che aveva di lui, l'aveva spinta inconsciamente a considerarlo ancora uno studentello quando in realtà aveva solo sette anni meno di lei.

«Ecco a te.» Jonathan le appoggiò davanti il vino e un menu, poi si sedette sullo sgabello accanto a lei allungando le gambe. «Dai un'occhiata veloce, perché la cucina chiude alle otto e sono già le otto e dieci.»

Jazz ridacchiò. «A Londra a quest'ora i clienti iniziano appena ad arrivare, figuriamoci se smettono di dar da mangiare.» Sorseggiò il vino e lesse le proposte sulla lavagna. «Comunque la scelta è scontata. Merluzzo e patatine con vellutata di piselli, per me.»

«Allora siamo in due.» Le sorrise. «Com'è che si dice? Quando sei a Roma... Anche se ho come l'impressione che il pescato di queste parti sia finito in Scozia per essere messo sottovuoto, mentre noi stiamo per gustare il miglior pesce della Norvegia. Vai a sapere.»

«È possibile, ma è il pensiero che conta.»

«Assolutamente. Ed è bello vedere una donna che non bada alle calorie. Non che tu ne abbia bisogno, intendiamoci. Nel senso, fisicamente stai benissimo, ma...» Jonathan iniziava ad arrossire. «Scusa, meglio che ricominci. Volevo dire che mi dà sui nervi portare una donna a cena fuori e vederla piluccare tutta la sera una foglia d'insalata.»

«Tranquillo, non è il mio caso. Mangio sempre come un lupo e sto morendo di fame, quindi perché non vai a ordinare, prima che sia troppo tardi?»

Passarono quindici minuti e Jazz ormai si era rilassata. Jonathan aveva un bel senso dell'umorismo, che lei condivideva e capiva. Il fish and chips era delizioso e Jazz azzardò un altro bicchiere di vino.

«Allora, sono pronta a rispondere alle ultime domande che volevi farmi. E comunque, scusa se l'altro giorno sono stata un po' scostante.»

«Quello che fai ti appassiona, e non è certo una colpa. Non pensarci nemmeno.»

«Passione o disillusione, chissà» rispose lei, sorridendo. «Due settimane fa pensavo di aver mollato definitivamente la polizia.»

Jonathan inarcò un sopracciglio. «Sul serio? Perché?»

«Ho avuto una brutta delusione, sia lavorativa che personale. Comunque è una storia troppo lunga e noiosa, e non voglio perdere tempo a rivangare il passato.»

«Lo capisco. Tuo padre mi ha detto che hai divorziato da poco.»

«Ma davvero?» Jazz inarcò un sopracciglio. «E cos'altro ti ha detto?»

«Non ci ha girato molto intorno, ha detto che è stata la decisione migliore che tu abbia preso.»

«Eh già, non è mai stato un ammiratore di Patrick.»

«Così mi è parso di capire. Tu sei felice al riguardo?»

«Nessuno è felice di un fallimento, dico bene? E purtroppo il divorzio è questo. Ma di certo sono contenta di essermi messa tutto alle spalle, sì.»

«E sei tornata al lavoro.»

«A quanto pare. All'inizio pensavo di fare solo un favore al mio ex capo, ma...» Jazz si strinse nelle spalle. «Vediamo come va.»

«Sarebbe stato un peccato buttare via tutto, no? Perché sono certo che tu abbia fatto carriera in questi anni, cosa che per una donna non sarà stato affatto facile.»

«Non è stato poi così difficile, in realtà. E comunque sono solo una banale piedipiatti» disse sorridendo.

«Sì, come no» commentò lui. «E di certo sei molto più bella di Colombo.»

«Lo prenderò come un complimento.»

«Mi sarebbe tanto piaciuto avere un lavoro con cui fare davvero la differenza nel mondo, per esempio il chirurgo, o l'inventore. Ti ammiro davvero, Jazz. Io non faccio altro che formulare teorie su come vanno fatte certe cose.»

«Se può consolarti, il mio primo amore non è stato per pistola e manganello. Volevo diventare un'artista. E lo voglio ancora.»

«Tuo padre me l'ha detto che hai studiato Storia dell'arte.»

«Sembra che il mio carissimo genitore ti abbia raccontato parecchie cose su di me» ribatté Jazz, accigliandosi.

«Non ti arrabbiare. Ammetto di aver insistito.» Jonathan sogghignò. «Anche se non è stato difficile farlo sbottonare, visto che sei il suo argomento di conversazione preferito. Comunque, la cosa bella di avere un talento naturale è che non ti abbandona mai. Io non ne ho nessuno, almeno per quanto riguarda l'arte. Non saprei dipingere niente di niente, men che meno un quadro.»

«Ma hai la capacità di pensare logicamente e con chiarezza, e poi di riportare tali pensieri su carta. È lo strumento con cui crei, no?»

«Lo sapevo che mi saresti piaciuta, signorina Hunter. Che modo elegante di dare significato alla mia patetica esistenza. Caffè?»

«Molto volentieri.» Jazz guardò l'orologio mentre Jonathan si alzava per andare al bancone. «Poi però bisogna davvero che vada.»

«Allora, come procede il caso?» domandò lui appena fu tornato con il caffè. Versò nel suo due generose cucchiaiate di zucchero.

Jazz aveva trascorso dieci anni accanto a un uomo che faceva il suo stesso mestiere e capiva ogni sfumatura del mondo che condividevano. I casi potevano essere discussi apertamente senza paura di dire troppo. Conosceva molti colleghi che stavano con persone esterne alle forze di polizia, e sapeva quanto fosse difficile non poter condividere nulla col partner. Ma il rischio di fuga di notizie era sempre troppo alto.

Era un terreno del tutto nuovo per lei, ed era consapevole di dover ancora imparare a muoversi con cautela.

«Più complicato di quanto sembrasse all'inizio. Ma è normale» rispose, senza esporsi.

«Sei nel Norfolk a tempo determinato, quindi?» chiese lui.

«No, mi sono trasferita definitivamente. Mi piace stare qui.»

«È una contea straordinariamente brulla, e non ci sono dinamiche meschine come in città. Jazz, senti» la mano di Jonathan scivolò sul tavolo e andò a posarsi su quella di lei. «So che ti sembrerò sfacciato, ma stasera sono stato benissimo. Ti va se lo rifacciamo? Anche perché non ti ho neanche fatto le domande che mi mancano.»

«Io...» Jazz era sconcertata e non sapeva cosa dire. Non era più abituata al protocollo del corteggiamento.

Prima che riuscisse a formulare una risposta, notò una figura familiare che faceva ingresso nel pub. Maledizione. Le sorrise subito e si diresse al loro tavolo senza esitazione.

«Jazz.» Quel suo lieve accento irlandese la aggredì all'istante. Era Patrick. Il suo ex marito. Si chinò a darle un bacio sulla guancia. «Ti trovo benissimo!»

Appena Patrick le posò un braccio sulla spalla Jazz si sentì sommergere dall'odore che, dopo dieci anni di intimità, gliel'avrebbe fatto riconoscere all'istante anche se fosse diventata cieca.

Rimase seduta immobile, in attesa che le togliesse le mani di dosso e si rimettesse dritto.

«E chi è questo bel giovanotto con te?» chiese, guardando Jonathan. Nei suoi occhi spiccava evidente il sarcasmo.

«Che cazzo ci fai tu qui?!»

«Ah, Jazz, suvvia, non fare così. Guarda caso, dovevo venire a Norwich per affari. A dire il vero ho dato io uno strappo a Issy.»

«Issy?» Jazz si sentì chiudere la gola.

«Era più comodo per tutti. Sono andato a cena con Miles e la nostra cara strizzacervelli.»

«Ma che ci fai qui? In questo pub, intendo!» chiese lei, fredda come il ghiaccio.

«Ah, be', mi dispiace interrompere la tua serata, ma devo fare un favore a Norton. Vuole parlarti con urgenza. Non rispondi al cellulare, ma il detective Miles sapeva dove fossi quindi ho deciso di venire di persona a recapitarti il messaggio.»

Jazz non aveva neanche la forza di rispondere. Vide che Jonathan era molto a disagio.

«Meglio che vada» disse infatti, alzandosi. «Le strade sono ghiacciate.»

«Infatti. Guida piano» disse Patrick, con un sogghigno.

«Come no. Ciao, Jazz, grazie della bella serata.»

«Sì, grazie a te. Sono stata bene.» E diede un bacio affettuoso a Jonathan sulla guancia.

«Jazz, non vuoi presentarci?» Patrick fermò Jonathan mettendogli una mano sulla spalla.

Che gran bastardo...

Jazz strinse i denti. «Jonathan, lui è Patrick Coughlin, il mio ex marito.»

«Piacere. Ciao allora, ci sentiamo.» Jonathan uscì a grandi passi dal pub, imbarazzato da morire.

«Vado anch'io» disse lei. Quando però tentò di passare accanto a Patrick, lui la trattenne afferrandole un braccio.

«Andiamo, Jazz, suvvia, non c'è alcun bisogno di comportarsi così. Non possiamo fare come le persone civili? Sederci al tavolo per bere una cosa come i vecchi amici che siamo?»

«Noi non siamo amici, Patrick, e non lo saremo mai più.»

Lui la guardò per un istante, poi sfoderò un sorriso viscido. «Santo cielo, da come stai reagendo uno potrebbe anche pensare che provi ancora qualcosa per me. Altrimenti che ti costerebbe bere una cosa insieme?»

Jazz si sedette bruscamente. Lo odiava con tutto il cuore. «Una cosa, poi vado.»

«Il solito?»

Jazz annuì. Il cuore prese a batterle più forte al ricordo di quanto intimamente lui la conoscesse.

Patrick tornò al tavolo con un cognac per lei e un whisky per sé.

«Allora, chi era il tipo?»

«Un amico. Lo sto aiutando con la tesi.»

«A me sembrava che volesse ben altro che il tuo aiuto. Lo capisco. Andate a letto insieme?»

«Patrick, santoddio, non sono affari tuoi! Ci conosciamo appena.»

«Un po' giovane, non credi?»

«Anche a te piacciono così, no?» La frase le uscì di bocca prima che riuscisse a controllarsi.

«Touché» fece lui, poi bevve un sorso di whisky. «Comunque davvero, non significava niente di niente.»

«Non ti azzardare a rifilarmi queste stronzate! Lo so che sono tutte bugie. L'hai portata avanti almeno un anno. E la cosa peggiore è che in centrale lo sapevano tutti. Tutti tranne tua moglie.»

«Ammetto di essermi comportato scorrettamente, ma...»

Jazz cominciava a sentire caldo per la rabbia. «Scorrettamente? Ti sei comportato in maniera spregevole, altroché! Te la scopavi in ufficio con le tapparelle abbassate. Cristo! Se proprio volevi mettermi le corna, almeno potevi farlo quando non eri in servizio.»

Con la coda dell'occhio vide che quelli del tavolo accanto si stavano godendo lo spettacolo, ma ormai non gliene fregava più nulla.

«Jazz, mi dispiace molto, sono pentito.» Patrick sospirò. «Forse avremmo dovuto fare questa chiacchierata tanto tempo fa. Io ero pronto, volevo scusarmi e spiegarti tutto, ma tu sei scappata via verso il tramonto. Ora però sono qui, di fronte a te, ammetto di aver agito da coglione totale e mi sento in colpa per quello che ho combinato. E mi dispiace ancora di più se il mio comportamento ha contribuito a farti lasciare la polizia.»

Lei lo guardò, impotente. «Come sarei potuta rimanere? L'ha detto anche la principessa Diana: in un matrimonio, tre è già una folla. E lei non doveva lavorare ogni giorno nello stesso ufficio con Camilla... o con suo marito.» Jazz scosse la testa e svuotò il bicchiere.

Patrick, una volta tanto, non aveva la risposta pronta. Rimase a guardarla senza proferire parola.

«Comunque, quello che è fatto è fatto» proseguì lei. «È il passato, e francamente voglio solo voltare pagina. Non ci posso credere che tu abbia avuto la faccia tosta di presentarti qui.»

«Jazz, ero disperato. Sono mesi che ti cerco, ero fuori di me. Quel tuo avvocato si rifiutava di dirmi dove ti nascondevi.»

«Non volevo vederti neanche in fotografia, allora come adesso.»

«Non puoi dire che sia stato scorretto quando ho acconsentito a un divorzio rapido. Avrei potuto rifiutarmi di firmare.»

«Vuoi una medaglia, per caso?» Jazz rise amaramente. «Patrick, stai dicendo talmente tante stronzate da far spavento. Correggimi se sbaglio, ma forse hai firmato anche perché ti faceva comodo, no? Così saresti stato libero di rifarti una vita con Chrissie?»

«Un altro?» chiese lui, indicando il suo bicchiere.

«Certo che no. Devo guidare.»

«Ti accompagno io.»

«No, domattina mi serve la macchina. Tra l'altro, che voleva Norton? Hai detto che ha bisogno di parlarmi con urgenza.»

«Ho mentito. Mi serviva una scusa per vederti.»

«Domani Miles lo ammazzo» borbottò lei.

«Non farlo, perché ho mentito anche a lui.» La mano di Patrick scivolò sul tavolo e si posò su quella di Jazz. «Mi sei mancata tantissimo.»

Lei tirò via la mano all'istante. «Come come? La tua sedicenne ti ha messo alla porta e ora ti senti solo? Quanto mi dispiace.» Poi Jazz riuscì a controllarsi. «Mi vergogno di essermi abbassata al tuo livello. A dire il vero, se si esclude il fatto che mi ha scopato il marito, Chrissie mi stava pure simpatica. Era brillante e una detective piuttosto in gamba.»

«Se può farti sentire meglio, mi ha scaricato un paio di mesi fa per un uomo d'affari della City quindici anni più giovane di me e cento volte più ricco. Ora sono solo soletto.»

Jazz si costrinse a sghignazzare. «Se speri di farmi provare compassione, ti sbagli di grosso. Anzi, sono felicissima di questa cosa e spero che tu abbia sofferto come un cane.»

«Sì. Ma non per lei. Più che altro perché sono stato un coglione e ho rischiato di perderti.»

«"Hai rischiato"? Non attacca, spiacente. Hai sempre avuto un gran fascino, Patrick. Sarà per via del tuo sangue irlandese e tutto il resto. Purtroppo per te non mi fa più alcun effetto. E ora devo proprio andare.» Jazz si alzò.

«Ma abbiamo tanto di cui parlare. Ci sono ancora i tuoi stipendi sul conto che abbiamo in comune. E c'è il tuo nome sul contratto di casa nostra.»

«Ora è casa tua, Patrick. Hai rilevato il mutuo, te lo ricordi? Manda un assegno e tutti i documenti da firmare al mio avvocato.» Lui la seguì all'esterno, dove aveva iniziato a cadere una neve leggera.

«Mi riesce difficile immaginarti nei panni della campagnola» la incalzò Patrick mentre camminavano verso l'auto di Jazz. «La città ti è sempre piaciuta tanto.»

«Straordinario, vero, ciò a cui ci si abitua quando si è costretti? Ciao, Patrick. Fai buon viaggio.» Jazz si chinò per salire in macchina ma lui la afferrò e la strinse a sé.

«Cristo se mi sei mancata.» Le accarezzò i capelli. «Se mai volessi prendere in considerazione...»

Lei si divincolò con energia. «No, Patrick, è finita. Per sempre. Vedi di abituarti.» Si mise al volante e sbatté la portiera. Accese il motore e si allontanò più in fretta che poté, senza neanche lanciarsi un'occhiata alle spalle.

Quella notte Jazz non riusciva a prendere sonno. Andò a sedersi sul davanzale in soggiorno per guardare la neve che cadeva fuori. Ricordava con chiarezza l'umiliazione che aveva provato quando aveva finalmente scoperto la verità sull'ex marito e si era resa conto che lo sapevano già tutti.

Ora, però, più che con Patrick era arrabbiata con se stessa: le dava un gran fastidio aver provato una punta di emozione quando lui l'aveva stretta fra le braccia.

20

Jenny Colman eseguì la sua solita routine mattutina. Mentre faceva scorrere l'acqua per riempire la vasca si preparò una tazza di tè forte e versò in una ciotola i cereali della colazione. Dopo essersi fatta il bagno si sedette a mangiare in accappatoio. Dalla finestrella della cucina si vedeva la spessa coltre di neve che, dopo la nevicata della sera prima, copriva ogni cosa.

Andò a prendere nell'armadio uno dei tre vestiti che si metteva a rotazione per andare a lavorare. Li definiva la sua «uniforme», e ogni gennaio andava a Norwich in autobus per approfittare dei saldi e sostituirli. Si truccò, poi si spruzzò su collo e polsi un po' di *Blue Grass*. In quel momento udì i passi del postino che si avvicinava alla porta per lasciarle la corrispondenza.

«Altre bollette» si lagnò. E pensare che da piccola sentire il postino la emozionava tanto, specialmente il giorno del suo compleanno e a Natale. Ora invece il suo arrivo significava soltanto che qualcuno voleva dei soldi.

Dalla buca delle lettere spuntarono due buste che finirono sullo zerbino. Jenny le raccolse e le aprì. Una conteneva una circolare di un'azienda idraulica del posto, mentre l'altra...

Jenny studiò la spessa busta color crema col suo nome stampato accuratamente nell'angolo in basso a destra. Il francobollo era di Londra. Inforcò gli occhiali, andò in soggiorno e si sedette per aprirla, domandandosi chi mai potesse scriverle dalla capitale.

Vide l'indirizzo in cima alla missiva. Era di uno studio legale. Dovette rileggere la lettera due volte per essere sicura di non aver capito male.

Quando ebbe finito si tolse gli occhiali e rimase a fissare il vuoto.

Un piccolo lascito...

No. Non doveva farci la bocca. Rilesse tutto dall'inizio. A quanto pareva, l'avvocato voleva che andasse nel suo studio di Londra.

Lei nella capitale non c'era mai stata in vita sua. Come avrebbe fatto ad arrivare anche solo alla stazione? E poi, una volta a Londra, come faceva a orientarsi?

Poteva chiedere a Maddy di accompagnarla, almeno fino a Norwich per metterla sul treno.

Jenny infilò la lettera nella borsetta. Avrebbe chiesto al signor Jones quando secondo lui sarebbe stato un buon giorno per prendere ferie, poi avrebbe fatto in modo di farsi sostituire da una delle ragazze dell'ufficio tesoreria.

A quel punto avrebbe telefonato.

Dopo che ebbe indossato gli stivali imbottiti di lana e fu uscita di casa, avanzando con cautela sulla neve semidisciolta, Jenny fece un sorriso triste.

Il caro Hugh. Fosse anche stato un pensierino da nulla, era stato un tesoro a ricordarsi di lei.

Quando Jenny arrivò alla scuola vide che la porta dell'ufficio del signor Jones era aperta. Il preside stava leggendo il giornale locale, e c'erano alcune copie del *Times* e del *Telegraph* sulla scrivania.

Jenny bussò con energia. «Buongiorno, signor Jones. Come procede oggi?»

«Avanti, avanti.» Robert le fece cenno di entrare, poi le mostrò la prima pagina del quotidiano che aveva in mano.

Insegnante del posto trovato morto in casa.

Jenny sospirò. «Oh, cielo. Oh, cielo! Che cosa dice?»

«Più che altro parla di Hugh e di che grande studioso fosse, ma a un certo punto accenna anche alla morte di Charlie. Ho trovato un trafiletto anche sugli altri due...» disse, indicando i due giornali nazionali.

«Doveva essere molto noto, se gli hanno dedicato uno spazio sul *Times*.»

«Sì.» Robert era in preda all'agitazione. «Potrebbe preparare il caffè per me e l'ispettrice Hunter? Arriverà a momenti.»

«Ma certo, signor Jones.» Jenny però rimase sulla soglia. Si mordeva il labbro e cercava in tutti i modi di raccogliere il coraggio di chiedere un giorno di ferie.

«Ha bisogno di altro?»

Lei scosse la testa. Non era il momento giusto. «No, signor Jones. Glielo porto subito.»

Jazz, che aveva ceduto al sonno soltanto alle cinque del mattino, uscì di casa prestissimo e si precipitò nel calduccio della sala interrogatori, al commissariato di Foltesham.

Alle otto comparvero Miles e Issy, entrambi con un'aria stanca e trasandata.

«Caffè. Ho bisogno di caffè» gemette Issy.

Jazz la ignorò. Issy si abbandonò con nonchalance su una sedia, mentre Miles appariva in evidente imbarazzo.

Alla fine, Issy chiese: «Ti ha trovata?».

Jazz annuì. «Per forza, gli avete detto dov'ero... Certo che mi ha trovato» rispose, brusca.

«Alistair, fai il bravo e porta alla zia Issy un bel po' di caffè macinato fresco, come penitenza per tutto il vino che mi hai fatto tracannare ieri sera.»

«Farò il possibile, ma non so se in questo remoto avamposto della legge britannica il caffè in chicchi arriva.»

«Grazie, tesoro» disse Issy, tenendo lo sguardo puntato su Jazz che fingeva di fare altro.

«Lo sai che ti ama ancora.»

Jazz chiuse di scatto il portatile e lanciò un'occhiataccia alla collega.

«Mi dispiace per lui.»

«Oh, andiamo, stai parlando con me. Sono Issy. Lo so cosa provavi per lui. E cosa provi ancora, credo.»

«No! Non più. Ci è voluto un sacco di tempo per arrivare a questo punto, e non m'interessa affatto rivangare il passato. E ieri sera, grazie a voi, sono stata costretta a farlo.»

«Mi dispiace, Jazz, ma penso che dobbiate parlare, come minimo. È profondamente malsano non affrontare i propri demoni.»

«Issy, non sono una tua paziente! Come ti permetti di interferire con la mia vita?»

«No, Jazz, infatti. Tu sei mia amica. E ti capisco. Ci tengo a te» disse Issy, con calma. «So anche che la tua più grande debolezza è l'orgoglio. Patrick ti ha umiliato, e tu hai preso e te ne sei andata senza neanche dargli modo di spiegarsi.»

Jazz e Issy avevano già vissuto una situazione del genere. Ora però il confronto non le interessava più.

«Senti, lasciamo perdere, va bene? Io e Patrick siamo divorziati, è finita.»

«C'è sempre il precedente di Liz Taylor e Richard Burton...»

«Ti prego, Issy! È andato a letto con una nostra collega, capito? E non una volta sola, ma ripetutamente. A quanto pare era "amore", o così diceva lei quando ne parlava in giro. Avevano anche fatto progetti per un futuro insieme, e questo ben prima che io li scoprissi. Ora che lei l'ha mollato è lì che si sente solo ed è tornato con la coda tra le gambe, tutto qui.»

«Sì, questo lo capisco, ma è chiaro che non la amasse. Nel senso, Chrissie è una brava ragazza, ma non può competere con te in quanto a cervello. È stato un tipico comportamento maschile, che si riduce tutto alla lussuria: l'eccitazione di un corpo nuovo, l'autocompiacimento di vedere una donna più giovane che ti viene dietro, e poi diciamocelo, Patrick ce l'ha enorme...» Issy ridacchiò. «L'ego, intendo.»

«Poco ma sicuro. La morale della favola l'hai tirata fuori tu stessa: Patrick non avrebbe mai dovuto sposarsi, fine. Forse è il genere di uomo a cui servono stimoli continui, cose che una moglie non potrà mai dargli. Lo sai quanto gli piaccia flirtare. Sono quasi sicura che Chrissie non sia stata la prima, e non ho alcuna voglia di restare sposata con un donnaiolo seriale.»

«No, infatti» convenne Issy, sospirando. «Forse hai ragione. Almeno però avete parlato. Dio solo sa come abbia scoperto che sarei venuta qui nel Norfolk, ma ha insistito per darmi un passaggio.»

«Non avresti dovuto accettarlo. Per me.»

«Tesoro mio, lo sai che odio i trasporti pubblici.» Issy tirò su col naso.

«Abbi pazienza ma non è una scusa valida. E ti definiresti un'amica? Bah! Per poco non mi viene un infarto quando l'ho visto al pub ieri sera. Avresti potuto almeno avvisarmi.»

«Mi ha fatto giurare di non dirtelo. Sapeva che saresti scappata. E aveva ragione.» Issy sorrise. «Eddai, Jazz, ci sarà pure una piccola parte di te che è stata felice di vederlo arrivare proprio mentre ti facevi coccolare da un potenziale amante, no?»

Jazz non seppe più cosa dire. Non riusciva a credere a quello che aveva fatto Issy. Alla fine rispose: «Mi stai dicendo che hai organizzato tutto tu? Cristo, non sapevi neanche con chi fossi!».

Issy si sporse verso di lei. «Puoi guardarmi negli occhi e dirmi sinceramente che ieri sera, quando hai visto Patrick, non hai provato niente di niente?»

Jazz improvvisamente si sentì arrossire. «Basta così! Basta interferenze da parte tua, grazie. Dico sul serio, Issy!»

Lei si strinse nelle spalle. «D'accordo. Scusa.»

Per fortuna in quel momento arrivò Miles con tre tazze di caffè. «Istantaneo, purtroppo. Meglio di così non c'è stato verso.»

Anche se si accorse dell'atmosfera tesa, il detective non fece commenti.

«Farei meglio a berlo velocemente e andare subito dai Millar. Mi accompagni, Jazz?» chiese Issy, melliflua.

Lei però era ancora furibonda. «No. Devo andare a parlare con Jones, quell'incompetente di preside, per aggiornarlo. La storia di Hugh Daneman è uscita sui giornali, già me lo vedo fuori dai gangheri.» Si rivolse a Miles. «Accompagna Issy dai Millar, poi rintraccia l'avvocato di Daneman. Senti se può fornirci i dettagli del testamento.» Jazz rimise il portatile nella custodia e si alzò. «Ci rivediamo qui a mezzogiorno, così ci aggiorniamo su Rory Millar» disse a Issy.

«Io non vedo l'ora, sai? Gli adolescenti problematici sono la mia passione del momento» rispose lei.

Il cellulare di Jazz squillò. «Parla Hunter.»

«Sono Roland, ispettrice. Temo di avere brutte notizie.» Dalla voce sembrava nervoso.

«Cioè?»

«Il sergente dice che Millar è scomparso.»

«Cazzo!» imprecò Jazz a denti stretti. «Come? Dove?»

«Non lo sanno. Erano di pattuglia di fronte a casa sua, non hanno visto nessuno entrare o uscire per tutta la notte. Poi alle otto e quaranta stamattina è arrivato il postino con un pacco per Millar, che non gli ha aperto. Il sergente si è insospettito, è andato a controllare e ha trovato la porta sul retro aperta, e la casa vuota. Spiacente, ispettrice, ma ci aveva chiesto di mantenere le distanze.»

«Certo. Ma sarà meglio ritrovarlo subito.»

«Sto andando a casa sua. E ho dato l'allarme in tutta la contea. Lo prenderemo.»

«Lo spero, sergente Roland. Mi richiami appena ha novità. Ah, e metta qualcuno di guardia a casa della signora Millar finché non lo troviamo. Grazie.»

Jazz poi si rivolse a Issy. «Hai capito cos'è successo, immagino.»

«Sì. Niente panico, Jazz. Scommetto che c'è di mezzo l'alcol. Quel poveraccio avrà avuto voglia di bere e si è ritrovato senza nulla in casa. Non penso sia andato lontano.»

«Spero tu abbia ragione» disse Jazz, cupa, mentre si dirigeva alla porta. «Ma non me l'aspettavo. Mi raccomando, che non ti scappi con Angelina che il suo ex si è dileguato e non sappiamo dove si trovi. Le verrebbe un colpo apoplettico, a lei e a quell'arrogante del suo avvocato.»

«Certo. Però posso dirle che David è stato rilasciato? Vorrei vedere come reagiscono.»

«Se proprio devi. Ci vediamo dopo.»

Jazz salì in macchina e guidò fino alla scuola. Era ancora furente con Issy. E preoccupata per la scomparsa di Millar. L'incontro della sera prima e la telefonata di Roland avevano mandato in pezzi la sua già fragile fiducia in una rapida risoluzione del caso. Perdere un sospettato era una cosa. Perderne uno che aveva confessato un omicidio ed era stato rilasciato senza accuse era tutt'altra storia.

E se si fosse sbagliata, su Millar?

«Cazzo, cazzo!» Jazz picchiò la mano sul volante mentre aspettava di imboccare la rotonda per svoltare a destra. Di punto in bianco le tornò in mente il periodo passato in Italia, quando non aveva molto a cui pensare a parte quale ristorante scegliere per mangiarsi un piatto di pasta.

Ma che diavolo ci faceva, lì?

Logicamente però sapeva che non poteva neanche scappare per sempre. Issy aveva ragione a dire che prima o poi doveva affrontare il passato.

Jazz uscì dalla rotonda e nel frattempo si consolò col pensiero che già una volta se n'era andata: poteva sempre farlo di nuovo.

Il cielo, limpido fino a poco prima, si era rannuvolato e minacciava di nuovo neve. L'ufficio meteorologico aveva diffuso un'allerta generale in tutta la regione, specialmente nell'area est. Jazz decise che quella notte avrebbe alloggiato con Miles nell'albergo in città. Dormire sotto la neve in una casa senza riscaldamento e corrente elettrica non era l'ideale.

Mentre percorreva High Street, la via principale di Foltesham, le squillò il cellulare. Accostò di fronte all'edicola e rispose.

«Jazz?»

«Ciao mamma, dimmi.»

«*Ehm...*»

Jazz sentì l'esitazione nella voce della madre e capì subito che era successo qualcosa. Col cuore in gola, chiese: «Papà sta bene?».

«No.» Celestria soffocò un singulto. «È svenuto un'ora fa e l'hanno portato in ospedale. Sono qui con lui. Dentro ci sono i medici, quindi ho pensato di chiamarti.»

«Oh, mamma. È grave?»

«Lo sai come sono i dottori, non ti dicono mai niente. Hanno detto che ne sapranno di più dopo gli esami, ma sono quasi certi che sia stato un infarto.»

«Oddio.» Jazz trasalì. «È grave?»

«Abbastanza, mi sa. Oddio Jazz ha un aspetto orribile, non...»

«Mamma, arrivo subito. In che ospedale siete?»

«Al Papworth, ma ascolta, il tempo è tremendo qui, nevica come Dio la manda. Stanno consigliando a tutti di non mettersi in macchina tranne in caso di assoluta necessità.»

«Qui è bello, sto arrivando. Resisti, mamma, e dillo anche a papà.»

«Oh, tesoro, io... grazie. È in terapia intensiva. Stai attenta mi raccomando.»

Jazz lasciò cadere il cellulare sulle ginocchia e, con la testa che girava, appoggiò la fronte sul volante. Era la chiamata che temeva di ricevere ogni giorno da quando era diventata adulta.

Coraggio, Jazz, si spronò. *È ancora vivo, se la caverà. Deve farlo.*

In quel momento sentì bussare al finestrino dal lato del passeggero.

Jazz alzò lo sguardo e vide Patrick, col *Times* sottobraccio, che la guardava preoccupato. Prima che riuscisse a impedirglielo, aprì la portiera e si sporse nell'abitacolo dell'auto.

«Che succede, Jazz? Tutto a posto?»

«Mi ha chiamato mia madre. Papà ha avuto un infarto, è in terapia intensiva.»

«Oddio, mi dispiace tanto. Posso salire? Si gela qui fuori.»

Lei non lo fermò. Non ne aveva la forza. Appena salì in macchina, il suo odore e la pungente aria fredda la confortarono e allo stesso tempo la misero in ansia.

Lui allungò una mano guantata e le strinse il braccio. «Ora vai in ospedale, immagino. Te la senti di guidare? Dicono che andrà peggiorando.»

Jazz annuì. «Certo, sì, sì. Scusa, è che mi ha chiamato adesso.» Cercò di trovare dentro di sé la forza per ricomporsi.

«È... tanto grave?»

«La mamma non mi ha detto molto, ma il fatto che mi abbia telefonato mi fa capire che sì, è grave. Comunque me la caverò, davvero» disse, rivolgendogli un sorriso triste. «Anzi, è meglio che vada.»

«Jazz, non ti vedo in gran forma, sei sotto shock. Non intendo lasciarti guidare sotto una tempesta di neve.» Patrick scese dalla macchina. «Forza, spostati, guido io. Andiamo a lasciare la tua macchina alla stazione di polizia, che tanto è di strada, e prendiamo la mia. È più indicata, con questo tempo. Arriveremo in un attimo.» Fece il giro dell'auto e aprì la portiera. Jazz rimase immobile a fissarlo. «Jazz, angelo mio, per una volta in vita tua, fai quello che ti viene chiesto senza protestare. Perché ho intenzione di rimanere qui finché non mi obbedirai.»

Patrick incrociò le braccia sul petto e Jazz si ritrovò a combattere dentro di sé una battaglia già persa in partenza. Alla fine annuì senza troppa convinzione.

«Va bene. Grazie» disse, burbera. Fece per uscire dalla macchina, ma le cedettero le ginocchia e dovette aggrapparsi a Patrick, che la aiutò con premura a fare il giro dell'auto e rimettersi seduta.

«Allora, dove andiamo? A Cambridge, immagino.»

«Sì.» Jazz lo guardò lanciare il giornale sui sedili posteriori e accendere il motore. «Non sei costretto, sai? Posso farcela da sola.»

«Ne sono sicuro.» Le sorrise e si staccò dal marciapiede. «E so di non essere costretto. Senti, non hai qualche telefonata da fare, per caso?»

Jazz annuì.

«Puoi dire a Norton che tornerò a Londra un po' più tardi del previsto?»

Lei lo scrutò con le sopracciglia aggrottate, poi annuì di malavoglia.

«Sicuramente se glielo spieghi capirà senza fare storie. Siamo stati marito e moglie per dieci anni, no? Ti sto dando un passaggio per andare a trovare tuo padre malato, mica ti porto via per una riconciliazione romantica.»

«Lo so. Scusa.» Jazz prese il cellulare e compose il numero.

Il tempo resse abbastanza bene almeno fino a Ely, dove la neve cominciò a cadere copiosa. Jazz stava seduta in silenzio e guardava fuori dal finestrino. Il cuore le batteva forte al pensiero di ciò che la aspettava. Aveva provato a chiamare sua madre, ma come al solito aveva il cellulare spento. Anzi, dubitava che se lo fosse portato dietro quando era andata in ospedale. Un paio d'anni prima aveva regalato ai suoi un telefonino ciascuno per Natale, perché credeva che gli sarebbe stato utile. Suo padre ci si era abituato come un pesce nell'acqua, e di recente aveva addirittura cominciato a scriverle degli SMS. Celestria invece faticava perfino a trovare il tasto per accenderlo, e ormai ci scherzavano su.

Furono costretti a fermarsi sulla A14, a una manciata di miglia da Cambridge.

«Cristo, qui è brutta la situazione.» Patrick sospirò, si sporse dal finestrino e osservò l'ingorgo che si estendeva a perdita d'occhio davanti a loro – in realtà non sapevano quanto fosse grave, perché la visibilità era pessima. «Dev'esserci stato un incidente più avanti.» Si girò a guardare Jazz. «Qui serve assolutamente la sirena.»

«Aspetta, però, non puoi! Pat...»

«Mettiamola.» Patrick accostò in corsia di emergenza, abbassò tutto il finestrino e piazzò la sirena sul tettuccio. «Il peggio che può capitare è che perdiamo entrambi il lavoro, ma dato che tu ti sei già licenziata, pazienza.» Ripartì e prese velocità. «E poi è veramente una questione di vita o di morte.»

Quelle parole la fecero cadere preda di un terrore incontrollabile.

La corsia d'emergenza era ingombra di auto ferme, tanto che Patrick dovette rientrare in autostrada e procedere a zigzag nell'ingorgo fino al punto dell'incidente. Fu un processo estenuante e, quando finalmente arrivarono alla loro uscita, Jazz aveva i nervi a pezzi.

«Gesù, Giuseppe e Maria! Un incubo. Dove cazzo sono le autorità?»

«Su quest'auto» scherzò Jazz, a bassa voce, con un fantasma di sorriso che le compariva sulle labbra.

Patrick si allungò e le prese la mano, come a complimentarsi per quella battuta che doveva esserle costata un bel po' di sforzo. «E perché questa nazione dimenticata da Dio finisce a gambe all'aria alla prima nevicata?» Lanciò un'occhiata a Jazz e vide che era pallidissima. Le strinse forte la mano. «Dai, manca poco.»

Lei fece un mezzo sorriso. Ora che si avvicinavano all'ospedale pensò che avrebbe tanto preferito restare bloccata in autostrada, invece di dover affrontare ciò che la attendeva.

21

Angelina camminava qua e là in cucina, reggendo la terza tazza di caffè della giornata. Mentre scrutava il maestoso paesaggio invernale, prese il telefonino sul tavolo e provò a mettersi in contatto con Julian per la decima volta nel giro di poco.

La chiamata finì dritta sulla segreteria telefonica. Angelina riattaccò. Aveva già lasciato tre messaggi, uno la sera prima e due quella mattina.

Da quando avevano parlato al telefono l'ultima volta non l'aveva più sentito. Eppure aveva detto che l'avrebbe richiamata.

Il pensiero che la tormentava era semplice: Julian si era stufato di fare da secondo violino, di vedersi preferire costantemente Rory, e aveva deciso di rendere palese il suo malcontento ignorandola.

Angelina si morse il labbro e si sedette al tavolo. Cos'avrebbe dovuto fare, adesso? Dio, quanto sapevano essere egoisti gli uomini! Era colpa sua se Rory aveva bisogno della madre e di qualche giorno di pace e tranquillità per riprendersi? Il problema ovviamente era che Julian non aveva figli suoi, e quindi non capiva l'istinto del genitore, che tende sempre a proteggere i propri bambini.

E lei? Angelina si concesse un istante di autoindulgenza. Anche vedersi rapire il figlio e scoprire che il tuo ex marito forse è un assassino non è affatto facile da digerire.

Si alzò, improvvisamente furiosa. Se quello era il sistema infantile che Julian aveva scelto per punirla, bene, che facesse pure come voleva.

In quel momento suonarono alla porta. Quasi certamente era la consulente mandata da Londra per parlare con Rory. Uscì dalla cucina e attraversò il corridoio fino all'ingresso.

Sulla soglia la attendeva una signora imponente con un largo cappello di feltro coperto di neve.

«Isabella Sherriff, piacere di conoscerla. Lei deve essere Angelina, la madre di Rory.»

«Esatto.» Ad Angelina scappava da ridere. Con quel lungo cappotto di velluto, e poi quel cappello, Isabella Sherriff le ricordava un pupazzo di neve. «Prego, entri.»

«Grazie.» Isabella si ripulì le spalle e si tolse il copricapo. «Sono venuta a piedi. Idea sciocca.» Mentre si sbottonava il cappotto fradicio le brillavano gli occhi, e Angelina provò una simpatia immediata per lei.

«Perché non lo dà a me? Lo appendo vicino alla stufa ad asciugare.»

«Ottima idea, grazie. Sarà meglio che mi tolga anche questi stivali, prima di lasciarle una scia di neve in questa splendida casa.» Isabella si appoggiò al pomello della porta e si tolse gli scarponi infangati. Sotto sfoggiava un calzino rosso e uno nero. Sorrise ad Angelina. «Chiedo scusa per le calzature. Mi hanno mandato qui un po' all'improvviso e non ho avuto molto tempo di fare i bagagli.»

«Non si preoccupi.» Angelina condusse Issy in cucina. L'ospite andò dritta alla stufa e allungò le mani sopra la piastra rovente.

«Temo che potrò scordarmi di rientrare a Londra stasera.»

«Sì, ora viene davvero giù che Dio la manda.» Angelina appese il cappotto di Issy sopra la stufa, guardando con aria assente fuori dalla finestra. Di colpo fu colta da un pensiero orribile. Forse Julian aveva avuto un incidente? Poteva essere andato a sbattere con la macchina mentre tornava a casa, la sera prima?

«Le dispiace?»

Angelina tornò a concentrarsi su Issy, che le indicava la caffettiera.

«Scusi. Ma certo, anzi, gliene preparo un altro. Quello ormai sarà freddo.»

Angelina riempì il bollitore e lo mise sul fuoco.

«Come sta Rory? Posso chiamarla Angelina?»

«Sì.»

«E lei mi chiami Issy, come fanno tutti.»

«Rory non ha dormito bene. L'ho sentito gridare stanotte, ma quando sono andata a controllare dormiva. Un incubo, forse. Mi sono seduta sul letto ad accarezzargli la fronte, ma non credo se ne sia accorto.»

«Oggi gli ha chiesto cos'ha sognato?»

«No, non volevo tirare fuori la cosa.»

«In ogni caso gli incubi sono salutari, seppur non particolarmente piacevoli. È il subconscio che analizza problemi o paure e tenta di razionalizzarli. Aiuta le persone a gestire situazioni difficili.»

«Capisco.»

In realtà Angelina non capiva. Anzi, non ascoltava proprio. Pensava ancora a Julian mentre versava la polvere di caffè nella caraffa di vetro.

«Lo faccia come piace a lei» disse Issy, accomodandosi su una sedia. «Rory le ha raccontato di quando è stato col padre? Di che cosa hanno parlato, per esempio, o altro.»

«Non mi andava di menzionare David. Temevo che avesse

l'unico effetto di turbare Rory ancora di più. Come dovrebbe fare un bambino a mandare giù il fatto che suo padre è un assassino, proprio non lo so.» Angelina appoggiò davanti a Issy la brocca, una tazza e lo zucchero. «Prego, si serva pure.»

Issy la guardò. «Solo perché una persona confessa un crimine, questo non significa necessariamente che l'abbia commesso davvero. Lei conosce David meglio di chiunque altro. Che ne pensa?» Si versò del caffè caldo nella tazza.

«Ci sono rimasta di stucco. Non ho parole, mi creda. All'ispettrice Hunter ho detto che non ci potevo credere, David non è capace di uccidere intenzionalmente una persona.»

«Neanche se sapeva che la persona in questione aveva fatto del male al figlio?»

«Ce lo vedo a reagire, certo, ma...» Angelina guardò Issy con sospetto. «Com'è che sa tutte queste cose? Pensavo fosse una consulente per l'infanzia.»

«È così, ma come la polizia le avrà senz'altro spiegato, sono anche una psicologa criminale. Ed è in questo ruolo che ho interrogato il padre di Rory, ieri sera.» Issy bevve un sorso di caffè. «Santo cielo, che buono. La robaccia che mi hanno dato alla stazione di polizia sapeva di rancido.»

«Non so più a che cosa credere.» Angelina si grattò la fronte, confusa. «L'ispettrice è convinta che sia stato David? Le ho detto che è allergico all'aspirina. Non se la sarebbe mai comprata. Sarebbe morto anche lui, se l'avesse presa.»

«Me l'ha detto. A dire il vero il signor Millar è stato rilasciato ieri sera.»

«Sul serio?»

«Buone notizie, no? Di sicuro nessuno vuole che il padre del proprio figlio sia accusato di omicidio.»

«No, voglio dire... non aveva confessato?»

«La sua storia faceva acqua da tutte le parti. So che ha detto all'ispettrice che secondo lei David non è capace di commettere un omicidio, e l'ha appena ripetuto anche a me.»

«È vero, ma le persone cambiano, dico bene? E... be', quello che più mi preoccupa, a essere sincera, è che non so se davvero David abbia perso la testa e abbia ucciso Charlie, anche per sbaglio. Forse non lo sa, ma una volta mi ha picchiato, poi ha tentato di intrufolarsi in casa per arrivare a me e...»

Issy allungò una mano e la appoggiò sulla spalla di Angelina per confortarla. «Si calmi. Mi rendo conto che questa situazione per lei è molto stressante.»

«Sì, certo. Scusi se ho parlato troppo. È che sono talmente in ansia...»

«Lo capisco. Senta, perché non va a chiamare Rory, così io e lui ci facciamo una bella chiacchierata, e poi potrò togliere il disturbo?»

Angelina andò a cercare il figlio e Issy, malgrado si fidasse del suo istinto e della sua esperienza, si rese conto che sarebbe stata molto più tranquilla nel momento in cui avessero individuato David Millar. Bevve il suo ottimo caffè e attese.

Rory era seduto sul davanzale della finestra in camera sua, guardava la neve. «La consulente è qui per parlare con te, amore. È una brava persona, ti piacerà.»

«Va bene, mamma.»

«Quando se ne sarà andata magari potremmo uscire in giardino a fare un pupazzo di neve.» Angelina diede un bacio sulla testa bionda del figlio.

«No, grazie. Preferisco stare dentro, al caldo.»

«Forza, dai. Togliamoci il pensiero.» Angelina lo prese per mano e lo accompagnò alla porta.

«Non ci devo parlare tanto, vero? Sono stanco» disse Rory, seguendo con riluttanza la madre giù per le scale.

«No. E ricordati, la signora è qui per aiutarti.» Angelina sfoderò un sorriso luminoso appena giunsero in cucina. «Rory, ti presento Isabella Sherriff.»

Issy si alzò e strinse la mano del ragazzino. «Ciao, Rory. Chiamami Issy. Visto che neve? Temo di aver sbagliato a non venire con renne e slitta.»

Rory sorrise debolmente.

«Senti, restiamo qui al calduccio o preferisci che ci sediamo da un'altra parte?» Issy lanciò un'occhiata interrogativa ad Angelina.

«Qui va benissimo.» Angelina porse una sedia a Rory e fece per accomodarsi, ma Issy la fermò.

«Le dispiacerebbe lasciarci soli per qualche minuto? Prometto che griderò fortissimo casomai Rory volesse prendermi a pugni.»

Rory stavolta sorrise davvero.

«Va bene, vi lascio soli. Non lo faccia stancare, d'accordo?»

«Purché lui non faccia stancare me.» Issy fece l'occhiolino al ragazzo.

Soddisfatta nel vedere il figlio a proprio agio, Angelina uscì dalla cucina. Andò nello sgabuzzino della lavanderia a svuotare la lavatrice, e dopo un po' sentì squillare il telefono fisso nello studio di Julian. Attraversò lo stretto passaggio che comunicava con la stanza e rispose.

«Pronto?»

«Ciao Angelina, sono Stacey, la segretaria di Julian. Potrei parlare un secondo con lui, ti dispiace?»

«Non c'è, Stacey. Stanotte ha dormito all'appartamento e non lo vedo da ieri mattina.»

«Ho provato a contattarlo lì e anche sul cellulare, ma non risponde. Pensavo che fosse a casa con te ieri notte, visto il tempo. Credevo che non volesse affrontare il viaggio fino a Norwich.»

«No, non è qui. Non potrebbe essere con un cliente? O in tribunale, magari?» Angelina si rese subito conto di quanto fosse stupido fare quella domanda a Stacey. Era la segretaria di Julian, conosceva benissimo i suoi spostamenti.

«È proprio questo il punto. Aveva un appuntamento alle dieci e mezza con una cliente. La signora è alla reception e sono venti minuti che aspetta. È molto strano, di solito Julian mi fa sapere ogni volta che è in ritardo o che è costretto a rimandare un appuntamento.»

Nella testa di Angelina si avvicendavano immagini tremende. «Stacey, non pensi che abbia avuto un incidente, vero? Che dici, chiamo gli ospedali?»

«Se così fosse l'avremmo saputo, ormai. Forse ha dormito troppo, che so» rispose la segretaria, per nulla convinta. Sapevano entrambe che non era possibile.

«Ora sono preoccupata che abbia perso i sensi in casa» disse Angelina. «Vado a controllare in appartamento, ma con questo tempo temo di non farcela. E poi qui c'è Rory che parla con una consulente della polizia.»

«Be', l'appartamento non è lontano da qui e so che tiene una copia delle chiavi nel cassetto della scrivania. Se entro l'ora di pranzo non si fa vivo, vuoi che vada a dare un'occhiata?»

«Non lo so.» Angelina si morse il labbro. «Forse ci stiamo preoccupando per nulla. Ci dev'essere una spiegazione plausibile.»

Ci fu silenzio all'altro capo del filo. «Vado in pausa pranzo, che ne dici?»

«Se non ti scoccia. E poi fammi sapere subito.»

«Va bene. Ora è meglio che torni dalla cliente. Le dirò che Julian è in ritardo per via della neve, rimanderò l'appuntamento.»

«Chiamami appena arrivi, okay? Grazie, Stacey.»

Angelina riagganciò. In preda all'ansia si portò una mano alla bocca, con lo stomaco sottosopra.

Pochi giorni prima era tutto perfetto. Perché le cose si stavano mettendo così male, adesso?

22

Jazz aveva trovato Celestria seduta da sola nella stanza riservata ai parenti, di fronte alla terapia intensiva.

«Tesoro, non posso credere che tu sia qui! E sei arrivata in un attimo.» Aprì le braccia per stringere forte la figlia.

«A me è sembrata un'eternità, mamma.» Jazz sentiva la madre tremare. Si sedette accanto a lei tenendole la mano. «Novità?»

«Sta arrivando il dottore a dirmi cos'è successo.» Celestria guardò l'orologio. «O almeno, è quello che mi ha detto l'infermiera tre quarti d'ora fa.» Si strinse nelle spalle. «Non mi piace fare polemica, lo so quanto hanno da fare negli ospedali.»

«Come ti è sembrato papà?» chiese Jazz.

«Da quando ti ho telefonato non mi hanno più fatto entrare. Gli stanno facendo esami di ogni tipo, povero Tom, è collegato con dei tubi a un sacco di macchine... Mi hanno detto che mi avrebbero avvisato quando sarei potuta rientrare, ma ancora niente.» Strinse forte la mano della figlia. «Grazie infinite di essere venuta. Lo so che per te è un periodaccio.»

«Mamma, non ringraziarmi, dai. Era importante che ci fossi.»

«Ti va un caffè? C'è il distributore in fondo al corridoio.»

«No, grazie, sto bene così.»

«Il tragitto com'è stato?»

Jazz sapeva che, in quella situazione, le chiacchiere di circostanza erano la loro unica ancora di salvezza.

«Tremendo, ma per fortuna Pa...»

Non ebbe neanche il tempo di finire la frase che si aprì una porta, e un bell'uomo di mezza età fece ingresso nella stanza.

«Signora Hunter?»

«Sì.»

«Sono Robert Carlisle, il medico di suo marito.» Guardò Jazz. «E lei è?»

«Nostra figlia Jazmine.»

«Va bene.» Il dottor Carlisle prese una sedia e si accomodò di fronte a loro.

«Ha avuto un attacco cardiaco?» chiese Jazz, che non riusciva più a controllarsi.

«Sì, temo di sì.»

Jazz strinse la mano della madre. «Quanto è grave?»

«Stiamo ancora eseguendo alcuni esami, non lo sappiamo. Ha anche un'infezione al petto. Di recente l'ha sentito tossire spesso, signora Hunter?»

«Sì, ma diceva che non era niente, che stava bene.»

«Non è colpa sua. Non è stata l'infezione al petto a provocare l'attacco di cuore, anche se ammetto, non ha aiutato. Il problema che si manifesta adesso è quello della cura. Ha già avuto un attacco a due degli organi principali, il cuore e i polmoni, che si sono riempiti di liquido. Questo è per via dell'infezione, ma anche perché il cuore non pompa a sufficienza. Insomma, il suo corpo non drena i fluidi come dovrebbe.»

«Sta per... è...?» Celestria non riuscì a terminare la frase.

«Signora Hunter, suo marito è molto malato. Stiamo facendo il possibile per aiutarlo. Al momento sta assumendo antibiotici per via endovenosa e alcuni medicinali per stabilizzare il cuore. Inoltre, e temo che sarà questa la cosa meno digeribile per voi, abbiamo dovuto applicargli la mascherina per l'ossigeno, per tentare di eliminare il liquido dai polmoni. È spiacevole per il paziente e non è bello da vedere, me ne rendo conto. Non potrà parlarvi, non per il momento.»

Calò il silenzio mentre le due donne metabolizzavano le informazioni. Alla fine Jazz chiese: «Quante possibilità ha?».

«Le prossime ventiquattro ore saranno fondamentali. Ovviamente temiamo che, dopo un infarto del genere, gliene possa venire un altro. Inoltre potremmo non riuscire a liberargli i polmoni. Se devo darvi una percentuale,» aggiunse Carlisle, stringendosi nelle spalle «direi che ha all'incirca un trenta per cento di probabilità di farcela.»

Jazz annuì, lottando con tutta se stessa per non scoppiare a piangere.

«Faremo tutto ciò che è in nostro potere. E quell'uomo mi sembra un combattente.» Carlisle sorrise. «Mai sottovalutare il potere dello spirito umano. Potete andare a vederlo, se volete, ma restate poco. È sveglio, il che è un buon segno. Sa di non poter parlare, quindi vi prego di non incalzarlo.»

Celestria e Jazz si alzarono. Celestria diede la mano al medico. «Grazie, dottore. So che Tom è in ottime mani.»

«Facciamo il possibile.» Carlisle annuì bruscamente. «Suonate il campanello, l'infermiera vi farà entrare. Ora se volete scusarmi, devo andare a controllare un altro paziente.»

«Certo, faccia pure.» Seguirono il medico fuori dalla sala d'attesa e lo videro precipitarsi giù per il corridoio. Jazz suonò il campanello accanto alla porta della terapia intensiva. Mentre aspettavano, Celestria le prese di nuovo la mano.

«Tesoro, non facciamogli capire che la situazione è grave.»

«Lo sa già, ne sono sicura.»

La porta si aprì e una giovane infermiera malese le accolse sulla soglia.

«Vogliamo vedere Tom Hunter» disse Jazz.

La ragazza annuì e fece loro strada nel reparto silenzioso.

Appena le vide Tom alzò una mano per salutarle. Jazz rimase in disparte mentre Celestria andava ad abbracciare il marito. Gli sussurrò qualcosa all'orecchio e notò che gli occhi di lui si illuminavano di gioia. Dopodiché Celestria si lasciò cadere su un lato del letto, stringendo la mano di Tom, e Jazz si avvicinò al padre.

Gli diede un bacio sulla testa, poi si chinò per mormorargli all'orecchio: «Ciao, papà. Non metterti a ridere, sennò mi sgridano, ma combinato in quel modo sembri un cucciolo di elefante». Indicò la maschera, col tubo di plastica che spuntava sul davanti all'altezza del naso e ricordava una piccola proboscide. Vide il padre sorridere e si sedette sul letto, dal lato opposto rispetto a Celestria.

«Ovviamente dovevi sentirti male il giorno in cui viene giù la peggior nevicata degli ultimi anni» disse lei, accarezzandogli la mano. «Tua figlia è venuta qui con gli sci dal Norfolk.»

«Sulla costa sono messi ancora peggio, ora come ora, il che è molto insolito.» Jazz rimase sconcertata della banalità di quel suo commento. In realtà avrebbe solo voluto dire: *Non lasciarmi, ho bisogno di te, ti voglio bene, mi spezza il cuore vederti soffrire...*

Una quindicina di minuti più tardi, Tom si addormentò.

«Mamma, vado un attimo in bagno. Posso lasciarti qui?»

«Certo, tesoro.» Celestria accarezzava la fronte del marito e lo guardava dormire con il sorriso sulle labbra. «Lo so come fa. Non intende chiudere gli occhi e riposare, se non ci sono io ad assicurarmi che i medici non facciano qualcosa di cui non è a conoscenza. Perché non vai a prenderti un caffè, Jazz? Fai una pausa, io sono a posto, davvero.»

Jazz si rese conto che sua madre voleva rimanere da sola con Tom. Forse pensava di doversi godere ogni singolo momento che le restava.

«Va bene, torno presto.»

Jazz uscì dalla terapia intensiva, andò in bagno, dopodiché si fece strada nel labirinto di corridoi che, con un po' di fortuna, l'avrebbero condotta al bar dell'ospedale. Nel sentire l'odore di quel posto fu scossa da un brivido. Non ci aveva mai fatto caso, perché lavorava in polizia e le era capitato diverse volte di andare negli ospedali a interrogare i sospettati, le vittime o i testimoni. Ma vestire i panni della parente di un malato era tutto un altro paio di maniche.

Il bar era deserto; forse i pazienti in day hospital e i parenti erano stati scoraggiati dal tempo inclemente. A un tavolino vicino alla finestra individuò Patrick che leggeva il giornale.

Andò a sedersi davanti a lui. Si sentiva completamente priva di energie.

«Come sta?»

Fu l'espressione di Jazz a raccontare l'intera storia.

Lui le strinse forte la mano, poi si alzò. «Raccontami dopo che ti avrò preso un caffè.»

«Meglio un tè, per favore. E dell'acqua.»

«Da mangiare?»

«Niente, grazie.» Jazz guardò dalla finestra l'interminabile nevicata che oscurava la luce del sole. Se fosse accaduto il peggio quel giorno, sapeva che avrebbe odiato la neve per il resto della vita.

«Ecco, butta giù, ragazza mia. Un bel tè forte da muratori.» Patrick tornò con una teierina d'acciaio inossidabile e un bicchiere di plastica dura.

Jazz si versò la bevanda e fece un sorso. Patrick rimase a guardarla in silenzio, con pazienza. Alla fine Jazz parlò: «Il medico gli ha dato il trenta per cento di probabilità di farcela. Sta molto, molto male e le prossime ventiquattro ore saranno cruciali».

«L'hai visto?»

«Sì, ma gli hanno messo quell'orrenda maschera dell'ossigeno, quindi non può parlare. Senti, Patrick, sei stato gentilissimo ad accompagnarmi, ma è evidente che oggi non andrò da nessun'altra parte e non voglio che rimani qui a perdere tempo.»

Patrick indicò la finestra. «Posso andarmene in giro, secondo te? Ho anche chiamato in centrale, non sta succedendo un granché. I crimini violenti spariscono quando c'è brutto tempo, come sai.»

«Non stai lavorando a un caso, al momento?»

«Ne ho chiuso uno un paio di giorni fa. Soddisfacente, direi. Anzi, a dire il vero il commissario mi ha pure dato una pacca sulla schiena.»

«Buon per te.» Jazz non era minimamente interessata. «Però non puoi rimanere qui tutto il giorno.»

«Posso fare quello che voglio, quindi... Al momento mi sta bene starmene seduto qui a leggere il giornale. Dovessi annoiarmi potrei uscire a fare un pupazzo di neve.» Gli brillavano gli occhi.

«Vado a chiamare Miles. Dentro non ti fanno usare il cellulare.»

«Perché non lo dai a me? Ci penso io. Gli dico che rimarrai qui per un po' e ti riferirò ogni comunicazione.» Patrick si sporse sul tavolo e le prese le mani. «Jazz, per favore, oggi dimenticati del caso e concentrati su tuo padre. Ti giuro che te lo dirò, dovesse venire fuori qualcosa di urgente.»

Jazz pensò che quel ragionamento aveva senso, e annuì. Frugò in borsa per ripescare il telefono e lo porse a Patrick. «Per l'amor di Dio, non scomparire. C'è la mia vita lì dentro.»

«Promesso, Jazz. Fidati.»

Jazz aveva una risposta cinica sulla punta della lingua, ma stabilì che non era il momento adatto.

«Ti aspetto qui, va bene?»

«Grazie, Patrick. Ci vediamo dopo.»

Rory, riemerso dal suo colloquio con Isabella, aveva un'aria vispa e rilassata. Era salito in camera sua a leggere.

«Pensa che stia bene?» domandò Angelina a Issy, togliendo il suo cappotto dalla gruccia sopra la stufa e porgendoglielo.

Issy annuì. «Sì, di base sta bene, ma sembra ci sia qualcosa che lo preoccupa. Non siamo riusciti ad andare a fondo della questione, però. Cosa alquanto interessante, secondo me non c'entra niente suo padre. Credo abbia a che vedere con la scuola.»

«Sul serio? Non le ha parlato di bullismo, vero?»

«È un argomento che ho accennato, ma lui non è stato ricettivo in tal senso. È un giovanotto profondo, tiene ben coperte le sue carte emotive.»

«Sì, è vero, un po' come faceva David fino all'anno scorso, prima di perdere la testa.»

Issy si abbottonò il cappotto. «Be', è il problema delle persone che non riescono a esprimere le proprie emozioni. E gli uomini sono sempre i peggiori, da questo punto di vista. Rory è come un vulcano: nessuno bada a lui, ma diventa sempre più caldo, rovente, finché un giorno non riuscirà più a contenere tutta quell'energia ed esploderà in maniera spettacolare.»

«Sì...» Angelina aveva un'aria preoccupata.

«Tutto bene, signora Millar?»

«Sì, bene. Sono solo stanca. Deve essere tutto lo stress degli ultimi giorni.»

«Deve prendersi cura di sé.»

«E... Julian, il mio compagno. Non riesco a rintracciarlo. Sono certa che stia bene, ma non lo sento da ieri sera e ancora non è arrivato in studio, il che non è affatto da lui.»

Issy inarcò le sopracciglia. «Ah, gli uomini. Completamente inaffidabili. Suvvia, non si preoccupi.»

«Va bene» disse Angelina, annuendo senza troppa convinzione.

«Allora, signora Millar, se il tempo continua a peggiorare temo che rimarrò bloccata qui almeno fino a domani. Le darebbe fastidio se tornassi a trovare Rory? Credo di aver conquistato la sua fiducia, oggi, e potrebbe darsi che sia pronto ad aprirsi un po' di più.»

«Ma certo» rispose Angelina, quasi in automatico. I suoi pensieri al momento erano per Julian.

«Conosco la strada» disse Issy, incamminandosi verso l'ingresso. «Cerchi di non stare in ansia per il suo compagno. Sono certa che si rifarà vivo presto, e con una scusa più che ragionevole per giustificare i brutti momenti che le ha fatto passare. Arrivederla, e grazie del caffè.»

Appena Issy se ne fu andata, Angelina mise a scaldare una zuppa in scatola sulla stufa e un po' di pane in forno. Apparecchiò per sé e Rory, poi decise di concedersi un bicchiere di vino per placare i nervi scossi. Poco dopo, mentre Angelina serviva la zuppa, Rory comparve in cucina e si mise seduto a tavola.

«Mangiala tutta, Rory. Sei anche troppo magro, per i miei gusti.»

«Sono come papà. Mi ha fatto così» rispose lui, afferrando il cucchiaio.

«Issy ti ha dato la buona notizia?»

«No, quale?»

«Papà è stato rilasciato senza accuse.»

Rory si immobilizzò con il cucchiaio a mezz'aria.

«Ma... se ha detto che è stato lui, allora vuol dire che non gli hanno creduto?»

«Non conosco i particolari, amore, ma sono certa che non l'avrebbero rilasciato se fossero convinti che sia stato davvero lui. Sia come sia, sei contento, no?»

Rory si costrinse ad annuire. «Sì, certo, sì, sì» disse piano.

Angelina lo fissò incuriosita. «A me non sembra. Mi dici che...»

Lo squillo acuto del telefono la interruppe a metà frase. Angelina saltò in piedi e agguantò la cornetta. «Pronto?»

«Angelina, sono Stacey. Ti chiamo da casa di Julian.»

«Sì?»

«Non c'è.»

«Ah.» Una parte di lei era sollevata che Stacey non l'avesse trovato riverso per terra in una pozza di sangue. «Ti sembra che sia stato lì di recente?»

«No. Ho controllato in camera e il letto è rifatto, anche se obiettivamente potrebbe essere stato lui prima di uscire stamattina. Non c'è traccia di stoviglie per la colazione, né di tazze, e anche lo spazzolino è asciutto.»

«Stacey, secondo me guardi troppe serie tv poliziesche. Parli come una detective!» Angelina tentò di sdrammatizzare la situazione.

«Be', è solo buonsenso» rispose brusca la segretaria. «Cosa vuoi che faccia, ora?»

«Forse potresti controllare nell'armadio, i vestiti appesi, casomai avesse deciso di partire senza dircelo.»

«L'ho già fatto, in realtà, ma non riesco bene a capirlo perché non ho idea di quanti vestiti abbia. Di certo però l'armadio è pieno e non mi sembra sia stato svuotato.»

Le due donne rimasero in silenzio, cercando di capire che cosa fare.

«È che davvero non capisco» disse alla fine Angelina. «Non è proprio da Julian fare una cosa del genere. Sai bene che per lui la routine è tutto, Stacey. Non è decisamente una persona spontanea.»

«Lo so.»

«Be', tanto vale che mi metta a chiamare gli ospedali, casomai avesse fatto un incidente e avesse perso la memoria, che ne so. A volte succede.»

«Sì, è vero» replicò Stacey, dubbiosa. «Va bene, Angelina, io torno in studio. Qui c'è una tempesta di neve e credo che l'avvocato Peters chiuderà tutto, oggi pomeriggio. I tribunali sono già chiusi, perché i giurati non riescono a presentarsi. Fammi sapere se senti Julian, e io farò altrettanto ovviamente. E cerca di non preoccuparti. Sono certa che rispunterà fuori come se nulla fosse e si chiederà anche perché ci siamo preoccupate tanto.»

«Grazie, Stacey. Ci sentiamo più tardi.»

Angelina riattaccò. Non riusciva proprio a capire. C'era qualcosa che non andava, lo sapeva.

Si girò per dire una cosa a Rory, ma si trovò davanti solo la ciotola di zuppa semivuota e la sedia su cui il figlio era seduto fino a pochi istanti prima.

Jazz e Celestria stavano ai due lati di Tom come angeli custodi. Fino a quel momento Celestria si era rifiutata di interrompere la veglia e non aveva ancora staccato la mano da quella del marito, come se con la sola forza dell'amore potesse tenere vivo il suo fragile cuore e costringerlo a pompare i fluidi vitali nel corpo malato.

Jazz fissava il vuoto, con nelle orecchie i ronzii e i *bip* delle macchine che tenevano in vita suo padre. Quei suoni si trasformarono ben presto in una specie di mantra nella sua testa, e scoprì che se si concentrava abbastanza la aiutavano ad alleviare il dolore.

Tom non faceva che addormentarsi e risvegliarsi di colpo, apparentemente confortato dalla presenza della moglie. Jazz lanciò un'occhiata alla madre seduta sull'altro lato del letto: le si stavano chiudendo gli occhi ed era pallida come uno straccio.

«Mamma» sussurrò.

Celestria sobbalzò e spalancò gli occhi, colta di sorpresa. Jazz si rese conto che si era appisolata.

«Mamma, per favore, fai una pausa e mangia qualcosa. Bevi, almeno. L'infermiera ci ha detto che papà è stabile, e poi se si sveglia ci sono io con lui.»

Celestria si guardò l'orologio e vide che erano le cinque meno dieci. Annuì. «Va bene. Mi trovi al bar nel caso...»

«Sì, lo so dov'è il bar, ma ce la caveremo, vero papà?» Appena Celestria si alzò dal letto, Jazz si affrettò a prendere la mano del padre.

«Ci metterò poco» disse piano la donna, che dopo aver lanciato un'ultima, lunga occhiata piena d'amore al marito, si avviò verso l'uscita.

Jazz rimase a guardare il padre addormentato, poi dopo un po' riportò la mente sul caso. Si chiese come fosse andata la chiacchierata fra Issy e Rory, e se fossero riusciti a trovare David Millar.

Doveva dare per scontato che il suo istinto e quello di Issy avessero fatto centro: quell'uomo era innocente. Cercò di analizzare il legame che c'era tra Charlie e Hugh Daneman.

Charlie: il nipote di Corin Conaught.

Hugh: per molti anni il presunto amante di Corin, detto «Cory».

Charlie lo sapeva che Hugh era molto intimo con quello zio, morto tanto tempo prima che lui nascesse?

Adele Cavendish, la madre di Charlie, era andata a parlare con il fratello Edward per stabilire che farne della tenuta, ora che il ragazzo era morto e non c'erano più eredi diretti.

Le stava sfuggendo qualcosa?

Forse la madre di Corin avrebbe potuto aiutarla a gettare un po' di luce sulla faccenda. Tuttavia, da come gliel'aveva descritta Edward, quella Emily Conaught doveva essere una persona molto fragile. E in quanto tale, forse non era una fonte di informazioni affidabile.

Sentì una leggera pressione sulla mano e si voltò verso il padre, che aveva gli occhi spalancati e le sorrideva sotto la maschera di plastica.

Jazz si chinò a dargli un bacio sulla fronte. «Ciao, papà. Dormito bene?» gli sussurrò.

Lui annuì piano, poi girò la testa a sinistra per cercare Celestria.

«L'ho mandata a mangiare qualcosa. Non si è presa una pausa in tutto il giorno. Ti senti bene?»

Tom annuì di nuovo, poi parve volerle dire qualcosa ma alla fine desistette, scuotendo la testa dalla frustrazione.

«Stai tranquillo, papà. Non avrai quella maschera ancora per molto. Devo dirlo, hai un'aria piuttosto ridicola. Ti mancano solo un bel paio di orecchioni grigi.»

Tom alzò gli occhi al cielo in segno d'assenso. Districò la mano da quella della figlia e fece cenno di voler scrivere.

«Vuoi carta e penna, ho capito bene?»

Tom le mostrò il pollice in su.

Jazz si frugò in borsa alla ricerca di una penna, poi tirò fuori il taccuino. Gli mise la penna in una mano e il blocco nell'altra, poi attese. Non senza sforzo, Tom riuscì ad avvicinare carta e penna e cominciò a scrivere.

Come sta tua madre?

Jazz lesse quelle parole tremolanti e annuì. «Sta bene. È preoccupata per te, ovviamente.»

Tom scrisse un'altra frase.

Baderai a lei quando non ci sarò più?

Jazz dovette soffocare un singhiozzo. «Oh, papà, lo sai che lo farò, ma vedrai, tornerai a casa presto e potrai badare a lei tu stesso.»

Non ho paura.

Ormai Jazz doveva lottare con tutta se stessa per non mettersi a piangere. Non riuscì a ribattere.

Come procede il caso?

«Non bene, in realtà. Faccio ancora fatica a collegare tutti i fili, ma sono sicura che prima o poi arriverà una svolta. Di solito mi capita quando ho perso le speranze.»

Tom riprese a scrivere.

Cerca la saggezza nel passato e la speranza nel futuro.

Jazz annuì. Era una delle frasi preferite di suo padre.

Ti voglio bene tesoro e sono molto fiero.

Tom lasciò ricadere la mano sul letto, esausto per lo sforzo. Annuì impercettibilmente, poi chiuse gli occhi.

Jazz gli tolse di mano penna e taccuino. Studiò la grafia del padre, e quel segno della sua fragilità la squassò dentro. Prese la mano di Tom e gli accarezzò delicatamente i capelli mentre dormiva. *Per favore, Dio, so che ti ama ma noi gli vogliamo bene e abbiamo bisogno di lui. Non portartelo via, non ancora...*

23

Adele Cavendish chiuse la lampo del borsone, poi trascinò le due grosse valigie in cima alle scale. Tornò nella camera da letto che negli ultimi vent'anni aveva condiviso col marito, poi chiuse le ante dell'armadio per nascondere gli appendiabiti vuoti.

Andò al comodino accanto al letto e prese la piccola fotografia incorniciata di Charlie da neonato, che poi infilò nella tasca del borsone. Si guardò intorno per l'ultima volta e uscì chiudendosi la porta alle spalle.

Trasportò con grande fatica una delle valigie al pianterreno, la lasciò all'ingresso e tornò a prendere l'altra.

Non c'erano dubbi che fosse una bellissima casa, ma non si sentiva *a casa* – e da moltissimi anni ormai. Quando Charlie tornava da scuola per le vacanze, l'atmosfera pesante si alleggeriva un minimo. Gli amici del figlio facevano sì che le risate tornassero a risuonare negli ampi saloni e Adele ricominciava a sentirsi utile – rimpinzava i ragazzi con abbondanti manicaretti per placare la loro fame da lupi.

Ora però Charlie non c'era più.

William era tornato a casa un venerdì e la domenica sera era già ripartito per Londra. Dalla fretta con cui aveva pranzato era evidente che avesse una gran voglia di tornare in città, lasciando la moglie da sola con i piatti da lavare in una villa deserta.

Conosceva molte altre mogli nei dintorni che, come lei, avevano il marito che lavorava a Londra ed erano «vedove settimanali». Loro però erano imperturbabili di fronte a quella situazione, consapevoli che il prezzo da pagare per uno stile di vita lussuoso fosse un marito assente. Erano diventate tutte amiche, e riempivano le loro giornate accompagnando i figli a scuola, facendo yoga e lunghi pranzi insieme.

William aveva sempre desiderato che Adele fosse più socievole di quanto il suo carattere le consentisse. Lui era un uomo vivace e spumeggiante, e adorava le cene chiassose in compagnia di persone di successo e, per come la pensava Adele, anche piuttosto superficiali.

A volte si domandava perché accidenti l'avesse sposata; era sempre stata una di quelle che fanno da tappezzeria, una donna che preferiva ascoltare anziché farsi ascoltare, ma forse la dura verità era che William, da uomo spietato e ambizioso qual era, aveva bisogno di conquistarsi una posizione in società che integrasse la sua mente sveglia e la promettente carriera che si stava costruendo. E Adele, sorella di un baronetto e «Onorevole» lei stessa, padrona di una tenuta in campagna dove organizzare un grandioso matrimonio che impressionasse le persone giuste, era stata la scelta perfetta.

Ovviamente il suo interesse l'aveva lusingata, all'inizio; William era, allora come adesso, un uomo affascinante e carismatico. Ma la sua carriera era andata a gonfie vele, e col passare del tempo aveva avuto sempre meno bisogno della moglie per farsi strada.

Mentre andava in cucina per rileggere un'ultima volta la lettera, Adele si rese conto con rammarico che suo marito non l'aveva mai amata davvero.

Si guardò intorno nella stanza in cui, per tante, tantissime ore, aveva tentato di comportarsi da brava moglie e madre.

Spesso aveva la sensazione di essere stata saltata a piè pari dal processo di emancipazione femminile. La sua era stata una vita molto diversa rispetto a quelle dei personaggi della Austen, anche se, come tantissime donne prima di lei, si era fatta fregare e aveva sposato una canaglia che, seppur affascinante, non aveva un briciolo di cuore.

Era rimasta per un'unica ragione: Charlie.

Adele rilesse le parole che aveva scritto alle sei di quella mattina.

> Caro William,
> sento che il nostro non è più un matrimonio, e credo che sia così ormai da diverso tempo. Ora che Charlie non c'è più non vedo alcuna ragione di rimanere e prolungare l'agonia, sia per me che per te. Sono convinta che la pensi così anche tu. Basta fingere.
> Il mio avvocato si farà vivo per le questioni legate al divorzio, ma non ti renderò le cose difficili. Intendo ritrasferirmi nel Norfolk. Propongo di vendere la casa di Rutland – a meno che non voglia tenerla tu, e in questo caso ti basterà liquidarmi la mia parte.
> Vorrei che il nostro fosse un divorzio civile e più rapido possibile, per consentire a entrambi di voltare pagina.
> Grazie di questi venticinque anni. Custodirò gelosamente ogni momento felice.
> Ma grazie soprattutto di avermi dato Charlie. Lui rendeva tutto meritevole.
> Adele

Piegò in tre la lettera e la infilò nella busta. Aveva riflettuto anche troppo per scegliere le parole giuste. Prese la penna dalla borsetta e scrisse il nome di William sul davanti. Andò all'ingresso e la appoggiò sul resto della posta. Chissà come avrebbe reagito quando l'avesse letta?

L'unica cosa che Adele si sentiva di escludere a priori era che le corresse dietro per riportarla a casa.

Andò alla porta e si fermò sulla soglia. Il fatto che se ne stesse andando dopo venticinque anni non le provocava il dolore che si sarebbe aspettata.

Poi, ricordandosi all'improvviso di una cosa, corse di sopra e percorse velocemente il corridoio fino alla camera di Charlie. Prese un bel respiro prima di entrare, dopodiché si precipitò verso il letto e prese l'orsacchiotto mangiato dalle tarme che giaceva sul cuscino. Corse di nuovo al pianterreno e uscì sul portico innevato, poi si richiuse la porta alle spalle senza guardarsi indietro.

Jazz guardò l'orologio. Erano le nove e mezza di sera. Suo padre dormiva pacificamente. Celestria comparve sulla soglia della terapia intensiva e fece cenno alla figlia di raggiungerla. Una volta uscita in corridoio, Jazz seguì la madre fino alla sala d'attesa riservata ai parenti.

«Tesoro, ho parlato con il medico di guardia e mi ha detto che Tom non corre pericoli nell'immediato. È inutile passare la notte in bianco in due. Se domani tuo padre starà meglio dovrai tornare al lavoro, quindi devi riposare. Ho appena parlato con Patrick, ha già trovato un albergo a mezzo chilometro da qui, ci si arriva a piedi. Se dovessero esserci problemi, ti chiamo.»

«Perché non vieni anche tu?»

«Tesoro mio, ho intenzione di farmi portare una coperta e di passare la notte qui. Non credo che alle infermiere faccia piacere avermi fra i piedi, ma se non altro restando qui sarò presente, dovesse avere bisogno di me.»

«Oh, mamma, per favore vieni. Hai bisogno di dormire anche tu.»

«Dubito che riuscirei a prendere sonno, anche se alloggiassi al Ritz. E comunque se tutto va bene, domani mattina potete venire a darmi il cambio per qualche ora.» Celestria prese la mano della figlia. «Davvero, il mio posto è qui.»

«Va bene, ma promettimi che mi telefonerai se...»

«Promesso. Ora vai di sotto. C'è Patrick che ti aspetta all'ingresso.»

«A proposito, è una coincidenza che ci sia anche lui e...»

«*Shh*, capisco benissimo. E come direbbe tuo padre, a volte il Signore sceglie vie misteriose. Sono contenta che sia venuto. Almeno capisce. Forza,» aggiunse, dandole una pacca sulla mano «prova a dormire un po'.»

Patrick aspettava appena fuori dall'ospedale, fumando una sigaretta. Nel vederla le sorrise.

«Tutto bene?»

Jazz annuì.

«L'albergo non è un granché, purtroppo, ma almeno ci si arriva a piedi. La mia macchina è sepolta sotto un metro di neve. Per fortuna ora ha smesso. Dicono che domattina migliorerà.» Le porse il gomito. «Andiamo?»

La luna piena brillava nel cielo e illuminava la neve che ammantava ogni cosa di bellezza scintillante.

«Per di qua, e stai attenta, si scivola. Soprattutto con quelle scarpe.» Patrick accennò alle décolleté che si era messa per andare al lavoro, quand'ancora era convinta che sarebbe stata una mattinata normale.

L'unico rumore che si udiva era quello dei loro passi che facevano scricchiolare la neve.

«Questo sì che è silenzio» commentò lui, mentre attraversavano con cautela il parcheggio e lasciavano il complesso ospedaliero. «È incredibile quanto la neve attutisca i rumori.»

«Patrick?»

Jazz doveva dirglielo. Non poteva più trattenersi.

«Grazie di essere venuto. Lo apprezzo molto.»

«Figurati, che vuoi che sia.»

Jazz batteva i denti malgrado il cappotto di lana. A un certo punto inciampò e Patrick la sostenne all'altezza della vita. «Forza, non è lontano.»

L'albergo era il genere di posto in cui Jazz non avrebbe mai messo piede in circostanze normali. Si mise a sedere nell'orrenda reception mentre Patrick faceva il check-in e ritirava le chiavi.

Salirono le scale coperte di una consunta moquette a quadretti.

«Eccoci qua.» Patrick infilò la chiave nella serratura e aprì la porta. Jazz si ritrovò in una camera piccola ma sorprendentemente carina. Lui la seguì all'interno e si chiuse la porta alle spalle.

«Senti, vuoi che ti prepari un bel bagno caldo?» propose.

«Tranquillo, ce la faccio da sola. Vai pure a dormire, sarai stanco anche tu.»

«Io? Figurati! Non ho fatto altro che leggere il giornale e bere tè per tutto il giorno. Sono riposatissimo.»

«Be', comunque, grazie di tutto.» Jazz gli diede un innocente bacio sulla guancia. «Buonanotte.»

Si voltò, entrò in bagno e accese la luce. Patrick rimaneva sulla soglia e continuava a guardarla.

«Jazz, purtroppo temo che questa sia l'unica camera che avevano. L'albergo è pieno, ci sono i pendolari rimasti bloccati, quindi non ho altra scelta che stare qui con te. Sono disposto a dormire in poltrona, se è questo che vuoi.»

Lei si voltò di scatto. «Stai scherzando.»

«No, lo giuro. Chiama la reception e chiediglielo.»

«Cristo!» Jazz aprì l'acqua bollente.

«Mi dispiace, davvero. Ti assicuro che non è un trucco per provarci. È solo il caro, vecchio clima britannico.»

Jazz non rispose, e lui si strinse nelle spalle. «Capisco benissimo. Vado a dormire in macchina.»

Si voltò e uscì dal bagno. Jazz gridò dentro di sé per la frustrazione, poi gli andò dietro.

«Non essere ridicolo, Patrick! Moriresti congelato, non mancherebbe altro che averti sulla coscienza.» Lanciò un'occhiata al letto, che se non altro sembrava di misure decenti. «Me ne farò una ragione» borbottò tra sé, poi rientrò in bagno e sbatté forte la porta.

Sdraiata nella vasca, con l'acqua calda che le scioglieva i muscoli tesi delle spalle e le distendeva i nervi, chiuse gli occhi e tentò di ragionare lucidamente. Qualsiasi cosa fosse accaduta tra loro in passato, Patrick era stato magnifico con lei, e non era certo colpa sua se si trovavano in quella situazione.

Erano entrambi due persone adulte. Potevano gestirla senza problemi.

Prese il sottile asciugamano, se lo avvolse intorno al corpo e uscì dal bagno. Proprio in quel momento, però, si rese conto che, come se non bastasse, non aveva con sé niente per dormire. Si rimise la biancheria, si coprì di nuovo con l'asciugamano ed entrò nella stanza.

Patrick era già a letto. I suoi vestiti erano appoggiati sullo schienale della sedia. La guardava con le mani intrecciate dietro la testa.

Jazz fece il giro del letto, lasciò cadere l'asciugamano e si precipitò sotto le coperte.

Patrick ridacchiò: «Ho vissuto con te per dieci anni, ho già visto ogni cosa».

«Ma non vivi più con me. Siamo divorziati, hai presente?» Parlò con tono burbero, dandogli la schiena e cercando di trovare una posizione comoda su quel materasso bitorzoluto.

«Ti rendi conto che ci troviamo, secondo quanto affermano in questa lussuosa struttura, nella "suite luna di miele"? Ho compassione di una sposa costretta a cominciare l'esperienza del matrimonio in questo letto» commentò Patrick.

«Va benissimo. Anzi, grazie di averlo trovato. Hai il mio cellulare?»

«Sì, l'ho messo sul cassettone. E prima che tu me lo chieda, sì, è acceso.»

«Grazie. Dovrei chiamare ma...»

«Ho telefonato io a Miles. Non aveva niente di urgente da riferire, ha detto che vi sentirete domani mattina per gli aggiornamenti.»

«Il che significa che ancora non hanno trovato David Millar.»

«Chi?»

«Un sospettato che si è dato alla macchia.»

«Ah.»

Rimasero sdraiati in silenzio per un po'.

«Va tutto bene?» chiese Patrick alla fine.

«In che senso?»

«Dico per tuo padre.»

Jazz sospirò. «Non riesco a credere che sia a tanto così dal morire. Devo solo sperare che ce la faccia. L'alternativa... be'... meglio non pensarci.»

«Ah, tesoro, lo so bene quanto siete legati voi due.»

Jazz annuì. Il groppo che le era rimasto in gola da quella mattina minacciava di esplodere in lacrime.

Si sentì toccare il braccio. «Vedrai, se la caverà. Se c'è qualcuno in grado di farcela, è lui. Ha lottato tutto il giorno ormai, no? Sappiamo che le prime ventiquattro ore sono sempre le più critiche.»

Jazz annuì di nuovo, incapace di proferire parola.

«E lo sai, qualsiasi cosa accada, io ci sono se hai bisogno di me.»

A quel punto, Jazz scoppiò a piangere.

«Non può morire, non può. Ho bisogno di lui, e anche la mamma. È tanto coraggioso, ma so che soffre terribilmente ed è un pensiero atroce.»

Lui le diede un bacio sulla testa. «Lo so, Jazz, lo so.»

«Ha solo sessantacinque anni, santoddio! Non è vecchio! E allora, tutti quei novantenni che tirano avanti per anni nelle case di riposo? Perché non può finirci anche lui? Finché rimane vivo, finché papà rimane vivo...» Guardò Patrick. «Vivrà, vero?» chiese, disperata.

«Certo che vivrà» rispose lui, cercando di tranquillizzarla. Poi si chinò a baciarle la fronte, poi il naso, e infine le labbra.

La cinse tra le braccia e la baciò con forza, con disperazione. Fece scivolare la mano sul suo seno e lei non lo fermò: all'improvviso aveva fame di lui, tanta quanta lui ne aveva di lei.

Jazz ansimava pesantemente mentre lui le rotolava sopra, e l'attimo successivo le entrò dentro.

Le parlava, sussurrando parole affettuose, ma lei non lo sentiva neanche – non voleva sentirlo, perché accusava tutto il peso di sette mesi d'astinenza. Ci volle poco per finire. Vennero insieme, e alla fine Patrick si accasciò su di lei ansimando per lo sforzo.

Jazz sentiva sulla guancia il suo respiro caldo. Chiuse gli occhi, lasciando che quella sensazione di calma dopo la tempesta la pervadesse e impedisse al suo cervello di analizzare le conseguenze di ciò che era appena accaduto.

«Oh mio Dio... è stato... bellissimo, straordinario» mormorò Patrick. «Mi sei mancata tanto.»

Jazz rimase in silenzio nel buio. Non voleva che quel momento passasse.

«Ti amo, Jazz. Ti amo davvero. Ti imploro, perdonami.»

Jazz fissava un punto nell'oscurità, e disse: «Ti ho già perdonato tanto tempo fa».

Angelina aveva preso un altro Valium un'ora prima, ma non pareva aver sortito alcun effetto: aveva ancora lo stomaco sottosopra e il cuore le batteva più forte del solito.

In cucina, vestita solo con l'accappatoio, si chinò sopra l'acquaio per guardare nel giardino sul retro. I faretti illuminavano un paesaggio da regno delle fate.

Attraversò la stanza, aprì un pensile e tirò fuori la bottiglia del brandy. Si versò una dose generosa, portò il bicchiere a tavola e si sedette. Bevve un lungo sorso e l'intensità dell'alcol, cui non era affatto abituata, le fece venire un conato di vomito.

Controllò l'ora. Erano quasi le dieci e mezza. Troppo tardi per chiamare la polizia?

Poi le venne un sospetto. Era possibile che la scomparsa di Julian fosse collegata a quella di Rory? E al rilascio di David?

Forse David dava la colpa a lui per quanto era successo.

Che fosse andato a trovarlo ieri sera, dopo essere uscito di prigione?

Era sufficientemente instabile da ucciderlo? Angelina emise un gridolino d'angoscia.

Era un'idea ridicola?

Si alzò e prese a camminare avanti e indietro per la cucina.

No. Meno di ventiquattro ore prima, David era stato arrestato per omicidio. Un omicidio che aveva confessato.

Scosse la testa. Incredibile. Stava davvero prendendo in considerazione l'eventualità che l'ex marito avesse ammazzato il suo compagno?

Angelina lavò il bicchiere e lo mise a scolare. Chiuse a chiave le porte e salì di sopra per controllare Rory, che dormiva beato.

Si mise a letto e prese il libro che stava leggendo, nel tentativo di ripristinare una parvenza di normalità, di tornare alla vita precedente a quel brutto incubo.

Ma non riusciva a concentrarsi.

Ripose il libro e rimase sdraiata immobile, mentre vagliava ogni possibilità.

Forse era più semplice di quanto pensasse: magari Julian si era stufato della situazione con Rory e David, e aveva deciso di lasciarla. Poteva darsi, ma quello non spiegava come mai avesse abbandonato i clienti e lo studio.

No...

Che gli fosse capitato un qualche incidente per colpa del brutto tempo? Chissà, forse giaceva da qualche parte e aveva bisogno di aiuto, ma non riusciva a chiamare nessuno.

Forse...

Angelina prese il cellulare appoggiato sul cuscino accanto al suo e riprovò a contattarlo.

Nessuna risposta.

Allungò il braccio e spense la luce. Per prima cosa l'indomani, se Julian non si fosse fatto ancora vivo, avrebbe telefonato al numero che le aveva lasciato l'ispettrice Hunter quando Rory era scomparso.

«Entri pure, signor Frederiks. Spero che abbia fatto buon viaggio. Piacere, Thomas Sanders.» L'avvocato strinse la mano di Sebastian Frederiks.

«Sì, la ringrazio. È bello venire in città ogni tanto. Sa, ho iniziato a fare l'insegnante a Wimbledon, e a volte mi chiedo perché io sia tornato nel Norfolk, ma tant'è.» Sebastian si strinse nelle spalle. «Il destino ha voluto così.»

«Prego, si accomodi.» Sanders gli indicò una sedia vuota davanti alla scrivania del socio. «Tè o caffè?»

«Un caffè sarebbe magnifico, grazie.» Sebastian si sedette osservando il bellissimo ufficio pannellato in quercia, le cui enormi finestre georgiane davano su Grosvenor Square. Era sbalordito che un professore ordinario come Hugh potesse permettersi uno studio legale di lusso come quello.

«Allora, signor Frederiks, è a conoscenza del fatto che il signor Daneman aveva previsto per lei un lascito nel testamento?»

«Assolutamente no. Conoscevo Hugh da trent'anni. Quando ero studente alla St. Stephen's era il mio professore, poi siamo diventati colleghi quando mi sono unito allo staff.»

«Be'.» Sanders prese un pesante raccoglitore pieno di documenti e si mise gli occhiali da lettura. «Al di là dei manoscritti, che hanno un grande valore e sono stati donati al British Museum, e un secondo lascito, il signor Daneman ha lasciato a lei quasi tutti i suoi averi.»

Sebastian trasalì. «A me? Perché? Non aveva parenti cui spettava l'eredità?»

«No. A quanto pare non aveva altri parenti in vita. Le proprietà non sono ingenti, ma comprendono un appartamento a Kensington, una somma di denaro e alcune polizze assicurative, che ammontano a poco più di duecentomila sterline.

Ah, Sophie, grazie. Appoggia pure il vassoio sulla scrivania, ci serviamo da soli.»

Sebastian tentava con tutto se stesso di controllare l'inevitabile entusiasmo. Rimase a osservare di sottecchi la bella e giovane segretaria che appoggiava il vassoio e usciva dallo studio.

«La servo io, posso? Latte e zucchero?» chiese Sanders.

«Grazie. *Ehm*, Hugh le ha spiegato perché abbia deciso di lasciare tutto a me?»

L'avvocato Sanders porse a Sebastian il caffè. «No. Il mio lavoro non prevede questo genere di domande. Anche se, visto che conoscevo Hugh da più di trent'anni, sono certo che le sue ultime volontà siano state redatte con la stessa scrupolosità con cui prendeva le decisioni quand'era in vita.»

«Bene, bene.» Sebastian si portò la tazza alle labbra e sorseggiò il caffè bollente.

«In quanto esecutore testamentario gestirò io la procedura di omologazione. Se desidera, per farla semplice, sarei lieto di occuparmene anche in sua vece.»

«È molto gentile da parte sua, avvocato Sanders. Mi diceva che c'è un appartamento a Kensington?»

«Sì. Attualmente è in affitto, manca ancora qualche anno alla scadenza. Negli anni Sessanta era la formula più gettonata, e i proprietari non si prendevano la briga di rinnovare i contratti, ma se crede posso occuparmi anche di questo.»

«Mi farebbe un favore, avvocato. Non sono un esperto di questioni legali. Sono un semplice insegnante che abita in una casa in affitto.»

L'avvocato Sanders si tolse gli occhiali da sopra il naso. «Be', allora questo lascito sarà una manna dal cielo, per lei.»

«Oh, sì, decisamente» rispose Sebastian, senza ipocrisia.

«Lei ha famiglia?»

«No. I miei sono morti e non sono ancora riuscito a convincere una donna ad avviare una dinastia con me» disse, sorridendo.

«Non è stato adottato, vero, a quanto ne sappia?»

Sebastian si accigliò. «No. Almeno, se è così i miei non me l'hanno mai detto.»

«*Mmm.*» Sanders sorseggiò lentamente il caffè.

«Sta... insinuando che...?»

«Signor Frederiks, non insinuo niente perché non ne ho il diritto. Ma dopo quarant'anni di lavoro, di solito riesco a individuare un metodo dietro l'apparente follia di una situazione come questa. Comunque, mio caro signore, è una cosa che sta a lei scoprire. Io posso soltanto dare un'oliata agli ingranaggi della legge, per così dire, ma non a quelli... umani. Dunque, nei prossimi giorni le metterò tutto per iscritto, ma ho dovuto riceverla tra un cliente e l'altro, quindi se vuole scusarmi, ora bisogna che la saluti.»

Sebastian lasciò l'edificio stordito. Si diresse subito nel pub più vicino e ordinò un whisky per schiarirsi le idee.

L'avvocato Sanders aveva forse voluto fargli capire che Hugh Daneman era... suo padre?

No! Certo che no!

Lo sapevano tutti che Hugh era una vecchia checca. Era impossibile.

Forse era molto più semplice. Forse il povero Hugh non aveva più nessuno al mondo. Sebastian si rese conto che Daneman era sempre stato come un padre, per lui, anche ai tempi in cui ancora frequentava la scuola.

Prese un taxi fino a Liverpool Street. Ora che stava per diventare un uomo facoltoso, poteva permettersi qualche lusso di tanto in tanto.

Per tutto il tragitto in treno non fece che fantasticare e si chiese se, ora che aveva i soldi, sarebbe rimasto a fare il direttore alla St. Stephen's o se invece sarebbe partito per un viaggio intorno al mondo... Sarebbe potuto andare a giocare a cricket nelle Indie Occidentali, a rugby in Nuova Zelanda... un intero ventaglio di possibilità si spalancava davanti a lui.

E lei? Che avrebbe detto quando gliel'avesse raccontato? Forse, finalmente, aveva raggiunto una posizione tale da poterle offrire quanto si meritava.

24

Jazz si svegliò di soprassalto verso le sei del mattino. L'ottundimento del sonno la abbandonò all'istante e saltò subito giù dal letto per controllare il cellulare, nel caso si fosse persa qualche chiamata importante.

Non c'era nulla, ma le batteva forte il cuore dall'ansia e voleva tornare in ospedale al più presto, per vedere suo padre. Mentre si vestiva in fretta e furia, e indossava il cappotto, Patrick si svegliò.

«Che ore sono?» le chiese, insonnolito.

«Le sei. Vado in ospedale.»

«Va bene. Ci vediamo lì?»

Lei guardò dalla finestra. «La neve si sta sciogliendo. Non avrai problemi a tornare a Londra, adesso.»

«Jazz.» Patrick allungò la mano per fermarla.

Lei lo ignorò. «Devo andare. Ti chiamo quando saprò come sta papà.»

Celestria le rivolse un sorriso stanco non appena la vide comparire in terapia intensiva.

«Ciao, mamma.» Jazz si chinò per dare un bacio al padre addormentato. «Come sta?»

«Bene. Sta bene, Jazz. Sembra che sia molto più stabile, e ha dormito tutta la notte.»

«Oh, mamma, grazie al cielo!» esclamò, soffocando un singhiozzo.

«Sì, grazie al cielo» ripeté Celestria. «Non è ancora fuori pericolo, ma ogni ora che passa ci dà speranza. L'infermiera ha detto che passeranno a togliergli la maschera per capire se riesce a respirare da solo.»

«Perché non vai a fare colazione? Rimango io con lui.»

«Sì, va bene. Ora sono abbastanza tranquilla da lasciarlo un po' da solo.» Celestria indicò la finestra. «Anche la neve sta diminuendo; non dovresti aver problemi a tornare nel Norfolk.»

«Ho intenzione di rimanere finché papà non sarà fuori pericolo. Fine della discussione.»

«Va bene, tesoro. Vado, torno subito.»

Jazz rimase a guardare il padre e trovò che avesse un colorito decisamente migliore rispetto al giorno prima. Poi arrossì alla prospettiva di fargli sapere che cos'aveva fatto mentre lui lottava per la vita.

Non gli era mai piaciuto Patrick. Pensava che non fosse la persona giusta per lei, e avendo un carattere particolare, be', non aveva mai fatto mistero della cosa.

Gli accarezzò delicatamente la mano. Si odiava per la sera precedente, non le andava giù il fatto che non solo ne aveva avuto bisogno, ma che le era perfino piaciuto. Sospirò, consapevole che per lei e Patrick non esistevano seconde occasioni. Anzi, sarebbe stato quasi da rimproverarlo per essersi approfittato di lei in un momento di estrema vulnerabilità.

Ma d'altronde lei l'aveva lasciato fare.

Jazz sentì una pressione alla mano e vide che gli occhi del padre erano aperti.

In quell'istante comparve un'infermiera che si mise a studiare i monitor.

«Buongiorno, Tom. Come sta il mio paziente preferito? Sta andando benissimo, direi.»

Jazz vide suo padre sorridere.

«Talmente bene che il dottore ha detto che puoi toglierti la maschera per dieci minuti. Basta però che tu non ti metta a chiacchierare troppo con tua figlia.»

Tom annuì e l'infermiera rimosse la maschera. Poi porse a Jazz un bicchiere con del ghiaccio.

«Suo padre avrà la bocca molto secca. Gli dia un po' di ghiaccio da succhiare.»

Jazz prese un cubetto e subito inumidì le labbra screpolate del genitore. Tom gemette di piacere.

«Forza papà, stai andando benissimo.» Jazz tentò di nascondere l'emozione che provava.

«Non ci credo che sono ancora vivo» gracchiò. «Pensavo che il Signore mi volesse con sé.»

«No, papà, siamo noi che ti vogliamo qui. La mamma è andata a fare colazione. Per farti capire quanto ti ha visto migliorato. Non si è mossa da qui per diciotto ore filate.»

Gli occhi di Tom si riempirono di lacrime. «Dille che la amo.»

«Puoi dirglielo tu appena torna. Ora piuttosto, cerca di non parlare troppo.»

Tom annuì e richiuse gli occhi. L'infermiera tornò a rimettergli la maschera sotto lo sguardo attento di Jazz.

Quando Celestria fece ritorno, Jazz le raccontò cos'aveva detto il marito.

«È bellissimo che gli abbiano tolto quell'orribile maschera, anche se solo per pochi minuti. Di sotto c'è Patrick, è al bar. Ha detto che attende istruzioni.»

Jazz arrossì violentemente. «Va bene. Meglio che vada da lui allora, può anche andarsene.»

«Credo che non gli dispiaccia affatto aspettarti. Ha detto che può ammazzare il tempo passeggiando per Cambridge.»

«Non ce n'è bisogno.» Si alzò di scatto. «Torno subito.»

Patrick era seduto allo stesso tavolo del giorno prima, con gli occhi velati e una tazza di caffè davanti.

«Ti prendo qualcosa, Jazz?»

«No, torno subito su. Sono venuta a dirti che non c'è bisogno che tu rimanga anche oggi. Starò qui finché non passerà il dottore a dirmi che papà è fuori pericolo. Poi mi farò venire a prendere dal detective Miles. Ora che ha smesso di nevicare, posso farcela. Grazie di essere rimasto con me ieri. Lo apprezzo molto.»

Patrick la guardò con aria triste. «Jazz, possiamo almeno rivederci un giorno e parlare di quello che è successo ieri sera? Ti sembrerò una ragazzina ansiosa, ma per me ha voluto dire tanto, anche se non posso dire lo stesso di te.»

«Ti chiamo dopo per dirti come sta papà. Ne parliamo più tardi.» Sapeva di essere fredda e distaccata, ma era l'unico modo che conosceva per rimanere lucida. Si chinò a dargli un bacetto sulla guancia. «Grazie Patrick, davvero.»

Girò sui tacchi e si allontanò in fretta verso l'ingresso dell'ospedale. Malgrado l'aria fredda che la investì appena fu uscita, aveva i palmi e la fronte sudati.

Avvistò una panchina, si sedette e telefonò subito a Miles.

«Come procede?» chiese lui, con il tono di voce di uno che si aspetta di ricevere brutte notizie.

«Papà ha superato la notte e oggi sta un po' meglio.»

«Fantastico! Sono contento per lei.»

«Ancora ce n'è di strada da fare e non so bene quando tornerò, ma vorrei che mi aggiornassi sulle ultime novità. Avete trovato Millar?»

«Finora non abbiamo avuto fortuna. Stiamo setacciando la città. Sinceramente, ispettrice, comincio a sospettare che si sia ubriacato come si deve, sia finito in un fosso chissà dove e sia morto assiderato con questo tempaccio.»

«Se è così, allora oggi che la neve si sta sciogliendo lo ritroverete. Sei riuscito a farti mandare una copia del testamento di Daneman?»

«Sì. Ho parlato con l'avvocato di Londra, me l'ha spedito via fax. È sorprendente, lo ammetto. Ha lasciato tutto tranne una piccola somma a Sebastian Frederiks, il direttore di Fleat House.»

«Davvero?» Jazz sapeva di doversi soffermare a riflettere su quell'informazione, se voleva darle un senso.

«Non solo, ma aveva cambiato il testamento meno di un mese prima di morire. La vecchia versione prevedeva di lasciare più o meno ogni cosa alla British Library. Ha lasciato un po' di soldi a Jenny Colman, la segretaria del preside. Vuoi che vada a parlarci, con Frederiks? Per cercare di saperne di più?»

«Assolutamente. Potrebbe essere solo una coincidenza, ma è strano che Daneman abbia cambiato il testamento così di recente. Anche se c'è gente che con i testamenti è ossessiva, li cambia in continuazione. L'avvocato ha saputo darti qualche ragguaglio in merito?»

«Naturalmente gli ho chiesto come mai, secondo lui, il testamento sia stato modificato. Mi ha risposto che non he ha idea e che non rientra nelle sue mansioni farsi domande del genere. Ma ha aggiunto che, secondo la sua opinione professionale, il signor Daneman aveva sempre una buona ragione, anche per compiere un'azione apparentemente sconsiderata. Ha dato per scontato che il signor Frederiks fosse un caro amico o un parente di qualche tipo.»

«La Scientifica ti ha fatto sapere nulla del registro dei medicinali?»

«Sì. La parola cancellata col bianchetto era "aspirina". Avevi ragione.»

«E com'è andata la chiacchierata tra Issy e Rory, ieri?»

«Pare bene. Stamattina deve tornare a parlarci, e so che non vede l'ora di riferirti tutto il prima possibile. È stata provvidenziale, questa neve.»

«Ah sì? E perché?»

Ci fu un brevissimo istante di silenzio prima che Miles rispondesse. «Solo perché è stato bello avere compagnia.»

«Senti, ora torno dentro. Appena avrò parlato col medico mi farò un'idea più precisa di quando potrò tornare. Ti chiamo dopo. Comunque mi serve che tu venga a prendermi. E di' a Issy di trattenersi qui ancora un po', ci voglio parlare. Dille che la chiamo verso l'ora di pranzo.»

«Sì, tanto ha detto che vuole rimanere anche stanotte.»

«Davvero? Mi sorprende. Pensavo che detestasse la provincia in ogni sua forma. Dev'essere il tuo fascino fatale, Miles. A dopo.»

Jazz stava per rimettere in borsa il cellulare e tornare dentro, quando l'apparecchio squillò. Era un numero sconosciuto.

«Detective Hunter.»

«Sì, salve ispettrice, sono Angelina Millar. Mi dispiace disturbarla e forse è una sciocchezza, ma... il mio... *ehm*... compagno, Julian. Vede, è scomparso.»

L'ultima cosa di cui Jazz aveva bisogno in quel frangente era una donna nevrastenica tradita dal fidanzato.

«Scomparso? È sicura?»

«Sì. Ormai sono due giorni che non lo sento, da martedì sera. Ieri non è andato nel suo studio. È avvocato, come sa, e nemmeno la sua segretaria l'ha sentito. Non risponde al cellulare e a casa sua non si trova.»

«Capisco.» Jazz era ansiosa di tornare dentro. «Ora sono parecchio impegnata, purtroppo, ma posso darle il numero del mio sergente, la aiuterà lui. Ha una penna e un foglio a portata di mano?»

«Sì.»

Jazz le dettò il numero di Miles.

«La ringrazio, ispettrice Hunter. Forse pensa che io sia una sciocca, e probabilmente ha ragione, ma non è proprio da Julian sparire così. È quasi ossessivo quando si tratta di organizzazione, e anche secondo la sua segretaria è molto strano che non si sia presentato in studio, considerati i tanti appuntamenti che aveva.»

«Ieri c'era brutto tempo. Ha provato a sentire negli ospedali?»

«Sì, e ieri nella zona non hanno ricoverato nessuno che corrisponda alla sua descrizione.»

«Okay, allora chiami il detective Miles, le darà supporto lui. Ora devo proprio andare, signora Millar, mi scusi. In bocca al lupo.»

Jazz spense il telefono prima che squillasse di nuovo e rientrò nell'ospedale. I suoi pensieri erano solo e soltanto per il padre.

Sebastian Frederiks dormiva della grossa quando squillò il cellulare. La sveglia non era ancora suonata, ma la stanza era immersa nella tenue luce bianca creata dai raggi del sole riflessi sulla neve.

Sebastian accese la luce ma non fece in tempo a rispondere. Controllò l'ora. Erano le sei e mezza, nel giro di pochi minuti sarebbe suonata la sveglia come ogni mattina. Si alzò dal letto, rabbrividendo nella camera gelida. Il freddo lo sorprese: di solito Fleat House era fin troppo calda, perché i termosifoni andavano al massimo e sembrava di stare in un ospedale.

Si guardò intorno in cerca del cellulare. Lo trovò nella tasca del giaccone e, appena lo tirò fuori, gli arrivò una notifica: c'era un messaggio in segreteria. Di nuovo al calduccio sotto il piumone, Sebastian compose il numero e rimase in ascolto.

«Ciao, caro, sono io. Ti volevo parlare prima che iniziassi la giornata. Mi piacerebbe che ci vedessimo stasera, se sei libero. Sarò qui tutto il pomeriggio, dimmi tu a che ora. Chiamami appena puoi. Ti amo.»

Sebastian si rilassò sul cuscino, pensando a come riuscire a liberarsi per quella sera. Quello del direttore era un mestiere estenuante. Non gli lasciava il tempo di farsi una vita privata. Era in servizio praticamente ventiquattro ore al giorno durante il semestre, e ora che Hugh era morto non aveva neanche qualcuno che potesse sostituirlo in caso di necessità. Per il momento al posto di Daneman avevano messo James Cox, uno studente dell'ultimo anno, ma Sebastian non poteva certo lasciare da solo al comando un ragazzino di diciott'anni.

Pregò il Signore che l'eredità arrivasse al più presto. A quel punto avrebbero potuto cominciare a fare progetti per il futuro.

Non le aveva ancora detto nulla al riguardo. Voleva tenersi quella notizia per una situazione in cui avrebbero potuto godersela, festeggiare insieme. Da adesso non sarebbe più stato il parente povero. Chissà se quei soldi avrebbero cambiato le dinamiche in essere tra loro.

La cosa più importante era che avrebbe avuto l'autonomia necessaria per prendere le decisioni per entrambi – qualcosa che solo pochi giorni prima non avrebbe mai ritenuto possibile.

Sebastian si concesse un sorriso. Da una situazione apparentemente impossibile, ora si ritrovavano nella posizione di voltare pagina, di andare avanti.

La sveglia suonò, distogliendolo bruscamente da quei pensieri. Si sporse per spegnerla, si tolse di dosso il piumone e s'infilò sotto la doccia.

Lo shock lo fece gridare, indignato, non appena il getto d'acqua gelata lo investì. Prese ad armeggiare con le manopole, che tuttavia erano già posizionate su «caldo». Decise di uscire dalla doccia e, coprendosi con l'accappatoio, rimase a saggiare l'acqua con le dita per capire se sarebbe diventata calda dopo un po'.

Niente da fare.

«Fanculo» gemette Sebastian. Evidentemente c'era un problema idraulico.

Si vestì più in fretta che poté, poi prese il cellulare e chiamò Bob, della manutenzione. Non era ancora arrivato in ufficio – normale – quindi provò a casa. Rispose la moglie, che glielo passò.

Era chiaro che Bob fosse ancora a letto. Con voce assonnata promise a Sebastian che sarebbe arrivato il prima possibile.

«Ci sta che sia un tubo rotto» farfugliò. «Oggi la neve ha iniziato a sciogliersi.»

Sebastian gemette. Settanta ragazzi non avrebbero potuto farsi la doccia. Immaginava già le lamentele. E la puzza.

Poi le telefonò, e lei rispose immediatamente.

«Ciao, tesoro mio. Come stai?»

«Io...» Ci fu un istante di pausa mentre la donna rifletteva. «Sto bene. Molto bene.»

«Che ci fai qui? Ti aspettavo nel fine settimana.»

«Diciamo che c'è stato un cambio di programma improvviso.»

«Quanto ti trattieni?»

«Era proprio di questo che volevo parlarti.»

«D'accordo. Ascolta, qui è scoppiata una piccola crisi che devo risolvere. Bisogna che ti richiami dopo, ma spero di riuscire a sganciarmi intorno alle otto, anche se purtroppo potrò restare soltanto un'oretta. Meglio di niente, comunque.» Sebastian fece una pausa. «Ho delle novità.»

«Buone?»

«Sì, decisamente buone.»

«Be', ne ho anch'io.» Nel sentirla parlare, Sebastian immaginò che stesse sorridendo.

«Allora facciamo alle otto. Se ci sono problemi ti chiamo. Ora devo andare. Ciao, tesoro, a più tardi.»

Sebastian spense il cellulare, se lo infilò nella tasca dei pantaloni e si accinse ad avvisare gli studenti di Fleat House, sparpagliati su tre piani, che non c'era acqua calda.

«Vado da Rory» annunciò Issy appena s'imbatté in Miles alla reception dell'albergo.

«Ti do un passaggio. Mi ha appena chiamato Angelina Millar, sembra che il fidanzato non si trovi più.»

«Non è ancora ricomparso? Ieri era molto preoccupata, poverina.» Issy seguì Miles in strada, dove l'asfalto era reso scivoloso dalla neve sciolta e rivoletti d'acqua fluivano nelle fogne. «Non ha fortuna con gli uomini, eh? Sia il suo ex che l'attuale compagno sono scomparsi. Contemporaneamente, poi. Non crederai mica...?»

«Dubito che c'entri qualcosa con il nostro caso. Non vedo come potrebbe. Comunque, meglio che vada a parlarci.» Miles aprì la portiera dal lato del passeggero per far salire Issy in macchina.

«Però è strano che sia scomparso proprio adesso, con quanto

sta succedendo, no?» domandò lei appena si furono immessi nel traffico.

«Senz'altro. *Se* è scomparso davvero. Io non ci resisterei più di tanto, con la signora Millar. Scommetto che è una di quelle che si lamentano in continuazione, che ti fa raccogliere da terra l'asciugamano bagnato e ti stira mutande e calzini.»

«E con chi resisteresti, dolcezza?» Issy fece scivolare la mano sulla coscia di Miles, che gliela schiaffeggiò educatamente.

«Comportati bene, sto guidando.» Miles svoltò a destra e s'infilò nel vialetto di casa Millar. «Quanto ci metterai con Rory, più o meno?»

«Il tempo necessario.» Issy si strinse nelle spalle.

Miles scese dall'auto e fece il giro per aprirle la portiera. «Io farò due chiacchiere con la signora Millar, poi però devo rientrare alla St. Stephen's. Riesci a tornare da sola alla stazione?»

«Direi di sì. Anche se detesto camminare.»

Miles le diede una pacca sul sedere. «Un po' di esercizio ti farà bene» la prese in giro.

Issy suonò il campanello e la porta si aprì quasi all'istante. Angelina, pallida, li accolse sulla soglia.

«Prego» disse, senza alcun entusiasmo. «Rory è in camera sua.»

«Va bene. Salgo io?»

Angelina annuì. «Come preferisce. È la seconda stanza a sinistra.»

«A dopo, Miles» gridò Issy, incamminandosi su per le scale.

Angelina condusse il detective in cucina. Si avvicinò alla stufa e, con un gesto automatico, mise il bollitore sul fuoco.

«Caffè?»

«Se lo fa anche per lei, certo.» Il detective Miles prese una sedia e si accomodò. «Ha avuto notizie?»

Angelina scosse la testa. «Niente. L'ho cercato a tutti i numeri che ho, e Stacey mi ha appena chiamato per dirmi che non è andato a lavorare neanche oggi e...» Le si ruppe la voce e scoppiò a piangere. «Mi scusi, ultimamente non ho dormito un granché, tra una cosa e l'altra.»

«Certo, immagino. Ma non si preoccupi, faremo del nostro meglio per ritrovare Julian.» Sfoderò un sorriso rassicurante quando Angelina andò da lui a portargli il caffè. «Grazie. Va bene senza zucchero. Senta, mi sa dire con precisione dov'era Julian quando avete parlato l'ultima volta? Quando è successo?»

Angelina gli raccontò la conversazione con profusione di dettagli.

«Quindi,» fece Miles, bevendo un sorso «Rory non l'ha ancora conosciuto?»

«No. Ho pensato che fosse meglio, viste le circostanze, fargli superare la storia del divorzio prima di presentargli il suo futuro patrigno.»

«Ah, quindi lei e Julian intendete sposarvi?»

«L'idea era annunciare il fidanzamento ufficiale alla festa per il suo quarantesimo compleanno, quest'estate.» Gli occhi di Angelina si riempirono nuovamente di lacrime. «Ero molto emozionata, sa? Avevo anche cominciato a contattare i suoi vecchi amici della St. Stephen's per...»

«Il suo fidanzato ha studiato alla St. Stephen's?»

«Sì. Per l'appunto ha anche alloggiato a Fleat House, ma Rory ha iniziato a studiare lì prima che conoscessi Julian.»

«Capito. Mi dica, a quali vecchi amici si riferiva?»

Angelina elencò quei nomi che ancora ricordava dai messaggi inviati tramite il sito. «E ovviamente Julian conosceva Sebastian Frederiks, il direttore dell'istituto in cui alloggia Rory.» Angelina accennò un sorriso. «Com'è piccolo il mondo.»

«In questa contea, poco ma sicuro. E senta, come ha reagito Julian all'idea di diventare patrigno di un bambino che non conosceva?»

«Credo fosse in ansia, il che è normale visto che di suo non ha avuto figli. Ma l'ha sempre saputo che Rory faceva parte dell'accordo. Avevamo prenotato una settimana bianca per le vacanze di fine semestre, dovevamo andarci tutti e tre insieme. Secondo Julian sarebbe stato un ottimo modo per legare subito con lui.»

«Cos'ha pensato quando il suo ex marito ha confessato l'omicidio di Charlie Cavendish?»

«È rimasto sconvolto, come tutti noi.» Angelina si strinse nelle spalle. «Ma non particolarmente sorpreso, devo dire. Sapeva quanto David fosse instabile.»

«Lui lo sa che David è stato rilasciato senza accuse?»

«Detective Miles, come faccio a saperlo? Non lo sento da due giorni e Issy me l'ha detto solo ieri.»

«Sì, certo, mi scusi. Signora Millar, l'ultima volta che ha visto Julian, si ricorda se abbia fatto o detto qualcosa di strano, che l'ha insospettita, magari?»

Angelina sospirò. «Non proprio, no. Non faceva i salti di gioia all'idea di stare in appartamento perché c'era Rory qui con me. Ci eravamo organizzati, ieri sera sarei dovuta andare a trovarlo a Norwich per cenare insieme.»

«Mi dà l'indirizzo dell'appartamento e la chiave, per favore? Manderò qualcuno a dare un'occhiata» disse Miles.

«È già passata la sua segretaria, dice che non sembrava fosse partito in fretta e furia. E comunque non è da Julian fare qualcosa sull'impeto del momento, men che meno non avvisare in studio. Ho provato in tutti gli ospedali della zona e negli ultimi due giorni non hanno ricoverato nessuno che corrisponda alla sua descrizione.» Angelina guardò Miles con aria abbacchiata. «È semplicemente svanito nel nulla.»

«Se ha una sua fotografia, la inserirò nell'archivio delle persone scomparse.»

«Non può fare altro?»

«Come le ho detto, darò un'occhiata nell'appartamento e in studio, ma...» Miles fece spallucce. «È un uomo adulto e manca da appena due giorni. A meno che non vi siano prove del contrario, dobbiamo presumere che abbia deciso di allontanarsi per un po', per motivi che conosce soltanto lui.»

«E invece...» Angelina fece una pausa. «Il mio ex marito? Lui odiava Julian. Una settimana fa, o giù di lì, eravamo in città e ha minacciato di ucciderlo. C'erano tanti testimoni e... David è stato rilasciato martedì sera, che è proprio il giorno in cui ho sentito Julian per l'ultima volta, e...»

«Capisco dove vuole arrivare» disse Miles, tagliando corto. «Ma non si preoccupi. Dubito fortemente che vi sia un legame. È stata lei stessa a dire che il signor Millar non è un uomo incline alla violenza. Senta, ora deve proprio scusarmi ma ho un altro appuntamento.» Miles si alzò. «Cerchi di mantenere la calma. Sono certo che ci sia una spiegazione logica per la scomparsa di Julian.»

«Spero che lei abbia ragione. In tutto questo caos mi sembra una coincidenza troppo grande.» Angelina cercò la chiave dell'appartamento nella borsa e la consegnò al detective.

«Faremo il possibile per rintracciarlo. Adesso devo andare. Issy tornerà per conto suo alla stazione di polizia. Mi farò vivo in caso di novità.»

Angelina accompagnò Miles alla porta. «Grazie di essere venuto.»

«Si figuri. Buona giornata, signora Millar.»

Appena uscito, Miles telefonò al sergente Roland per sentire se avessero fatto progressi nelle operazioni di ricerca di David Millar.

Sebastian alzò gli occhi dalla pila di scartoffie sulla scrivania nel momento in cui Bob, il bidello, entrò nell'ufficio.

«Bene, signor Frederiks, il tubo è sistemato. Devo solo scendere in cantina a riavviare la caldaia, dopodiché ce ne andiamo.» Il viso rubizzo di Bob era perfino più rosso del solito.

«Ottimo. Avete la chiave?»

«Sì, signor Frederiks, grazie.»

Bob uscì dall'ufficio e si avviò lungo il corridoio sul retro. Aprì la porta della cantina, accese la luce e scese con cautela i gradini irregolari. Lì sotto conservavano i bauli con gli effetti personali dei ragazzi: era un luogo perfetto per mantenerli asciutti e al riparo dall'umidità. Non appena fu arrivato alla base della scalinata, però, Bob annusò l'aria.

Non era soverchiante, come odore. Eppure si percepiva uno spiacevole sentore di marcio.

«Sarà entrato un topo del cazzo da qualche parte» borbottò fra sé, setacciando il pavimento in cerca di escrementi che confermassero la sua teoria. Guardò dietro i vari bauli ma non vide nulla. Annusò ancora. Lì la puzza si sentiva di più. Si chinò e cercò di farsi guidare dall'olfatto. Il fetore sembrava arrivare dall'interno di uno dei bauli, uno con il coperchio non perfettamente chiuso.

«Non mi dire che s'è infilato lì dentro, quel maledetto. Se un ragazzo scende a prendere la sua roba e se lo trova davanti, gli viene un infarto.»

Bob afferrò la serratura d'ottone e sollevò il coperchio.

Sebastian Frederiks sobbalzò alla sua scrivania nell'udire il grido di un uomo infrangere il silenzio che regnava nell'edificio.

25

Jazz e Celestria si scambiarono un'occhiata nervosa. Il dottor Carlisle era seduto di fronte a loro nella sala d'attesa.

«Buone notizie» esordì sorridendo. «Tom reagisce alle cure. Non è ancora del tutto fuori pericolo, ma i liquidi nei polmoni stanno drenando e la pressione va meglio, il che significa che il cuore pompa più efficacemente di ieri. Direi che la prognosi attuale è molto più incoraggiante e, se dovesse continuare così, tra un paio di giorni potremo dimetterlo dalla terapia intensiva.»

Celestria strinse forte la mano della figlia e sorrise, sollevata. «È una notizia magnifica, vero tesoro?»

Jazz annuì. «Assolutamente.»

«Però devo avvertirvi, anche così sarà comunque costretto a prendersi molta cura di sé, d'ora in avanti. Il muscolo cardiaco è rimasto gravemente danneggiato dal secondo infarto, e si è molto indebolito. Pertanto, se volete un consiglio sul lungo ter...»

«La prego, limitiamoci a rimetterlo in piedi. Del futuro ce ne preoccuperemo poi» lo interruppe Celestria, che non voleva farsi rovinare la gioia di quella bella notizia.

«Va bene» rispose il medico. «L'approccio giorno per giorno è ragionevole.»

«Quindi non è più in pericolo di vita?» chiese Jazz.

«Con pazienti nelle condizioni di Tom non ci sono mai garanzie, ma di sicuro procede nella giusta direzione.» Carlisle a quel punto si alzò. «Bene, ci vediamo domani.»

Quando fu uscito, Jazz buttò le braccia al collo di sua madre. «Oddio, avevo tanta paura di perderlo.»

«E invece è ancora qui che combatte.» Celestria accarezzò i capelli della figlia. «E credo che faresti bene a tornare nel Norfolk.»

«Vado di sotto a chiamare Miles, ma a meno che non sia assolutamente necessario preferirei non lasciarti da sola.»

«Se può esserti d'aiuto, l'istinto mi dice che tuo padre ingannerà ancora una volta il suo creatore. Comunque, vai a telefonare. Io rientro da Tom, voglio dirgli che il suo medico lo considera una superstar.» Celestria sorrise e prese il viso della figlia per darle un bacio sulla fronte. «Che farei senza di te, tesoro mio? Grazie di essere qui.»

«Non dirlo neanche per scherzo, mamma. Torno subito.»

Jazz si affrettò giù per le scale e uscì dall'edificio. Accese il cellulare e vide che c'era un messaggio di Miles.

Mentre lo ascoltava impallidì di colpo.

Quando le squillò il telefonino, Issy si stava godendo una porzione dell'ottima zuppa di pollo di Angelina.

«Mi scusi» disse alla padrona di casa, poi rispose.

«Sei ancora a casa Millar?» Era Miles.

«Sì. Stavo giusto per rincamminarmi verso la stazione.»

«Puoi parlare? In privato?»

«Aspetta un secondo.» Issy percepiva la tensione nella voce del detective. Si alzò in piedi e disse ad Angelina, sottovoce: «Scusi, ho il capo in linea», dopodiché uscì dalla cucina e andò a sistemarsi in salotto. «Dimmi pure.»

«Il corpo di Julian Forbes è appena stato ritrovato in un baule nelle cantine di Fleat House.»

D'istinto Issy si coprì la bocca con la mano. «Oddio! Chi l'ha trovato?»

«Il bidello. Stamani è sceso per riavviare la caldaia. È stato un colpo di fortuna, perché se non si fosse rotto un tubo dell'acqua il corpo sarebbe rimasto lì fino a Pasqua, quando i ragazzi avrebbero avuto bisogno dei loro bauli per tornare a casa.»

«Da quant'è morto?»

«Da un paio di giorni, direi, ma sta arrivando la Scientifica da Londra.»

«Angelina darà di matto, povera stella.»

«Non dirlo a me. Issy, mi serve un favore. Puoi rimanere dove sei, per il momento? Sei al sicuro, abbiamo messo un agente di pattuglia davanti alla casa quando abbiamo saputo che Millar se n'era andato, ma non voglio che la signora o Rory prendano e spariscano pure loro. Ho chiamato Jazz, dovrebbe arrivare entro un'ora.»

«L'ex di Angelina è ricomparso?»

«No. Per favore, assicurati che le porte siano ben chiuse, casomai David Millar fosse nelle vicinanze e decidesse di fare una visitina all'ex moglie.»

«Ne dubito, ma d'accordo.»

«Lo so che ne dubiti, Issy, ma Millar è stato rilasciato più o meno quando la signora Millar ha sentito per l'ultima volta Julian Forbes. Che non si è più fatto vivo da allora.»

«Spero ancora che sia una coincidenza, visto che non mi alletta molto la prospettiva di mangiarmi il sedere di mia zia Madge» mormorò Issy. «Specialmente ora che ho novità su Rory.»

«Ti chiamo appena arriva Jazz, ma per adesso acqua in bocca.»

«Porterò avanti una conversazione educata e il più interessante possibile.»

«Grazie, tesoro. Mi dispiace averti trascinato in questa storia.»

«Figurati. Avrò un po' di pace quando tornerò in città. Ciao.»

Issy si dipinse un bel sorriso sul volto e tornò lentamente in cucina.

Jazz era riuscita finalmente a rintracciare Patrick al telefono. Era in autostrada, stava rientrando a Londra. Una volta ricevuta la chiamata, aveva fatto dietrofront per andare a prenderla in ospedale e insieme si erano avviati verso il Norfolk.

Per gran parte del tragitto Jazz rimase al cellulare con Norton.

«Non è una bella situazione, Hunter. Ho già mandato la Scientifica, ma avrete bisogno di altri rinforzi. In realtà avrebbe un detective molto esperto già sul posto, ma la domanda è: potete lavorare insieme?»

Jazz sapeva di essere fregata in ogni caso. Se avesse detto di no, Norton l'avrebbe considerata molto poco professionale; con un «sì», invece, sarebbe stata costretta a lavorare con Patrick fino alla risoluzione del caso.

Non aveva scelta. «Certo, signore. Naturalmente» rispose, brusca.

«Bene. Ho contattato King's Lynn, le stanno mandando alcuni agenti mentre parliamo. Se non altro avrete modo di presidiare costantemente la scuola.»

«Ci stavo giusto arrivando, signore. Devo farla chiudere subito? Il detective Miles ha fatto evacuare Fleat House e i ragazzi per il momento sono stati trasferiti in altri dormitori. Ma non appena si spargerà la voce di questo terzo cadavere, che a quanto mi ha detto Miles è un'altra vittima di omicidio, si scatenerà il panico.»

«Valutate voi la situazione una volta che sarete sul posto. Mi chiami quando avrà visto la scena del crimine.»

«Sarà fatto, signore.»

Jazz chiuse la comunicazione e rimase a fissare un punto in lontananza.

«Tutto a posto?» Patrick le prese la mano, ma lei la tirò via.

«Sì, sì, tutto bene.»

«Sei esausta, Jazz, ricordatelo. Diciamo che hai passato un paio di giorni piuttosto intensi.»

«Davvero, sto bene» tagliò corto lei, che per orgoglio non voleva mostrarsi debole. «Ce la faccio benissimo.»

«Lo so che ce la fai, Jazz. E mi rendo conto che l'ultima cosa che avresti voluto è lavorare con me.»

«Soprattutto perché da quando ti hanno promosso sei tu il più alto in grado dei due» borbottò Jazz.

«Ascoltami, ti prometto che non ti intralcerò. Ti va di mettermi al corrente di dove siete arrivati nell'indagine?»

Lei strinse forte i denti e disse: «Ci provo».

Quando arrivarono a Foltesham, Patrick conosceva i dettagli della situazione.

«Da quanto sappiamo non riesco proprio a capire in che modo la morte di Forbes sia legata a tutto il resto. A meno che tu e Issy non vi siate sbagliate e David Millar sia davvero impazzito» riassunse.

Jazz fece per rispondere, ma Patrick la zittì. «No, Jazz, aspetta, la mia non è una critica. Però i fatti e l'analisi caratteriale non combaciano. Va detto che il movente ce l'avrebbe, sia per Cavendish sia per l'amante della sua ex moglie.»

«Anche se le due morti fossero davvero collegate – quella di Charlie, che Millar ha ammazzato perché aveva preso di mira suo figlio, e quella di Julian, che odiava per via del fatto che si sbatteva sua moglie – resta sempre fuori il suicidio di Hugh Daneman» disse Jazz, sospirando.

«Per l'appunto, non è stato un suicidio? Non è necessario che sia collegato al resto.»

«Però esiste il legame con Charlie: Hugh Daneman è stato l'amante di suo zio tanti anni fa.»

«Non può essere una semplice coincidenza? Il Norfolk è piccolo, dopotutto.»

«Può darsi, ma è una pista che va seguita comunque. La madre del defunto amante di Daneman è ancora viva. A quanto sembra è molto anziana, ma forse saprà gettare un po' di luce su quello che è successo all'epoca. E sul possibile legame col presente.»

Patrick svoltò nella via della scuola, e Jazz notò subito il nastro giallo della polizia che circondava l'intera Fleat House.

«Forza, muoviamoci» disse, e scese dalla macchina. Non aveva fatto neanche un paio di passi che il preside le comparve accanto.

«Grazie a Dio siete arrivati! Qui è scoppiato l'inferno! È pieno di poliziotti, i ragazzi si chiedono cosa stia succedendo ed è solo questione di tempo prima che si attacchino ai cellulari e chiamino i genitori. So che è necessario chiudere la scuola, evacuare l'edificio, e poi la stampa... Santo cielo, siamo rovinati!»

Robert Jones era fuori di sé.

«Comprendo la sua situazione, signor preside. E la compatisco» convenne Jazz. «Dobbiamo parlare, preside, ma prima mi faccia dare un'occhiata alla scena del crimine per farmi un'idea di cosa può essere successo. Lui è il detective ispettore Coughlin. È qui per aiutarci a risolvere il caso più in fretta possibile. Vuole accompagnarci a Fleat House, signor preside, o preferisce aspettarci nel suo ufficio?»

Jones sembrava sul punto di collassare. «No, no. Vi aspetto

in ufficio.» Poi fece dietrofront e si mise quasi a correre per rifugiarsi nel suo santuario, l'edificio principale della scuola.

Jazz e Patrick attraversarono il cortile ancora mezzo coperto da mucchietti di neve semidisciolta.

Il sergente Roland li aspettava all'ingresso di Fleat House con un'aria tronfia.

«I miei uomini hanno sigillato l'edificio e nessuno è più entrato da quando siamo giunti sul posto. I ragazzi sono stati evacuati e dentro ci sono solo il signor Frederiks, il bidello che ha trovato il corpo e il vostro detective Miles. Vi stanno aspettando nell'ufficio di Frederiks.»

«Grazie, Roland» disse Jazz. «Notizie di Millar?»

«Niente, ispettrice. Sembra essersi volatilizzato.»

«Ispettore Coughlin» fece Patrick, porgendo la mano a Roland che la strinse nervosamente. «Metta al lavoro tutti gli agenti liberi, Roland. Dobbiamo trovarlo.»

Jazz condusse Patrick lungo il corridoio fino all'ufficio.

Miles, Sebastian Frederiks e un signore in là con gli anni in salopette marrone erano seduti nella stanza, a disagio.

«Buongiorno a tutti» esclamò Jazz, che poi presentò Patrick al bidello e al direttore.

«Allora, ha trovato lei il corpo, signor...?» chiese Jazz.

«Bob Gilkes. Sì, esatto. C'era un tubo rotto e la caldaia si è spenta. Sono dovuto scendere a riavviarla, ho sentito un odore strano e...» L'uomo deglutì. «È stato lì che l'ho trovato.»

«Ho sentito Bob urlare e sono corso in cantina per vedere quale fosse il problema. E ho riconosciuto il corpo» spiegò Frederiks.

«Quindi lo conosceva?» chiese Jazz.

«Per puro caso, ma sì. Era una vita che non lo vedevo. Studiava con me alla St. Stephen's, anche se era un anno più grande.

Ho capito subito che era Julian. Poveraccio. Ancora non riesco a crederci.» Frederiks scosse la testa.

«Da quanto tempo non vi vedevate?»

«Non saprei, saranno forse quindici anni?» Si strinse nelle spalle. «Siamo andati a due università diverse, ma per un periodo abbiamo vissuto entrambi a Londra. Un paio di volte ci siamo visti per una birra, poi però sono tornato nel Norfolk e lui è rimasto nella capitale. Di recente avevo sentito che era tornato da queste parti, ma nessuno dei due si è sforzato più di tanto per rivedersi. Sa come vanno queste cose.»

Jazz si accorse che Bob Gilkes iniziava a diventare verde. «Bob, perché non va a casa e si sdraia un po'? Lasci pure il suo numero al detective sulla porta, nel caso ci sia bisogno di ricontattarla.»

«Grazie, signora.» Bob si alzò pieno di gratitudine.

«Come sono certa che il detective Miles le abbia già detto, le chiederei di tenersi per sé questa scoperta. Non vogliamo certo spaventare gli studenti o lo staff. Almeno non finché non avremo capito cos'è successo là sotto.»

«Ma certo, non lo dico neanche a mia moglie, giuro.»

«Grazie, Bob.»

Jazz aspettò che fosse uscito prima di rivolgersi di nuovo a Frederiks.

«Signor Frederiks, lo sapeva che entro breve Julian sarebbe diventato il patrigno di Rory Millar?»

Il direttore parve sinceramente sorpreso. «No, non lo sapevo. Non l'avevo mai visto in giro con Rory. Non avevo nemmeno idea che la signora Millar avesse un compagno. Il ragazzo non me ne ha mai parlato.»

«Rory non lo sapeva. La signora Millar voleva dargli il tempo di digerire il divorzio prima di presentargli Julian» spiegò Jazz.

In quel momento bussarono alla porta e comparve il sergente Roland. «È arrivata la Scientifica, ispettrice. Stanno scaricando il materiale.»

«Grazie. Gli dica che arrivo tra cinque minuti.» Tornando a guardare Frederiks, disse: «Ho sentito dire che ha ereditato un po' di soldi, Sebastian».

Lui inarcò un sopracciglio e prese a giocherellare nervosamente con il sigillo d'oro che aveva sull'anello al mignolo. «Sì. Non sapevo fosse di dominio pubblico.»

«Non lo è, infatti, ma viste le circostanze ci interessava sapere a chi il signor Daneman avesse lasciato i suoi averi. Eravate amici, immagino?»

Sebastian si strinse nelle spalle. «Non tanto da sperare che mi lasciasse quasi tutto. A essere sincero sono rimasto molto sorpreso. Positivamente, certo.»

«Non aveva idea di essere nel testamento, signor Frederiks?» intervenne Patrick.

«Nessuna, no.»

Lui inarcò un sopracciglio. «Ho capito.»

«Conosce Jenny Colman, signor Frederiks?» domandò Jazz.

«La conosco, sì. Non bene, però. Lavora qui da sempre. Perché?»

«L'altra beneficiaria del testamento è lei» rispose Jazz.

«Sì, mi torna. Erano amici di lunga data. Se ricordo bene, è stato Hugh a trovare a Jenny un lavoro a scuola.»

Bussarono di nuovo alla porta. «Scusi, ispettrice, la Scientifica la sta ancora aspettando.»

«Vengo subito, Roland.» Jazz si alzò. «Detective Miles, continui pure ad ascoltare le dichiarazioni del signor Frederiks. Patrick, vieni con me?»

Lui annuì e insieme fecero per uscire dalla stanza.

«Ispettrice Hunter?» La voce di Frederiks la fermò sulla soglia. «Sa, non sono stato io a trovare Julian. E neanche a metterlo in quel baule, se è per questo. Non ho chiesto niente a Hugh riguardo all'eredità. È stata una sorpresa totale, per me. Chieda all'avvocato.»

«Lo so, signor Frederiks. Talvolta la vita ci mette in situazioni complicate, non è così?»

Lui annuì, confortato. «Sì, infatti. Grazie, ispettrice.»

Jazz e Patrick percorsero il corridoio fino alla stanza dove li attendevano gli uomini della Scientifica. Jazz pensò che Patrick fosse stato corretto a non interferire mentre lei conduceva l'interrogatorio.

«È un po' strano, non trovi, che Daneman abbia lasciato i soldi a quel Frederiks, così, senza preavviso» osservò lui.

«Miles ha parlato con l'avvocato, il quale gli ha riferito che di recente Hugh aveva cambiato il testamento in suo favore. Dobbiamo scoprire qualcosa di più sulla famiglia di quell'uomo. Ciao, Martin, grazie di essere venuti.» Jazz sorrise e andò a stringere la mano all'agente della Scientifica che le stava più simpatico in assoluto. «Sono contenta che abbiano mandato te. Sta diventando un vero incubo. Parliamo mentre camminiamo, che dici?»

«Certo, mi rendo conto che non bisogna perdere tempo.» Martin Chapman annuì. «Ciao Patrick, come te la passi?»

Anche se fu sorpreso di trovare l'ispettore Coughlin nel Norfolk accanto all'ex moglie, non lo diede a vedere.

«Alla grande, Martin. Sono venuto a prendere un po' d'aria fresca in campagna e mi sono ritrovato una patata bollente fra le mani.»

«Hai qualche idea su come sia finito laggiù?» chiese Chapman a Jazz, mentre apriva la porta della cantina.

«No, anch'io sono appena arrivata.» Jazz si incamminò con cautela giù per le scale. La puzza familiare della carne putrefatta le riempì le narici. Di solito non le faceva né caldo né freddo, ma quando arrivò in fondo alla scalinata rischiò di perdere l'equilibrio. Patrick dovette sostenerla.

«Occhio, Jazz.» La prese per mano, e Jazz si rese conto che la compativa. Dopotutto, solo poche ore prima aveva affrontato la prospettiva della morte in un contesto molto personale.

Lei ritrasse subito la mano, ma gli rivolse un fugace sorriso. «Grazie.»

«Allora, che cosa abbiamo qui?»

Chapman stava già scrutando all'interno del baule. «Brutti lividi sul lato sinistro e al centro della fronte. È stato colpito... Guanti, per favore, Bonnetti.»

Bonnetti, il devoto assistente di Chapman, comparve in fondo alle scale con la valigetta dell'attrezzatura, la depose sul pavimento della cantina, la aprì e porse al suo capo un paio di guanti di lattice.

Patrick e Jazz si misero uno accanto all'altra a osservare Chapman che sollevava delicatamente la testa del defunto per scostarla dal bordo del baule. Uno dei motivi per cui le piaceva Chapman era che rispettava profondamente i resti fisici della vita umana. Maneggiava i cadaveri con sensibilità, a differenza di certi altri agenti della Scientifica.

«Non è difficile capire come abbia fatto questo pover'uomo ad andare al creatore. Guardate.»

Jazz e Patrick scrutarono attentamente le chiazze di sangue che macchiavano la parete del baule, dietro la testa del morto.

«Un colpo violento sul retro della testa.» Chapman sollevò una mano inerte. «Vedete? Il palmo è coperto di graffi e da uno strato di polvere bianca.» Anche l'altro palmo era nelle stesse identiche condizioni. L'agente della Scientifica si lanciò un'occhiata alle spalle, in direzione della ripida scalinata che portava in cantina. «A giudicare dalla condizione delle mani e dai lividi sulla fronte, direi che è stato colpito alle spalle mentre scendeva le scale. Ed è caduto a faccia in avanti. Stando alla polvere, invece, pare che abbia teso le braccia per attutire la caduta, il che significa che era ancora cosciente prima di essere colpito una seconda volta.» Chapman tornò a esaminare la nuca di Julian. «Direi che è stato colpito almeno tre o quattro volte.»

Jazz deglutì. L'aria fetida in quel luogo soffocante le stava facendo venire la nausea. «Con cosa? Qualche idea?»

«Un oggetto con un bordo acuminato, magari un'ascia o forse una mannaia. Si è trattato di un'aggressione furiosa. Brutta storia.» Si voltò, si chinò e prese a studiare una porzione di pavimento a pochi passi dalle scale. «Vedete? Ci sono delle macchie di sangue anche qui. Sembra che il nostro assassino l'abbia finito per terra, in questa zona, per poi trascinarlo nel baule.»

«Da quanto è morto, secondo te?»

«Non saprei. Prima devo fare l'autopsia, perché qui fa molto caldo e il corpo si è deteriorato più in fretta del normale.»

«Stamattina la caldaia è rimasta spenta per qualche ora, era scoppiato un tubo» spiegò Jazz. «E Julian è sparito martedì pomeriggio.»

«Allora, così a naso, direi che è morto poco dopo la scomparsa; al più tardi mercoledì mattina molto presto. Bonnetti, di' ai ragazzi di portare una barella. Tiriamo il povero Julian fuori di qui e restituiamogli un minimo di dignità. Io darò un'ultima occhiata in giro, prenderò qualche campione dal baule e dal pavimento e mi assicurerò che il colpevole non abbia lasciato qualche ricordino.»

«Dove lo portate?» chiese Jazz.

«Ho già telefonato al coroner di Norwich, andiamo lì. Dubito che saranno all'avanguardia come da noi, ma me lo farò bastare.»

«Quanto credi ci vorrà per gli esami? Dobbiamo agire molto, molto in fretta, stavolta.»

«Comincerò appena avrò finito qui. Dovrei riuscire a mandarti un rapporto entro stasera, ma non mi aspetto di trovare più di quanto vi ho già detto, riguardo alla causa della morte. Se dovessi trovare qualche traccia succosa di DNA, ve lo farò sapere.»

«Grazie, Martin.»

«Abbiamo finito, allora.» Mentre Patrick risaliva su per le scale, Jazz si avvicinò al baule e si chinò a leggere le iniziali incise sul davanti.

R.M.M.

C'erano sicuramente altri ragazzi a Fleat House con quelle iniziali, ma R.M. poteva benissimo stare per Rory Millar.

«Grazie, Martin.» Jazz gli rivolse un cenno di saluto e seguì Patrick su per le scale.

Miles li aspettava all'ingresso. «Ho raccolto la dichiarazione di Frederiks, ispettrice. Martin Chapman aveva niente di illuminante da dire?»

«Pensa che Julian sia morto martedì sera. E si tratta di omicidio, senza ombra di dubbio» disse piano Jazz. «Patrick, andresti a parlare col preside per riferirgli cos'ha concluso Martin? Preferibilmente senza fargli venire un colpo apoplettico. Rassicuralo, digli che la scuola brulicherà di poliziotti e che difficilmente ci sarà un altro omicidio nelle prossime ventiquattro ore...»

«Quando ormai il colpevole sarà al sicuro sottochiave» concluse Patrick, annuendo. «Farò del mio meglio, ma sappi che siamo in una zona grigia. Se fossi un genitore non vorrei che il mio prezioso rampollo mettesse più piede in questo posto.»

«Per nostra fortuna Fleat House era deserta quando Bob ha trovato il corpo, quindi soltanto Frederiks l'ha sentito gridare» disse Miles. «I ragazzi pensano di essere stati evacuati e che ci sia la polizia perché sono stati ritrovati dei vecchi resti umani sotto il pavimento della cantina mentre riparavano la caldaia. Sono tutti molto emozionati, tirano a indovinare su chi possa essere.»

Jazz aggrottò le sopracciglia. «Un po' inverosimile, no?»

«Nossignora, a quanto pare no. Leggenda vuole che Fleat House sia infestata dal fantasma di un ragazzino. Pare che quando studiava qui fosse talmente infelice che alla fine si è impiccato al gancio che c'è sul soffitto della cantina. Gli studenti sono convinti che sia lui.»

«Ed è vero? Che si è impiccato?» chiese Jazz.

«Non so se questa storia sia vera o meno» disse Miles, facendo spallucce. «Come ogni leggenda popolare, ci sta che sia un po' esagerata. Chiederò a Frederiks, che tra l'altro mi ha chiesto se può andare nei dormitori dove hanno sistemato i ragazzi, mentre siamo qui.»

«Sì, digli che ha libertà di movimento, ma che non lasci la scuola. Se ha un cellulare, fatti dare il numero.»

«Certo, ispettrice.»

«Un'altra cosa: dov'era la direttrice quando hanno trovato il corpo di Forbes?» chiese Jazz.

«Non saprei. Prima l'ho vista che accompagnava fuori i ragazzi, all'arrivo della polizia.»

«Puoi parlarci e farle rilasciare una dichiarazione?»

«Certo» rispose Miles. «E Issy? Mi ha appena chiamato per dirmi che non sa più di che parlare con Angelina Millar, e vuole sapere quando andremo a salvarla. Inoltre non vede l'ora di raccontarti di Rory.»

«Perché non vai a prenderla, Jazz, così chiudiamo la questione?» disse Patrick. «Qui ci pensiamo io e Miles. Intendo capire cosa occorre fare per mettere le mani su questo Millar.»

«Va bene» disse Jazz, sospirando. «Sarebbe stato meglio rassicurare Angelina che sappiamo dove si trova l'ex marito, prima di darle la brutta notizia, ma pazienza. Inoltre non credo che Millar sia il nostro uomo.»

«Sinceramente penso che l'avresti informata comunque. Ti ricordo che l'hai fatto rilasciare senza accuse, Jazz. Nel caso in cui lo trovassero vorrei interrogarlo lo stesso, se possibile» disse Patrick.

Jazz s'irrigidì all'istante. «Certo. Sei il più alto in grado, puoi fare come meglio credi. Puoi dire al sergente Roland di assicurarsi che i suoi uomini non si facciano vedere troppo, così il preside è contento? Bene, ora vado.» Jazz salutò con un cenno del capo e uscì dall'edificio, attraversando il prato fino alla macchina.

L'interferenza di Patrick l'aveva stizzita, per quanto fosse un pensiero stupido. Al momento avrebbe dovuto essere più che altro grata di qualsiasi aiuto le arrivasse. Eppure sentiva crescere le brutte sensazioni di un tempo, pronte a balzarle addosso. Quello era il *suo* caso, che aveva deciso di accettare in buona fede senza immaginare neanche per un secondo che avrebbero coinvolto anche Patrick.

A Londra una parte del problema con Patrick era che lui sembrava goderci un sacco a sminuirla, a criticarla davanti ai colleghi e ai superiori. Verso la fine del suo periodo nella capitale aveva avuto la sensazione che, di tutti i colleghi sessisti che la tormentavano, Patrick fosse il peggiore in assoluto. Ma dato che se l'era sposato non aveva potuto farci nulla.

Era interessante che un tale comportamento non fosse passato inosservato agli occhi di Norton. La settimana prima, quando era stato a trovarla, glielo aveva fatto capire senza troppi giri di parole.

Jazz accese il motore, cercando di togliersi Patrick dalla testa e di concentrarsi sul caso. Se c'era un aspetto del suo lavoro che detestava veramente era dover informare i parenti della morte di un loro caro. Specialmente quel giorno, dopo ventiquattro ore passate in preda al terrore di perdere il padre. Ecco perché Millar le faceva tanta compassione.

Tirò fuori il telefonino, chiamò in ospedale e chiese di essere messa in comunicazione con la terapia intensiva. L'infermiera gentile che aveva visto quella mattina le disse che Tom continuava a migliorare, e che se avesse richiamato più tardi avrebbe perfino potuto parlarci.

Rassicurata da quelle parole incoraggianti, Jazz partì in direzione di casa Millar. Era stanca, ma sentiva la mente reattiva e l'adrenalina nelle vene, come le capitava sempre quando lavorava sotto pressione.

Due omicidi e un suicidio, tutti e tre collegati in qualche modo con Fleat House. Charlie, uno studente; Julian, un ex studente e Hugh, il tutor di Fleat House.

E anche Rory, che sarebbe dovuto diventare il figliastro di Julian: il suo baule era diventato quasi sicuramente la temporanea tomba dell'avvocato.

E se Patrick avesse avuto ragione e si fosse fatta intenerire dalla situazione difficile di David Millar?

No. Non doveva permettergli di farle perdere sicurezza.

Jazz sospirò. Aveva già ricominciato a darle sui nervi.

26

Giunta davanti alla porta di casa di Angelina, Jazz provò a ricomporsi.

Ad aprirle la porta fu Issy, che subito la guardò con aria di rimprovero. «Ce ne hai messo di tempo. Sono due ore che gioco con Rory, accidenti. Angelina è lì dentro» disse, indicando la cucina. «Io vado di sopra a fare la babysitter. Fammi sapere quando finisci, perché dobbiamo parlare al più presto.»

«Grazie, Issy. Ah, già che ci sei, potresti chiedere a Rory qual è il suo secondo nome, per favore?»

Jazz attraversò l'atrio e aprì la porta della cucina. Angelina, pallida, era seduta a tavola e sfogliava controvoglia una rivista di arredamento. Nel vedere Jazz si alzò con gli occhi che le brillavano di trepidazione. «L'avete trovato, ispettrice?»

Jazz annuì lentamente. «Si sieda, signora Millar.»

Angelina scrutò il volto della detective sperando di vederci qualcosa che la rassicurasse. Non ci riuscì e un lampo di paura le comparve negli occhi. «Sta bene, vero? La prego, mi dica che sta bene! Ha avuto un incidente con quella nevicata tremenda, ho ragione? Lo sapevo che gli era capitato qualcosa, lo sapevo! Dov'è? Oddio, oddio!»

Con gentilezza Jazz costrinse Angelina a sedersi, poi prese una sedia per sé e le si mise davanti, stringendole le mani. «Mi dispiace tanto, signora Millar. Non c'è un modo meno brutale di dirglielo. Purtroppo Julian è morto.»

«Morto? Come, morto? Non può essere morto!» Angelina scosse forte la testa. «No, non può essere...»

Poi tacque e si mise a fissare Jazz negli occhi. Dopo un po' parve capire e abbassò di colpo le spalle, mormorando: «Come?».

«Signora Millar, mi dispiace infinitamente» disse piano Jazz. «Il corpo di Julian è stato ritrovato in un baule nella cantina di Fleat House, qualche ora fa.»

Angelina guardò Jazz a bocca aperta. «Ma com'è possibile? Perché?!»

«Ancora non lo sappiamo, ma è abbastanza ovvio che qualcuno ce l'abbia messo dentro. Sono davvero spiacente di doverglielo dire, ma riteniamo che sia stato aggredito alle spalle e che sia morto cadendo dalle scale della cantina. A quel punto hanno messo il corpo in un baule.»

«Sta... sta dicendo che l'hanno... ammazzato?»

«Quasi sicuramente sì. Le ripeto, mi dispiace tanto, ma è meglio che sappia subito la verità.»

Angelina guardava Jazz senza vederla realmente. Il suo viso era una maschera di orrore. «Julian, assassinato?» sussurrò. «Non aveva nemici. Lo amavano tutti, lo rispettavano.»

«Era un avvocato, signora Millar. Si sarà fatto per forza qualche nemico nei circoli criminali, e infatti è una strada che stiamo battendo...»

«L'hanno trovato nella cantina di Fleat House... Un paio di settimane fa la morte di Charlie Cavendish, poi quell'insegnante che si è suicidato... Che diavolo sta succedendo in quel posto, e perché non l'avete scoperto prima che ammazzassero Julian?!» Angelina si era alzata in piedi e si tirava i capelli in preda alla disperazione. «Ma dov'è David?! È stato lui, ha ucciso Charlie e

Julian! E ora verrà a fare fuori anche me e Rory! Julian è morto perché l'avete lasciato libero!»

All'improvviso Angelina si scagliò su Jazz, brandendo i piccoli pugni come una bambina infuriata. Jazz la afferrò agevolmente per i polsi mentre lei lottava in un impeto di rabbia, fuori di sé.

«Signora Millar, mi rendo conto che per lei sia uno shock...»

«No, non è vero! Julian è morto! Morto!»

D'improvviso Angelina parve esaurire le energie e finì per afflosciarsi su se stessa, scossa dai singulti. Jazz la fece sedere con più delicatezza possibile poi si sistemò di fronte a lei, impotente come sempre in occasioni del genere. Vedere un altro essere umano che soffriva mettendosi a nudo in quel modo non era mai facile. Rimase seduta in silenzio ad aspettare.

Alla fine i singhiozzi cessarono. Angelina si alzò e attraversò la cucina a passo malfermo per prendere una confezione di fazzoletti sul piano di lavoro. Si soffiò il naso e si asciugò gli occhi.

«Mi scusi, ispettrice Hunter. Ho perso il controllo.»

«Non si preoccupi, la prego. È assolutamente comprensibile. Credo di essere l'ultima persona con cui vorrebbe trovarsi, ora come ora. Vuole che le chiami qualcuno?»

Ancora una volta gli occhi di Angelina si riempirono di lacrime. «Quando l'ha detto ho pensato subito di chiamare Julian, perché so che mi sarebbe stato accanto, e invece...» Si morse il labbro nel tentativo di bloccare le lacrime. «Mi sono ricordata...»

«Sua madre o suo padre, invece? Le farebbe bene avere qualcuno che la aiuti con Rory, giusto per qualche giorno.»

«Oddio, Rory! Povero Rory. Non l'ha neanche mai conosciuto. Si chiederà perché mai sua madre è tanto sconvolta, e ne ha già passate tante. Che devo fare, ispettrice? Secondo lei devo dirglielo?»

«Questo può deciderlo solo lei. Rory non conosceva Julian, quindi il lato positivo quantomeno è che non dovrà superare il lutto.»

«Sì. Chiamerò mia madre. Rory le vuole molto bene.» Angelina annuì.

«Signora Millar... Angelina, so che è un brutto momento, ma se la sente di raccontarmi che cosa vi siete detti l'ultima volta che ha parlato con Julian, martedì sera?»

Angelina camminava su e giù per la cucina e appallottolava ripetutamente il fazzoletto bagnato. «Non lo so, non mi ricordo.»

«Vede, più sarà in grado di dirmi di quella sera, più in fretta riusciremo a capire chi è stato.»

«Ma non c'è niente da dire.»

«Julian non le è sembrato agitato o turbato, quando vi siete sentiti?»

«Non era contento di dover rimanere a dormire nell'appartamento di Norwich perché c'era Rory a casa. Oddio, sarebbe andata diversamente se gli avessi permesso di tornare? Magari adesso sarebbe ancora vivo. È colpa mia, quindi?!»

«No, non lo dica neanche per scherzo. Siamo abbastanza sicuri che Julian non sia neppure riuscito ad arrivarci, all'appartamento. Qualcosa, o qualcuno, gliel'ha impedito. Si ricorda a che ora vi siete sentiti?»

«Sì, era intorno alle sette meno un quarto. Lo so perché Rory stava guardando *I Simpson*.»

«Capitava spesso che Julian facesse tardi in studio?»

«A volte sì, ma... oh, sì, mi ricordo. Martedì mattina, prima che uscisse... l'ultima volta che l'ho visto... mi ha detto che anche se fosse tornato avrebbe fatto tardi, perché quella sera alle sette aveva un appuntamento con un cliente.»

Jazz tirò fuori il taccuino dalla borsa e prese un appunto. «Capitava di frequente? Che vedesse i clienti fuori dall'orario d'ufficio?»

«Sì, ogni tanto. Julian era molto preso dal lavoro e dalle persone che contavano su di lui.» Angelina tacque, poi disse: «Chiedo scusa, ispettrice, ma non mi sento tanto bene. Non... non riesco più a rispondere alle sue domande. Devo andare a sdraiarmi».

«È una buona idea. E anzi grazie, Angelina. So che è un momento molto difficile, ma quello che mi ha raccontato ci sarà d'aiuto. Vuole che chiami un medico e le faccia portare qualcosa che la aiuti a dormire?»

«No, grazie. Il mio medico curante mi ha prescritto il Valium quando Rory è scomparso, quando... quando ancora pensavo che peggio di così non potesse andare.» Angelina si strinse nelle spalle con aria afflitta. «E invece mi sbagliavo. Può dirgli che la mamma è andata a riposare?»

«Senz'altro. Credo che lui e Issy siano diventati buoni amici. Sono certa che possiamo convincerla a rimanere un altro po', almeno fino a quando non sarà arrivata sua madre. Vuole che la chiami io per lei?»

«No, ci penso io da camera mia, grazie. Sarà un brutto colpo anche per lei. Per tutti...» Angelina arrivò sulla soglia della cucina e dovette sostenersi alla maniglia della porta. All'improvviso sul volto le calò una maschera di paura. «E David? Sapete dove sia? E se viene qui?»

«Non si preoccupi, signora Millar, la prego. Ha la mia parola che ci sarà un poliziotto qui fuori ventiquattro ore su ventiquattro. Lei e Rory sarete al sicuro, glielo garantisco.»

Jazz attese che Angelina uscisse dalla stanza, poi accese il cellulare. Trovò un messaggio di Patrick, le diceva che David Millar era stato finalmente catturato a Norwich, ubriaco, e che al momento era su una volante della polizia diretto alla stazione di Foltesham. La avvertiva che stava andando lì per interrogarlo.

Jazz salì le scale per andare a chiamare Issy. Lei e Rory erano nella camera del ragazzino, seduti sul letto, e giocavano a un videogioco di automobilismo alla PlayStation.

«È un bene che tu sia arrivata. Ho appena preso un senso unico e ho messo sotto tre madri col passeggino» disse Issy. Poi, senza farsi sentire da Rory, aggiunse: *Lei sta bene?*

Non proprio, mimò di rimando Jazz. «Ciao, Rory, come va?» chiese ad alta voce.

«Bene.» L'attenzione del ragazzino era tutta per il videogioco.

«Rory,» fece Issy «per quella cosa di cui abbiamo parlato, del signor Daneman. Vuoi ripetere a Jazz quello che mi hai detto prima?»

Rory si girò a guardarla con un'espressione ansiosa. «Devo proprio? Pensavo avessi detto che era il nostro segreto.»

«Be', però vorrei che lo sapesse anche Jazz. Potrebbe aiutarla a risolvere il caso, capito? Non lo dirà a nessuno, vero Jazz?»

«Certo che no. Sono una poliziotta, Rory. Mantenere i segreti fa parte del mio lavoro.»

«È solo che...» Rory guardava Issy in cerca di rassicurazioni. «È molto imbarazzante, e se a scuola lo venissero a sapere, allora...» sospirò «... penserebbero che sono ancora più strano di quanto già non credano.»

«Lo capisco, e prometto che non lo dirò ai tuoi amici» disse Jazz gentilmente.

«Sul serio, Rory, non lo dirà a nessuno» lo incoraggiò Issy.

«Adesso forza, dille per bene cos'è successo quel venerdì sera, quando sei andato dal signor Daneman a chiedergli degli antidolorifici per il mal di testa.»

«Allora, vedete» cominciò lui, tenendo gli occhi bassi. «Mi faceva malissimo la testa. È cominciato dopo che ho cantato nella cappella. La direttrice non era nei suoi alloggi, quindi sono andato nello studio del professor Frederiks a chiedergli qualcosa per il dolore. Ma nell'ufficio c'era il professor Daneman.»

«A che ore è successo?» chiese Jazz.

«Non lo so di preciso. Saranno state le nove e mezza, credo. Gli altri ragazzi del mio anno erano già tutti a letto.»

«E poi cos'è successo?»

«Il professor Daneman mi ha detto di accomodarmi mentre andava a prendermi le pasticche. Poi è tornato e mi ha detto che aveva preparato la cioccolata calda, mi ha chiesto se ne volevo un po'. Io gli ho detto di sì perché ero triste.»

«Perché eri triste?» chiese Jazz, che già sapeva cosa ci fosse sotto.

Lui si strinse nelle spalle esili. «Le solite cose, sa com'è.»

«No, non lo so» lo incalzò Jazz. «Dimmelo.»

«Gli altri ragazzi, facevano i bulli.»

«Qualcuno in particolare?»

Rory la guardò. «Nessuno è mai gentile con me, ma Charlie Cavendish mi aveva preso di mira. L'aveva fatto anche quel giorno ed ero frustrato.»

«Okay, quindi tu e il professor Daneman avete bevuto una cioccolata calda insieme. Ti sei sentito meglio, dopo?»

«Oh, sì. Il professor Daneman con me è... era... fantastico. Ci teneva a me. Sapeva cosa voleva dire, insomma. Mi ha detto che anche lui a scuola era preso di mira da ragazzo. Andavamo d'accordo. Era mio amico.»

«Che bella cosa. Di certo ti sarà stato d'aiuto.»

«Infatti. Mi ha chiesto cosa c'era che non andava e gli ho raccontato che Charlie mi chiamava "frocio del cazzo" negli spogliatoi, dopo l'allenamento di rugby. Il professor Daneman ha detto che dovevo ignorare commenti di quel genere, che era solo l'insicurezza a farlo parlare in quel modo. Lo sapevano tutti che era un bullo, e dopo la cioccolata calda mi sono sentito meglio. E poi...»

Rory si passò le mani sulle cosce, in agitazione. «Issy, devo proprio?»

«Sì, tesoro, devi. Perché so che aiuterà tantissimo Jazz a capire cos'è successo quella sera.»

Rory fece un respiro profondo, poi disse: «Va bene, ecco. Il professor Daneman è venuto a sedersi accanto a me sul divano. Io avevo pianto, quindi lui mi ha abbracciato, mi ha detto che avrebbe parlato con Charlie per dirgli di lasciarmi in pace. Poi... all'improvviso mi ha detto che da giovane conosceva uno che mi somigliava tantissimo, mi ha preso il viso tra le mani e mi ha...» Rory dovette fermarsi a prendere fiato. Aveva parlato senza respirare.

«Continua, ci sei quasi» lo incoraggiò Issy.

«Be', mi ha... mi ha baciato... sulla bocca... e poi... poi ha cercato di infilare la lingua.» Istintivamente Rory si portò una mano al viso, passandosi le dita sulle labbra come se volesse pulirsele. «Mi ha fatto schifo!»

Jazz annuì in silenzio e guardò Issy, che inarcò un sopracciglio.

«Posso immaginare. E tu cos'hai fatto?»

«Sono scappato e sono andato di sopra, nella mia stanza. Mi sono messo nel letto con le coperte sulla testa e ho pianto. Il professor Daneman era il mio unico amico, mi proteggeva e ho capito che non potevo più stargli vicino, che era un vecchio sudicione cattivo come tutti gli altri. E ho capito di essere rimasto da solo, di non potermi più fidare di nessuno. A parte...»

«Tuo padre?» azzardò Jazz.

Rory annuì. «Gli ho telefonato. Volevo vederlo. Lui non è venuto e allora sono scappato per andare a casa sua.»

«Tuo padre ha provato in ogni modo a scoprire cosa stesse succedendo e perché fossi tanto sconvolto. Io l'ho visto nell'ufficio del preside Jones, un paio di giorni dopo. Chiedeva di parlare con te.»

«E loro non gliel'hanno permesso. Era ubriaco?»

Jazz stabilì che una piccola bugia bianca non avrebbe fatto danni, in quel caso. «Non lo so. Ma era arrabbiato perché non poteva vederti. Senti, quando sei andato con tuo padre nel Lake District, gli hai raccontato che cos'aveva fatto il professor Daneman?»

«Sì, eccome. E lui ha giurato di non dirlo a nessuno. Non l'ha detto, vero?» Rory guardò le due donne, preoccupato.

«No, non l'ha detto, te l'assicuro» rispose Jazz. «Un'ultima cosa. Hai preso le pasticche che ti aveva dato il professor Daneman?»

Rory impallidì di colpo. «Mi pare di sì. Ma non mi ricordo.»

«Dai prova a sforzarti. È molto importante.»

«Sì, sì, lo so.» Rory era in totale agitazione. Issy guardò Jazz e mosse le labbra: *Basta così*.

«Rory, sei stato bravissimo» disse Jazz, sorridendo. «E mi hai aiutato tanto. Se ti viene in mente qualcosa, ecco il mio biglietto da visita.» Jazz glielo porse.

«Okay, grazie» rispose Rory, intascando il biglietto.

«Ascolta, tua madre non si sente tanto bene ed è andata a sdraiarsi un po'. Ha chiesto a tua nonna di venire qui per un po' a badare a te, finché non si sentirà meglio. Issy, tu puoi aspettare qui che arrivi la nonna, vero? Io purtroppo devo scappare.»

Lo sguardo di Issy la diceva lunga. «Vai a sapere quanto ci metterà, la nonna» commentò a denti stretti.

Jazz svoltò l'angolo e si trovò di fronte la stazione di polizia di Foltesham. Nella mente le risuonavano ancora le rivelazioni di Rory.

Patrick si era piazzato nella stanzetta degli interrogatori, seduto a quella che un tempo era la scrivania di Jazz. Lei, intimandosi di smetterla di formulare pensieri tanto meschini, lo salutò con un cenno e appoggiò la valigetta sul tavolo.

«Vedo che sei riuscito a procurarti del caffè decente.»

«Sì, ho mandato un giovanotto a prenderlo. Ce n'è uno anche per te.»

«Grazie» disse Jazz, inarcando un sopracciglio. «Avranno capito che sono arrivati i pezzi grossi. Per noi non hanno mai mosso un dito, figuriamoci se ci portavano il caffè.»

«Mi conosci, Jazz. Il mio fascino irlandese fa miracoli» disse Patrick, sogghignando.

A quelle parole un brivido le corse lungo la schiena.

«Allora» proseguì lui. «Com'è andata con la povera signora Millar?»

«È distrutta, ovviamente. Ma Issy è incredibile. È riuscita a far parlare Rory riguardo alla sera in cui è morto Charlie Cavendish. L'ha convinto a raccontarmi che Hugh Daneman l'ha baciato.»

«Gesù! Pensavo che ci fossimo messi definitivamente alle spalle questo genere di cose, anche nelle scuole pubbliche. Povero ragazzo, rimarrà segnato a vita. E non voglio neanche pensare a quanti altri siano finiti sotto le grinfie di quel vecchio porco.» Patrick fece una smorfia di disgusto.

«Penso sia molto più complicata di così. Dubito che Hugh Daneman abbia mai fatto una cosa simile, prima. Per qualche ragione, però, con Rory non è stato capace di controllarsi. Credo che si sia vergognato a tal punto da togliersi la vita.» Jazz sapeva di difendere una persona che si era resa colpevole di un'azione inaccettabile, ma era anche convinta che ad averlo spinto a tanto fossero state delle circostanze irripetibili.

«Mi spiace, Jazz.» Patrick scosse la testa, come se le avesse letto nel pensiero. «Non esistono attenuanti per un comportamento simile.»

«Sono d'accordo, ma per l'appunto Rory è uguale spiccicato al giovanotto di cui Daneman è stato innamorato per tutta la vita» spiegò. «Ha perso il controllo, è plausibile. E dopo, come poteva vivere col senso di colpa? Prima o poi sarebbe venuto fuori. Rory l'ha anche detto a suo padre.»

«David Millar? La vecchia spugna che c'è di sotto? Cristo,» imprecò Patrick «quando è arrivato un'ora fa era ubriaco fradicio. Fino a domattina sarà impossibile cavargli qualche parola che abbia un senso. Comunque,» disse, tamburellando le dita sulla scrivania «mi sembra che i pezzi stiano andando al loro posto. David Millar uccide Charlie che faceva il prepotente con suo figlio, Hugh Daneman si ammazza per aver importunato Rory e infine Millar uccide Forbes, amante della moglie e futuro patrigno del figlio, in un attacco di gelosia. Mi sembra che quadri tutto.»

«Temo sia un po' più complicato di così, Patrick» rispose Jazz, col tono più paziente che riuscì a sfoderare.

Quello scambio di battute le riportò alla mente altri casi sui quali non si erano trovati d'accordo. Patrick ricorreva spesso all'approccio fattuale, mentre Jazz propendeva per prendere in considerazione il fattore umano. In squadra potevano funzionare bene, ma nel momento in cui uno dei due si metteva a competere con l'altro – cosa che succedeva spessissimo quando lavoravano insieme – il risultato era sempre disastroso. Patrick voleva risolvere i casi in fretta. Jazz doveva seguire l'istinto e si prendeva il suo tempo, ascoltando le storie delle persone coinvolte ed escludendo ogni possibile opzione prima di giungere alla verità.

«Io credo che Millar stesse coprendo il figlio quando se n'è uscito con quella storia strampalata di lui che uccide Cavendish» proseguì. «Ricordati che secondo la sua ex moglie anche lui è allergico all'aspirina. È impossibile che ce l'avesse in tasca.»

«A meno che non l'abbia premeditato. In questo caso può averla comprata appositamente prima di arrivare alla scuola. Potrebbe averti mentito. È una possibilità, Jazz, andiamo.»

«Sì, è vero» convenne lei. «Ma la persona che quella sera ha avuto accesso all'aspirina era Rory. Era stato Hugh Daneman a dargliela. E oggi pomeriggio, quando ho chiesto direttamente a lui se le avesse prese o no, mi ha risposto che non se lo ricordava. Devo dire a Issy di riparlarci per tirargli fuori tutta la storia.»

«Pensi che un moccioso di tredici anni sia stato capace di una cosa simile?» Patrick fischiò di stupore. «Però, che ragazzaccio. Comunque, stai sicura che quando il tuo uomo di sotto si riprenderà, gli farò il terzo grado.»

Jazz strinse i denti. «Fai pure. Ma anche Issy è d'accordo con me. Non crediamo sia stato Millar.»

«Be', c'è sempre il *piccolo* particolare dell'altro cadavere, spuntato fuori dall'ultima volta che avete parlato con Millar. L'hanno catturato a Norwich, per l'appunto, a due passi dallo studio della vittima. Non puoi ignorare i fatti, Jazz.»

«Non li sto ignorando. Ma sinceramente non mi va di perdere altro tempo a discutere con te. Dov'è Miles?»

«A Norwich, a prendere le dichiarazioni dei colleghi di Forbes.»

«Bene.» Jazz recuperò la ventiquattrore, poi disse: «Vado a trovare la madre di Corin Conaught, per vedere se riesce a fare luce su questa relazione tra il defunto figlio e Hugh Daneman. Poi vado a casa, ci rivediamo qui domani mattina».

«Sicura di non star perdendo tempo, Jazz? Sappiamo che Daneman si è suicidato. Lui nel giro degli omicidi non c'entra; di sotto abbiamo un sospettato con il movente...»

A quel punto ogni buona intenzione la abbandonò. Non ne poteva più. «Pensavo avessimo stabilito che questa è la *mia* indagine, Patrick, non la tua. E finché non avremo eseguito qualche arresto, il mio dovere di detective in comando è proseguire con gli interrogatori di chiunque sia in grado di farmi capire meglio come mai siano morti tre uomini in una settimana.» Lo guardò dritto negli occhi e disse: «A meno che tu, in quanto detective più alto in grado, non faccia valere il tuo ruolo e mi ordini di non farlo». Le brillavano gli occhi per la rabbia.

Patrick allungò le mani come a volerla placare. «No, no, Jazz, tranquilla. E non ho alcuna intenzione di farlo. Ci mancherebbe. Vai pure, ci vediamo qui domani mattina. A meno che... tu non voglia compagnia più tardi.»

Soffocando il desiderio di ridergli in faccia per quell'assurda proposta, Jazz rispose: «Sono esausta e ho bisogno di dormire. Buonanotte, Patrick». Uscì a passo svelto dalla stazione di polizia e salì in macchina. Poi colpì forte il volante lasciandosi andare a un urlo di frustrazione.

27

Davanti a Walsingham House, dove avevano fatto trasferire temporaneamente dodici tra gli studenti più giovani alloggiati a Fleat, Sebastian Frederiks tirò fuori il cellulare. Compose un numero e parlò a bassa voce nel microfono.

«Ciao, amore. Alla fine stasera non riesco a liberarmi. Qui è scoppiato un casino allucinante. Ti chiamo più tardi, d'accordo? Forse riusciamo a vederci domani mattina. Va bene, ti amo. Ciao.»

Si rimise il telefono in tasca e tornò dai ragazzi.

Era già buio quando Jazz arrivò a villa Conaught. Sembrava che tutte le luci fossero spente, anche se si scorgeva un bagliore provenire dall'ala più piccola della casa, sul lato sinistro. Dopo aver provato più volte a suonare il campanello, senza risultato, Jazz si incamminò seguendo il perimetro dell'edificio. A un certo punto si trovò davanti a una porta con una lampada accesa sopra e bussò con il battente.

Dopo pochi secondi si udì un rumore di passi provenire dall'interno della casa.

«Chi è?» domandò una vocina tremula.

«Buonasera, sono la detective ispettrice Hunter. Cerco Emily Conaught.»

Ci fu un attimo di silenzio, poi: «Perché?».

«Non c'è niente di cui preoccuparsi, signora. Mi chiedevo se potesse darmi una mano a fare luce su certi aspetti della storia della sua famiglia, tutto qui. Ha a che vedere con un caso su cui stiamo lavorando, riguarda un... amico dei Conaught.»

Dopo un attimo si sentì il rumore del paletto che veniva tolto e un volto, molto bello malgrado l'età avanzata, comparve da uno spiraglio. «Ha un documento? Sicuramente è chi dice di essere, ma di questi tempi la prudenza non è mai troppa.»

«Naturalmente.» Jazz mostrò alla donna il tesserino di riconoscimento. «Posso entrare?»

«Prego.» L'anziana signora aprì la porta.

«Grazie. E lei è?»

«Sono chi cerca, per l'appunto. Emily Conaught. Piacere di fare la sua conoscenza.»

Jazz notò immediatamente la grande somiglianza tra Adele Cavendish e sua madre. Erano entrambe alte, eleganti e raffinate. Emily vestiva in maniera impeccabile, con gonna di tweed e maglione di cachemire. L'unica nota stonata erano le pantofole ai piedi.

«Mi segua, prego. In soggiorno c'è il fuoco acceso.» Zoppicando leggermente, la padrona di casa condusse Jazz lungo uno stretto corridoio fino a un salotto accogliente. Le pareti erano ingombre di enormi dipinti a olio, troppo grandi per quella stanza. Il televisore gracchiava da un angolo, ed Emily andò subito a spegnerlo. «Mi scusi, non aspettavo visite stasera. Si accomodi pure» le disse. «Gradisce del tè?»

«È molto gentile, ma non si preoccupi. Non le ruberò troppo tempo. Ho solo bisogno di aiuto a ricostruire alcuni eventi del passato.»

«I miei figli dicono sempre che è nel passato che vivo, quindi credo di essere la persona giusta per lei» rispose Emily, sorridendo. «Cosa vuole sapere?»

Jazz pensò subito che quella donna lucida e spiritosa non corrispondesse alla descrizione che ne aveva fatto Edward Conaught. «Come sono certa che ormai sappia, riteniamo che la morte di suo nipote Charlie non sia stata un incidente» esordì.

Emily annuì lentamente. «Edward me l'ha detto, ma non è sceso nei dettagli. Non gli piace turbarmi, pensa che io sia una vecchietta fragile che si sconvolge facilmente, quando in realtà ho vissuto molte più tragedie di quanto creda e sono ancora qui per raccontarle. Siete riusciti a scoprire chi sia il colpevole di questo crimine?»

«C'è un sospettato, sì, ma prima di trarre qualsiasi conclusione devo saperne di più su questa famiglia.» Jazz fece una pausa prima di aggiungere: «Sono certa che sia un periodo molto stressante per lei».

«È naturale» rispose Emily. «Mi ha sconvolto sapere della morte di Charlie. Ma se vuole la verità, io e quel ragazzo non siamo mai stati vicini, né mi è mai piaciuto particolarmente. Forse dovrei sentirmi in colpa» disse, sospirando. «In fondo era mio nipote. Il problema è che mi ricordava fin troppo suo padre, che ritengo da sempre un imbecille pomposo.»

Jazz cercò di nascondere il sorriso che le si stava dipingendo sul volto. «Be', se non altro immagino che vorrebbe scoprire anche lei come mai sia morto.»

«Ma certo. Mi perdoni, ispettrice» fece Emily, provando a ricomporsi. «Purtroppo poter dire quello che si pensa è l'unico vantaggio dell'invecchiare. Mi dica, cosa vuole sapere?»

«Dunque, innanzitutto non è morto soltanto Charlie, di recente. È venuto a mancare anche un insegnante della scuola,

Hugh Daneman, ma in questo caso sappiamo che non è stato commesso alcun crimine. Si è tolto la vita.»

Un'ombra passò sul volto di Emily. «Sì, ho letto il necrologio sul *Times*. Era un uomo tanto amabile, in entrambi i significati della parola. Anche se malaccorto.»

«In che senso?»

«Di certo, ispettrice, sarà al corrente delle sue preferenze sessuali. E del fatto che sia stato pazzamente innamorato di mio figlio per quasi tutta la vita.»

«Lo sapevo, sì. Lady Conaught...»

«La prego, mi chiami Emily.»

«Emily.» Jazz tirò fuori un portafoto di plastica dalla ventiquattrore e lo porse alla donna. «Riconosce questo ragazzo?»

«Mi scusi, devo mettermi gli occhiali.» Emily tastò sotto il cuscino della poltrona e li tirò fuori con aria trionfante. Se li appoggiò sul naso e studiò attentamente la fotografia. Dopo un po' si tolse gli occhiali e guardò Jazz. «Be', ma certo, è mio figlio Corin.»

«In realtà non si tratta di lui. È un giovanotto di nome Rory Millar, che studia alla St. Stephen's.»

«Oh santo cielo!» Emily era sbalordita. «La somiglianza è sconvolgente, specialmente con il Corin più giovane. Quando è morto non lo riconoscevo neanche più, per colpa dell'alcol e della droga. Aveva ventisei anni ma ne dimostrava trenta di più.» Emily riconsegnò la foto a Jazz.

«Grazie, Emily. Ha appena confermato una delle mie teorie» disse lei, sorridendo. «Ora forse può dirmi qualcosa di più sulla relazione tra Corin e Hugh?»

Emily sospirò. «Be', è stata piuttosto tragica, a dire il vero. Ha già parlato con Edward, quindi sa che Corin era del tutto privo di freni inibitori. Dio solo sa da chi avesse preso, visto che né io né suo padre eravamo ribelli. Corin invece lo era eccome, lo è stato sin dal primo giorno di vita. Era un bambino pestifero» disse, ridacchiando. «Non dormiva mai. Forse temeva di perdersi qualcosa. E ovviamente iscriverlo a Oxford è stato uno sbaglio. Per lui è stata una manna dal cielo. Non faceva niente di niente, dedicava ogni stilla di energia a divertirsi, e sperimentava con tutto. E intendo dire *tutto*.»

«È stato lì che ha conosciuto Hugh?»

«Sì. Hugh insegnava, anche se non era poi troppo più grande dei suoi studenti. Un tipo davvero brillante.» Emily scosse la testa. «Che spreco. Sarebbe arrivato lontano, se non avesse incontrato mio figlio.»

«Avevano un... legame?»

«Non c'è bisogno di fare le puritane, ispettrice Hunter. A maggior ragione perché di sicuro l'avranno già messa al corrente dell'intera faccenda» disse Emily, ridacchiando. «Quando gli alti papaveri di Oxford l'hanno scoperto, Hugh è stato cacciato seduta stante. Mio figlio ha fatto la stessa fine poco più tardi per tutta una serie di azioni scellerate – tipo non presentarsi a lezione per un semestre intero.»

«A suo parere Corin amava Hugh?»

Emily parve riflettere. Dopo un po' disse: «A modo suo forse sì. Quando l'hanno mandato via da scuola è venuto a stare qui alla tenuta. E in un batter d'occhio Hugh è comparso nel Norfolk. Ha iniziato a insegnare alla St. Stephen's. Ronzava sempre intorno a Corin. Ricordo pochissime occasioni in cui non c'era, le volte che passavo a trovare mio figlio. Ma se mi sta chiedendo se provavano gli stessi sentimenti l'uno per l'altro, le rispondo "no" senza ombra di dubbio. Vede, Corin non era... come posso dire... non era omosessuale a tempo pieno. E anche se lo fosse stato, dubito che sarebbe mai rimasto fedele a Hugh. No, gli piacevano anche le donne. Ed è stato questo a creare problemi tra loro, alla lunga».

Jazz rimase sorpresa. «Sul serio? Corin si è innamorato di una donna?»

«No, mia cara» ridacchiò Emily. «Come ho appena detto, era troppo egoista per innamorarsi davvero di chicchessia. Questo però non significa che non volesse espletare i suoi bisogni primari, per così dire. Comunque, un giorno Hugh si è presentato a casa sua e l'ha trovato a letto. Con una donna.» Emily spalancò gli occhi. «E quindi, mia cara, come poteva sperare di competere, poveraccio? È venuto a cercarmi. Era devastato. Le assicuro che è stato molto strano dare conforto a un giovanotto innamorato di mio figlio, un giovanotto che per giunta era stato soppiantato da una donna. Ma il povero Hugh non aveva nessun altro con cui sfogarsi.»

«La loro relazione è finita lì?» chiese Jazz.

«Sì, almeno per un po'. Hugh ha smesso di andare a trovarlo, ma Corin a un certo punto ha iniziato la sua parabola discendente ed era quasi sempre ubriaco o drogato. Ogni volta che aveva bisogno di qualcosa chiamava Hugh, e lui poverino correva a dargli una mano. Corin è morto poco tempo dopo per overdose da eroina. È stato Hugh a trovarlo.»

«Che storia triste» commentò Jazz. «Era giovanissimo.»

«Sì. E per dirla tutta, mia cara, non credo di essere mai riuscita a superare la sua perdita. Era il mio primogenito. Tra noi c'era un legame molto forte.» Emily scosse la testa. «Interessante, non crede? La maggior parte delle persone passa la vita a cercare l'amore, mentre certe volte l'amore può essere un sentimento davvero distruttivo. Di sicuro ha distrutto Hugh. Da quel momento non è più stato lo stesso.»

Jazz rifletté un momento prima di porre la domanda successiva. «Emily, è sicura che Hugh fosse omosessuale al cento per cento? Che non abbia mai avuto relazioni con qualche donna, come Corin?»

«Per quanto uno può essere sicuro di certe cose, sì» rispose Emily. «Hugh amava mio figlio. E l'amore per lui lo consumava. Perché me lo chiede?»

«Perché ha lasciato tutti i suoi averi a un professore della St. Stephen's. Ha cambiato il testamento poche settimane prima di suicidarsi. Lui e quel professore non erano neanche particolarmente amici, avevano solo lavorato insieme per qualche anno e Hugh gli aveva fatto da insegnante in passato.» Jazz fece spallucce. «Mi stavo chiedendo se non ci fosse un qualche... legame di parentela. Ho controllato all'Ufficio dello Stato Civile e non sono imparentati ufficialmente...» Jazz lasciò la frase in sospeso, poi decise di chiarire: «Mi chiedo se Hugh non abbia avuto un figlio. Magari arrivato grossomodo nel periodo in cui è morto Corin, una quarantina d'anni fa».

«No,» Emily scosse la testa. «Hugh non aveva figli. Lui no, ma... no, di certo non è possibile» disse, quasi sussurrando tra sé.

«Mi dica, Emily» la incalzò gentilmente Jazz, leggendo la confusione sul volto della donna.

«No, di sicuro è una coincidenza» mormorò Emily. «Come avrebbe fatto Hugh...»

«A fare cosa?»

«Sono certa di sbagliarmi, ma teoricamente c'è la possibilità che...»

«Mi scusi, Emily, ma non la seguo.»

«Oh cielo. Santo cielo.»

Jazz si rendeva conto che l'anziana signora stava combattendo una brutale battaglia interiore. Decise di rimanere in attesa con pazienza, senza metterle pressione.

Alla fine Emily la guardò. «Ispettrice, non ho mai raccontato a nessuno quanto sto per dirle, neanche al mio defunto marito. Crede davvero che sia rilevante per la sua indagine?»

«Non potrò saperlo finché non me lo dirà» rispose lei, con candore. «Ma se ritiene che sia importante, allora sono tutta orecchie.»

«Be', vede... il fatto è...» Emily si strinse la base del naso con le lunghe dita ossute. «Un bambino c'era, ispettrice. Il figlio di Corin. Lui non ne ha mai saputo niente. È morto prima che nascesse. Ma Hugh lo sapeva.»

«Capisco. E lei come l'ha scoperto?»

Emily puntò su Jazz due occhi turbati. «È stato Hugh. È venuto da me, un paio di mesi dopo la morte di Corin, e mi ha raccontato della donna incinta. A quanto pare si era presentata dal nulla a casa sua, fuori di sé. Era incinta di quattro mesi e non sapeva che fare. Hugh, pur avendo tutte le ragioni del mondo per odiarla, è stato molto generoso, e forse si è sentito in qualche modo responsabile per lei e per il guaio in cui Corin l'aveva cacciata.»

«Mi perdoni se le sembro brutale,» disse Jazz «ma viste le circostanze, forse la cosa migliore per quella ragazza sarebbe stata interrompere la gravidanza, non crede?»

«Mia cara, non intendo certo far pesare la mia età, ma quarant'anni fa l'aborto sì che era legale anche se da poco, ma non certo se eri di famiglia cattolica. E qui nel Norfolk eravamo ancora in pieno Medioevo.»

«Sì, immagino che fosse molto diverso da oggi» convenne Jazz, un po' a disagio. «E che cos'ha fatto la ragazza?»

«Hugh è venuto da me a chiedere consiglio. In quella situazione ha creduto di dovermi mettere al corrente. Anch'io sono cattolica, e di sicuro non potevo condannare a morte una nuova vita. Allo stesso tempo, però, nella nostra famiglia non c'era posto per il figlio illegittimo di Corin, soprattutto perché la ragazza in questione era la figlia di uno degli operai che lavoravano nella nostra tenuta. Ho suggerito a Hugh di prendere la ragazza e farla partorire in una delle "case di discrezione" che erano nate appositamente per quel genere di cose, poi di dare il bambino in adozione. Mi sono anche offerta di pagare tutte le spese, e la ragazza ha accettato. La storia è finita lì. Lei ha fatto come le avevo detto e non se n'è più parlato. Anzi,» aggiunse Emily «è la prima volta in quarant'anni che tiro fuori l'argomento.»

«Mi scuso se l'ho costretta a ricordare» disse Jazz. «Lei non ha idea di che cosa sia successo al bambino?»

«Santo cielo, no. Potrebbe essere chiunque, ispettrice Hunter. Per quanto ne sappiamo potrebbe essere morto. O morta.»

«E lui, o lei, non ha la minima idea di chi sia in realtà?»

«Assolutamente no. All'epoca eravamo tutti molto cauti in questo genere di situazioni» rispose Emily.

«Poniamo il caso, però, che sia stato *Hugh* a scoprire chi era il bambino.»

«Non riesco a immaginare come possa aver fatto, ma prego, vada pure avanti con il suo ragionamento.»

«Torniamo un secondo indietro» fece Jazz, grattandosi la fronte. Cercava di rimettere in ordine quelle nuove informazioni. «Edward mi ha detto che Charlie era l'unico erede della tenuta Conaught. Ora che è morto non c'è nessun altro che possa ereditare, corretto?»

Emily annuì. «Abbiamo incaricato un esperto di indagare sull'albero genealogico di famiglia, di trovare magari un lontano cugino, o un ramo dimenticato dei Conaught. Altrimenti alla morte di Edward, conclusa per sempre la dinastia, la tenuta verrà messa all'asta e il denaro dato in beneficenza.» Sospirò. «Dopo quattrocento anni... Che cosa triste.»

«E se un erede ci fosse? Diciamo il figlio di Corin, il suo primogenito. A quanto ho capito dovrebbe essere un maschio, per avere diritti sulle proprietà di famiglia.»

«Ma ispettrice, anche se fosse davvero un lui, è comunque nato fuori dal vincolo del matrimonio!» rispose Emily, inorridendo. «Sarebbe un figlio illegittimo.»

«Resta in ogni caso un erede diretto. E con i test del DNA che fanno attualmente potrebbe dimostrarlo senza ombra di dubbio. Sono abbastanza sicura che ci siano già stati diversi casi in cui il tribunale ha garantito ogni diritto anche ai figli illegittimi.»

«Allora questo chiude ogni dibattito» rispose Emily, piccata. «Corin è morto da quarant'anni. Non è possibile dimostrare alcun patrimonio genetico. Per l'amor di Dio, di lui non è rimasto niente.»

«Non ha tenuto nulla di suo, Emily?»

«Certo, alcuni oggetti di quando era piccolo, fotografie e cose così, ma niente *di lui*, ispettrice.»

«Non è che per caso teneva un diario di nascita su cui annotava il peso di Corin, quando ha sorriso per la prima volta, quando gli è spuntato il primo dentino e cose del genere?»

«Sì, ora che me lo chiede, mi ricordo.» Emily annuì. «Ma che rilevanza può avere?»

«Se me lo porta glielo spiego subito» disse Jazz, incrociando mentalmente le dita. «Sa dove sia?»

«Vagamente. Dovrei mettermi a cercarlo.»

Jazz però sospettava che Emily sapesse esattamente dove fosse. «Se riuscisse a ricordarsi dove si trova quel diario, gliene sarei davvero molto grata.»

Lady Conaught esitò un istante, poi annuì. «Va bene, allora. Torno subito.»

Jazz la guardò lasciare la stanza e pregò di diventare, un giorno, un'ottuagenaria arzilla come quella donna. Il pensiero le fece venire subito in mente il padre. Tirò fuori il cellulare dalla borsa per controllare se ci fossero messaggi. Ce n'era uno di Miles, che però poteva ascoltare più tardi. Dall'ospedale, fortunatamente, ancora nulla. Nessuna nuova, buona nuova.

Emily tornò in soggiorno con aria trionfante. «Trovato!» Porse a Jazz un libro trapuntato di raso azzurro, perfettamente conservato. «Non vedo come potrebbe servirle, ma dia pure un'occhiata.»

«Grazie.» Jazz sapeva bene cosa cercare, e prese a sfogliare ogni pagina con attenzione. Arrivata quasi alla fine, con un impercettibile gridolino di trionfo, vide un sacchettino di cellophane appiccicato alla carta. Dentro c'era una ciocca di capelli biondissimi, quasi bianchi.

La mostrò a Emily. «Ecco. Questo è ciò a cui mi riferivo quando le ho chiesto se avesse conservato qualcosa di Corin. Contiene il suo DNA, che se incrociato con altri campioni ci darà una prova definitiva.»

«I miracoli della tecnologia moderna, eh?» disse Emily, guardando Jazz con aria preoccupata. «Lei pensa di conoscere già l'identità del figlio di Corin, vero?»

«Al momento ho solo un sospetto» disse Jazz. «E le prometto che sarà la prima a saperlo, appena scoprirò la verità.»

«Non so davvero cosa dire.»

«La prego, non si preoccupi. In fin dei conti potrebbe anche essere una cosa positiva, non crede?»

«Forse. Non ne sono sicura.»

«Voglio dire che la stirpe dei Conaught potrebbe continuare.»

«In modo alquanto straordinario, ma sì, immagino che abbia ragione» concesse Emily, con riluttanza.

L'anziana signora era palesemente turbata. Si torceva le mani senza sosta. «È uno stemma molto particolare quello che ha sull'anello.» Jazz era quasi certa di averlo visto di recente al dito di qualcun altro.

«Sì, è di epoca elisabettiana. I Conaught discendono dalla famiglia Dudley – avrà di certo sentito parlare del famigerato Robert, presunto amante della Regina Vergine.» Abbassò lo sguardo per rimirare il sigillo che aveva al dito. «Lo stemma, una ghianda, è stato modificato alcune centinaia d'anni fa per includerne un altro, l'allodola, quando l'antenato di mio marito concluse un matrimonio di convenienza con un'altra importante famiglia del Norfolk, che risiedeva a Holkham.»

«Molto interessante. E solo i membri della famiglia hanno il diritto di portare l'anello, giusto?» azzardò Jazz.

«Sì. Strano che ne abbia parlato, tra l'altro, perché Corin non ce l'aveva quando abbiamo trovato il corpo. Abbiamo immaginato che l'avesse dato in pegno per comprarsi l'eroina.»

«Quindi mi sta dicendo che manca un anello?»

«Sì. Non ci siamo mai preoccupati di cercarlo o sostituirlo. A che pro? Dubito che qualcuno potrà più portarlo.»

«Chissà. Aspettiamo e vediamo.» Jazz si alzò. «Emily, grazie infinite dell'ospitalità e dell'aiuto che mi ha dato. Le riporterò la ciocca nei prossimi giorni, e le farò subito sapere l'esito degli esami. No, la prego, non si alzi. Esco da sola.»

«Allora arrivederci, ispettrice. Sono lieta di esserle stata utile.»

Sulla soglia del soggiorno, Jazz si fermò. «Un'ultima domanda: per caso si ricorda come si chiamava la ragazza che era incinta del figlio di Corin?»

«Ma naturalmente» rispose brusca Emily. «Non sono del

tutto rincretinita, checché ne dica mio figlio. Come le ho detto era la figlia di uno dei nostri lavoranti. Corin l'ha vista ogni giorno per qualche mese, ai tempi in cui abitava nel cottage. Si chiamava Jenny Colman.»

Una volta uscita dalla villa, Jazz salì in macchina e ascoltò il messaggio di Miles. Nulla di urgente: era stato nello studio di Julian Forbes per interrogare i colleghi e parlare con la Scientifica. Si sarebbero visti alla stazione di polizia l'indomani mattina.

Telefonò subito a Martin Chapman.

Lui rispose al primo squillo. «Martin, dove sei?»

«Al laboratorio, a Norwich.»

«Mi serve che uno dei tuoi faccia un test su alcuni campioni di DNA, con urgenza.»

«Non puoi aspettare che torni a Londra, ispettrice?»

«No, ne ho bisogno adesso. Se mi dai l'indirizzo del laboratorio ti farò portare i campioni da Miles.»

Martin obbedì e Jazz si appuntò la via.

«Qui nel frattempo è saltata fuori l'auto di Forbes, quindi avrei comunque dovuto fare le ore piccole per analizzarla. Vedrò se riesco a convincere uno dei ragazzi a lavorare sul tuo DNA nelle prossime ventiquattro ore.»

«Mi servono i risultati domani, Martin.»

«Faccio il possibile, ma Patrick ha chiesto un rapporto forense completo per domattina. Dice che altrimenti dovrà far chiudere la scuola.»

«Ma davvero?» sbottò lei, poi si ricompose, contrariata di aver lasciato trapelare la propria rabbia. «Fai quello che puoi, Martin. Ti devo una cena.»

«Ti prendo in parola.»

«Novità per adesso?»

«Ci sto lavorando. Domani mattina ti farò il rapporto completo.»

«Non vedo l'ora. Grazie, Martin, a domani.»

«Buona serata, ispettrice.»

Jazz chiamò Miles, che rispose all'istante.

«Ispettrice?»

«Dove sei?»

«In albergo. Stavo per mettermi a cena.»

«Da solo?»

«*Ehm*, no... sono con Issy.»

Jazz sorrise nel sentire l'imbarazzo nella voce del detective. «Mi dispiace interrompere il vostro *tête-à-tête*, ma ho bisogno che tu vada a Norwich a portare una cosa al laboratorio. Possiamo vederci nel parcheggio della scuola tra un quarto d'ora?»

«Sissignora.»

«Patrick dov'è?» chiese.

«Ancora alla stazione.»

«Bene, a tra poco.»

Jazz lanciò il cellulare sul sedile del passeggero e percorse lentamente il vialetto a tre corsie della tenuta Conaught.

Si impose di mettere da parte la rabbia per l'intromissione di Patrick e di concentrarsi invece sulle nuove informazioni che aveva raccolto.

Insomma, alla fine un figlio c'era. E la madre era Jenny Colman – l'ennesimo collegamento con la St. Stephen's.

Non era il rampollo di Daneman, però. Era un erede diretto dei Conaught.

Hugh doveva aver creduto che Sebastian Frederiks fosse il figlio perduto di Corin; era l'unica spiegazione per quel cambio repentino del testamento. Probabilmente lo considerava la persona più vicina a un parente che avesse.

E... se Hugh Daneman avesse raccontato tutto a Frederiks? Jazz lasciò i pensieri liberi di fluire. Frederiks a quel punto si sarebbe reso conto di poter reclamare per sé la tenuta Conaught, che doveva valere milioni di sterline soltanto per i terreni.

Ma Charlie Cavendish, in quanto erede diretto, era comunque un ostacolo. E forse, rifletté Jazz, per essere sicuro di avere campo libero ed evitare di buttare anni, oltre che decine di migliaia di sterline, ad aspettare che un tribunale decidesse chi era l'erede legittimo tra un nipote o un figlio bastardo, Frederiks aveva deciso di eliminarlo.

Immettendosi sulla strada principale, che poteva condurla a casa oppure alla St. Stephen's, Jazz si rese conto di essere stanca morta. Il pensiero di un bel bagno e una lunga notte di sonno era allettante, tuttavia non sarebbe riuscita a dormire se non avesse parlato prima con Frederiks. E doveva scoprire, anche solo per sua curiosità personale, che cosa avesse visto in lui Hugh Daneman per convincersi che fosse il figlio di Corin.

28

Parcheggiata l'auto davanti alla St. Stephen's e consegnata la busta e l'indirizzo a un Miles piuttosto imbarazzato, Jazz andò a cercare Sebastian Frederiks.

Lo trovò nel refettorio che cenava con un paio di studenti. I ragazzi cercavano di convincerlo a raccontare loro come mai Fleat House fosse strapiena di poliziotti.

«Ecco, ragazzi, è arrivata la persona giusta per rispondere alle vostre domande. L'ispettrice in carne e ossa.» Sebastian sfoderò uno dei suoi migliori sorrisi finti, prese il piatto e fece per alzarsi.

In quei pochi istanti Jazz capì di non essersi sbagliata. L'anello che portava al mignolo era identico a quello di Emily Conaught.

«In realtà, ragazzi, dovete scusarmi.» Jazz fece loro cenno di andarsene. «Vorrei aggiornare un secondo il signor Frederiks su quanto è successo.»

«Avete trovato un cadavere, ispettrice? Chi era, il tizio che si è impiccato in cantina? Almeno così si dice in giro» disse uno degli studenti.

«Fatti gli affari tuoi, James» disse garbatamente Frederiks. «Tra un'oretta ci rivedremo a Walsingham, verrò a rimboccarvi le coperte.»

I ragazzi si allontanarono. Jazz stava per sedersi quando Sebastian Frederiks disse: «Le dispiace se camminiamo, nel frattempo? Non ho avuto modo di preparare le mie cose. Dormirò a Walsingham House con i ragazzi e l'agente di prima mi ha detto che stanno per chiudere Fleat House per la notte».

«D'accordo.»

Uscirono dal refettorio e attraversarono il cortile. «Ancora con la leggenda che gira a scuola?» domandò Jazz.

Sebastian si strinse nelle spalle. «Sì, è sempre la solita storia, solo che a loro piace tirarla fuori spesso, a quanto pare.»

«Quindi è vero che qualcuno si è impiccato in cantina?»

Frederiks sembrava a disagio. «Sì, uno studente. Ma è successo tanto tempo fa.»

Giunsero davanti al nastro giallo della polizia, teso intorno a Fleat House. Jazz ci passò sotto e si avviò all'ingresso. Frederiks la seguì. Alla porta c'era un giovane agente che camminava senza sosta per provare a scaldarsi un po'.

«Buonasera, ispettrice.»

«Buonasera. Entro col signor Frederiks, agente.»

«Ai suoi ordini.»

I due fecero il loro ingresso nell'edificio deserto, immerso nell'oscurità, e Frederiks accese la luce. Fu scosso da un brivido quando passarono davanti al corridoio che conduceva in cantina. «Che giornata. Non riesco ancora a crederci. Povero Julian. Ha un'idea di cosa stia succedendo?»

«Ci stiamo lavorando, signor Frederiks» rispose Jazz, senza aggiungere altro. Dopo un po' arrivarono di fronte alla porta degli alloggi di Sebastian.

«Ci metto un attimo, prendo solo delle cose» disse lui, che si allontanò lasciandola sola nell'ufficio.

Jazz diede un'occhiata in giro mentre aspettava. Sulla scrivania c'era una grande fotografia incorniciata di una coppia di signori anziani.

In quel momento Frederiks ricomparve con un borsone ancora aperto. «Sono i suoi genitori?» chiese Jazz, indicando.

«Sì.»

«Sono ancora vivi?»

«No, purtroppo no.»

«Sono mancati di recente?»

«Mio padre è morto quindici anni fa e mia madre da pochi mesi» rispose Frederiks.

«Capisco. Ha fratelli o sorelle?»

«No, ci sono soltanto io.»

«Vivevano in zona?»

«Sì... Senta, ispettrice» disse lui, incupendosi. «Non capisco cosa c'entri la mia famiglia in questa storia. Possiamo lasciarla fuori? Volevo molto bene a mia madre, e ancora mi manca.»

«Chiedo scusa. Non vorrei disturbarla, ma potrei chiederle un bicchiere d'acqua? Ho una sete pazzesca.»

«Certo.» Frederiks annuì. «Posso darle un po' d'acqua del rubinetto, a meno che non la preferisca in bottiglia: in quel caso dovrei andare in cucina.»

«No, del rubinetto andrà benissimo, grazie.»

Mentre Sebastian le portava l'acqua Jazz si avvicinò al borsone, prese l'oggetto che cercava dagli effetti personali del direttore e se lo fece scivolare in tasca.

Frederiks ricomparve quasi subito con un bicchiere. «Grazie» disse Jazz, sorseggiando l'acqua tiepida. «Allora, presumo che abbia ereditato tutto alla morte di sua madre.»

«Sì, almeno quello che restava» confermò lui. «A mia madre hanno diagnosticato l'Alzheimer dieci anni fa. Aveva solo sessant'anni. Gli ultimi sette li ha passati in una casa di riposo.

Ho dovuto vendere casa sua per pagare il ricovero. E dopo non è rimasto quasi nulla.»

«Le ha lasciato ogni suo avere?»

«Naturalmente, sì.» Frederiks cominciava a infastidirsi sul serio. «Perché?»

«Signor Frederiks, mi dispiace doverglielo chiedere, ma per caso lei è stato adottato?»

«Che cosa?! No, per la miseria, certo che no! Se mi hanno adottato, i miei hanno fatto un lavoro egregio per non farmelo mai nemmeno sospettare. Ispettrice, mi ascolti, io sono una persona ragionevole, ma queste sue domande sono estremamente personali e spiacevoli, per quanto mi riguarda. Non vedo proprio perché dovrei risponderle. Non sono in arresto, no?»

«No, non è in arresto, signor Frederiks. Solo un'ultima domanda: mi dice la sua data di nascita?»

«10 aprile 1965.»

«Bene, non ho bisogno di altro.» Jazz annuì. «La ringrazio della pazienza.»

Sebastian, in preda all'agitazione, si passò una mano tra i capelli. «È per via del testamento, vero? Lasci che glielo dica, brancolo nel buio tanto quanto lei sulle motivazioni, ma il fatto che Hugh abbia deciso di nominarmi suo beneficiario non mi rende di certo un criminale, giusto? Inizio a pentirmi che l'abbia fatto, a essere sincero.»

«Grazie della collaborazione, signor Frederiks. La lascio a preparare la sua borsa. Quando se ne andrà mi faccia il favore di avvisare l'agente di guardia.»

Jazz si alzò e uscì da Fleat House. Mentre camminava in direzione dell'auto tirò fuori il cellulare e fece una telefonata.

«Roland, parla Hunter. Sì, giornata frenetica. No, nessuna novità ancora. Voglio che teniate d'occhio Sebastian Frederiks.

Gli metta alle costole uno dei suoi uomini. Se si allontana dalla scuola lo faccia seguire. E non perdetelo, okay? Grazie. Ci vediamo domani mattina. Dovesse servire, mi trova al cellulare.»

Jazz riattaccò e chiamò Patrick, che stranamente aveva il telefono spento, poi montò in macchina e percorse la costiera verso casa. Mentre zigzagava lungo le strette stradine di Cley, le tornò in mente una cosa. E si ripromise di approfondirla l'indomani.

Arrivata a casa, Jazz aprì la porta e si ritrovò in un ambiente piacevolmente caldo.

L'idraulico aveva lasciato un biglietto per dirle che il riscaldamento era rimasto acceso da quando avevano concluso i lavori. Temeva che il freddo facesse gelare l'acqua nei tubi.

Jazz lo benedisse. E al diavolo la bolletta del gas.

Appoggiò per terra la ventiquattrore, accese la segreteria telefonica e ascoltò i messaggi mentre metteva l'acqua sul fuoco. Alcuni erano dei muratori, che le rifilavano tutta una serie di scuse poco credibili per giustificare la loro assenza, e uno era di sua madre, che ancora non ce la faceva a tornare a casa per concedersi una notte di sonno. Diceva che probabilmente il giorno dopo avrebbero dimesso Tom dalla terapia intensiva.

Jazz si portò di sopra una tazza di cioccolata calda, si preparò un bel bagno bollente e si sdraiò grata nella vasca. Pensò che non aveva previsto di dover passare la serata a dare un senso agli eventi delle ultime ventiquattro ore, sia lavorativi che di natura personale.

Quindici minuti più tardi era a letto. Riprovò a contattare Patrick e, con suo grande fastidio, scoprì che aveva il telefono ancora spento. Poi chiamò Issy – spento anche lei – e le lasciò un messaggio in segreteria per chiederle di tornare da Rory l'indomani mattina come prima cosa: doveva assolutamente ricordarsi con precisione che ne era stato delle due aspirine che gli avevano dato la sera in cui era morto Charlie.

Alla fine chiamò Celestria, che rispose al secondo squillo.

«Pronto?» Aveva la voce preoccupata.

«Ciao, mamma, sono io.»

«Oh, santo cielo, meno male. Pensavo chiamassero dall'ospedale.»

«Scusa se ti ho spaventata. Volevo solo sapere come stavate tu e papà. Non ti ho svegliato, vero?»

«No, mi stavo appisolando adesso. Mi hanno consigliato di prendere un sonnifero, ma ho paura di non sentire il telefono casomai squillasse.»

«Prendine uno, mamma. Anche tu devi riposare. Lui come sta?»

«È molto migliorato, davvero. Ma come mi ha detto più di una volta quel medico, e anche con una certa sufficienza, ancora non è fuori pericolo.»

«Devi essere proprio convinta che stia meglio, se hai deciso di tornare a casa a dormire.»

«Infatti. E se continua a migliorare così, senza intoppi, ce la farà. È un uomo straordinario, tuo padre» disse lei, con voce strozzata.

«Lo so. Spero di poter andare a trovarlo domenica. Vorrei venire domani, ma sono nel pieno dell'indagine e Patrick si sta comportando come al solito» disse Jazz, sospirando.

«Oh, cielo. Non avevo capito che lavorasse al tuo caso. Mi dispiace, tesoro.»

«Non ci lavorava infatti, ma... Oh...» Jazz sbadigliò. «È una lunga storia, mamma.»

«Poverina. Scommetto che è l'ultima cosa che avresti voluto.»

«Sì, ma stranamente mi ha fatto bene. Mi ha aiutato a ricordare perché ero tanto infelice e perché l'ho lasciato... Mi è servito per buttare nel cesso qualsiasi pensiero romantico residuo, anche ammesso che ce ne fossero.»

«Non essere troppo dura con te stessa, Jazz. Ci ricordiamo tutti i bei momenti e cerchiamo di scordare quelli brutti. È la natura umana, e di questo dobbiamo solo essere grati.»

«A meno che dimenticare non ti faccia imboccare di nuovo la cattiva strada» mormorò Jazz.

«Patrick si è adoperato per te, ieri, vero?» disse dolcemente Celestria. «Quando l'ego non lo intralcia e non si sente minacciato, io so che a te ci tiene. Questo non significa che sia la persona giusta per te, sia io che tuo padre siamo d'accordo su questo. E a volte l'amore può essere distruttivo.»

«Sì, su questo non ci piove.» Jazz sbadigliò. «D'accordo, mamma. Promettimi di farmi sapere. Domani sarò occupatissima, ma tu lasciami un messaggio per dirmi come sta papà, va bene?»

«Certo, senz'altro. Ora vai a dormire, e in bocca al lupo per domani.»

«Grazie, mamma. 'Notte.»

«'Notte, tesoro. Dormi bene.»

Jazz si accoccolò sotto il piumone e rimase sdraiata al buio, a pensare a tutti quelli che si erano ritrovati con la vita distrutta, e non migliorata, dall'amore.

La mattina seguente alle sette e mezza Jazz bussò alla porta di casa di Jenny Colman.

«Chi è?» chiese quella dall'interno.

«Sono l'ispettrice Hunter, signorina Colman. Mi dispiace disturbarla così presto, ma volevo parlare con lei prima che uscisse per andare al lavoro. Posso entrare?»

«Ma certo, ispettrice, naturalmente.» Jenny aprì la porta, un po' agitata, e accompagnò Jazz nel piccolo soggiorno. «Non sono nei guai, vero?»

«No, affatto.» Jazz si accomodò sul divano e Jenny si appollaiò con aria nervosa sulla poltrona di fronte. «Ho solo pensato che sarebbe stato meglio parlare con lei in privato.»

«Oh, ispettrice, di che si tratta?» Jenny sembrava terrorizzata.

«Vado dritta al punto» disse Jazz, gentilmente. «Ieri sera sono andata a trovare Lady Emily Conaught. E mi ha raccontato di lei e Corin Conaught. Oltre che del bambino che ha dato alla luce quarant'anni fa.»

Fu come se Jenny avesse ricevuto uno schiaffo in pieno viso. Le si riempirono gli occhi di lacrime e rimase seduta senza aprire bocca.

«Mi dispiace» si scusò Jazz. «Immagino che sia un argomento doloroso per lei, ma ho paura di non avere scelta: devo sapere se Emily Conaught ha detto la verità. È lei la madre del figlio di Corin?»

Jenny annuì, come inebetita. Si tirò fuori un fazzoletto dalla manica e si tamponò gli occhi.

«Mi ha anche lasciato intendere che lei si fosse accorta di essere incinta solo dopo la morte di Corin. È così?»

Di nuovo Jenny annuì, in silenzio.

«E Hugh Daneman l'ha aiutata?»

«Sì, sì, mi ha aiutata» riuscì a sussurrare Jenny. «È stato gentilissimo, non so cos'avrei fatto senza di lui in quel periodo. Ha sistemato tutto, e dopo mi ha trovato un lavoro alla St. Stephen's. Non ce la facevo a tornare a casa, vede, non con i miei che vivevano e lavoravano entrambi nella tenuta Conaught.»

«No, infatti, posso immaginare» disse piano Jazz. «E dopo ha dato il bambino in adozione?»

«Sì.»

«Era un maschio, vero?»

«Un maschio, sì.» Jenny si asciugò di nuovo gli occhi. «Un bellissimo bambino.»

«Certo.» Jazz sentì montare l'adrenalina nelle vene. «Jenny, ha idea di chi l'abbia adottato?»

La donna scosse la testa. «No. Le suore sono state categoriche su questo. Per loro era meglio non far sapere alle madri dove finivano i figli. E avevano ragione. A che sarebbe servito? Non potevamo certo andare a riprenderceli, no?» Jenny si soffiò rumorosamente il naso. «È stato il giorno più brutto della mia vita. Ho partorito e dopo poche ore mio figlio non c'era più. Mi faceva male dappertutto, poi ha cominciato ad arrivare il latte e le suore mi fasciavano finché non smetteva di uscire... Scusi, ispettrice, di certo queste cose non le interessano.»

«Jenny...» Jazz si sporse in avanti. Aveva deciso di mettere alla prova la sua teoria. «Per caso ha lasciato alle suore qualcosa da consegnare ai nuovi genitori di suo figlio?»

«Oh no, non l'avrebbero mai permesso.» Scosse la testa, ma c'era una luce di incertezza nel suo sguardo.

«Ne è proprio sicura?»

«Sì, sì. Non ho lasciato niente alle suore, gliel'assicuro.»

Jazz ritentò. «D'accordo, allora, provo a riformulare: non è che per caso è riuscita a nascondere qualcosa addosso al bambino? Qualcosa che i nuovi genitori potessero trovare, e magari conservare in vista del giorno in cui, ormai cresciuto, il bambino avesse voluto saperne di più sulle sue origini?»

Jenny si coprì la bocca col fazzoletto e puntò sull'ispettrice due occhi terrorizzati. «Come fa a... Sì! Sì, è andata proprio così!» A quel punto scoppiò a piangere senza freni. «Volevo che il mio bambino sapesse da dove arrivava! Era il figlio di un lord, anche se Corin era morto e sua madre era una semplice serva di cui i Conaught avevano voluto liberarsi!» disse, singhiozzando.

«È tutto a posto, Jenny. Si prenda il tempo che le serve.»

«Mi scusi, ispettrice. Mi ha sconvolto constatare che sa già tutto, ecco. È un segreto che mi tengo dentro da tantissimo tempo.»

«Lo capisco, ma il problema è che non so proprio tutto. La prego, non pensi che io la stia giudicando, Jenny. Ho solo bisogno che mi aiuti a rimettere insieme i pezzi del puzzle. E in fretta. Quindi, se se la sente di continuare, saprebbe dirmi che cos'ha nascosto addosso al bambino prima che glielo portassero via?»

«Be', gli... gli ho dato un anello, un anello con sigillo su cui c'era inciso lo stemma dei Conaught. Non finirò nei guai per questo, vero? Non ho rubato niente.»

«No, Jenny, gliel'assicuro, non è nei guai. Dove l'ha nascosto, di preciso?»

Lei tirò su col naso, poi disse: «Quando le suore me l'hanno lasciato qualche minuto perché potessi tenerlo un po' in braccio, appena prima di portarmelo via, era già vestito di tutto punto per la sua nuova famiglia». Jenny sorrise. «Era carinissimo con quel cappellino e le scarpine di lana, ed era minuscolo. Aveva il pannolino ovviamente, uno di quei vecchi pannolini di stoffa come ormai non se ne vedono più. E per tenerlo insieme usavamo una grossa spilla da balia, ha presente? È stato lì che mi è venuta l'idea. Ho aperto la spilla e ci ho infilato l'anello, poi ho richiuso tutto bene e l'anello l'ho nascosto alla meglio sotto le pieghe del pannolino.» Sorrise tristemente. «Ancora oggi non so se a trovarlo siano state le suore prima di consegnarlo ai nuovi genitori, o se l'abbiano visto direttamente loro e se ne siano sbarazzati, perché magari non volevano nulla che gli ricordasse che il bambino non era davvero il loro.»

Suo malgrado Jazz dovette sforzarsi di ricacciare indietro il groppo che le si era formato in gola. «Be', Jenny, se può esserle di conforto credo che il suo sia stato un atto d'amore, e per questo la ammiro. Dico sul serio.»

«Avrei dato qualsiasi cosa per tenerlo» disse lei, con aria sognante. «Era parte di Corin. Io lo amavo, sa? L'ho sempre amato, anche se è morto da quarant'anni. Penso a lui ogni giorno, a lui e al nostro bambino.»

D'istinto Jazz si allungò a prendere la mano della donna. «Non riesco neanche a immaginare quanto sia stato difficile per lei.»

Jenny le rivolse un sorriso triste. «Sì, è vero, ma sono sopravvissuta, alla fine. Più o meno» aggiunse. «Per fortuna c'era Hugh. Lui mi capiva. Anche lui amava Corin. Avevamo una cosa in comune.»

«Lo so, sì.» Jazz annuì. «Mi dica, da chi aveva avuto l'anello, all'inizio?»

«Oh, me l'aveva dato Hugh» ammise Jenny. «Un paio di volte è venuto a trovarmi al convento in cui mi avevano spedito. E durante l'ultima visita, prima che nascesse il bambino, si è tirato fuori di tasca un anello e ha detto che voleva darmelo affinché mi ricordasse Corin. Credo che provasse pena per me. È stato gentile.» Jenny sorrise debolmente.

«Sì, è vero» convenne Jazz. «Gli ha mai raccontato cosa ne ha fatto dell'anello?»

«Oh, sì» disse lei, annuendo. «Temevo pensasse che l'avevo perduto, o peggio. E poi era giusto dirglielo, considerato che era stato lui a darmelo. Hugh mi ha detto che secondo lui avevo fatto bene, ma entrambi non avevamo la minima idea di cosa ne sarebbe stato dell'anello in futuro. Secondo Hugh non aveva importanza, contava solo il gesto.» Jenny si mise a piangere di nuovo. «Oddio, mi manca tanto. Era l'unico a sapere, a parte la mia migliore amica Maddy.»

«Da come ne parla deve essere stato molto premuroso con lei» disse Jazz, sorridendo.

«Infatti» rispose Jenny. «E mi ha anche lasciato qualcosa nel testamento, che Dio lo abbia in gloria. Anche se, con tutto quello che sta succedendo a scuola, non sono ancora riuscita ad andare a Londra per scoprire cosa.»

Jazz esitò prima di chiedere: «Jenny, ha saputo a chi Hugh ha lasciato il resto dei suoi averi?».

Lei scosse la testa. «No, non ne ho idea.»

«Ha lasciato tutto a Sebastian Frederiks.»

Jenny spalancò gli occhi. «A Sebastian? Che strano. Ricordo che Hugh me ne parlava spesso. Diceva che non gli era mai andato troppo a genio, né da ragazzino né da adulto. Erano come l'acqua e l'olio, quei due. Ma a Fleat House era come se si completassero a vicenda.»

«E lei che ne pensa di Sebastian, Jenny?»

La donna fece spallucce. «Più o meno quello che ne pensava Hugh. Da giovane era un bulletto, e Hugh riteneva che come direttore fosse troppo "fisico", diciamo. D'altro canto, immagino che con certi studenti serva il pugno di ferro.»

«Ha qualche idea che possa spiegare come mai Hugh abbia lasciato tutto a un uomo che non gli è mai piaciuto più di tanto?»

Jenny scosse la testa. «Nessuna, ispettrice. Se vuole la mia opinione è parecchio strano, ma non spetta a me giudicare. Sono certa che Hugh avesse le sue ragioni. Rifletteva su ogni cosa a fondo, lui, non faceva mai nulla senza ragionarci bene, che riposi in pace.»

«Non è la sola a dirlo, effettivamente sembra che fosse un

uomo molto prudente. Ma mi domando cos'è che gli ha fatto modificare il testamento in favore di Sebastian.»

«Come ho detto, non ne ho la più pallida idea.»

«A meno che...» Jazz sapeva di dover scegliere con attenzione ogni parola. «E se Hugh avesse rivisto qualcosa... un... un oggetto, qualcosa che gli ha permesso di ritrovare finalmente il suo bambino perduto?»

«Non la seguo, ispettrice.» Jenny pareva confusa. «Come può essere?»

«L'anello, Jenny» disse piano Jazz.

«L'anello? Cioè, quello che ho infilato nel pannolino di mio figlio quattro decenni fa?»

«Sì.»

Jenny rimase in silenzio a fissare Jazz, che aggiunse: «Suo figlio ha quarant'anni?».

«Ne compirebbe quaranta quest'anno, sì» confermò Jenny.

«In che mese?»

«Aprile. 4 aprile.»

«Il 4?» Jazz si incupì. «Ne è sicura?»

«Abbia pazienza, ispettrice, non voglio sembrarle scortese, ma non è propriamente una data che ci si dimentica, non crede?»

«No, certo, mi scusi. Grazie infinite della collaborazione, Jenny» disse Jazz, alzandosi dal divano.

Anche la padrona di casa si alzò e la prese per un braccio. «La prego, ispettrice, non mi lasci così! Lei ha capito chi è mio figlio, vero? Me lo dica, per favore! La prego!»

Jazz vide la disperazione sul suo volto. «Signora Colman, sarebbe del tutto irresponsabile da parte mia darle un'informazione che potrebbe non essere corretta.» Parlò con tutta la delicatezza possibile. «Mi faccia prima controllare le fonti, dopodiché le prometto che sarà la prima a sapere. Potrebbe essere solo una coincidenza, a quanto ne sappiamo.»

«Che Hugh abbia visto un uomo dell'età giusta con al dito l'anello che gli avevo dato quand'è venuto al mondo?»

«Chissà quanti ce ne sono, di quegli anelli...»

«Si sbaglia! Venivano donati soltanto ai membri della famiglia Conaught. Me lo ricordo, Hugh mi ha detto che non ne esistevano altri.»

«Potrebbero averne riprodotto uno» azzardò Jazz.

«Per l'amor del cielo, perché mai avrebbero dovuto farlo? Per una persona qualsiasi non ha alcun significato.» Jenny scosse la testa. «No, se Hugh ha visto qualcuno con quell'anello al dito, l'avrebbe capito subito se fosse stato un falso. Oh cielo.» Jenny si lasciò cadere in poltrona. «So chi è. So chi è mio figlio. Per questo Hugh gli ha lasciato tutti i soldi, vero? Perché era il figlio di Corin. E il mio. Me lo dica, la prego. Stiamo parlando di Sebastian Frederiks, vero? È lui mio figlio?»

Jazz sentiva che la donna era sull'orlo di una crisi isterica e le prese le mani tremanti. «Ancora non lo so. Ed è la verità. Sì, Sebastian porta un anello con sigillo identico a quello che ho visto ieri sera al dito di Emily Conaught. E mi ha detto che sua madre è morta pochi mesi fa – potrebbe averglielo lasciato lei. Il che spiegherebbe perché abbia iniziato a portarlo solo di recente. Lo ammetto, è anche strano che Hugh abbia cambiato il testamento in favore di Sebastian, ma non dobbiamo fare ipotesi prima di avere la certezza assoluta.»

«E come posso *non* farne?» Jenny tirò via le mani da quelle di Jazz. «Conosco Sebastian da quando aveva tredici anni e non ho mai pensato, neanche per un istante, che potesse essere mio...» Si morse il labbro, incapace di pronunciare la parola. «Se c'è qualcuno che avrebbe dovuto capirlo, quella sono io.»

«Come poteva, Jenny? La prego, cerchi di non colpevolizzarsi. La buona notizia, invece, è che esiste un modo per provarlo senza ombra di dubbio. Lady Conaught conservava ancora una ciocca di capelli di Corin. La conservava nel diario che teneva quando lui era appena nato. Se corrisponde al DNA di Sebastian, allora sapremo con certezza che è figlio suo e di Corin.»

«Ce l'ho anch'io» mormorò Jenny.

«Che cosa?»

Jenny si alzò e andò ad aprire un cassetto nella credenza. Frugò sul fondo, tirò fuori una busta marrone logora ai bordi e la porse a Jazz. «Ecco. Dia un'occhiata.»

Jazz aprì la busta e tirò fuori il contenuto. Dentro un'altra busta più piccola c'era una ciocca di capelli biondissimi e una fotografia in bianco e nero. Le vennero le lacrime agli occhi: aveva davanti il profilo sfocato del figlio di Jenny.

«Hugh mi ha prestato la sua Brownie perché potessi scattare almeno una foto» spiegò Jenny. «E ho dovuto farla in fretta, quindi è venuta male. Ricordo di aver pianto a dirotto quando Hugh è andato a svilupparla, perché si vede a malapena.»

«E questi sono i capelli di suo figlio?»

«Sì. Glieli ho tagliati senza farmi vedere.»

«Jenny, le dispiacerebbe prestarmeli per un po'? Perché più materiale forniamo al genetista, più possibilità avremo di trovare una prova inequivocabile.»

«Sì, mi fido.»

«Ne avrò cura. Grazie.» Jazz fece scivolare i capelli in una bustina di plastica e se li infilò in tasca. «Adesso bisogna che vada. Grazie mille di tutto l'aiuto che mi ha dato.»

Jazz uscì dal soggiorno diretta alla porta d'ingresso. Jenny le andò dietro.

«Sa, la cosa più triste è che per tutti questi anni mi sono chiesta cosa fosse successo a mio figlio, chi fosse diventato, se avrebbe mai deciso di cercarmi. E ora scopro che forse mio figlio è una persona cresciuta sotto il mio naso, uno che da ragazzo mi stava antipatico e per cui non ho tempo ora che è adulto.» Jenny sospirò. «Buffa la vita, vero?»

«Be', aspettiamo prima di vedere cosa dicono al labo...»

«Oh cielo. Povera me!» All'improvviso Jenny si coprì la bocca con la mano.

«Che succede?» chiese Jazz, preoccupata.

«Mi è appena venuto in mente come mai siete così interessati a Sebastian, a scoprire se sia davvero il figlio di Corin. È per via di Charlie e tutto il resto, vero? Credete che, dopo aver scoperto di essere l'erede di Corin, Sebastian abbia deciso di liberarsi di Charlie e reclamare...»

Suonò il campanello.

«Accidenti, stamattina sembra di essere a Piccadilly Circus» disse Jenny, aprendo la porta. «Ehilà, ciao Maddy.»

Jazz si ritrovò faccia a faccia con la direttrice di Fleat House. «Buongiorno» le disse, poi tornò a rivolgersi a Jenny: «Grazie, adesso vado».

«Grazie a lei, ispettrice. E mi faccia sapere, d'accordo?» chiese lei. «Speriamo bene.»

Le due donne rimasero a guardare Jazz che si allontanava lungo il breve vialetto e spariva.

«Vuoi entrare, Maddy?»

«No, stavo andando a scuola. Ho dovuto lasciare dei campioni al medico in città, per uno dei ragazzi. Temiamo che abbia la mononucleosi» spiegò Maddy. «Stai bene, tesoro? Ti vedo un po' palliduccia.»

«Per forza, con tutto quello che sta succedendo» disse Jenny, che poi sospirò. «Aspetta un secondo, prendo il cappotto e ti accompagno.»

Due minuti dopo, le due donne uscirono dalla villetta di Jenny e si avviarono lungo il breve tragitto che conduceva alla St. Stephen's.

«Ero venuta solo a chiederti scusa per aver annullato la nostra serata cinema, l'altra volta. Ho la macchina dal meccanico. Pensavo che potremmo riprovarci la prossima settimana, che dici?» fece Maddy.

«Sì, mi piacerebbe» rispose Jenny, in automatico. Pensava ancora a quanto le aveva raccontato l'ispettrice Hunter.

«Però non so ancora quando avrò il giorno libero» aggiunse Maddy.

«Non preoccuparti, capisco, tra una cosa e l'altra è un gran caos, vero?»

«Puoi dirlo forte. È stata dura spostare i ragazzi da Fleat all'altro edificio. Spero che la polizia risolva presto il caso e che ci faccia tornare alla normalità. Che voleva l'ispettrice, a proposito?»

«Niente, questioni amministrative. Nulla di importante. Sembra che nessuno sappia che pesci prendere, vero? Questo semestre è un incubo. Non giova certo alla reputazione della scuola.»

«No, infatti, ma finché il signor Jones non deciderà di usare la mano pesante, temo che non cambierà niente.»

«Il signor Jones fa del suo meglio» disse Jenny, difendendo lealmente il suo principale. «Ha tante persone da compiacere. La commissione, i genitori, gli studenti... A proposito, non ho più visto a scuola il giovane Rory.»

«No, infatti, e dubito che tornerà, visto cosa gli è successo. Se fossi sua madre lo terrei al sicuro a casa, in osservazione costante. Ora che il compagno non c'è più le rimane solo Rory, che è un ragazzino molto delicato. Forse è meglio iscriverlo a una scuola pubblica. Il collegio non è posto per lui.»

«Sì.» La mente di Jenny vagava libera. Il suo chiodo fisso era il figlio perduto da tempo. «Forse...»

«Sicura che la detective sia venuta a chiederti informazioni amministrative? Mi sembri molto distratta.»

«Oh.» Jenny sbadigliò. «Sono solo stanca, tutto qui. Cerco di non far stressare il signor Jones in questa situazione, e ti assicuro che è un lavoraccio. Anche se... c'è una cosa di cui vorrei parlarti, Maddy.» Le due donne si fermarono di fronte all'edificio principale.

«Ah, sì?»

«Sì.» Jenny annuì. Se non avesse parlato con qualcuno di ciò che era venuto fuori nel colloquio con l'ispettrice, temeva che sarebbe esplosa.

«Senti, puoi venire da me a pranzo?» suggerì Maddy. «Sarò in infermeria, ma potremo fare un salto a casa mia a mangiare un panino e bere un caffè.»

«Mi faranno entrare a Fleat House?» si chiese Jenny. «Pensavo l'avessero chiusa.»

«Mi permettono di usare l'infermeria, di giorno. Ci vediamo all'una all'ingresso posteriore, okay?»

«Bene» disse Jenny, annuendo. «Ho proprio bisogno di parlarti. Grazie, Maddy. A dopo.» Salutò l'amica e si avviò verso la reception.

29

Jazz arrivò alla stazione di polizia a Foltesham e trovò Miles che chiacchierava con Issy nel parcheggio.

«Buongiorno, Jazz. Sto andando da Rory» annunciò lei.

«Bene. Patrick dov'è?»

«Dentro con David Millar» rispose Miles.

Jazz si incupì all'istante nel constatare che aveva iniziato l'interrogatorio senza di lei. Si rivolse a Miles: «Ieri sera hai scoperto niente di interessante nello studio di Julian Forbes?».

«Solo che l'appuntamento delle sette era con un certo signor Smith. Ma potrebbe benissimo essere un nome falso. Sull'agenda non c'erano né numero di telefono né indirizzo. La segretaria ha detto che non ricorda di aver preso la telefonata, ma la settimana prima era in malattia ed è stata sostituita da un'altra persona mandata da un'agenzia. Ieri ho provato a chiamare il loro ufficio, ma erano già chiusi. Ho controllato nel database dei clienti dello studio legale e ci sono centotrentadue Smith registrati. È come cercare un ago in un pagliaio, ispettrice.»

«E il computer di Forbes? Niente neanche lì?»

«Mentre parliamo c'è un agente che cerca di entrarci. C'è il solito problema con la password, ma dice che in un'oretta o giù di lì dovrebbe risolvere. Io sto andando alla scuola a controllare la situazione. Pare che sia arrivata la stampa.» Miles inarcò un sopracciglio. «Non sanno cosa stia succedendo, a quanto dicono, ma non riusciremo a tenerli all'oscuro ancora per molto. Accompagno Issy, poi vado. A dopo.»

Jazz si sentì toccare la spalla. Era Martin Chapman.

«Buongiorno, ispettrice.»

«Buongiorno, Martin.»

«Ciao ciao» li salutò Issy, e mentre si avviavano alla macchina diede una pacca sul sedere a Miles.

«Non è che quei due...?» Martin lasciò la domanda sospesa nell'aria. «Erano tutti moine l'altra sera, quando li ho raggiunti per un bicchiere al bar dell'albergo.»

«Secondo la mia esperienza di agente di polizia, dal comportamento dei sospettati direi che sì, è molto probabile» rispose Jazz, sorridendo. «Novità?»

«Ho appena trasmesso a Patrick i rapporti completi della Scientifica e del medico legale.»

«Trovato nulla?»

«Lascerò che sia lui a raccontarti tutto» disse Martin, diplomaticamente.

«E il mio campione di DNA?»

«Ci stiamo lavorando.»

«Ottimo.» Jazz tirò fuori dalla tasca due buste di plastica e le consegnò a Chapman. «Eccone un altro paio, puoi usarli per il confronto. Uno è una ciocca di capelli del "Bambino X". Almeno uno degli altri due dovrebbe combaciare, ma spero entrambi.»

Chapman la guardò con aria interrogativa. «Presumo che l'abbia ottenuto con la totale collaborazione del proprietario.»

«Naturalmente.»

«E questa spazzola?» Chapman si grattò il mento.

«No, lei no» ammise Jazz. «L'ho rubata in una borsa mentre il proprietario era distratto.»

«Lo immaginavo» disse Chapman, sospirando. «Teoricamente è furto di DNA, che è un reato, quindi dovrei rifiutarmi di analizzarlo.»

«Dai, Martin, non fare così. Non c'era altro modo. E finché non so se corrisponde o meno, non sarò in grado di provare niente.»

«D'accordo, d'accordo. Proprio perché sei tu, Jazz... Ma insisto che, se questa prova dovesse rivelarsi decisiva per il caso, dopo aver eseguito l'arresto si proceda con la normale profilazione, in modo che il proprietario della spazzola, così come chiunque altro, non scopra mai che ti sei procurata un campione illegalmente. D'accordo?»

«Certo» approvò Jazz. «Ne ho bisogno con estrema urgenza.»

Chapman alzò le mani. «Va bene, basta così. Ho capito, me l'hai già detto.»

«Sì, scusa. E grazie, Martin.»

«Ci aggiorniamo.» Chapman si allontanò e Jazz entrò nella stazione. Una volta arrivata davanti alla sala interrogatori sbirciò dalla finestrella sulla porta e vide che Patrick era da solo. Parlava al cellulare. La salutò con la mano e le fece cenno «due minuti» mentre finiva la conversazione.

«Sì, signore, sarà fatto. Ci vediamo più tardi.» Riattaccò e sorrise a Jazz. «Tutto bene? Hai l'aria stanca.»

«Sto bene» rispose lei, brusca. «Ho saputo che hai già interrogato David Millar.»

«Infatti. Ieri sera si è ripreso dalla sbronza, era in grado di parlare, quindi l'ho messo un paio d'ore sotto torchio e stamattina, quando sono arrivati i rapporti di Chapman, l'ho interrogato di nuovo.»

Jazz sbatté la ventiquattrore sul tavolo. «Porca miseria, Patrick! Avevamo concordato di interrogarlo insieme!»

«Calmati, Jazz. Credevo di farti un favore. Ieri sera eri esausta. Volevo che dormissi tutta la notte senza disturbarti e...»

«Patrick! Questo è il mio caso! Come ti permetti di agire al posto mio?»

«Senti, Jazz, non credo abbia tutta quest'importanza chi sia stato a interrogarlo, no? La buona notizia è che il nostro assassino è sottochiave nel seminterrato. Sarai contenta di sapere che dieci minuti fa ho ufficialmente arrestato David Millar per gli omicidi di Charlie Cavendish e Julian Forbes.»

Jazz rimase a fissare Patrick a bocca aperta, in preda a un misto tra orrore e incredulità.

«Hai fatto *che cosa*?!»

«Oh, andiamo, l'hai arrestato anche tu qualche giorno fa.»

«No che non l'ho arrestato! L'ho solo interrogato quando si è presentato per costituirsi. È venuto spontaneamente. Non l'ho mai *arrestato*.»

«Be', in ogni caso ieri sera mi ha confessato di aver ucciso Charlie Cavendish.»

Jazz si mise le mani sui fianchi e lo guardò con aria di sfida. «Ma certo... Te l'ha detto mentre era ammanettato, sotto pressione e...»

«Oggi è emersa una nuova prova, per tua informazione. Chapman ha rinvenuto le impronte di Millar sul baule in cui è stato ritrovato il corpo di Forbes. Mi sembra piuttosto schiacciante, non trovi?»

«Proprio per niente, considerato che il baule appartiene al figlio!» gridò lei. «Per l'amor di Dio, era il baule di Rory! È ovvio che sia cosparso delle impronte del padre, ossia di David Millar! Non dimostra niente, in tribunale non reggerebbe un secondo. E lo sai benissimo anche tu!»

Patrick non disse nulla. E Jazz si rese conto che non era

a conoscenza di quell'informazione: non sapeva che il baule apparteneva a Rory.

«Allora, dimmi» fece Jazz, cercando di calmarsi. Prese a camminare su e giù davanti alla scrivania. «Millar ha confessato l'omicidio di Julian Forbes?»

«No, non ancora, ma suvvia, ha ammesso lui stesso di averlo minacciato di morte, una settimana fa...»

«Ha detto che l'avrebbe ammazzato se avesse torto un capello al figlio, cosa piuttosto improbabile dal momento che Rory e Julian Forbes non si erano mai neanche *visti*! Cristo, Patrick!» Jazz si lasciò cadere su una sedia. «Non ci posso credere che tu l'abbia arrestato senza aspettarmi.»

«Mi dispiace, Jazz, ma siamo tutti ansiosi di chiudere questo caso il prima possibile. Ho appena parlato col preside: è sollevato che abbiamo finalmente arrestato qualcuno. Norton ritiene che si possano controllare i media, diciamo, dar loro una versione edulcorata, parlare di un "incidente di percorso" sfuggito di mano e...»

«Non hai perso tempo, vero?» Jazz si rialzò in piedi. «Hai già fatto sapere a tutti del tuo colpevole? Eccolo qui, il detective ispettore Coughlin, che arriva e nel giro di poche ore risolve il caso, togliendo le castagne dal fuoco a quell'incompetente della ex moglie...»

«Dai, Jazz, guardiamo in faccia la realtà.» Patrick si rilassò contro lo schienale della sedia, incrociando le braccia sul petto. «Hai sempre avuto un problema a lavorare con me. E ora a maggior ragione, visto che mi hanno promosso...»

«Come, scusa?!» Jazz incombeva sulla scrivania a gambe divaricate. «Non ho mai avuto nessun problema, io! Mai! Eri tu che ce l'avevi! L'ha ammesso perfino Norton!»

«Ma davvero? Be', a me non ha mai detto niente, e siamo

onesti, Jazz, se anche avessi un problema, sarebbe una cosa che riguarda soltanto Norton, visto che pensa che ti escono i fiorellini dal culo e ti favorisce di continuo...» Patrick si alzò e i due rimasero a guardarsi in cagnesco, separati dalla scrivania.

«Come puoi dire una cosa del genere!? Non mi ha mai favorito in nessun modo. Sono arrivata dove sono facendomi il mazzo.»

«Non è quello che pensano i colleghi del dipartimento» disse Patrick, con un sogghigno.

«Brutto stronzo!» Incapace di controllarsi, Jazz sferrò un violento ceffone a Patrick.

La sorpresa li lasciò entrambi senza parole.

«Cazzo, mi dispiace» disse alla fine lei, mentre Patrick si massaggiava la guancia dolorante. «Non avrei dovuto farlo.»

Lui si strinse nelle spalle. «Hai sempre avuto un bel caratterino. E mi rendo conto che tu sia turbata, con la storia di tuo padre e tutto il resto.»

«No, Patrick! Qui non c'entrano niente le mie fantomatiche "turbe"! Semplicemente quest'operazione è mia, e se qualcuno deve fare un arresto quella sono io. Il fatto che tu non mi abbia neanche dato modo di interrogare Millar per verificare i fatti di persona...»

«Accomodati pure.» Patrick fece di nuovo spallucce, poi si allungò a chiudere il portatile. «È tutto tuo. Norton mi ha chiesto di tornare subito a Londra. Ci sono sviluppi. Da adesso non mi avrai più tra i piedi.»

Raccolse la sua ventiquattrore e si frugò in tasca in cerca delle chiavi dell'auto. Lei rimase a guardarlo in silenzio, schiumante di rabbia, e lo accompagnò con lo sguardo fino alla porta. Lui però non uscì subito. Si fermò e si girò a guardarla.

«Comunque, Jazz, c'erano prove a sufficienza per arrestare

Millar. E il tempo è fondamentale. I media hanno subodorato che alla scuola è successo qualcosa di strano. Si saranno radunati lì come uno stormo di avvoltoi.»

«Di sicuro» convenne lei, rendendosi conto che era del tutto inutile portare avanti la discussione.

Lui le porse un fascicolo. «Qui ci sono i risultati dell'autopsia e il rapporto forense. A te il compito di farlo confessare circa l'omicidio Forbes, anche se scommetto che prima o poi si tradirà, confessione o meno. Ha detto di aver passato la notte in cui è morto Forbes su una panchina di un parco, a Norwich.»

«Grazie.» Jazz prese il fascicolo.

Patrick fece per aprire la porta, ma esitò di nuovo. «Senti, Jazz, è evidente che quanto è appena successo spieghi bene come mai il nostro matrimonio non abbia funzionato.»

«Quindi secondo te il fatto che ti sei scopato Chrissie non ha contribuito per niente?» rispose Jazz, sarcastica, facendo il giro della scrivania e sedendosi.

«Sì, be', anche quello ha influito, certo» convenne Patrick. «Quello che sto dicendo, Jazz, è che l'altra notte è stato fantastico. Quando eravamo soltanto io e te.»

Lei finse di impegnarsi moltissimo per rimuovere il portatile dalla sua custodia. Gli rispose senza neanche guardarlo: «Patrick, l'altra notte mio padre era in fin di vita e non ero certo in condizione di pensare lucidamente. Quello che è successo è stato un errore, e adesso tocca a me scusarmi. Grazie, comunque, di esserci stato. Lo apprezzo molto. Ma è finita. Siamo divorziati. Punto e basta». Sospirò stancamente mentre accendeva il computer. «Fai buon viaggio per tornare a Londra.»

«Jazz, io...»

In quel momento le squillò il cellulare. Jazz ignorò Patrick e rispose. «Parla Hunter.»

Con la coda dell'occhio vide l'ex marito uscire mestamente dalla stanza.

«Salve, ispettrice. Sono Roland.»

«Roland! Va tutto bene?»

«Ho pensato volesse sapere che Frederiks ha lasciato la scuola a bordo della sua auto all'incirca un'ora fa. Un agente l'ha seguito fino a una villetta di Cley. È rimasto dentro venti minuti, poi è uscito ed è rientrato alla St. Stephen's. È appena arrivato.»

«Si è incontrato con qualcuno?»

«Secondo l'agente, Frederiks ha suonato il campanello ed è stato fatto entrare, ma dato che la casa sorge in un vicolo senza uscita non ha potuto avvicinarsi per capire chi ci fosse dentro. Comunque le lascio l'indirizzo.»

«Bene. Grazie dell'aggiornamento, Roland. Al momento quanti giornalisti ci sono, lì alla scuola?»

«Direi una decina o giù di lì, ma lo sa come sono; ne stanno arrivando sempre di più.»

«Certo. Ha visto Miles?»

«È qui accanto a me, ispettrice.»

«Gli può dire di tornare alla stazione? Devo parlarci.»

«Certamente, ispettrice.»

«Grazie, Roland. Passerò dalla scuola più tardi. Per ora difenda il forte meglio che può.»

Jazz appoggiò il telefono sulla scrivania, allungò le braccia e si stiracchiò. La giornata non era neanche cominciata ed era già stanca morta. Ma provava un sollievo immenso all'idea che Patrick fosse tornato a Londra.

Si passò la mano tra i capelli. Doveva assolutamente fare una telefonata prima di perdere la fiducia in se stessa. Indugiò con la mano sopra il cellulare mentre pensava a cos'avrebbe detto, dopodiché si fece coraggio e compose il numero di Norton.

«Buongiorno, signore. Sono Hunter.»

«Hunter, congratulazioni! Coughlin mi ha detto dell'arresto di Millar.» Il capo era di buonumore. «Una bella notizia, no?»

«Certo, signore.» Jazz sapeva che non era il caso di farsi sentire amareggiata. «Ma non ne ha discusso con me.»

«Capisco. Allora, Hunter, venga al punto, per favore.»

«Il fatto è, signore, che non sono sicura che il colpevole sia lui. E finché non ne avrò l'assoluta certezza, vorrei il suo permesso per seguire altre piste.»

Ci fu una pausa all'altro capo del filo. Poi Norton disse: «A sentire Coughlin ci sono prove forensi incontrovertibili. Per non parlare poi del fatto che Millar ha ammesso di aver ucciso Charlie Cavendish».

«Ho paura di doverla contraddire, signore. Non che dubiti del giudizio dell'ispettore Coughlin, beninteso,» aggiunse in fretta e furia «perché le prove forensi ci sono, è vero, ma la loro affidabilità davanti a un giudice è dubbia, come minimo. Coughlin non era a conoscenza dei fatti nella loro interezza, visto che si è messo a lavorare sul caso soltanto ieri.»

«Be', rimane il *fatto* che c'è un uomo sotto custodia. Se non altro i dirigenti scolastici possono dormire sonni più tranquilli, così come la signora Millar e suo figlio» rispose brusco Norton.

«Sì, signore. È che non sono convinta che sia l'uomo giusto.»

«Capisco.»

Jazz riusciva quasi a sentirlo pensare.

Alla fine disse: «Glielo dico senza mezzi termini, Hunter: è ovvio che l'arrivo del detective ispettore Coughlin le abbia reso le cose più difficili. Pertanto, voglio la sua parola che questo suo bisogno di portare avanti l'indagine è dovuto esclusivamente a ragioni di natura professionale, e non personale. Se è davvero Millar il colpevole, chi lo ha arrestato non ha alcuna importanza».

«Ne sono consapevole, signore, e anche se lei può pensare il contrario, questo non ha niente a che vedere con il rapporto tra la sottoscritta e l'ispettore Coughlin. Secondo la mia opinione professionale ci sono alcune piste che devo ancora seguire. Ritengo di compromettere l'integrità della Polizia, se non lo facessi.»

Norton sospirò. «D'accordo, allora. Ma nel frattempo Millar deve restare sotto custodia. Ventiquattro ore, non di più, dopodiché considererò chiuso il caso.»

«Grazie, signore. Lo apprezzo molto. La chiamerò non appena avrò notizie.»

«Ci può scommettere, Hunter. In bocca al lupo.»

«Crepi, signore.»

Jazz riattaccò, pervasa dal sollievo. Era felice di essersi tolta almeno quell'incombenza. Accese il registratore per ascoltare l'interrogatorio di David Millar. Alla fine del nastro domandò all'agente in servizio di portarle l'incriminato.

Jazz lo studiò attentamente mentre prendeva posto davanti a lei. Millar aveva un aspetto orribile: gli occhi iniettati di sangue e il viso tirato, la carnagione quasi grigia.

«Come si sente?» gli chiese.

«Come uno nella mia situazione» rispose lui, facendo spallucce.

«So che il mio collega l'ha interrogata, quindi non le farò ripetere quello che ha già detto. Tuttavia ci sono alcune domande che ho bisogno di porle.»

«Faccia pure, ispettrice.»

«Ha detto che martedì sera, quella in cui Julian Forbes è stato assassinato, lei è uscito di casa, è andato a piedi fino a Foltesham, poi ha preso un taxi a Norwich e ha passato la serata a bere in un pub nei pressi del Castle Mall.»

«È così, esatto.»

«Si ricorda quale pub?»

David scosse la testa. «Sono stato in più di uno.»

«E dopo cos'ha fatto?»

«Quando mi hanno cacciato all'ora di chiusura ho trovato una panchina e mi sono addormentato.»

«E quando si è svegliato?»

«Poco prima dell'alba. Aveva iniziato a nevicare, mi era passata la sbronza e stavo congelando. Ho fatto due passi per cercare un taxi, ma nessuno ha voluto portarmi a Foltesham per via del maltempo. Quindi sono andato al Travelodge vicino alla stazione e ho preso una stanza.»

«Questo è successo mercoledì mattina, giusto?»

David si grattò la testa. «Sì, mi pare fosse mercoledì. Ho dormito quasi tutto il giorno, poi la sera sono tornato al pub. Dopo sono andato in camera mia a dormire finché la polizia non ha fatto irruzione e mi ha condotto qui.»

«Quindi, la sera dell'omicidio di Julian Forbes, lei stava dormendo su una panchina a Norwich?»

«Sì.»

«Signor Millar» disse Jazz, sospirando. «Si rende conto, vero, che questa informazione non la aiuta? È improbabile che qualcuno possa confermare il suo alibi.»

«Lo so» rispose lui, annuendo. «Ma anche se fosse, a che servirebbe? Il suo collega è convinto che io abbia avuto il tempo di andare a trovare Julian Forbes nel suo studio alle sette, convincerlo a salire in macchina e guidare fino alla St. Stephen's, non so come, magari minacciandolo con una pistola o con un coltello, ammazzarlo, poi tornare a Norwich in tempo per farmi una bevuta e addormentarmi sulla panchina. Stamani poi mi ha detto che sul baule in cui hanno trovato Julian c'erano le mie impronte.»

«Signor Millar, il baule era quello di suo figlio. Di Rory.» Jazz fece il nome del ragazzo nel tentativo di risvegliare lo spirito combattivo di quell'uomo.

«Sul serio?» David inarcò le sopracciglia. «Non lo sapevo.»

«Quindi non ha ammesso di aver ucciso Julian Forbes?»

«No.»

«E conferma questa versione dei fatti?»

«Certo che sì!»

Jazz tamburellò con la penna sulla scrivania. «Chiedo soltanto, visto che a quanto pare cambia continuamente opinione e non sa dirmi con certezza se ha ucciso o meno Charlie Cavendish.»

«Gliel'ho detto, ispettrice. Potrei averlo fatto. Sinceramente non me lo ricordo.»

«E ha detto questo al capo ispettore Coughlin? Che "non se lo ricorda"?»

«Sì.»

Jazz rimase in silenzio per un po'. Poi annuì. «Va bene, signor Millar. La ringrazio.»

«Tutto qui? Non mi fa il terzo grado come l'altro sbirro?» David sembrava sorpreso.

«No, non mi serve altro.» Premette un pulsante e l'agente entrò nella stanza. «Riporti il signor Millar nella sua cella, per favore.»

«Sì, ispettrice.»

David si alzò, si avviò alla porta poi si voltò verso Jazz.

«Lo capisco, sa? Se ho ammesso di aver ammazzato Charlie

Cavendish quand'ero ubriaco, perché non avrei dovuto fare lo stesso con il fidanzato della mia ex moglie? A quanto ne so posso anche essere stato io. Martedì ero ubriaco fradicio. E ho un movente perfetto. Julian era uno stronzo di prima categoria e mi mandava ai matti il pensiero che crescesse Rory al posto mio. E sono certo che più di un testimone mi abbia sentito mentre lo minacciavo di morte in pieno centro cittadino, qualche giorno fa.» Si strinse nelle spalle. «Sono fregato, vero?»

«Ne riparleremo più tardi» disse Jazz, congedandolo, poi rimase a osservarlo mentre si allontanava.

«Ispettrice, c'è il detective Miles. Lo faccio entrare?» chiese l'agente.

«Sì, grazie.»

Jazz silenziò il cellulare mentre Miles entrava nella stanza.

«Mi hai chiamato?»

«Sì. Siediti, Miles, per favore.» Jazz indicò la sedia con la penna. «Hai saputo dell'arresto di Millar?» chiese.

«L'ho saputo alla scuola dal signor Jones. Patrick non me l'ha detto. Mi sento un fesso a non averlo saputo prima» ammise Miles.

«No comment.» Jazz sospirò. «Non intendo sprecare il fiato per questo. Ora la questione è la seguente: Patrick è tornato a Londra su ordine di Norton, il quale ci ha concesso ventiquattro ore per proseguire nelle indagini prima di chiudere il caso ufficialmente e mandare Millar a processo. Quindi voglio aggiornarti rapidamente su quanto ho scoperto ieri. Non so dove potrebbe condurci, ma se non arriviamo alla verità, anche se la dichiarazione di Millar fa acqua da tutte le parti, scommetto che contro un buon pubblico ministero finirà in carcere per entrambi gli omicidi.»

«Va bene, ispettrice» disse Miles, sedendosi. «Mi dica tutto.»

Dieci minuti più tardi Miles era al corrente di ogni cosa. Si grattò la fronte, concentrato. «Quindi sta dicendo che, se Sebastian Frederiks avesse scoperto in qualche modo di essere il vero erede della tenuta Conaught, seppur illegittimo, potrebbe essersi sbarazzato di Charlie per avere campo libero?»

«Sì.»

«Ma che c'entra Julian Forbes? Perché Frederiks avrebbe dovuto ucciderlo?»

«Erano compagni di scuola alla St. Stephen's, no? Forse c'è un collegamento di qualche tipo. Frederiks ha detto che erano amici e che ogni tanto si vedevano per bere qualcosa.» Picchiò il palmo sulla scrivania. «Dobbiamo scavare meglio nel loro passato.»

«Sì, ispettrice, lo penso anch'io» convenne Miles. «L'unico comune denominatore in questa faccenda è la scuola. Più precisamente, Fleat House.»

«Esatto.» Jazz annuì. «Voglio saperne di più su questa storia del ragazzino che si è impiccato in cantina; chi era, quando è successo e, ovviamente, come. Rory Millar è stato chiuso lì dentro e ce l'hanno fatto rimanere tutta la notte, qualche settimana fa. Potrebbe essere solo una coincidenza, ma...»

«Dobbiamo trovare un ex membro dello staff che conosca la storia.»

«Precisamente» convenne Jazz. «E la persona che credo ne sappia più di tutte è Jenny Colman, la segretaria del preside. È qui da sempre. Povera donna. Pensa, non mi è sembrata troppo felice quando ho insinuato che Frederiks potrebbe essere il suo figlio perduto.»

«No, posso immaginare.»

«Devo aspettare Martin Chapman e l'analisi dei campioni di DNA. Se combaciano, allora convocherò Frederiks per interrogarlo. Altrimenti,» aggiunse sospirando «voglio comunque sapere dove ha preso quell'anello. Anche se in realtà una mezza idea ce l'avrei...» Jazz si interruppe, meditabonda, poi aggiunse: «Sì, scommetto che ho ragione».

«Non la seguo, ispettrice.»

«Scusa. Te lo dirò poi, quando avrò confermato la mia teoria.»

«Va bene. Senta, il mio uomo è riuscito a entrare nel computer di Forbes. Devo parlarci per capire se ha trovato qualcosa di interessante. Va bene se vengo a lavorare qui?»

«Certo. Io vado da Angelina Millar, per vedere come sta e provare a scoprire qualcosa di più sul suo fidanzato morto. Chiamami se trovi qualcosa.»

«Certo, ispettrice. E a proposito, se può esserle d'aiuto, Issy resta convinta che Millar non sia un assassino.»

«Ottimo. Lo sai quanto considero la sua opinione. Come sta, a proposito?» chiese Jazz, con noncuranza.

«Oh... Bene. Sta bene, sì.»

«*Mmm*... Per essere una che detesta la campagna, direi che si è abituata piuttosto in fretta a stare qui.»

Miles si agitò sulla sedia, a disagio, e cambiò discorso: «Ah, a proposito, ispettrice, Roland mi ha chiesto di domandarle se per caso potesse passare dalla scuola a rilasciare una dichiarazione. Inizia a essere pieno di giornalisti. Non se ne andranno finché non gli avremo dato qualcosa. E Jones vorrebbe liberarsene il prima possibile».

«Digli che indirò una conferenza stampa alle sei di stasera. Chiedi a Jones di mettermi a disposizione l'auditorium, così non avranno problemi con l'attrezzatura. Dovrà resistere fino ad allora.»

«Dirà che abbiamo arrestato e accusato David Millar?» chiese Miles.

Jazz sospirò. «No. Anzi, dirò che ci sta aiutando nelle indagini. Abbiamo ventiquattro ore, solo ventiquattro ore, prima che ti rispediscano a Londra e io torni alla mia vita tranquilla di campagna.»

«Può farcela, ispettrice» disse Miles, sorridendo.

«Grazie. E ricordati, l'unico nostro scopo è fare in modo che l'uomo giusto venga assicurato alla giustizia, d'accordo?» Jazz si alzò, squadrandolo intensamente.

«Lo so» disse lui, annuendo. «A dire il vero era quello che pensavo anch'io.»

«Bene. Ora vado. Speriamo che Issy abbia fatto la sua magia con Rory. Ci vediamo dopo.»

«Issy è brava con le magie» mormorò Miles tra sé, mentre Jazz lasciava la stanza.

«Vedi di non farti male, però, okay?» mormorò lei di rimando, e si chiuse la porta alle spalle.

30

Angelina aprì la porta, e sembrava più fragile e minuta. Come se gli eventi degli ultimi giorni l'avessero fatta rimpicciolire fisicamente.

«Buongiorno Angelina, come sta?» chiese Jazz, che la seguì in cucina.

«Lei che ne dice?» Angelina si abbandonò su una sedia.

Anche Jazz si accomodò. «C'è niente che possa fare per lei?»

La donna scosse la testa, poi la guardò con aria triste. «Può riportare in vita Julian?» Le rivolse un sorriso poco convinto. «Mi farebbe un grande favore.»

Jazz le prese la mano, che trovò minuscola e fredda. «Mi dispiace tantissimo, davvero. Le assicuro che stiamo facendo del nostro meglio per scoprire chi sia stato e perché. Piuttosto, devo avvertirla che alla scuola è arrivata la stampa. Hanno annusato qualcosa, come sempre. Non ho ancora rilasciato dichiarazioni riguardo a Julian, ma oggi dovrò farlo e le consiglierei di andare altrove, se possibile. Temo che le compariranno sulla porta di casa, ed è l'ultima cosa di cui lei e Rory avete bisogno ora.»

Angelina annuì. Ascoltava a malapena.

«E purtroppo c'è un'altra cosa che servirebbe e che le risulterà spiacevole. Devo chiederle di venire con me per identificare formalmente il corpo di Julian.»

Angelina si coprì il viso con le mani. «Oddio, devo proprio? Non ho mai visto un cadavere.» Scosse la testa. «Davvero, non credo di farcela.»

«Magari possiamo contattare i genitori di Julian? Presumo che gli abbia già dato la brutta notizia.»

«Sua madre è morta, mentre suo padre è in vacanza all'estero quindi no, ancora non sa niente. Non è che potevo lasciargli un messaggio in segreteria per dirgli che suo figlio è stato assassinato, no?» disse lei, desolata. «Gli ho detto solo di richiamarmi.»

«Allora ho paura che dovrà venire lei. La accompagnerò io.»

Angelina annuì. «Se devo proprio, allora va bene. Julian vorrebbe che fossi forte...» Le vennero le lacrime agli occhi. «Se non altro mi servirà a rendere tutto più reale, perché al momento ancora non riesco a crederci.»

«Sì, è normale» la rassicurò Jazz. «Che ne dice, preparo un caffè?»

«Faccia pure.» Angelina agitò il braccio nella vaga direzione dei fornelli.

Jazz si alzò e mise il bollitore sul fuoco. «Rory come sta?»

«Bene. La vostra Issy è stata un dono di Dio, negli ultimi giorni. Lei e Rory hanno legato tanto. Oggi pomeriggio tornerà mia madre a darmi una mano.»

«Io le consiglio di andare da un'altra parte, Angelina, si fidi.» Jazz versò il caffè in polvere, il latte e l'acqua calda in due tazze, aggiungendo alla seconda un cucchiaino abbondante di zucchero. Portò tutto in tavola. «Beva questo.»

«Grazie. No, io rimango qui, nella nostra – nella mia casa.» Si morse il labbro. «Avete mica...?»

«Se abbiamo fermato qualcuno?» Jazz bevve un sorso di caffè. «Be', attualmente abbiamo in custodia il suo ex marito, ci sta aiutando nelle indagini. Ma non ha confessato di aver ucciso Julian.»

Angelina non disse niente. Rimase a fissare il vuoto.

«Purtroppo devo farle qualche domanda.»

«Prego.» Angelina si strinse nelle spalle, rassegnata.

«Non è che per caso sa se Julian conosceva una persona di nome Smith? Magari era un amico, o un cliente.»

«È possibile, sì.»

«Teneva una rubrica anche qui a casa?»

«Sì. È nel cassetto della scrivania, nel suo studio.»

«Le dispiacerebbe se le dessi un'occhiata?»

Angelina si avviò lentamente in direzione dello studio e tornò con una rubrica rilegata in pelle. La porse a Jazz.

«Grazie. A proposito di conoscenti, le aveva mai accennato al fatto che conosceva Sebastian Frederiks?»

«Non proprio, no.»

«Andavano a scuola insieme.»

«Sì, l'ho saputo. Ma non erano allo stesso anno.» Angelina guardava Jazz con occhi spenti. «Perché?»

«Nessun motivo in particolare» rispose Jazz, che poi cambiò discorso: «Insomma, Julian si era comportato normalmente nelle ultime settimane? Non le vengono in mente atteggiamenti insoliti?».

Angelina scosse la testa. «No. Anzi, era molto felice. Il lavoro andava bene, stavamo insieme...»

«Quindi che lei sappia non c'era nulla che lo preoccupasse? Neanche la prospettiva di conoscere finalmente Rory, con tutto ciò che comportava?»

«No, anche se, parlando di Rory...» Angelina si accigliò. «Mi è appena venuta in mente una cosa.»

«Cosa?»

«Probabilmente non è niente, ma sabato scorso sono andata con Julian alla scuola per parlare con Rory, che era malato, in infermeria. Sono entrata e Julian mi ha aspettato in macchina. Quando sono uscita ricordo che in effetti Julian si è comportato in modo strano. È partito come se lo inseguisse il diavolo in persona. E il giorno dopo, quando Rory è sparito, si è rifiutato di tornare con me alla scuola per aiutarmi a cercarlo. Abbiamo litigato per questo, a dire il vero. Non mi sono sentita sostenuta.»

«Ci credo» convenne Jazz. «Le ha chiesto il perché?»

«Certo. E non mi ha risposto. Ma sembrava...» Angelina fece una pausa, in cerca della parola giusta «... spaventato, direi. Ricordo che quando sono risalita in macchina gli ho detto che mi pareva avesse visto un fantasma. Era impallidito.»

«Forse, mentre la aspettava, ha visto una persona che avrebbe gradito non vedere? Era pur sempre la sua vecchia scuola, dopotutto.»

«Può darsi, sì» disse Angelina, facendo spallucce. «Lui non mi ha detto niente, e non è che glielo possiamo chiedere, ormai.»

In quel momento il cellulare di Jazz squillò.

«La prego di scusarmi» disse lei, che poi rispose: «Hunter».

«Sono Martin Chapman. Ho i risultati dei campioni che mi hai portato.»

«Ti posso richiamare tra cinque minuti, Martin?»

«Come no.»

Jazz riattaccò. «Ora devo andare, ma mi ha raccontato una cosa molto interessante. Posso tornare oggi pomeriggio verso le tre, così la accompagno all'obitorio e parliamo ancora. Vado un secondo a dire due parole a Issy, se non le dispiace. Non si alzi, conosco la strada.»

Angelina annuì. «Grazie, ispettrice.»

Jazz salì le scale e chiamò Issy, che fece capolino da dietro la porta di una delle camere da letto.

«Ce l'hai fatta?» sussurrò Jazz.

«Ci siamo quasi, ma ci vuole tempo. Gli ho detto che il papi è di nuovo in cella. Potrebbe fargli venire uno scrupolo di coscienza.»

«Vuoi che ci parli io?»

«Non ancora, no. Ha una paura matta e non so bene perché. Lasciamelo ancora per un po'.»

«Va bene, ma non abbiamo più tempo. E devo scappare. Fammi sapere.»

«Assolutamente.»

Jazz scese le scale e attraversò quasi di corsa l'ingresso fino alla macchina, componendo un numero nel frattempo.

«Martin. Dimmi tutto.» Il cuore le batteva forte nel petto.

«Per prima cosa, il campione della spazzola non combacia con gli altri che mi hai portato.»

Jazz per poco non ebbe un mancamento. «Cazzo!»

«Spiacente, ispettrice. Tuttavia gli altri due campioni combaciano. "Bambino X" presenta una parentela diretta con "Campione A".»

«D'accordo. Grazie, Martin.» Jazz, delusa, si morse il labbro.

«Ascolta però, il tecnico di laboratorio ha scoperto una cosa interessante. Sta facendo un controllo incrociato per esserne sicuro, ti richiamo appena avremo la conferma.»

«Non puoi dirmi di che si tratta?»

«Non prima di aver controllato. Abbi pazienza, ispettrice, per favore.»

«Certo, Martin, hai ragione. A dopo.» Jazz riattaccò e diede una manata sul volante. «Vaffanculo!»

Riprese il cellulare e chiamò la reception della St. Stephen's. Rispose Jenny Colman.

«Jenny, sono l'ispettrice Hunter. Volevo comunicarle i risultati dell'analisi.»

«Sì, sì, grazie. Mi dica.» Il tono di Jenny era nervoso, trepidante.

«Il DNA di Sebastian Frederiks non combacia con quello di Corin, né con il campione di capelli che mi ha dato lei. Il che significa che non è suo figlio.»

Jenny emise un sospiro di sollievo. «Santo cielo! Da questa storia ho imparato che forse, certe volte, è meglio non sapere.»

«Infatti. Be', mi scuso di averle fatto passare dei momenti di incertezza, Jenny. Solo un'ultima domanda. Si ricorda di uno studente di nome Julian Forbes?»

La donna rimase un attimo in silenzio, poi domandò: «Julian Forbes. Perché me lo chiede?».

«Così, volevo solo sapere se si ricorda di lui. È il compagno di Angelina Millar, la madre di Rory.»

«Dice davvero? Be', non ne avevo idea.»

«Se lo ricorda, quindi?»

«Io... sì, be', sì, ma non lo conoscevo bene.»

La reticenza nel tono di Jenny era evidente.

«E un'ultima cosa: sa nulla di questa leggenda che circola a scuola, quella del ragazzo che è stato trovato impiccato in cantina?»

«No... io... non ne so niente, no» rispose Jenny, circospetta.

«Ne è sicura?»

«Sì. Nel senso, so che è successo davvero, ma non saprei dirle altro.»

«Intende dire che è successo quando lei già lavorava alla St. Stephen's?»

«Sì, ma... Ispettrice Hunter, non tocca a me raccontarle queste cose. Il signor Jones ne sa molto più di me.»

«Si è trattato di suicidio, vero?»

«Sì.»

«E si ricorda come si chiamava il ragazzo?»

Altro momento di silenzio. Poi Jenny disse, con riluttanza: «Si chiamava Jamie».

«Jamie, poi?» chiese Jazz.

«Ispettrice, credo proprio che dovrebbe chiederlo al signor Jones, sul serio. Io... preferirei non parlarne.»

Jazz capì che anche insistendo non sarebbe arrivata da nessuna parte. «Grazie dell'aiuto, Jenny. Può dire al signor Jones che passerò da lui il prima possibile?»

«Senz'altro, ispettrice. Il mio telefono non smette più di squillare. Grazie di aver chiamato. Arrivederci.»

Jenny riattaccò e rimase a fissare il vuoto. Perché il passato aveva deciso di tornare proprio adesso? E perché l'ispettrice era tanto interessata a cose capitate una vita fa? Per non parlare poi di Julian Forbes...

Che sapesse cos'era successo?

Jenny si agitò sulla sedia, a disagio. Forse aveva sbagliato a rivelarle il nome di Jamie...

No, sicuramente no. In fondo, quella tragedia era ormai di dominio pubblico.

Ma non era compito suo parlarne.

Le tende alle finestre del pianterreno erano ancora tirate quando Jazz arrivò al piccolo cottage. Bussò un paio di volte senza ricevere risposta e poi, dopo un bel po', sentì un movimento all'interno.

«Chi è?» domandò una voce familiare.

Nel sentirla Jazz trovò immediatamente conferma alla propria teoria.

«Sono l'ispettrice Hunter, signora Cavendish. Possiamo parlare un secondo?»

La porta venne aperta e Adele Cavendish le comparve davanti.

«Come sapeva che ero qui?»

«L'ho vista un paio di giorni fa, sempre qui a Cley. Stava scaricando la spesa dall'auto, era sulla Main Street. Posso entrare?» Adele accettò controvoglia e condusse Jazz in un salotto minimale ma accogliente.

«Allora...» La padrona di casa non accennò neanche a offrirle una sedia. «Ha delle novità su Charlie?»

«No, ma spero di averne molto presto. Però non è per questo che sono venuta.»

Adele incrociò le braccia sul petto, mettendosi sulla difensiva. «Be', se non è qui per Charlie, allora che cosa vuole?»

«Sono venuta, signora Cavendish, perché vorrei che mi parlasse del suo rapporto con Sebastian Frederiks.»

La donna si grattò la fronte e fece un gran sospiro.

«Oddio. Sebastian lo diceva che prima o poi sarebbe venuto fuori.» Poi guardò Jazz con un misto di ammirazione e orrore. «Come l'ha scoperto?»

«Non ha importanza, signora Cavendish. E le assicuro che la sua vita privata non è affar mio. Tuttavia sarei molto negligente se non indagassi sul rapporto in essere tra la madre di una vittima e il direttore del dormitorio in cui alloggiava. Che ne dice, ci sediamo?» suggerì Jazz.

«Sì, certo.» Adele si accomodò sul bracciolo del divano, mentre Jazz si sedette su una vetusta poltrona imbottita di chintz.

«Si prenda tutto il tempo che le serve, signora Cavendish.»

Adele sospirò, poi iniziò a raccontare: «È cominciata in sordina. Ho conosciuto Sebastian perché, come ha giustamente detto lei, era il direttore del dormitorio di Charlie. Sa bene che mio figlio si metteva sempre nei pasticci, e il primo anno Sebastian ha avuto motivo di chiamarmi più di quanto non facesse con altri genitori».

«Era comprensivo nei confronti del ragazzo?»

«Non apertamente, no, ma io credo che lo capisse, e questa era la cosa più importante. In sostanza, sapeva esattamente come gestirlo, che è più di quanto si potesse dire di suo padre.»

«Il suo rapporto con il signor Frederiks: quando ha iniziato a cambiare?»

Adele arrossì. «Be', un giorno ha portato i ragazzi a fare un weekend di vela a Rutland Water, molto vicino a dove abitavo. William era via come al solito e ho proposto a Charlie di invitare a cena i suoi otto compagni di scuola, sabato sera. È venuto anche Sebastian. Erano stati benissimo in barca ed erano tutti di ottimo umore... Erano anni che non mi divertivo così...» Adele le rivolse un sorrisetto ironico. «Non sono noiosa come sembro, ispettrice. Purtroppo si tende a soffocare chi si è veramente quando si cerca di soddisfare le aspettative di qualcun altro.»

Jazz annuì. Era perfettamente d'accordo, sapeva bene cosa volesse dire.

«Comunque, ammetto che abbiamo bevuto un pochino troppo. E Sebastian mi faceva ridere – sa essere davvero spiritoso, quando ci si mette. Insomma, stavo risistemando in cucina mentre i ragazzi guardavano un DVD nell'altra stanza, e Sebastian è venuto a darmi una mano. Ci siamo messi a chiacchierare e... mi sono resa conto che mi stava ascoltando davvero.» Adele sorrise al ricordo. «Sembrava seriamente interessato a quanto avevo da dire. Alla fine, quando è arrivato il momento di riportare i ragazzi al bed and breakfast, mi ha proposto di continuare la nostra chiacchierata a cena, un giorno di quelli, per sdebitarsi della mia ospitalità. Ho immaginato che volesse solo essere cortese. In fondo ha sette anni meno di me.»

«E quindi poi l'ha chiamata?» la incalzò Jazz.

«Sì, dopo tre giorni se non ricordo male. Mi ha proposto di uscire a pranzo, ha detto che sarebbe stato più appropriato viste le circostanze. Avevo da poco comprato questa casa per avere un posto in cui stare ogni volta che venivo nel Norfolk per vedere le partite di Charlie e partecipare agli eventi scolastici. Detestavo stare alla tenuta. Sembra un obitorio, fa davvero troppo freddo lì. Quindi mi è capitato spesso di fermarmi a dormire qui.» Jazz voleva arrivare al punto. «Insomma, siete diventati amanti?»

«Non subito, ispettrice» chiarì Adele, arrossendo. «Prima siamo rimasti amici a lungo. Si ricordi che era il direttore di Charlie e io una donna sposata. Come relazione non era per nulla appropriata, direi. Lo ritenevo un uomo attraente; anzi, ammetto di essermi presa una bella cotta, anche se non ho immaginato neanche per un istante di essere ricambiata. Poi un giorno me l'ha confessato.»

«E quanto tempo fa è successo?»

«Due anni fa.» Adele sospirò. «Ovviamente l'unica alternativa era tenere tutto segreto fintanto che Charlie avesse continuato a studiare alla St. Stephen's. Ma abbiamo deciso che, una volta che avesse finito, niente ci avrebbe impedito di stare insieme. Sebastian si sarebbe cercato un altro lavoro e io avrei lasciato William. Volevamo ripartire da zero insieme.»

«Voleva trascorrere con lui il resto della sua vita?»

«Sì» rispose Adele, con convinzione. «Vede, ci piacciono le stesse cose. Amiamo stare all'aperto, ci piace lo sport. Ora può anche non sembrarle possibile, ma ai miei tempi ero brava a giocare a netball. Andavo a cavallo, nuotavo e...» Adele si interruppe, pensierosa. «William era un cittadino fatto e finito. La sua idea di una giornata in campagna era infilarsi nel primo pub aperto e leggere i giornali della domenica. La morte di Charlie ha solo accelerato le cose. Ho lasciato William un paio di giorni fa. Abbiamo concordato per il divorzio.» Adele si strinse nelle spalle. «In realtà è stato facile. Non avevo niente per cui restare.»

«Apprezzo la sua sincerità, signora Cavendish» disse Jazz. «Le è capitato, per caso, di consegnare a Sebastian un oggetto di sua proprietà... Un gioiello, per esempio, in... segno del suo affetto?»

Adele parve sorpresa. «Sì. Gli ho regalato il mio anello con sigillo, quello con lo stemma della mia famiglia. E lui mi ha dato questo.» Adele allungò la mano sinistra e mostrò a Jazz un carinissimo anello di fidanzamento alla russa. «Naturalmente Sebastian non poteva metterlo, con Charlie nei paraggi. Lo teneva in un cassetto della scrivania, se lo metteva ogni volta che ci vedevamo.»

«Ora gira con l'anello al dito, Adele. L'ho visto io» confermò Jazz. «Quando gliel'ha dato?»

«All'inizio di novembre, più o meno.» Si massaggiò il collo, come a voler alleviare la tensione accumulata. «Cielo, mi sembra una vita fa. È stato prima che mio figlio morisse. Quando la vita era ancora relativamente normale.» Scosse la testa. «Può immaginare quanto sia stato difficile per noi, da allora.»

«Me ne parli» la incoraggiò Jazz.

Adele aggrottò le sopracciglia. «Ce n'è davvero bisogno, ispettrice? Mio figlio è morto sotto la responsabilità di Sebastian. Devo aggiungere altro? È distrutto dal senso di colpa.»

«In realtà... non era sotto la responsabilità di Sebastian» disse Jazz, parlando lentamente. «La sera in cui Charlie è morto, Sebastian si era inspiegabilmente assentato.»

«Esatto.» Adele raddrizzò di colpo la schiena, guardandola dritto negli occhi. Poi si prese la testa fra le mani e cominciò a dondolarsi avanti e indietro. «Non capisce che questo rende tutto ancora più terribile?»

«Che cosa?» chiese Jazz, pur conoscendo già la risposta.

Adele si scoprì il viso, rivelando una maschera di dolore. «Il fatto che, quando mio figlio è stato ucciso, l'uomo che avrebbe dovuto proteggerlo era qui... con me.»

Quando Jazz fece ritorno alla stazione di polizia di Foltesham, Miles era ancora seduto alla sua scrivania.

Lei gli raccontò della chiacchierata con Adele Cavendish, cercando di fargli un riassunto più fedele possibile.

«Secondo me questo spiega come mai Hugh era convinto che Sebastian fosse il figlio perduto di Corin. A un certo punto deve averlo visto con l'anello al dito, quello che Adele gli ha regalato a inizio novembre. Ha anche la stessa età che avrebbe oggi il figlio di Jenny. In più, Hugh sapeva che era cresciuto nel Norfolk. Per non parlare poi dei capelli biondi e degli occhi azzurri, uguali a quelli di Corin» aggiunse.

«Sì, ispettrice, ma questo dove ci porta?»

«Be', non c'è dubbio che Frederiks non abbia la minima idea del perché Hugh gli abbia lasciato tutti quei soldi.» Pensierosa, Jazz si grattò il naso. «Perché altrimenti ne avrebbe dedotto che la donna con cui ha una relazione in realtà è sua zia.»

Miles fece una smorfia. «Sì, può darsi. A meno che, ovviamente, Frederiks e mamma Cavendish non ci siano dentro insieme...»

«Dai, Miles! Come fai a pensare che Adele abbia complottato

per far assassinare suo figlio?» Jazz scosse la testa. «È molto improbabile, temo. Adele adorava Charlie. Ma almeno posso capire come mai Frederiks abbia chiuso un occhio di fronte al comportamento arrogante di Charlie nei confronti dei ragazzi più piccoli. No,» aggiunse sospirando «ho paura che si debba escludere Sebastian Frederiks...»

«Il che ci riporta al punto di partenza.»

«Vado alla scuola per parlare con Jones di questo ragazzo morto in cantina» annunciò Jazz. «Jenny Colman ha detto che si chiamava Jamie, ma non ha voluto rivelarmi altro. Voglio sapere tutta la storia. L'istinto mi dice che c'entra qualcosa con quanto è successo.»

«Io continuo a frugare nel computer di Forbes. Ho cercato nei fascicoli e nei registri dello studio, ma ho fallito miseramente: niente Smith. Ora inizio con i dati personali» disse Miles.

«D'accordo. Voglio parlare anche con Frederiks, vedere se riesco a farmi dire qualcosa di questo famoso suicidio. E lo torchierò di nuovo su Julian Forbes. A dopo.»

«In bocca al lupo, ispettrice» disse Miles. Il detective sbadigliò – la sera prima aveva fatto le ore piccole – poi tornò a concentrarsi sul portatile di Forbes e sul compito che lo attendeva.

31

Issy guardava Rory. Il ragazzino era intento a ritrarre il bucaneve nel vaso posato sulla sua scrivania.

«Disegni molto bene, tesoro.»

«Grazie» disse lui, senza perdere la concentrazione.

«Papà è tornato in cella a Foltesham, sai?» disse Issy, con noncuranza.

La matita di Rory si fermò per un istante sul foglio. «Davvero?»

«Sì. A quanto pare pensano che abbia ucciso un'altra persona.»

Rory rimase con la mano a mezz'aria, sconvolto. Si girò sbalordito verso Issy. «Come?»

Issy annuì. «Ho paura di sì.»

«Ma...» Rory scosse la testa. «Non è possibile.»

«Perché no? Se ha detto di aver ucciso Charlie, perché non dovrebbero credere che abbia ammazzato anche un'altra persona?»

«Perché... perché...»

Issy appoggiò una mano sull'esile spalla di Rory, tentando di consolarlo. «Lo so, tesoro, lo so. È molto difficile per te, vero?»

«No, no.» Rory scosse la testa. «Non è difficile *per me*.»

Issy sentiva che gli tremavano le spalle, e quando abbassò lo sguardo si accorse che stava piangendo. «Oh, tesoro, ma certo che lo è. Vieni qui.» Si chinò davanti alla sua sedia e aprì le braccia per stringerlo a sé. Lui si abbandonò contro il suo petto e prese a singhiozzare, mentre Issy gli accarezzava i capelli. «Ecco, bravo, fai uscire tutto. È bello farsi un bel pianto, eh? Dopo ti sentirai meglio, te l'assicuro.»

Rory spostò la testa per guardarla negli occhi. «No, non è vero. Non mi sentirò mai meglio. Perché è tutta colpa mia.»

«Ma no, dolcezza, che dici? Come potevi immaginare che raccontandogli degli episodi di bullismo, tuo padre prendesse e andasse a uccidere Charlie? Non è colpa tua. È stato lui a scegliere di farlo, non tu, e non sei responsabile delle sue azioni. Credimi.»

«E invece sì, Issy, è colpa mia.»

«Perché dici così, Rory?» lo incoraggiò lei. «Raccontami tutto.»

«Perché... perché...» Rory lasciò cadere la testa sulle ginocchia di Issy e chiuse gli occhi con un sospiro. «Non è stato papà a uccidere Charlie. Sono stato io.»

«Jenny.» Robert Jones fece capolino dal suo studio. «Potresti preparare del caffè e portarmelo? Grazie.»

«Ma certo, signor Jones. Arriva subito.»

Jenny andò nel cucinino a mettere il bollitore sul fuoco. Era completamente priva di forze. Da quando la stampa aveva intuito che a Fleat House era successo qualcosa di strano, il telefono non la finiva più di squillare. E poi, ora che la sua vita si era trasformata in una montagna russa... Jenny mise su un vassoio tazza, latte e zucchero e portò tutto nell'ufficio del preside.

«Grazie, Jenny.» Robert Jones aggiunse il latte e un cucchiaino di zucchero al caffè, poi sorseggiò rumorosamente la bevanda. «Come sta andando, là fuori?»

«Eh. Non so proprio che dire a questi giornalisti. Lei sa cosa stia succedendo?»

Lui appoggiò la tazza e sospirò. «Sì, purtroppo lo so. Hanno trovato un altro cadavere.»

«Un altro? Oddio, signor Jones!»

Quello sospirò di nuovo e scosse pesantemente la testa. «Immagino che ormai non abbia più importanza, posso anche raccontarle tutto. Tanto tra qualche ora lo saprà il mondo intero. Ieri hanno trovato il corpo di un uomo in uno dei bauli giù in cantina, a Fleat House. Ed è evidente che sia stato assassinato.»

Jenny si tappò la bocca con la mano. «Signor Jones, santo cielo! Sanno di chi si tratta?»

«L'hanno identificato, sì. È un certo Julian Forbes, un nostro ex alunno.»

Jenny fece per rispondere ma non riuscì a proferire parola.

«Conosceva Julian, quando studiava qui?» le chiese il direttore.

Lei annuì.

«A quanto pare era il compagno di Angelina Millar, la madre di Rory.»

Jenny sentì il telefono squillare nell'altra stanza. Chissà come, riuscì a ritrovare la voce e disse: «Mi scusi, signor Jones. Devo rispondere».

«Ci mancherebbe. E mi raccomando, non una parola su questa storia. Più tardi l'ispettrice Hunter ha organizzato una conferenza stampa. Così avremo tutti più informazioni.»

Jenny tornò alla scrivania per rispondere al telefono. Si sentiva mancare il fiato. Conclusa la conversazione, riagganciò e rimase a fissare il vuoto.

Dopo qualche minuto si alzò e tornò a bussare all'ufficio del preside.

«Mi scusi, signor Jones... Ha detto che finora nessuno sapeva che Julian è morto, vero?»

«Nessuno a parte me, la polizia, Sebastian Frederiks e Bob. È stato lui a trovare il corpo, poverino.»

«Ne è proprio sicuro?»

«Assolutamente. La polizia ci ha detto senza mezzi termini di non parlarne con anima viva. Perché?»

Jenny scosse la testa. «No, niente, non importa.» Si costrinse a sorridere, poi tornò alla sua scrivania.

I pensieri le si affollavano in testa... pensieri che non riusciva proprio a scacciare, anche se erano tutti...

Basta!, intimò a se stessa. *È solo uno scherzo della tua immaginazione, non lasciarti ingannare.*

Eppure le era venuto un dubbio che, per quanto lo provasse ad allontanare, continuava a tormentarla.

«Buongiorno, Jenny. Come va?»

Alzò lo sguardo e si trovò di fronte l'ispettrice Hunter.

«Oh, salve... tutto bene, grazie.»

«Mi fa piacere.» Anche l'ispettrice sembrava distratta quanto lei. Indicò col dito l'ufficio del signor Jones. «Il preside c'è?»

«Sì.»

«Grazie, Jenny.» Jazz sorrise e si avviò verso la porta, ma Jenny la richiamò: «Ispettrice Hunter!».

Lei si girò a guardarla. «Sì?»

«Senta... Be', il fatto è che...»

«Mi dica.»

Ma le parole proprio non volevano uscire. Non sapeva come fare. Dopotutto avrebbe potuto benissimo sbagliarsi, e in quel caso che sarebbe successo?

«Oh, niente.» Jenny scosse la testa. «Non ci faccia caso.»

Jazz la fissava, dubbiosa. «Sicura?»

Lei annuì. «Sì. È solo che...» Si morse il labbro. Quella donna era tanto carina e gentile, Jenny voleva confidarsi con lei. «Non voglio mettere nei guai nessuno.»

«Che ne dice di fare due chiacchiere dopo che avrò finito col signor Jones?»

«Tra dieci minuti vado in pausa pranzo, ho un appuntamento con un'amica.»

«Non ci metterò così tanto» disse Jazz, indicando col pollice l'ufficio del preside. «Avremo tutto il tempo che ci serve. E le assicuro, qualsiasi cosa mi dirà rimarrà confidenziale. Questo lo sa già. Se c'è qualcosa che vuole...»

«Ispettrice Hunter! Finalmente!» Robert Jones comparve sulla soglia. «Siamo assediati dai giornalisti. Non ho la minima idea di cosa dovrei dirgli e...»

«Entriamo, sono venuta proprio per questo. Ci vediamo tra poco, Jenny.» L'ispettrice sorrise e, con calma, condusse Robert Jones nel suo stesso ufficio, chiudendosi la porta alle spalle.

Jenny sospirò. La domanda che la assillava era: sarebbe riuscita a scoprire quello che le interessava senza fare danni?

Forse la cosa migliore era chiedere alla diretta interessata. Sì, ecco cosa doveva fare. Controllò l'ora poi, togliendo la cornetta dal suo supporto per occupare la linea, prese la borsa e uscì.

«Il mio consiglio per ora è di non farsi vedere in giro. Gli avvoltoi sono lì che la aspettano» disse Jazz, accomodandosi sulla sedia di fronte alla scrivania.

«Pensa che se ne andranno, dopo che alla conferenza stampa avrà comunicato di aver preso il colpevole?» chiese il preside.

«Dopo un po', sì» rispose Jazz, senza fare promesse. «Signor Jones, ho bisogno che mi racconti di quel ragazzo, Jamie, quello che è morto nella cantina di Fleat House. Che cosa sa al riguardo?»

Lui sospirò. «Ispettrice, è successo molto prima che arrivassi. So solo quello che sanno tutti; il ragazzo aveva tredici anni, se non ricordo male. Si è impiccato a un gancio per la carne giù in cantina.» Robert Jones si agitò sulla sedia, a disagio.

«Qualcuno sa perché si sia tolto la vita?»

«Queste domande dovrebbe farle a Jenny. Lei all'epoca era già qui, ispettrice. E poi, è davvero rilevante?»

«Sì» rispose con fermezza Jazz, che poi tacque, aspettando una risposta.

«Mi lasci ribadire che è successo una decina d'anni prima che arrivassi...»

«Quindi più o meno venticinque anni fa?»

«Sì, all'incirca» confermò lui. «All'epoca il bullismo era la norma. Pare che questo Jamie venisse preso di mira in maniera piuttosto crudele. Ci tengo a sottolineare che la polizia svolse un'indagine sulla sua morte, concludendo che non fosse stato commesso alcun crimine.»

«E sa chi fossero i ragazzi che l'avevano preso di mira?»

«No, non lo so.»

«Chi potrebbe saperlo?»

«Jenny? E Sebastian Frederiks, forse. Lui ha studiato qui.»

«Insieme a Julian Forbes?»

Robert Jones parve perplesso. «Sì, ma lui non può certo aiutarla, ormai, no? E comunque, come può essere rilevante tutto ciò? Avete arrestato David Millar. Me l'ha detto stamattina il suo capo.»

Suo malgrado Jazz si stizzì nel sentirlo utilizzare il termine "capo". «È vero, ma ci sono ancora alcuni dettagli che intendo chiarire. Per esempio, Rory Millar è stato chiuso per un'intera notte nella cantina di Fleat House, giusto? Secondo lei è solo una coincidenza?»

«Forse no. Dicono che il ragazzo infesti ancora il luogo in cui è morto. Chiunque l'abbia chiuso lì dentro sapeva cosa stava facendo.»

«Charlie Cavendish, intende.»

«Sì.» Robert Jones sospirò ancora una volta. «Ha pagato il prezzo dei suoi misfatti, non crede?»

Jazz ignorò il commento. «Qualche idea su dove sia Sebastian Frederiks?»

Jones controllò l'ora. «Dovrebbe essere in refettorio, o negli spogliatoi, perché tra un po' c'è l'allenamento di rugby. La vita va avanti, anche se Dio solo sa cosa pensino gli studenti delle telecamere che ci sono là fuori. Spero solo che alla conferenza stampa dia loro quello che vogliono, così se ne andranno. Alle sei, corretto?»

Jazz si alzò. «Sì. Ci vediamo stasera. Mi trova al cellulare, se dovesse aver bisogno di me.» Salutò con un cenno del capo e uscì dalla stanza. Mancavano solo poche ore al momento in cui avrebbe dovuto indicare David Millar come principale sospettato.

Jenny non era alla sua scrivania. Quasi certamente era uscita per andare a pranzo. Le squillò il cellulare proprio mentre sbucava all'aperto.

«Jazz, sono Issy.»

«Ehi, novità?»

«Sì. Puoi fare un salto alla stazione?»

«Ora non posso. Fammi un riassunto.»

«Rory ha appena confessato che suo padre lo sta coprendo. Quando sono andati al lago gli ha detto che non si ricordava di aver effettivamente preso l'aspirina, quella sera.»

«D'accordo. Ma deve esserci per forza qualcos'altro, sotto.»

«Infatti. Sembra che Charlie Cavendish costringesse Rory a fargli da lacchè; si faceva pulire le scarpe, gli faceva rimettere a posto le sue cose... insomma, i classici atteggiamenti da bulletto.»

«Chiaro.»

«Be', la sera in cui è morto, Charlie aveva ordinato a Rory di andare nella sua stanza, prima che tornasse dal pub, per accendergli la coperta elettrica. E dopo la parentesi inquietante con Hugh Daneman, Rory è dovuto salire di sopra, entrare in camera di Charlie...»

«E crede di aver lasciato lì l'aspirina per sbaglio, dico bene?»

«Esatto.»

«Ed è vero?» Mentre parlava, Jazz individuò Frederiks che attraversava il campo da rugby e accelerò il passo, evitando per un soffio di scontrarsi con un cameraman.

«Che cosa?»

«Che ha lasciato per sbaglio le pasticche in camera di Charlie. Oppure l'ha fatto di proposito? Dopotutto, Cavendish gli aveva reso la vita un inferno.»

«Rory ricorda che Hugh Daneman gli aveva dato un bicchiere d'acqua. È molto probabile che abbia preso l'aspirina ben prima di avvicinarsi alla stanza di Charlie. Ma per via del trauma emotivo provocato dal bacio indesiderato si è reso conto solo dopo di essere stato l'ultimo a entrarci prima che Charlie morisse, e visto che appena due ore prima aveva avuto in mano due aspirine, credo che l'immaginazione abbia fatto il resto. Si chiama autosuggestione, Jazz. A parte questo, comunque, dubito che Rory fosse capace di ragionare lucidamente dopo quanto era successo con Daneman. Non penso che sia stato in grado di concepire su due piedi un piano per ammazzare Charlie.»

«Ma scusa, in base a quello che mi hai detto Rory si trovava sulla scena del crimine, quindi c'è comunque una possibilità che... Issy? Pronto?»

Allontanando il cellulare dall'orecchio, Jazz si accorse che aveva perduto il segnale. «Accidenti!» borbottò. Alzò lo sguardo e vide Sebastian Frederiks a pochi passi da lei.

«Signor Frederiks, posso rubarle un minuto?»

«Purché non voglia farmi altre domande sulla mia famiglia» rispose lui, brusco, senza neanche fermarsi. Jazz dovette praticamente corrergli dietro.

«Il preside Jones mi ha detto che lei potrebbe ricordarsi chi erano gli studenti responsabili di aver preso di mira il ragazzo che poi si è impiccato nella cantina di Fleat House.»

Frederiks si bloccò di colpo e la guardò. «È una storia vecchia, non le pare? Che c'entra, adesso?»

«Forse niente, ma se ricordasse i nomi dei ragazzi gliene sarei grata.»

Sebastian sembrava sospettoso. «Non è mai stato dimostrato, e quando è successo io non c'ero neanche. Sono arrivato dopo qualche mese, nel secondo semestre. Però c'era chi diceva che quel Jamie era instabile, aveva qualcosa di strano in testa. Credo che non si possa dare la colpa a nessuno della sua morte.»

«Certo, me ne rendo conto, ma vorrei comunque i nomi» insistette Jazz.

Lui si grattò la testa. «Si ricordi che so tutto solo per averlo sentito dire. Conoscevo alcuni di quei ragazzi, erano persone normalissime; gente come me a cui piaceva scherzare, ogni tanto.»

«Signor Frederiks. I nomi, per favore.»

«Va bene, d'accordo» disse lui, annuendo. «Dicono che i bulli erano quattro. Quando sono arrivati a scuola hanno subito legato e hanno formato una specie di banda. Adam Scott-Johnson, Freddie Astley, Harry Connor e... Julian Forbes.»

«Julian Forbes? Ne è sicuro?»

«Sì. In seguito siamo diventati amici. Era un mediano d'apertura pazzesco. Poveraccio, mi rattrista che sia morto.»

«Grazie, signor Frederiks. Mi ha detto quello che mi serviva. Ora mi scusi, devo tornare alla stazione.»

Sebastian rimase a osservare l'ispettrice che girava sui tacchi e riattraversava a passo sostenuto il campo da rugby.

Giunta alla stazione di Foltesham, Jazz cercò subito Issy.

«È uscita a prendersi un panino, ispettrice. Quando è tornata l'ho vista stanca morta. Immagino che lei abbia saputo le novità.»

«Sì, sì.» Jazz si mise a camminare qua e là, irritata che Issy non ci fosse. «Rory dov'è?»

«A casa sua. So che Issy vorrebbe tornarci insieme a lei oggi pomeriggio. Ma a quanto ha detto, il ragazzino le ha solo raccontato aneddoti confusi. Non ci stava più dentro dall'ansia. E comunque che c'entra lui con la morte di Forbes? Dopotutto sappiamo già che Rory martedì sera era a casa con la madre. C'era uno dei nostri agenti di guardia.»

«Lo so, lo so.» Jazz si lasciò cadere su una sedia. «A meno che le due morti non siano del tutto scollegate, cosa piuttosto improbabile statisticamente, dato che in poco più di una settimana abbiamo avuto tre cadaveri. Ho appena parlato con Frederiks, mi ha detto che Julian Forbes era uno dei bulletti che in teoria prendevano di mira il ragazzo che si è impiccato nella cantina di Fleat House... Cazzo!» esclamò poi, controllando l'orologio. «Mancano due ore e mezza alla conferenza stampa... Io so che non è stato David Millar... è qualcosa che si collega al passato, ma non capisco...»

«Raccontami che cos'ha detto esattamente Frederiks» disse Miles, con calma. Era abituato alle crisi di ansia in cui precipitava la sua capa quando era a tanto così dalla verità.

«Erano un gruppetto...»

«Nomi?»

«Oh, Harry qualcosa, Adam... Me li sono scritti, ma sono tutti nomi che non abbiamo mai sentito prima.»

«Un secondo, ispettrice.» Miles cercò qualcosa nel suo portatile, aprì un'email e la lesse rapidamente. «Qualche Freddie, per caso?»

«Sì!» Jazz smise di fare avanti e indietro e lo guardò, sorpresa. «Perché?»

«Credo lei abbia ragione a pensare che c'entrino i fatti del passato. Guardi questa email. L'hanno inviata a Julian la sera in cui è morto. La prima volta che l'ho letta ho pensato fosse molto strana.»

Miles girò lo schermo verso di lei e Jazz cominciò a leggere.

Caro Julian,
è bello sentirti, dopo tutti questi anni. Mi fa piacere che tu sia riuscito a rintracciarmi. Quel sito per le rimpatriate scolastiche funziona davvero, eh?
Mi chiedevi se fossi rimasto in contatto con la nostra vecchia Banda dei Quattro. Purtroppo devo darti cattive notizie, almeno per quanto riguarda due di loro. La moglie di Harry mi ha contattato l'anno scorso per dirmi che era morto. Si era trasferito a Sydney – lo sapevi? E a quanto dicono tutti era un chirurgo di grande talento. Sembra che l'abbiano trovato senza vita nella stanza dei rifiuti, nell'ospedale in cui lavorava. Non

conosco i dettagli, ma dicono non sia stato un incidente. A quanto ne so non hanno ancora preso il colpevole.

Un paio di mesi fa, poi, ho saputo che neanche Freddie è più tra noi. È morto all'incirca tre anni fa, negli Stati Uniti – c'era un amico di un mio amico che lavorava con lui alla Goldman. Suicidio, a quanto pare. Si è buttato dalla finestra del suo ufficio e l'hanno ritrovato spiaccicato sul marciapiede. Il mondo dell'alta finanza è così, la pressione è insostenibile. Aveva solo trentott'anni, poveraccio. Ha lasciato due figli, pensa. Sono cose che fanno riflettere. Quindi purtroppo, vecchio mio, restiamo soltanto noi due.

Al momento vivo in Provenza, sto imparando a trasformare l'uva in vino. Sono sceso dalla giostra della City, mi godo la vita. Sono alla moglie numero due, ho due figli dal primo matrimonio e un altro in arrivo, nascerà fra tre mesi.

Verrò con piacere al tuo quarantesimo, mi organizzerò più a ridosso della data. Non c'è bisogno di specificare che da Marsiglia a Norwich è un attimo. Basta che tu mi dia una data e possiamo vederci senza problemi.

Hai visto "*Le Forgeron*", quindi. Mi dispiace. Per forza sei rimasto sconvolto. Sarebbe capitato anche a me.

Fatti sentire appena puoi.

Adam

Quando Jazz finì di leggere, rimase seduta in silenzio, meditabonda. Alla fine disse: «Harry, Freddie, Adam e Julian. Sono i ragazzi le cui prepotenze pare abbiano spinto Jamie a impiccarsi, venticinque anni fa».

«Harry, Freddie e Julian sono morti...» aggiunse Miles.

«Non dimenticare Charlie Cavendish, anche lui un noto bulletto...»

Forgeron... Quella parola continuava a tornarle in testa. La risposta era vicina, le mancava tanto così per arrivarci...

Sydney... gli Stati Uniti...

Jazz tirò fuori il taccuino dalla valigetta e rilesse gli appunti che aveva preso in fretta e furia nel corso della settimana.

E capì.

«Ma certo» mormorò.

«Cosa?» chiese Miles.

«*Le Forgeron*... Ora ho capito!»

Miles sembrava confuso. «Capito cosa?»

Jazz però stava già correndo via. Sulla soglia disse: «Julian aveva incontrato il suo assassino di recente. Angelina Millar mi ha detto che quando l'ha accompagnata alla scuola, qualche giorno fa, sembrava avesse visto un fantasma. Era una persona che voleva bene a Jamie, tanto da arrivare a uccidere quelli che riteneva fossero i colpevoli della sua morte. E a fare fuori chiunque si macchiasse dello stesso crimine. Scrivi subito a questo Adam. Mettiti in contatto con la *Gendarmerie* della Provenza, se necessario. Fai quello che devi, ma rintraccialo. E avvertilo.»

«Avvertilo? Di che cosa, ispettrice?»

«Del *Forgeron*. Digli che il prossimo è lui.»

32

Jazz si ripresentò alla reception della scuola che Jenny non era ancora rientrata.

Entrò nell'ufficio di Robert Jones e lo sorprese mezzo addormentato in poltrona.

«Ha visto Jenny?» gli domandò, senza perdersi in convenevoli.

«Sì, è alla sua scrivania. No?»

«No, non c'è.»

«Allora forse è in bagno.»

«Signor Jones, devo trovarla, è molto importante. Quando l'ha vista l'ultima volta?»

«Un'oretta fa?»

«Okay. Mi presta un secondo il telefono?»

«Certo.»

«Sergente Roland, mobiliti i suoi uomini e li metta sulle tracce di Jenny Colman, la segretaria del preside. Cosa? No, lasci perdere i media, iniziate subito. Mi chiami quando l'avrete trovata. Grazie.» Jazz riagganciò e si rivolse a Jones. «Mi serve la lista completa delle persone che hanno lavorato in questa scuola negli ultimi venticinque anni. *Adesso*.»

«La trova in archivio, nell'ufficio del tesoriere.» Robert Jones si alzò di scatto, percependo l'urgenza nella voce dell'ispettrice. «La accompagno. Venga con me.»

Usarono la scala antincendio per uscire dall'edificio, poi attraversarono il prato fino alla Main Hall. Mentre saliva le scale due gradini alla volta, costringendo il preside a fare altrettanto, Jazz chiese: «Presumo che abbia controllato con cura le referenze delle persone che lavorano per lei, giusto?».

«Naturalmente» rispose Jones, ansimante, fermandosi di fronte a una porta del terzo piano. «Di questi tempi non si è mai troppo prudenti.»

«Anche di quelli che sono stati assunti prima del suo arrivo?»

«Sì, io...» Jones, che sudava copiosamente, aprì un grosso schedario metallico. «Ha detto 1985?»

«Iniziamo da lì, sì. Ma si sbrighi.» Jazz faticava a contenere l'irritazione di fronte alla lentezza e alla pedanteria.

«Ecco qua.» Robert Jones portò il libro mastro sulla scrivania e lo aprì.

«Grazie.» Jazz cominciò a scorrere l'elenco dei nomi.

«Le serve il mio aiuto?»

Lei lo ignorò e continuò a sfogliare le pagine in preda all'impazienza. L'ansia la attanagliava. Poi, alla fine, trovò il nome che stava cercando. Chiuse di colpo il libro e guardò il preside.

«Mi scusi, signor Jones, ma devo scappare.»

Jazz arrivò di corsa a Fleat House e chiamò Roland.

«Avete trovato la Colman?»

«No, ispettrice.»

«Avete guardato a Fleat?»

«Certo che no. Pensavo fosse off limits. Credevo non volesse che i ragazzi se ne andassero in giro per l'edificio con le scarpe sporche...»

Jazz non lo lasciò neanche finire. Arrivò alla porta d'ingresso di Fleat House e domandò all'agente di guardia se fosse entrato qualcuno.

«No, ispettrice, nell'ultima ora non si è visto nessuno.»

«Grazie.» Jazz entrò e percorse in fretta i corridoi in direzione delle scale. Provò a chiamare Miles, che non rispose. Gli lasciò un messaggio: *Raggiungimi a Fleat House con i rinforzi, prima di subito! Di' anche a Roland di portare qui il culo.*

Salì le scale col cuore in gola. Sapeva esattamente dove andare, ma temeva che fosse ormai troppo tardi.

Raggiunto l'ultimo piano, corse verso la porta che aveva di fronte, ma la trovò chiusa a chiave.

«CAZZO!» esclamò. Provò ogni singola chiave del mazzo che le avevano dato, ma nessuna era quella giusta. Fece un passo indietro e si lanciò con tutto il suo peso contro la porta, invano.

Prese a battere i pugni sul legno, gridando: «Jenny, sono l'ispettrice Hunter. È lì dentro? Mi risponda, se può!».

Silenzio.

«Ehi, ispettrice. Siamo qui.» Miles le comparve accanto in compagnia di due nerboruti agenti.

«Buttatela giù, ragazzi» ordinò. «Subito.»

I poliziotti cominciarono a prendere a spallate la porta che, alla quarta spinta, cedette.

«Grazie. Purtroppo ci sono circostanze in cui mi ricordo di essere una femmina» scherzò Jazz, sollevata, precipitandosi dentro insieme a Miles.

Percorse il corridoio fino al piccolo soggiorno. Jenny era riversa sul pavimento, priva di sensi. Jazz si inginocchiò a tastarle il polso. Il battito c'era. Debole, ma c'era.

«Chiamate un'ambulanza, e dite a Roland di mettere un uomo a ogni uscita di questo posto. Nessuno esce o entra se non lo dico io.»

Jazz si alzò e andò a guardare nella camera da letto. E, come si aspettava, trovò gli armadi e i cassetti vuoti.

Miles le si avvicinò. «Avrà fatto i bagagli ieri. Credo sia andata all'aeroporto di Norwich, o a Stansted. Da lì partono i voli per il Sud della Francia. Mettiti in contatto con le autorità aeroportuali. Dagli la descrizione, Miles. Io controllo se la scuola ha ancora la foto del passaporto nei suoi archivi.»

«Una descrizione di chi, ispettrice?» Miles era completamente perso.

«Di Madelaine Smith. La direttrice di Fleat House. Nonché madre di Jamie Smith, il giovanotto che si è impiccato venticinque anni fa. Conosciuta come *Le Forgeron*, "Il Fabbro".»

33

Scotland Yard, Londra
Una settimana più tardi

Norton aprì la porta per far entrare Jazz.

«Prego, si sieda. È bello vederla, detective ispettrice Hunter.»

Jazz si accomodò sulla sedia davanti alla scrivania.

«Cosa prova, ora che è tornata?» le domandò, criptico.

«È strano, ma ho seppellito il passato, signore.»

«Bene, bene» disse lui, annuendo. «Ho letto il suo rapporto sul caso, ma vorrei che mi facesse comunque un riassunto. Sono costretto a vivere per interposta persona tramite i miei detective, ora che sono solo un vecchio e triste scribacchino.» Norton abbozzò un sorriso mesto e Jazz capì che diceva sul serio.

«Be', signore, come sa ero piuttosto certa che David Millar non avesse ucciso Charlie. Nella sua storia non tornava nulla. Mi sono subito convinta che c'entrasse in qualche modo il passato. E l'unico legame che sono riuscita a trovare fra i tre cadaveri era Fleat House. Una volta che mi hanno raccontato tutta la storia del suicidio di Jamie Smith e dopo aver letto la mail che Adam Scott-Johnson aveva scritto a Julian Forbes, tutti i pezzi sono andati al loro posto. La prima volta che ho interrogato Madelaine Smith mi riferì di aver già lavorato alla St. Stephen's, molti anni fa. E di essersi trasferita prima in Australia e poi negli Stati Uniti. L'unica cosa che non mi ha raccontato è che suo figlio studiava nella stessa scuola e che si era impiccato in cantina.»

«Chi altri la conosceva?»

«La povera Jenny Colman, naturalmente. Lei aveva capito» spiegò Jazz. «Erano vecchie amiche. E Hugh Daneman l'aveva riconosciuta, a quanto ha detto Jenny. Di sicuro, invece, il preside non ne sapeva niente. Nel fascicolo della Smith c'erano delle referenze impressionanti. Sul curriculum diceva di aver lavorato a lungo in ospedale – proprio in quello dove è morto il povero Harry.»

«Si è messa in contatto con Sydney, immagino» la interruppe Norton.

«Sì, e con i federali riguardo a Freddie Astley» confermò Jazz. «La signora Smith non assaporerà mai più la libertà. Aveva deciso di far fuori uno per uno i membri della "Banda dei Quattro". Ovviamente il suo movente era il più elementare di tutti: l'amore di una madre per suo figlio.»

«Sì, in effetti è un movente inequivocabile» convenne Norton. «Quindi ha iniziato a lavorare nel Norfolk appositamente per uccidere Julian Forbes?»

«Sì. E sono propensa a crederle, quando dice che il lavoro temporaneo alla St. Stephen's è stato solo una coincidenza. Era venuta nel Norfolk a cercare lavoro, certo, ma aspettava anche l'occasione giusta per far fuori Forbes. Ed è riuscita a prendere due piccioni con una fava.» Jazz si strinse nelle spalle. «Secondo me non le è sfuggita l'ironia della cosa: si è ritrovata in un contesto perfetto per i suoi scopi. Aveva un posto in cui vivere e anche tutte le possibilità di uccidere Julian, e proprio nello stesso luogo in cui era morto suo figlio. A sentire lei, Forbes era il capo della banda. Quello più responsabile degli atti di bullismo che avevano spinto Jamie al suicidio.»

«E Charlie Cavendish è stato una vittima delle circostanze» chiarì Norton. «La Smith, vedendo che tormentava Rory Millar senza pietà proprio com'era successo a suo figlio venticinque anni prima, si è sentita in dovere di farlo smettere per sempre.»

«Precisamente» convenne Jazz. «La direttrice di Fleathouse. Anche per uccidere Charlie aveva un chiaro movente. Era molto protettiva nei confronti di Rory, ed è facile capire perché. La sua fragilità le ricordava quella di Jamie. Ecco perché, quando ha letto sul registro dei medicinali che Daneman aveva somministrato due aspirine a Rory dopo che lei ne aveva già prese due per uccidere Charlie, ha deciso di cancellare col bianchetto la voce e di crearne una falsa per evitare di compromettere il ragazzo.»

«Mi sta dicendo che quel martedì sera è andata nello studio di Forbes e l'ha convinto a riaccompagnarla alla scuola?»

Jazz annuì. «Si sarà spaventato a morte, nel vederla arrivare. I ragazzi di Nelson House l'avevano soprannominata "Il Fabbro" venticinque anni prima, quando era direttrice di Nelson House. Per via del carattere spigoloso e delle maniere non proprio eleganti.»

«In effetti sembra spaventosa» ammise Norton. «Quando andavo a scuola avevo una direttrice simile.»

«Onestamente credo che fosse una donna normalissima, prima che le morisse il figlio» disse Jazz. «Ma non l'ha aiutata neppure il fatto che il marito sia rimasto ucciso in un incidente di caccia nella tenuta Conaught quando Jamie aveva solo pochi mesi. Il piccolo risarcimento ricevuto dalla famiglia le ha consentito di iscriverlo alla St. Stephen's, dove immaginava avesse la possibilità di costruirsi un futuro migliore. Purtroppo,» aggiunse sospirando «è successo esattamente l'opposto.»

Norton emise un fischio di disapprovazione. «Sì, mi ricordo che quando andavo a scuola, ogni tanto c'era un ragazzino sveglio della classe operaia che si era iscritto grazie a una borsa di studio. Mi vergogno a dire che gliene facevamo di tutti i colori.

Il vecchio sistema britannico delle caste... a quanto pare non riusciamo a togliercelo dalla testa. Scommetto che anche questo avrà avuto un certo peso nel suicidio del ragazzo.»

«Per quanto sia terribile da dire, temo che abbia ragione, signore.»

«E quindi il dolore ha fatto impazzire quella povera donna» concluse Norton.

«Esattamente, signore. Ho interrogato Adam, un paio di giorni fa, e mi ha detto che quando hanno trovato Jamie impiccato la Smith è andata a fare una visitina alla "Banda dei Quattro" per dire loro che un giorno gliel'avrebbe fatta pagare per quello che avevano fatto a suo figlio. Poco più tardi ha lasciato il lavoro, ma Adam ha detto che nessuno di loro ha mai scordato quelle parole.»

«Si è rivelata una minaccia reale, alla fine. Mi parli di Jenny Colman» disse Norton. «Come sta?»

«L'hanno dimessa dall'ospedale, ora è a casa. Sta bene, tutto sommato. Deve ancora riprendersi dallo shock – dopotutto ha rischiato di finire uccisa dalla donna che considerava la sua migliore amica. Aveva capito tutto. Per fortuna siamo arrivati in tempo. È una bravissima persona. Ha sempre mostrato coraggio di fronte alle avversità, senza mai dare a nessuno la colpa delle proprie sventure. E...» Jazz sorrise «in questa storia almeno un lato positivo c'è. Perché deve sapere che Martin Chapman ha scoperto un fatto molto interessante, confrontando i campioni di DNA.»

«Ha scoperto chi è il figlio perduto della Colman?»

«Esatto» confermò Jazz. «È stato un colpo di fortuna, a dire il vero. Nel corso dell'analisi forense sulla scena del crimine ha prelevato per caso un campione di DNA molto simile. Quando li ha messi a confronto si è accorto che erano identici.»

«Posso chiederle di chi si tratta?» domandò Norton.

«Signore, dato che non è un'informazione rilevante per il caso, si offenderebbe se non glielo dicessi? Credo che i primi a sapere debbano essere Jenny e suo figlio» spiegò Jazz.

«Ma certo» fece Norton, sorridendo. «Però può dirmi che cos'ha detto la Smith di tanto compromettente da far capire a Jenny come stessero le cose?»

«Mi ha raccontato che Maddy, come la chiamava lei, le aveva detto una cosa strana venerdì mattina, ossia il giorno successivo al ritrovamento del corpo di Forbes. Aveva detto che Rory era tutto ciò che restava ad Angelina Millar, e qui cito, "ora che il compagno non c'è più". Il ritrovamento del corpo era ancora un segreto, all'epoca, e nessuno poteva sapere né che fosse morta una persona né tantomeno che la vittima fosse Julian Forbes. Jenny si chiedeva anche come facesse la Smith a sapere della relazione di Angelina con Forbes. Non poteva averglielo detto Rory, visto che non ne aveva la minima idea. Quindi, quando il giorno dopo Robert Jones le ha rivelato che la vittima era Forbes, e sapendo che la sua amica dava la colpa a lui e ai suoi compari per il suicidio del figlio, non ci ha messo molto a fare due più due.»

«E quindi, prima di parlare con lei, è andata da Maddy Smith a chiedere spiegazioni.»

«Sì. Lei le ha mentito per metterla a suo agio, dicendo che era stato Sebastian Frederiks a raccontarle di Forbes, poi le ha preparato una tazza di tè corretto all'antigelo. Non ne ha messo abbastanza, grazie a Dio, per fare danni seri, ma signore, si rende conto che è già l'ennesima volta che ci capita? Non può consigliare ai suoi amici dei piani alti di fare qualcosa? È un prodotto facilmente reperibile, e anche quando non uccide, fa soffrire talmente le vittime che spesso preferirebbero la morte.»

«Il veleno per topi e la varechina sono prodotti altrettanto facili da procurarsi, Hunter.»

«Ma non altrettanto insapori, signore.»

«No, è vero. Ma resta il fatto che le persone vogliono comprarsi un'auto che la mattina sia in grado di partire, e gradiscono avere in casa un bagno pulito. La maggior parte della gente non ambisce a uccidere il prossimo.» Norton sorrise. «E anche stavolta non ha mancato di chiarirmi la sua opinione, Hunter. Prego, vada avanti.»

«Scusi, signore. So che la percentuale di utilizzo improprio è minuscola e che devo guardare le cose in prospettiva. È solo che a volte mi risulta difficile.»

«La cosa interessante, Hunter, è che lei non si è indurita. Per ora. Un agente empatico ed esperto è quello di cui le persone hanno bisogno. Faccia in modo di non cambiare mai.»

Jazz si rese conto che il suo capo le aveva rivolto un complimento mascherato da insulto. «Sì, signore. Ci proverò.»

«Bene. Allora, per riprendere il discorso...» Norton la guardò di sbieco. «Ho paura che la signora Smith sia matta come un cavallo. Verrà ritenuta mentalmente idonea per il processo?»

«Issy ha passato molto tempo con lei, e dice che "è perfettamente sana per essere una pazza", per usare le sue parole. Non mostra alcun rimorso per quello che ha fatto. Ritiene sia stata fatta giustizia, che la morte di suo figlio sia stata vendicata. Non sarà un processo lungo, poco ma sicuro. L'aspetta un bel soggiorno a Broadmoor, se vuole la mia opinione. Una clinica psichiatrica, insomma.»

«Be'...» Norton chiuse il fascicolo sulla scrivania. «Alla fine ce l'ha fatta, Hunter. Congratulazioni. E anche prima della conferenza stampa. Non voglio pensare cosa sarebbe successo se avesse annunciato l'arresto di David Millar e poi ci fossimo accorti che era la persona sbagliata.»

Calò il silenzio. Si rendevano benissimo conto entrambi che il disastro era stato sventato per miracolo, e la colpa era di una persona in particolare.

«Dunque, mettendo da parte il caso: vorrei sapere che progetti ha per il futuro.»

«Non ho avuto molto tempo per pensarci, signore» rispose Jazz, con sincerità.

«Il fatto è,» riprese Norton, aprendo un altro fascicolo «che qui ho la sua lettera di dimissioni. Le consiglio, se davvero intende dimettersi ufficialmente, di sforzarsi un po' di più a scriverla, la prossima volta. Presumo che sia ancora decisa a non tornare a Londra.»

«Sì, signore.»

Norton alzò le mani, rassegnato. «Bene, non cercherò più di convincerla, se ha deciso. Ma checché se ne dica, la capitale è dove succede tutto e dove i detective come lei si fanno notare per eventuali promozioni.»

«Me ne rendo conto, signore. Ma non ho particolari mire di carriera. Voglio solo fare bene il mio lavoro. Ed essere felice» aggiunse Jazz.

Norton inarcò un sopracciglio. «E lei ritiene di essere "felice" nel Norfolk?»

«Credo di sì, anche se ci sono stata ancora molto poco.»

«Non farò mistero del fatto che mi piacerebbe riaverla qui con noi. Tuttavia, se non intende tornare, sappia che il commissario capo vuole vederla il prima possibile.»

«Davvero? Come mai?» chiese Jazz, nervosa.

«Per discutere con lei il progetto di aprire un dipartimento di Operazioni Speciali nell'East Anglia. La zona operativa comprenderà il Norfolk, il Suffolk e alcune aree di Cambridge e del Lincolnshire» spiegò Norton. «Detto senza mezzi termini, il capo è stanco di spedire i suoi uomini in ogni angolo della nazione. Specialmente ora che a Londra c'è sempre più bisogno dei nostri servigi. Al momento stanno nascendo altri tre dipartimenti regionali, cosa che dovrebbe aiutarci a coprire l'intero Paese senza che si debbano mandare rinforzi di continuo.»

«Capisco» disse Jazz, annuendo. «E cosa vorrebbe che facessi, di preciso?»

«Guidare il dipartimento, ovviamente. Innanzitutto, si aspetta che lei recluti una piccola squadra itinerante pronta a collaborare con le Unità Anticrimine delle zone che le ho elencato e a lavorare in tandem con loro. È un incarico altamente specializzato, Hunter. Bisogna essere bravi con le persone e sapersi adattare a decine di situazioni diverse. Lei ci ha dato un bell'assaggio delle sue qualità, con il caso St. Stephen's.»

Jazz si rese conto che quasi sicuramente Norton già sapeva di quel nuovo dipartimento, il giorno in cui era andato a trovarla per offrirle il caso nel Norfolk. L'aveva messa alla prova. Da una parte le dava fastidio essere stata manipolata in quel modo; dall'altra si sentiva onorata che avessero tanta considerazione di lei da prendersi tutto quel disturbo.

«Mi perdoni se sono sorpresa, signore. Non me l'aspettavo. Mi dà qualche giorno per pensarci?»

«Non più di un paio, Hunter. Stavolta mi sono esposto personalmente. Il capo è già infastidito dal suo sedicente "periodo sabbatico" e teme che in futuro possa sparire di nuovo nel nulla. Se intende accettare, voglio che ne sia convinta al centodieci per cento.»

«Me ne rendo conto, signore. E per quanto riguarda lo staff? Posso contare su qualcuno dei miei ex colleghi?»

«Massimo due» la avvertì Norton. «Nell'ultimo anno ho già perso troppi uomini. Presumo che voglia con sé Miles. Lui è qui da parecchio tempo, cambiare aria potrebbe fargli bene. Ho sempre avuto la sensazione che non desse il massimo» disse Norton. «Con lei, però, è un'altra persona. Forse il cambiamento, magari unito a una bella promozione, lo aiuteranno.»

Norton guardò l'orologio, e Jazz capì che era arrivato il momento di togliere il disturbo. Si alzò e strinse la mano al suo superiore. «Grazie, signore. Apprezzo moltissimo la fiducia che ha riposto in me. Le farò sapere entro la fine della settimana, promesso.»

«Bene. E spero che la risposta sia affermativa.»

Jazz si avviò verso la porta. Sulla soglia, si sentì richiamare: «Hunter?».

«Sì, signore?»

«Non lo lasci vincere, d'accordo?»

Lei sorrise tra sé. «Farò del mio meglio, signore. Gliel'assicuro.»

Jazz imboccò la A11 in direzione del Norfolk, immersa nei propri pensieri.

Non lo lasci vincere...

Erano parole forti, ma doveva prendere una decisione basandosi solo e soltanto su ciò che voleva *lei*.

Aveva già fatto due grossi cambiamenti: aveva divorziato da Patrick e se n'era andata da Londra. E man mano che casa sua iniziava finalmente a prendere forma, sapeva che le sarebbe piaciuto tantissimo abitare lì. Ma credeva seriamente che sarebbe stata capace di vivere senza l'adrenalina che le dava il suo lavoro? Per quanto a volte, certo, risultasse frustrante e avvilente, lei era brava nel suo mestiere. *Molto* brava. E le piaceva fare la detective. Forse, senza Patrick tra i piedi a trattarla con sufficienza, a privarla della sicurezza, le sarebbe piaciuto ancora di più...

Quando vide il cartello per Cambridge, Jazz sterzò d'istinto e imboccò l'uscita, diretta all'ospedale.

Ormai Tom era stato trasferito in reparto, e lo trovò seduto sul letto a chiacchierare con il compagno di stanza.

«Jazz, tesoro.» Spalancò le braccia e la strinse forte. Jazz sentiva le ossa puntute sotto il pigiama sottile. «Come sta la mia ragazza?»

«Bene, papà, grazie.» Si sedette accanto al letto e studiò le sue guance scavate, la carnagione ancora grigiastra. Gli occhi, però, erano luminosi e pieni di vita. «Tu, invece?»

«Sono vivo e il cuore batte ancora, per quanto lo faccia in modo irregolare, come dice il dottore, e sono molto felice di vederti. Tua madre mi ha raccontato tutto dell'indagine.» Le prese la mano e gliela strinse forte. «Sono tanto fiero di te, tesoro.»

«Grazie, papà. Per caso ti hanno detto quando ti dimetteranno?»

«La prossima settimana, a condizione che mi comporti bene e prenda i miei beta-bloccanti come un bravo bambino. A dire il vero, non vedo l'ora.» Tom abbassò la voce e aggiunse: «Qui dentro sono tutti rincretiniti, li senti urlare in piena notte. Starò molto meglio a casa mia, con tua madre, nel mio letto».

«Se i medici non ti dimettono tu da qui non esci, papà» lo sgridò Jazz. «Non sarebbe corretto nei confronti della mamma, tra l'altro. Lo sai che si preoccupa.»

«Lo so, ma gli ospedali ti fanno ammalare. Qui stanno cadendo come mosche» sussurrò Tom.

«Lo so, papà, ma è bene che tu ci resti ancora un po'.»

«Eh vabbè. Comunque, basta parlare di me. Voglio sapere di te. Quali sono le prossime mosse?»

«La cucina è quasi finita, ho il bagno nuovo e udite udite, l'imbianchino è venuto ieri» disse Jazz, applaudendo per la felicità.

«Sì, sì, tutto molto bello» disse Tom. «Ma io intendevo mosse di natura personale.»

«Be',» fece Jazz, parlando con cautela «mi hanno chiesto di incontrare il commissario, la prossima settimana. Vogliono propormi di dirigere il nuovo dipartimento delle Operazioni Speciali nell'East Anglia.»

Tom rimase impressionato. «È un bell'onore, no?»

«Be', Norton lo considera un passo indietro per una che potrebbe prendersi una bella promozione a Scotland Yard, ma quantomeno sarei autonoma. All'incirca.»

«Niente capo davanti a cui inchinarsi, quindi, perché il capo saresti tu» riconobbe Tom.

«Sì. Un pesce grosso in un laghetto molto più piccolo.»

«E quindi,» disse Tom, fingendo di studiarsi le unghie «hai deciso che fare?»

«No. Gli ho detto che volevo pensarci» rispose Jazz. «Solo pochi mesi fa ho lasciato la polizia per fare tutt'altro nella vita. Tu che ne pensi?»

Lui la guardò e sorrise. «Sai, una delle cose a cui ho pensato mentre ero qui a non far nulla è che temo di averti influenzato fin troppo nelle tue decisioni. Perché sono convinto di darti buoni consigli e... perché ti voglio un bene dell'anima.» Le prese la mano, con le lacrime agli occhi. «Pertanto stavolta terrò la bocca chiusa. Devi fare quello che ritieni più giusto, tesoro. Non ti dirò altro.»

Jazz strinse la mano del padre. Anche lei aveva gli occhi lucidi. «Va bene, papà.»

«Qualsiasi cosa deciderai di fare mi andrà benissimo. E so che farai la scelta giusta. Non avere paura del fallimento, Jazz. Certe volte le cose vanno male, fa parte della vita. Così come rialzarsi, spolverarsi i vestiti e ripartire.»

«Sì, hai ragione. Grazie, papà.»

«Ah, prima che mi dimentichi. L'altra sera è passato a trovarmi Jonathan.» Tom inarcò un sopracciglio.

«Ah, sì?»

«Sì. E ha chiesto di te, ti manda i suoi saluti e dice di fargli uno squillo quando puoi.»

«Papà, per favore, smetti di fare l'agenzia per cuori solitari. Non sono interessata, ecco tutto.»

«Jazz... Un giorno capirai che l'unica cosa che ci fa andare avanti è l'amore – che sia per la famiglia, la religione o l'arte. Il piano superiore, come lo chiamo io. Scusa se te lo dico, tesoro, ma tu sei terribile come "isola". Tutti meritano di trovare l'amore, te l'assicuro.» Poi sorrise. «Alla fine, sei mia figlia.»

Dopo un po' Tom si distese, chiuse gli occhi e si addormentò. Jazz gli si sedette accanto e si chiese come avrebbe fatto, un giorno, senza di lui.

David Millar stava consumando una cena solitaria a base di fagioli e toast nella sua misera cucina. Da quando l'avevano rilasciato, la settimana precedente, aveva più che altro dormito. Lo aiutava a passare il tempo, e soprattutto se non era sveglio non poteva mettersi a bere.

Serbava un ricordo confuso delle ultime due settimane, ma poco a poco il suo cervello iniziava a schiarirsi e si sentiva sempre meglio ogni giorno che passava. Il suo mentore agli

Alcolisti Anonimi era passato a trovarlo e l'aveva convinto a rientrare nel programma. Stavolta era determinato a farcela. Si era arreso, aveva ammesso che l'alcol l'aveva sconfitto. Ora però non era più una guerra: si era semplicemente reso conto che, se voleva riprendere il controllo della propria vita e provare a migliorarla, non avrebbe dovuto alzare il gomito mai più. Perché non era in grado di smettere come chiunque altro. Lui era un alcolizzato.

Il cellulare in soggiorno prese a squillare. David corse a rispondere.

«Pronto?»

«David, sono Angie. Come... come stai?»

«Oh, ora che non mi hanno incriminato per duplice omicidio sto decisamente meglio, grazie.»

«Già.» Angelina esitò un istante, poi disse: «Sai, non ci ho mai creduto che fossi stato tu. Gliel'ho detto all'ispettrice Hunter, non potevi essere tu il colpevole».

«Troppo gentile» rispose lui, freddamente.

«E... mi chiedevo, se ti va, Rory potrebbe venire da te giovedì? È finito il semestre e c'è il funerale di Julian. Sarebbe meglio evitare di portarcelo.»

«Certo. Basta che ti fidi.»

«Al momento sei...?»

«Sì, sono sobrio. E sai bene che non sono mai stato ubriaco con Rory, mai, in nessuna circostanza. Non lo farei mai, non potrei fargli questo. Mai nella vita.»

Per alcuni secondi vi fu silenzio, poi Angelina disse: «Mi dispiace, David. Di tutto».

«Sì, be', inutile piangere sul latte versato, no?»

«Sì, infatti. Ma speravo che potessimo almeno rimanere amici. Per Rory, se non per noi.»

Alla fine David disse: «Angie, io ti ho amato. Volevo soltanto rendervi felici, tu e Rory. E tu mi hai distrutto la vita. Quindi no, Angie, io e te non diventeremo mai "amici"».

«No. Be', non è stato un bel periodo per nessuno dei due, David.»

«Ah, ma tu ne sei uscita decisamente meglio di me. Hai Rory, hai tutta la casa per te. Sei una donna ricca adesso, un ottimo partito.»

David sentì Angelina soffocare un singhiozzo. «Mi consideri così stronza?»

«Assolutamente sì. Giovedì portami Rory quando meglio credi. Mi trovi a casa.»

Proprio mentre riattaccava il telefono bussarono alla porta.

«Cazzo! Chi può essere?» mormorò, mentre andava ad aprire.

«Ah, è lei» disse, trovandosi di fronte l'ispettrice Hunter. «Non è mica venuta a interrogarmi circa la misteriosa scomparsa di un nano dal giardino dei vicini, vero? Perché non sono stato io. Glielo giuro, detective.»

Jazz ignorò il commento. Immaginò di meritare il suo sarcasmo. «Posso entrare?»

«Prego.» Lui aprì la porta, dopodiché la accompagnò in cucina. «Scusi, ispettrice» disse poi, sospirando. «Ho appena parlato con Angie e sono un tantino contrariato.»

«Lo capisco. Posso sedermi?» domandò Jazz, notando la pila di piatti sporchi nell'acquaio e la confusione in cui versava la casa.

«Si accomodi» disse lui, scrollando le spalle. «Io resto in piedi.»

«Senta, David, posso solo scusarmi per il trattamento che le hanno riservato i miei colleghi. Tuttavia devo ricordarle che è stato lei a costituirsi e a confessare di aver ucciso Charlie Cavendish.»

«Lo so.» David si passò una mano tra i capelli. «È stata una stupidaggine, ma il pensiero che mandassero Rory al fresco per un banale errore non mi faceva dormire, dovevo fare qualcosa.»

«È molto fortunato ad avere un padre che lo ama tanto, un padre pronto ad andare in prigione per un crimine che non ha commesso. Io la ammiro, David. Non so se avrei avuto il fegato di fare come lei, se mi fossi trovata nei suoi panni. Io però,» aggiunse con un sorriso triste «so come sono le prigioni.»

«All'epoca, ispettrice, mi sembrava un'alternativa come un'altra alla vita che avevo. Insomma, si guardi intorno» disse, agitando una mano. «Non è proprio Buckingham Palace, no? Non a confronto col posto in cui continuano ad abitare mia moglie e mio figlio. Io non volevo altro: solo un'infanzia felice per Rory.»

«La sua è stata un'infanzia felice, David?» chiese Jazz.

«Molto. A volte mi sentivo un po' solo, perché ero figlio unico. Sono stato adottato da piccolissimo, sa? Per questo volevo dare a Rory dei fratelli e delle sorelle. Volevo che si sentisse parte di una grande famiglia.»

«È cresciuto nel Norfolk?»

«Fino ai due anni, poi papà ha trovato lavoro nel Kent e ci siamo trasferiti. Ma questa contea mi è sempre piaciuta molto.» Per la prima volta dopo tanto tempo, David riuscì a sorridere.

«Gliel'hanno detto i suoi genitori che era stato adottato?»

«Oh, sì» confermò lui. «Non ne hanno mai fatto mistero. E so anche di essere nato qui vicino. Forse è per questo che ho sempre provato una certa affinità con questi luoghi. Comunque,» disse David, tornando serio «non è venuta di certo a sentirmi blaterare del passato, ispettrice. Ha bisogno di qualcosa?»

«In realtà, David, devo dirle una cosa, e credo proprio che dovrebbe mettersi seduto.»

Epilogo

Un mese dopo

Quando Jazz si alzò dal letto e scostò le tende, fu accolta dal cielo azzurro e dai raggi del sole per la prima volta da settimane. Aprì la finestra e inspirò a fondo l'odore della primavera in arrivo.

Non vedeva l'ora di uscire a dipingere prima che il tempo cambiasse. Si mise i primi vestiti che trovò, prese lo sgabello, il cavalletto e i colori, e attraversò la strada per inoltrarsi nella palude.

Si sistemò in una posizione da cui godeva di un'ottima vista e, sebbene i raggi del sole fossero più luminosi che caldi, Jazz rimase un paio d'ore a dipingere il paesaggio. Di solito preferiva fare quadri molto più surrealisti, ma quello voleva renderlo il più realistico possibile: aveva in mente di appenderlo in soggiorno per ricordarsi di tanta bellezza nelle lunghe e buie giornate d'inverno.

Rientrò nel cottage con le dita congelate e i piedi intorpiditi. Si fece un bel bagno caldo, indossò un paio di jeans e un maglione, poi preparò un'insalata con formaggio di capra per il pranzo.

All'una vide la macchina accostare in fondo al vialetto.

Aprì la porta e aspettò che lui la raggiungesse.

«Detective Miles... Alistair. Come stai?»

«Sto bene, grazie. Molto bene.» Miles le diede un bacio su entrambe le guance e si accomodò.

«Caspita, Jazz, ma è bellissimo.» Si guardò intorno nel soggiorno, apprezzando la freschezza delle pareti color crema, il divano beige, la moquette di fibra di cocco e le spesse tende dorate alle finestre.

«Sono contenta che ti piaccia. Non è troppo raffinata, vero?» chiese, preoccupata.

«No, affatto. È calda ma elegante, semplice ma accogliente. Un po' come la proprietaria» disse, sorridendo.

«Bella metafora. Qualcosa da bere?» propose Jazz, andando in cucina.

«Un bicchiere di vino sarebbe l'ideale. Mi ero scordato quanto fosse lontana questa zona del Paese. È proprio dimenticata da Dio. Ci ho messo quasi quattro ore, pensa. C'erano anche i lavori sulla A11.» Miles la seguì nell'altra stanza, notando le piastrelle grigie per terra e la cucina componibile bianca che facevano risaltare a meraviglia la stufa rossa.

«Hai fatto miracoli qui dentro» disse con ammirazione. «C'è un mix fantastico di antico e moderno.»

«Era l'effetto che cercavo, infatti» rispose lei, tutta contenta. «Volevo anche rendere tutto più luminoso. I cottage sono così bui, alle volte.»

Miles si mise a studiare il grande quadro di arte moderna appeso al muro color tortora, sopra il tavolo della cucina. Era un dipinto che attirava lo sguardo: audaci blocchi di bianco, grigio e rosso che s'intonavano alla perfezione con la cucina. «Questo dove l'hai preso?» chiese, scrutandolo più da vicino. «È un originale, vero?»

«Direi, visto che l'ho fatto io» rispose lei, sorridendo.

Miles rimase a bocca aperta. «Tu?»

«Sì, io.»

«C'è qualcosa che non sai fare, ispettrice?» la prese in giro lui. «È davvero bello. Salute.»

«Salute.» Miles e Jazz brindarono con il vino. Anche se ultimamente beveva pochissimo. «Dai, sediamoci di là.» Jazz fece strada fino al soggiorno, dove il fuoco scoppiettava allegramente nel caminetto.

«È un paradiso, sul serio. Sarai felicissima di stare qui.»

«Infatti» rispose lei, annuendo. «È un rifugio perfetto per una zitella. E sentiti onorato: sei il mio primo ospite ufficiale.»

«In realtà è bello essere tornato. Quando sono rientrato a Londra, alla chiusura del caso, ho provato un forte senso di claustrofobia che è durato settimane.» Si strinse nelle spalle. «Immagino che ci si abitui.»

«Forse cambierò idea, ma ora come ora non ho alcun desiderio di tornare in città» disse Jazz, con trasporto.

«Allora, raccontami tutti i dettagli del dopo indagine.» Miles si sistemò sul divano. «Come ha reagito Jenny Colman, nel vedere suo figlio per la prima volta?»

«È scoppiata a piangere, ovviamente. E anche David Millar. Di questo dobbiamo ringraziare Martin Chapman. Quando ha controllato il baule di Rory ha raccolto il DNA di David estrapolandolo dalle impronte digitali e da un capello trovato all'interno. Se n'è ricordato mentre esaminava il campione di capelli del figlio di Jenny. Erano identici. Poi l'ha confrontato con quello di Corin Conaught ed ecco fatto.»

«Accidenti!» fece Miles, meravigliato. «A volte detesto le pratiche forensi moderne, che rallentano le indagini, e spesso le incasinano pure. In determinate occasioni, però, i risultati sono spettacolari.»

«È vero. Jenny Colman ha ritrovato la voglia di vivere. E anche David.»

«E la tenuta Conaught?» domandò Miles. «Ora che David è ufficialmente l'erede, seppur illegittimo, potrà essere sua?»

«Certamente. Nonostante i pregiudizi iniziali, qualche giorno fa Emily Conaught mi ha chiamato per ringraziarmi. David era passato alla villa per conoscerla. Si era portato dietro Rory, che ovviamente, come sappiamo bene, è il ritratto di nonno Corin.»

«Hugh Daneman avrà anche sbagliato persona, ma è facile capire come mai fosse tanto preso da Rory» disse Miles.

«Ed è morto pentendosene» ribatté Jazz. «Comunque, ora i Conaught hanno ricostruito la loro discendenza: ci sono David e Rory. Emily ed Edward hanno offerto a David un cottage sui terreni della villa. Sanno bene che ha un problema con l'alcol, come suo padre, e vogliono tenerlo d'occhio.»

«Dicono che sia ereditario» commentò Miles, allungando il bicchiere per farselo riempire. «A differenza mia, i miei genitori sono astemi. Angelina Millar lo sa che l'uomo che ha scaricato senza troppe cerimonie, quello che considerava un perdente, diventerà il padrone del reame ed erediterà una delle tenute più maestose del Norfolk?»

Jazz ridacchiò. «Ti immagini che faccia farà? Morirà d'invidia! Ha sprecato la sua occasione di diventare un'aristocratica, di essere accolta con un inchino da mezzo Paese. È il sogno di qualsiasi arrampicatrice sociale. Sono sicura che proverà a rientrare nelle grazie di David. Spero che non ci riesca, visto come l'ha trattato.»

«Sono contento per lui. Mi sembrava una brava persona.»

«È vero» convenne Jazz. «E come ha detto Emily, fintanto che saprà tenersi alla larga dal bere, visto che gli è rimasto abbastanza fiuto per gli affari grazie alla sua esperienza nella City, saprà portare la tenuta nel XXI secolo. Ah, ogni tanto mi piace il lieto fine: fa sembrare più meritevole questo nostro mestiere ingrato. Va bene, che dici, mangiamo?»

Jazz mise a scaldare del pane e i due colleghi si divisero l'insalata.

«Che ne è stato di Adele Cavendish e Sebastian Frederiks? Nel senso, Hugh Daneman avrebbe dovuto fare testamento in favore di David Millar, a regola. Anche se immagino che i soldi non gli mancheranno, d'ora in poi» disse Miles.

«Il signor Jones mi ha detto che Frederiks si è dimesso. Lui e Adele ora stanno insieme, e vogliono ricominciare da capo.»

«Non mi sorprende, visto quanto è successo. Hanno bisogno di voltare pagina dopo Charlie.»

«Be', dai, questo caso ha avuto dei risvolti positivi, tanto per cambiare.»

«Eh già. E, *ehm*... anche per me.»

Jazz vide che Miles arrossiva violentemente.

«Ah, sì? Raccontami.» Sapeva già tutto, ma voleva che fosse lui a dirglielo.

«Io e Issy... be', stiamo,» Alistair si strinse nelle spalle «insieme, direi.»

«Ma è magnifico, Alistair» esclamò Jazz. «Lo sai che adoro Issy.»

«Anch'io, a quanto pare» disse lui, timidamente. «La gente dice che siamo una strana coppia, ma io non penso. Sì, è più chiassosa di me, e non c'è dubbio che le piaccia moltissimo farmi da mamma, ma a me piace.» Miles sorrise. «Non so se durerà, ma al momento sta andando benone. E siamo molto felici.»

«Ed è l'unica cosa che conta. Caffè?» Jazz si alzò e andò a mettere il bollitore sul fuoco.

«Grazie, sì.»

«L'unica cosa che ci tengo a dirti, Alistair, è questa: fate attenzione. Lo so che non siete tutti e due sbirri come me e Patrick, ma prima o poi finirete per lavorare insieme. Non c'è bisogno che ti ricordi che per noi è stato un disastro.»

«Mi permetto di ribattere dicendo che Issy non è uno stronzo arrogante ed egocentrico ansioso di dimostrare la sua superiorità sulla moglie a ogni occasione.» Jazz annuì con dignità. «Ottima osservazione.»

«Lo sanno tutti che è un bastardo, Jazz. A Scotland Yard sta sulle palle a chiunque. E ti farà piacere sapere che si è sparsa la voce della sua gaffe con Millar.» Miles si strinse nelle spalle con aria innocente. «Non ho proprio idea di chi sia stato a dire a tutti che Norton gli ha fatto una bella lavata di capo.»

«Grazie, Alistair.» Jazz gli toccò la mano con un gesto affettuoso. «Non devi preoccuparti. L'ho superata. È acqua passata. Piuttosto, c'è una cosa molto più importante di cui voglio parlarti. Mettiamoci davanti al fuoco e godiamoci il caffè.»

Appena Jazz ebbe riattizzato le fiamme, si sedette di fronte al caminetto e Miles si accomodò sul divano.

«Alistair, ti ho invitato qui non solo perché tu dessi una mano alla mia autostima e per farti ammirare le mie doti di arredatrice d'interni, ma anche per farti una proposta» disse.

«Se vuoi che posi nudo per uno dei tuoi quadri, scordatelo» scherzò lui. «Se invece è un'altra cosa, sono tutto orecchie.»

«Mi hanno chiesto di avviare un distaccamento delle Operazioni Speciali qui, nell'East Anglia. Al momento sto reclutando la squadra. E vorrei sapere se ti interessa trasferirti qui e farmi da secondo in comando.»

Miles rimase per un po' a guardarla, senza parole. Alla fine disse: «Scusa, ispettrice, ma non so proprio cosa dire».

«Be', tanto per cominciare potresti dire che vuoi pensarci su.» Jazz non poté fare a meno di restare delusa da quella reazione. «Sono cinque anni che lavoriamo insieme. Per te sarebbe un grande cambiamento in termini di stipendio e avresti tutti gli spostamenti pagati. Però non so se hai voglia di lasciare Londra e passare in un ambiente molto più provinciale.»

Miles sospirò e si studiò attentamente le mani. «Non sentirei la mancanza di Londra, Jazz, ma di Issy. Cazzo!» Miles diede un pugno sul bracciolo del divano. «Un paio di mesi fa avrei detto di sì immediatamente, ma ora...» Scosse la testa. «Ora non lo so.»

«Ti capisco» disse Jazz. «Perché non ne parli con lei e senti che cosa ti dice?»

«Mi dirà che lei la campagna la odia, lo sai come la pensa. Il che mi costringerebbe a fare avanti e indietro. Ascolta, fammici pensare, va bene?»

«Certo. Io ti voglio, Alistair. Non in senso lato, intendiamoci» chiarì Jazz, sorridendo. «Credo che insieme siamo un'ottima squadra.»

«Grazie, Jazz. Lo credo anch'io. E mi piace molto la prospettiva di creare un dipartimento da zero, senza uova marce con cui avere a che fare...»

«Allora meglio che non chieda a Patrick di unirsi a noi.»

«Ti consiglierei di non farlo, no» disse Miles, ridendo. «Ma è stata trasferita da noi una giovane detective che mi ha molto impressionato. Secondo me ti piacerebbe...»

«Dimmi come si chiama» rispose Jazz. «Norton ha detto che non posso portarmi via chi voglio, ma se è in distaccamento non conta. E più ragazze siamo, meglio è. Potremo scambiarci i rossetti e spettegolare su voialtri maschietti.»

Miles ridacchiò. «Ah, ispettrice, è bello vedere che ti è tornato il senso dell'umorismo.»

Jazz aggrottò la fronte. «Come? Pensavi che non ce l'avessi più?»

«Non eri rilassata come al solito, no. Anzi, ora che mi ci fai pensare, sei stata un'altra persona per tanto tempo, prima di andartene» rispose lui con sincerità.

Jazz sospirò. Non poteva che essere d'accordo. «Hai ragione. Ma ora mi sento più me stessa.»

«Mi fa piacere. È assurdo che quel coglione abbia minato la tua sicurezza.»

«Ti assicuro che non è così.»

Miles controllò l'orologio. «Ora devo proprio andare, altrimenti rimarrò bloccato sulla M25.»

«Usa la sirena, Alistair. Lo fanno tutti. A parte me, ovviamente.»

«Come no.» I due colleghi si alzarono nello stesso momento. «Ti faccio sapere il prima possibile. E grazie del pranzo.»

«Puoi venire ogni volta che sei di passaggio, e se fosse per me capiterebbe piuttosto spesso.» Gli diede un bacio sulla guancia e gli prese una mano. «Per favore, pensaci seriamente, d'accordo?»

«Senz'altro. Ciao, Jazz. Stammi bene.»

Jazz chiuse la porta e andò a sparecchiare la tavola. Mentre rovesciava nell'acquaio il vino rimasto nel bicchiere di Miles, il suo sguardo si perse in lontananza, di là dall'acquitrino che si estendeva davanti al cottage. La marea stava salendo, e nel giro di poche ore l'intrico di sentieri e corsi d'acqua che serpeggiavano nella palude sarebbe stato sommerso completamente. Jazz sorrise, contenta che la sua nuova casa sorgesse in un posto tanto bello ed emblematico.

Mentre guardava il mare grigio che iniziava piano piano a penetrare nel verde della palude, senza volerlo pensò a Madelaine Smith – una donna che, come la marea, non si era fermata davanti a nulla per arrivare al suo scopo. La sua era un'esistenza animata da un unico, terribile proposito, alimentato dal dolore e dall'agonia del passato.

Sul tavolo il cellulare di Jazz vibrò. Lo prese e lesse il messaggio di Jonathan.

Parto ora da Cambridge. Ci vediamo tra un'oretta.

Jazz stabilì che per il momento era ben felice di lasciarsi il passato alle spalle. L'unica cosa di cui le importava era il futuro.

Ringraziamenti

Sono estremamente grato a Maria Rejt della Macmillan, la cui enorme esperienza e conoscenza dei polizieschi ha fatto sì che *Delitti a Fleat House* regalasse ai lettori le emozioni e i colpi di scena pensati da mia madre. Un ringraziamento sincero anche agli straordinari Lucy Hale e Jeremy Trevathan, che non hanno mai smesso di sostenere il lavoro di Lucinda.

Come ho scritto nella prefazione, questo romanzo è stato scritto nel 2006. All'epoca avevo tredici anni, e non posso neanche immaginare chi avesse in mente di ringraziare mia madre. Quindi ho deciso di sfruttare quest'occasione per riconoscerle il valore che merita come scrittrice.

La migliore prova della sua indomabilità è il fatto che abbia scritto non meno di cinque romanzi durante la sua lunga malattia. Grazie alla saga delle *Sette Sorelle* è diventata un fenomeno globale, nonché una delle narratrici più conosciute del pianeta.

Per lei, tuttavia, i libri sono sempre stati subordinati alla famiglia. Per tutta la sua esistenza così tragicamente breve non ha mai e poi mai messo se stessa al primo posto. Anche per questo Lucinda era la mamma migliore del mondo. Era brava come nessun altro a sostenere, supportare, consolare e motivare i suoi quattro figli.

Fortunatamente le parole che ci ha lasciato ci permettono di fare nostro il suo segreto per la felicità. La mamma ce lo ripeteva molto spesso, ed è un mantra che mi sento in dovere di trasmettere anche a voi:

«Cogliete l'attimo, vivete l'istante e godetevi ogni secondo della vita. Anche quando è difficile».

Harry Whittaker

Della stessa autrice

Lucinda Riley

Le Sette Sorelle

Brossura – pp. 560 – euro 13,00

Bella e solitaria, Maia è l'unica delle sue sorelle ad abitare ancora con il padre ad Atlantis, lo splendido castello sul lago di Ginevra. Durante una vacanza a Londra, giunge improvvisa la notizia che Pa' Salt è morto. Quel padre generoso e carismatico, che le ha adottate da bambine raccogliendole da ogni angolo del mondo e dando a ciascuna il nome di una stella, era un uomo dal passato misterioso. Rientrate alla villa, le sorelle scoprono il singolare testamento: una sfera armillare, i cui anelli recano incise alcune coordinate che conducono al luogo di nascita di ciascuna di loro. Maia sarà la prima a volerle decifrare per risalire alle sue origini. Un viaggio che la porterà a Rio de Janeiro, dove un vecchio plico di lettere le farà rivivere la storia della sua antenata Izabela, di cui ha ereditato l'incantevole bellezza. Con l'aiuto dell'affascinante scrittore Floriano Quintelas, Maia riporterà alla luce il segreto di un amore sbocciato nella Parigi *bohémienne* degli anni '20, inestricabilmente legato alla costruzione della statua del Cristo che torreggia maestosa su Rio. Una vicenda destinata a stravolgere la sua vita.

Lucinda Riley

Ally nella tempesta

Brossura – pp. 656 – euro 13,00

Distesa al sole su uno yacht in mezzo all'Egeo, la giovane Ally, velista esperta, sta vivendo uno dei momenti più emozionanti della sua vita: l'intesa professionale con il famoso skipper Theo Falys-Kings si è da poco trasformata in un amore appassionato. Ma la loro felicità viene bruscamente interrotta dalla notizia della morte di Pa' Salt, il magnate svizzero che ha adottato Ally e le sue cinque sorelle e che ha lasciato a ciascuna una serie di indizi per mettersi sulle tracce del loro passato. Ally è troppo sconvolta per esaudire la volontà di suo padre; vuole solo abbandonarsi nelle braccia di Theo e ritrovare un po' di serenità: non sa però quello che sta per succederle, né sa che presto dovrà gettarsi nella lettura del volume lasciatole da Pa' Salt, la burrascosa storia di Anna Landvik, una cantante d'opera norvegese che nella seconda metà dell'Ottocento divenne la musa del compositore Edvard Grieg. Ed è proprio nella gelida e romantica Norvegia che Ally dovrà scoprire cosa la lega a questa donna misteriosa. Un nuovo, prezioso tassello per ricostruire l'affascinante enigma delle Sette Sorelle.

Lucinda Riley

La ragazza nell'ombra

Brossura – pp. 640 – euro 13,00

Silenziosa ed enigmatica, appassionata di letteratura e cucina, Star è la terza delle sei figlie adottive del magnate Pa' Salt e vive da sempre nell'ombra dell'esuberante sorella CeCe di cui è abituata ad assecondare ogni desiderio. Ma adesso, a solo due settimane dalla morte del padre, CeCe decide che per entrambe è arrivato il momento di fissare un punto fermo nelle loro vite e mostra a Star il magnifico appartamento sulle rive del Tamigi che ha intenzione di comprare per loro. Per la prima volta nella sua vita, però, Star sente che qualcosa in lei è cambiato: quel rapporto quasi simbiotico sta rischiando di soffocarla. È ora di trovare finalmente la propria strada, cominciando dagli indizi che Pa' Salt le ha lasciato per metterla sulle tracce delle sue vere origini: una statuetta che raffigura un gatto nero, il nome di una donna misteriosa vissuta quasi cent'anni prima e il biglietto da visita di un libraio londinese. Ma cosa troverà tra i volumi polverosi di quella vecchia libreria antiquaria? E dove vuole condurla realmente Pa' Salt? Segreti e destini magistralmente intrecciati nel terzo capitolo della saga.

Lucinda Riley

La ragazza delle perle

Brossura – pp. 640 – euro 13,00

Da quando Star ha trovato la sua vera famiglia e un nuovo amore, CeCe si sente sola, vulnerabile e inadeguata. Ha ormai perso tutto: il rapporto speciale che aveva con la sorella, e anche l'ispirazione per i suoi quadri. In fuga da una vita in cui non si riconosce più, si ritrova in volo per l'Australia, sulle tracce che il padre le ha lasciato prima di morire: una foto in bianco e nero e il nome di una donna sconosciuta. Ma quello che doveva essere lo scalo di una notte a Bangkok si trasforma nella prima tappa di un viaggio eccitante e avventuroso. Sulle meravigliose spiagge di Krabi, CeCe incontra Ace, un giovane affascinante e alquanto misterioso che l'aiuterà a scoprire la storia della sua antenata Kitty McBride, donna forte e coraggiosa, emigrata in Australia agli inizi del Novecento: sulla scia fatale di una rarissima perla rosata, Kitty si ritrova divisa tra l'amore di due fratelli rivali, e al centro delle trame di una famiglia che possiede un vero e proprio impero… Quando CeCe arriva nel deserto australiano, la sua creatività si risveglia all'improvviso: forse questo continente immenso e selvaggio è davvero casa.

Lucinda Riley

La ragazza della luna

Brossura – pp. 704 – euro 13,00

Sono trascorsi ormai sei mesi dalla morte di Pa' Salt, e Tiggy, la quinta delle sorelle D'Aplièse, accetta un lavoro nella riserva naturale di Kinnaird. In questo luogo selvaggio e completamente isolato nelle Highlands scozzesi, si dovrà occupare di una razza felina a rischio di estinzione per conto di Charlie, l'affascinante proprietario della tenuta. Qui Tiggy incontra Cal, il guardacaccia e coinquilino, che presto diventerà un caro amico; Zara, la figlia adolescente e un po' ribelle di Charlie e Zed Eszu, corteggiatore insistente nonché ex fidanzato di una delle sorelle. Ma soprattutto incontra Chilly, un vecchio gitano che sembra conoscere molti dettagli del suo passato e di quello di sua nonna: la famosa ballerina di flamenco Lucía Amaya Albaycín. Davvero una strana coincidenza, ma Tiggy ha sempre avuto un intuito particolare, una connessione profonda con la natura. Questo incontro non è casuale, è parte del suo destino e, quando sarà pronta, non dovrà fare altro che seguire le indicazioni di Pa' Salt e bussare a una porticina azzurra nel Cortijo del Aire, a Granada.

Lucinda Riley

La ragazza del sole

Brossura – pp. 864 – euro 13,00

Electra D'Aplièse è una delle modelle più famose del mondo: bellissima, ricca e desiderata. Ma dietro l'immagine glamour e la fastidiosa attenzione dei paparazzi si cela una donna fragile, che fatica a reggere lo stress e le pressioni di un ambiente in cui contano solo le apparenze. Electra è la più giovane delle sorelle e mentre tutte le altre sembrano aver superato la morte del padre e trovato la felicità, lei si sente sempre più persa e sola. L'unico modo per andare avanti è anestetizzare il dolore, rifugiandosi in alcol e droghe, specialmente da quando è stata mollata dal suo fidanzato. Ma c'è qualcuno che sta cercando di entrare a far parte della sua vita e tenta di contattarla in tutti i modi; si tratta di Stella Jackson, noto avvocato impegnato nella difesa dei diritti umani, che dice di essere sua nonna... Grazie ai suoi racconti, Electra scoprirà la storia travagliata della sua famiglia e l'importanza di lottare per chi si ama.

Il sesto capitolo della saga delle Sette Sorelle vi porterà dai grattacieli di New York alle magnifiche pianure del Kenya degli anni '40.

Lucinda Riley

La sorella perduta

Brossura – pp. 816 – euro 13,00

Maia, Ally, Star, CeCe, Tiggy ed Electra: ognuna delle sei sorelle D'Aplièse ha compiuto un viaggio straordinario alla scoperta delle proprie origini, ma la costellazione delle Pleiadi da cui hanno preso i loro nomi è composta da sette stelle e nessuno ha ancora scoperto chi sia veramente e dove si trovi Merope. Mentre Ally e Maia sono ad Atlantis a guardare Electra in tv al Concert for Africa, l'avvocato Georg Hoffman arriva con una novità incredibile: sembra che finalmente ci sia una pista concreta per trovare la sorella perduta. Con l'indirizzo di una vigna e il disegno di un anello di smeraldo a forma di stella, ha inizio una staffetta che porterà le sorelle ad attraversare, letteralmente, il mondo intero: dalla Nuova Zelanda al Canada, dall'Inghilterra alla Francia e infine all'Irlanda, unite più che mai nella missione di completare la loro famiglia prima della commemorazione per la morte di Pa' Salt. Una ricerca che le metterà sulle tracce di una donna che in realtà non vuole essere trovata… ma perché?
Sempre più avventura e suspense nel settimo capitolo della saga.

MISTO
Carta da fonti gestite
in maniera responsabile
FSC® C115118
FSC
www.fsc.org

Stampato presso Elcograf S.p.A.
Stabilimento di Cles